新世纪文论读本　党圣元　主编

读图时代

彭亚非　选编

中国社会科学出版社

图书在版编目(CIP)数据

读图时代/党圣元主编，彭亚非选编. —北京：中国社会科学
出版社，2011.1

（新世纪文论读本）

ISBN 978-7-5004-9404-1

Ⅰ.①读… Ⅱ.①党…②彭… Ⅲ.①国际化—文集②文学评
论—世界—文集 Ⅳ.①D81-53②I106-53

中国版本图书馆 CIP 数据核字(2010)第 244988 号

策划编辑　郭沂纹
责任编辑　李树琦
责任校对　刘晓红
封面设计　四色土图文设计工作室
技术编辑　李　建

出版发行　**中国社会科学出版社**
社　　址　北京鼓楼西大街甲 158 号　　邮　编　100720
电　　话　010—84029450(邮购)
网　　址　http://www.csspw.cn
经　　销　新华书店
印刷装订　北京一二零一印刷厂
版　　次　2011 年 1 月第 1 版　　印　次　2011 年 1 月第 1 次印刷
开　　本　890×1240　1/32
印　　张　10.75　　　　　　　插　页　2
字　　数　292 千字
定　　价　30.00 元

编委会名单

主编　党圣元
编委　金惠敏　刘方喜　郭沂纹
　　　　彭亚非　高建平　党圣元

总序:新世纪文论转型及其问题域

党圣元

进入新世纪以来,在迅速推进的消费社会转型、电子媒介扩张以及迅猛发展的全球化等合力的交织作用下,中国文化的发展出现了许多新的景观。文化尤其是文艺审美活动,作为最敏感的意识形式,无论是其理论形态抑或实践形态,都在回应着这种剧烈的时代变动,因此相应地亦正经历着一种转型性质的变化。对于新世纪以来中国文论研究的这种转型,只有置于中国当代社会转型中加以考察,其理论价值和实践意义才能充分展示出来。在全球化语境中,从中国当代社会转型中所出现的新的社会、文化、文艺现实出发,对新世纪文论转型以及在这一转型过程中生成的一系列重大理论问题作深入、系统的探讨,对于推进顺应当代社会转型的中国文论的整体转型,推动中国化马克思主义文艺学创新体系的建设,意义确实重大。

一

新世纪以来的中国文论研究,是以理论创新为姿态,来因应世纪之交所出现的这一发展契机的。如果从千禧之年算起的话,在经历了 10 年的转变之后,我们可以说当下的文论研究在学术理念和方法论意识方面确实发生了重大的变化,在话语体系、理论范式上正在经历着一场重大的转型，这一切无不意味着新世纪以来的中国文论研究，又进入了一个新的发展时期。从学理层面来考察，新世纪中国文论研究在转型的过程中产生的一系列话题和论争，实际上或显或隐地表现为许多新的问题域。这些问题域包括审美现代性、生态批评与生态美学、媒介文化及其后果、文论转型与文学史理论建构等。

（一）关于审美现代性问题

新世纪中国文论转型是在全球化进程中生成的，因此也当置于全球化中来审视。我们知道，19 世纪末以来席卷资本主义世界的经济危机，尤其是两次世界大战的爆发，引发了"现代性"宿病的集中大爆发，并且促使西方学者对自己曾经热情讴歌的启蒙现代性产生了强烈的怀疑，深刻的反思也由此展开。对"现代性"弊端反思的维度是多重的，而其中的重要理论成果之一就是对"现代性"本身内在分裂的充分揭示。

"审美现代性"是现代化进程在文学艺术领域，扩大而言，在人的精神领域中所必然提出的命题。在西方，理论家们试图通过这个命题来讨论资本主义制度与审美精神的复杂关系，其中有对抗性的一面，也有同根同源的一面。尽管在现代性发轫之初，审美现代性就与资本主义的经济现代性、技术现代性等存在着对抗与互补关系，但是，对这种对抗与互补关系进行自觉而深入的反思并使之成为理论关注的焦点，却是在"现代性"宿病大爆发后，尤其是在两次世界大战前后，才较大规模展开的，其中主要理论代表有阿多诺、哈贝马斯和丹尼尔·贝尔等。丹尼尔·贝尔在《资本主义文化矛盾》中指出，后工业社会的"社会结构（技术—经济体系）同文化之间有着明显的断裂"，所揭示的实际上就是包括审美艺术在内的文化现代性与技术现代性、经济现代性之间的内在断裂。斯科特·拉什、约翰·厄里在《符号经济与空间经济》中提出，"消费资本主义"的一大重要特征是"自反性"的增强，其中包括"认知自反性"与"审美自反性"，侧重于揭示技术现代性与审美现代性之间的内在互动性。后现代社会的另一重要现象是大众文化的迅猛发展，这就进一步突出了审美现代性作为理解后现代消费社会的一种基本理论视角的重要性。

审美现代性问题很大程度上是在后现代消费转型中才凸显出来的，二战前后的西方马克思主义理论皆与西方社会新转型，尤其是消费社会转型密切相关，其后出现的西方种种社会理论也程度不等地与马克思主义有着较为密切的关联。法兰克福学派所谓的"文化批判"以及伯明翰学派所谓的"文化研究"，在很大程度上就是针对西方当代消费社会文化而展开各自的话语的。与消费社会转型密切相关的是西方学术界"语言转向"后出现了"文化转向"，所以"文化研究"引起了各学科领域的高度关注，出现了如鲍德里亚、理斯曼等研究消费社会文化的重要理论家，并对很多研究领域产生了影响。20世纪90年代以来，随着冷战的结束，市场经济的全球化全面提速，"文化转向"的势头更加强劲，出现了像费瑟斯通等重要研究者，并且提出了"日常生活审美化"等重要理论。从理论渊源上看，消费社会文化研究与马克思主义理论尤其是其政治经济学理论、法兰克福学派的文化批判理论、伯明翰学派的文化研究、法国列斐伏尔及德塞都的日常生活研究等密切相关。从方法论上来看，又与结构主义、解构主义符号学（巴特、德里达、福柯等）密切相关。消费社会文化研究与现代性、后现代主义等研究也密切相关，从学科来看，经济学有关奢侈和消费的研究是消费社会文化研究的重要组成部分之一，这方面有桑巴特、凡勃伦等重要研究者。当然，在消费社会文化研究中，"社会学"是"显学"，在这方面，丹尼尔·贝尔、弗罗姆、斯科特·拉什，以及约翰·厄里、大卫·理斯曼、波德里亚等等，都是这方面重量级的研究者。从研究对象来看，消费社会涉及了时尚（如西美尔《时尚哲学》）、身体（如乔安妮·恩特维斯特尔的《时髦的身体》）等等。这其中，波德里亚的一系列著作直接提到了文艺与美学等问题，而布迪厄的《区隔——关于趣味判断的社会批评》，更是艺术美学方面的重要著作，其中的主要观点：文艺消费活动乃是社会身份差异的生产和再生产的活动——更是成为当代消费社会文化研究重要的基本理念之一。从总体上来看，西方有关消费社会文化的理论，是以批评马克思主义的"经济决定论"为出发点的，一方面，这些理论确实揭示了马克思、恩格斯时代所未曾出现的新的社会文化现象，另一方面，总体上也产生了走向"文化决定论"的弊端。

在中国，20世纪80年代中期以后，"审美现代性"问题开始引起学界注意。但是，其时关于"审美现代性"的讨论，主要还停留在观念启蒙的层面，对其的关注更多地集中在译介方面，尚缺乏深入而系统的研究，尤其是缺乏本土化的问题意识和观念立场，因此在当时的文论研究格局中并没有真正形成一个问题域。90年代中后期以来，尤其是进入新世纪之后，文论界关于"审美现代性"的讨论出现了一个明显的变化，就是本土的社会、文化发展为"审美现代性"讨论提供了现实的土壤，现代中国文学理论学科并逐步深化，时至今日，已经渐臻成熟。从1990年代开始，尤其新世纪以来，中国也开始由传统的生产型社会向消费型社会转型。随之，西方的消费社会文化理论不断被引进，因而形成了"西学东渐"的又一引人注目的新景观。首先，所谓"日常生活审美化"成为文论界一段时间以来相关研究和争论的一个重要关键词，随着研究的深入，有些学者已经开始将这一问题与消费社会文化理论研究结合起来作更进一步的探讨，这方面也已取得不少研究成果。其次，与消费社会转型相关的"身体写作"现象也及时地引起了文论界的关注，许多学者开始从"身体政治"等多种角度来对此加以探讨。最后，与文论转型相关的讨论集中体现在有关"文化研究"、"文化批评"之性质和定位，及其与文艺学的关系、"文艺学学科边界"等问题的学术论争中。经过一段时间的引进、消化，新世纪中国学术界有关消费社会文化的理论研究正在全面展开，并且逐步回归学理性和趋于成熟，而其中尤为重要的是，这促进了新世纪文艺学研究的理论话语和范式的重要转型。但是，检阅新世纪十年来这方面的研究，我们认为，从总体上来说，对西方理论的引进、介绍要远远多于深入、系统的研究，而结合中国当下具体实际的本土化的问题意识尚不够自觉：一些理论在热闹的争论之后并未得到更进一步的深入探究，而在充分结合中国当代社会转型的特点，从经济现代性、技术现代化和审美现代性之间互动关系的角度而展开系统、深入的研究等方面，尚略嫌不足。

（二）关于生态批评与生态美学问题

其实，人类对自然生态的干扰和破坏早就开始了，只是人类活动对自然界施加的这种干扰和破坏行为，在后现代消费社会转型及全球化迅猛发展中愈演愈烈，因而其作为一个生存性问题，便更加凸显出来了。人文研究领域介入生态问题，有其不同于自然科学和社会科学领域的视角和价值取向，即是对于消费社会转型所带来的发达国家经济实体的过度消费能源的霸权主义，以及他们为了实现资本最大限度增殖而刺激人类过度消费行为的消费主义意识形态，采取批判的立场，并且将文化研究、文化批评的观念和方法论范式引入生态批评，使之成为一个具有终极关怀性质的本体论色彩浓重的人文性话语。在价值取向方面，则坚守了诗意生存、诗性智慧、精神和谐，以及个性化与多样性等范畴，这就为美学和文艺介入生态问题敞开了大门。

从哲学层面上来讲，生态主义首先与对西方传统文化整体上的哲学反思有关。在这方面，海德格尔对两方文化中的"人类中心主义"的批判对生态哲学的影响很大，美国学者戴维·埃伦费尔德的生态哲学著作《人道主义的僭妄》也采用了与其相近的观点。此外，亨利·梭罗的《瓦尔登湖》、蕾切尔·卡逊《寂静的春天》等，亦对西方生态主义基本理念的形成产生了重要的影响。随着生态主义理念的逐步深入人心，西方学界不断出现生态学与其他学科相结合的交叉性学科，如生态伦理学提出了"大地伦理"、"敬畏生命"、自然的"内在价值论"、"荒野"本体论等重要理念，环境社会学则有"新生态范式"、"代谢断层理论"、"苦役踏车理论"等重要理论。与此同时，又出现了生态学与文艺学、美学交叉而形成的"生态批评"学科，如美国学者彻丽尔·格罗特费尔蒂就把"生态批评"定义为"探讨文学与自然环境之关系的批评"，与此相近的还有"生态学的文学批评"或"生态学取向的批评"、"文学的生态批评"等说法。1992年，在美国内华达大学成立了一个国际性的生态批评学术组织——"文学与环境研究会"，该组织经常举办学术研讨会，积极地推动生态批评的发展。进入新世纪以来，西方生态批评在继续发展过程中充分吸收生态主义理论的思想成果，将其运用于文学理论和文学史研究，从文艺学和美学的角度对生态主义思想作出了理论贡献，从而与生态伦理学、环境社会学等一起，共同促进了全球范围内的生态主义思潮的发展。这其中，詹姆斯·奥康纳的《自然的理由——生态学马克思主义研究》，力图将生态学与马克思主义理论结合起来，对我们尤其有理论启示。

生态批评和生态美学也是新世纪中国文论转型过程中出现的一个极具前沿性和热点性的研究领域。因其研究的对象和关注的主要理论问题与现实中的全球生态环境问题紧密地保持着同步关系，因此可以说，介入性、反思性、批判性是新世纪以来生态批评和生态美学发展建构过程中逐渐体现出来的一种越来越明晰的思想和学术品格，因而业已成为当前文学理论和美学研究中的一个极其重大的理论热点和前沿问题，为新世纪十年来的文艺学和美学研究，提供了一个新的学术生长点。西方的全球化理论、生态哲学、生态伦理学、环境社会学、文化批评、反思性社会学等等理论，对中国的生态批评和生态美学研究和理论争鸣产生了深度的影响。在借鉴西方的理论之同时，密切关注中国当下的生态问题；在保持对现实问题的话语发言权之同时，注重理论和学科方面的基础建设，尤其是注重发掘中国传统文化中的生态观念，是新世纪中国生态批评和生态美学发展所表现出的一个显著特点。

生态批评和生态美学之成为"显学",体现了文艺学、美学理论研究的现实品格,同时也在相当程度上预示着新世纪文论、美学转型的一个向度。当然,当代中国的生态批评和生态美学研究,还面临着诸多学理方面的困境和问题:1. 加紧生态批评和生态美学的学科、学理建设;2. 生态批评和生态美学在21世纪的文论建设中要担当起促进中国传统生态观念的现代转化和赋予其普适性价值意义的重要任务;3. 揭示生态危机的思想文化根源,进行生态哲学角度的文化批判和社会批判,是中国生态批评和生态美学未来发展的主要任务。

(三)大众媒介文化及其后果问题

现代大众传播媒介乃是审美现代性与技术现代性的交汇点,或者说,作为西方当代"显学"之一的现代媒体研究,把审美现代性与技术现代性绾结在一起,形成了大众传播媒介理论研究范式。这方面,麦克卢汉提出了著名的"媒介即信息"的断言,就是说现代传媒已非仅仅只是传播信息的手段,其本身就成为信息,对人的社会活动起着重大的组织作用。因此,当代传播理论认为,"媒体"不仅只是传播信息的单纯手段,"媒体"本身也是信息生产、传播、消费的重要制约力量。创立了所谓"媒体生态学"的尼尔·波兹曼的名著《娱乐至死》,则具体地分析了大众传播媒介对人的文化、政治生活等方面所产生的巨大而深刻的影响。"娱乐化"是现代大众传播媒介的一个重要特性,这种与现代大众传播媒介不可剥离的"娱乐化",正在深刻地改变着文艺的存在方式乃至人的基本生活方式,并且对当代文学理论话语转型产生了深刻的影响。马克·波斯特、道格拉斯·凯尔纳等对现代大众传播媒介均有较为深入的探讨。与此相关,西方学者首先提出了"图像转向"问题。有关"图像"在当代社会生活中的重大作用,鲍德里亚的"拟像"理论、德波的"景观社会"理论等,均有较为深入的探讨。图像化的现代大众电子传媒迅速扩张所产生的一个重要后果是其对以语言为载体的文学产生了严重的冲击，所以德里达《明信片》中提出了"在特定的电信技术王国中，整个的所谓文学的时代将不复存在"的论断，而希利斯·米勒则相继发表系列论文，提出了"文学终结论"问题，并且被介绍进来，引发了较大反响，成为新世纪以来文论、文化研究和论争中的热门话题之一。

新世纪以来，中国学界从传播学、文化学、社会学等多重视角对现代媒体理论的研究逐步展开，文艺学和美学研究领域也及时地注意到了当代大众媒介文化对于当下中国人的文化生产和消费的深刻影响，以及由此而产生的一系列文论问题，逐步展开了这方面的研究。十年来，文论界通过对于所谓"读图转向"、"文学性泛化"、"文学祛魅"等现象的分析讨论，对现代大众媒介文化在包括文艺生活在内的当代社会生活中的重要作用的认识越来越深入。通过对于这一问题域的讨论，与媒体研究相关的"图像转向"、"文学性泛化"、"文学终结论"等问题，已经成为新世纪中国文论中的重要话题。

现代电子媒介使"文学性"越出传统的文学领域向经济领域、大众日常生活领域扩展，这同样对传统意义上的文学的存在与发展提出了挑战。这是因为，一方面，中国新时期以来的改革开放导致了剧烈的社会转型及文化转型，因此图像社会出现所带来的文化断裂、文化冲击和文化重构的力度便更大，问题也要更为复杂和独特。另一方面，中国文论自身的学科危机、学科重建问题也日益突出，而现代媒介文化及其对文艺的影响后果的研究，使得文论界对于学科危机、学科重建问题反思的角度、维度、深广度均得以确认和强化。近年来，这方面的研究又出现了一个明显的变化，就是与本土的、现实的文化、文艺新现状的联系逐渐紧密起来了，所关注和探讨的问题的在场性初步得到了体现，从而使新世纪中国文论关于媒介文化及其影响后果的研究，初步呈现出人们期待已久的问题意识本土化和现实在场性的特点。但是，从总体上来说，新世纪中国文论对于媒介文化及其后果这一问题域所涵盖的诸多问题的讨论，基本上是在分散的情况下进行的，尚缺乏整体性的观照，而围绕现代性的发展及其内在分裂来做深入、系统的研究也显得比较薄弱，同时现象性描述多于学理性分析，这便使得一些研究论文的理论性还不够强。

（四）文论转型与文学史理论建构问题

新世纪文论转型及其问题域的形成，对于新世纪以来中国文学研究产生了多方面的影响，并且引发了文学史理论的反思和重构，由此而形成了文学史理论自身的问题域。新世纪文论转型，对于既有的文学史观念提出了挑战，而西方后现代主义、解构主义对"文学"含义的无限泛化，又使文学史的研究陷入了困境。近年来文论界关于本质主义、非本质主义与反本质主义的研究和论争，也深刻地影响了文学史研究，并且促使文学史观念发生裂变。

由于受当代社会转型、文化新语境，以及诸如全球化理论、后现代史学、后解构主义、后殖民主义、反思社会学、文化诗学、新媒介理论、新传播理论、性别诗学、生态理论、文化和文学人类学等当代理论的深层次影响，文学史理论研究在文学史的问题意识、文学史方法论、文学史观、文学史本体论、文学史功能论、文学史书写和学术史反思等方面均出现了转型性质的变化。在新的社会转型、新文学理论形态的双重推动下，产生了一批新术语和新观念，出现了一批有影响力的研究成果，形成了理论与实践形态的文学史研究间的良性互动，这些都构成了新世纪以来文学史理论研究的新格局。

在中西文化的相遇中，要建构出理想形态的文学史理论研究体系，必须切实挺立中国文学的主体意识，达成现代视野与传统资源之间的健康互动，使中国文学之自性不再是以自在的形态而潜隐，而要在明确的理论自觉中成为自为的学术追求，在充分地成就文学史理论自性的自觉意识中推进中西理论互诠互释、共生共荣，从而在古今、中西文学史理论视野的互动融合中形成新的意义世界。大体而言，问题意识的转变和研究方法的更新是新世纪文学史理论研究新格局的两个基本前提条件。

但总体来说，充分利用这些新理论探讨文学史理论重构问题的研究尚有
待深入展开。

二

以上在全球化的背景中梳理了新世纪中国文论所涉及的新话语，这
些新话语之间的联系是非常密切的，但是总体来看，文论界从整体的角
度对这些新话语之间存在的复杂的关联性的把握还做得不够，而只有在
统观的整体把握中，中国文论才能真正实现自身的理论转型，全面展开
自身的理论创新。新世纪中国文论乃是对新的时代的敏锐的理论回应，
因此，对其统观把握首先要求对新的时代有某种整体的把握。那么，该
如何来描述和把握我们这个瞬息万变的时代呢？我们更倾向于借用"边
界逾越"这一表述——更准确地说是"边界开放"或"边界交融"，来
描述当下新的时代特征，这种边界开放与交融发生在政治、经济、文化
之间，区域之间，民族文化之间，以及科技与人文之间、知识与经验之
间、哲学社会科学各学科之间，如此等等。拉什、厄里的《符号经济与
空间经济》对"边界的逾越"作了更具体的描述："经济日益向文化弯
折。而文化也越来越向经济弯折。为此，两者的界限逐渐模糊，经济和
文化不再互为系统和环境而起作用了"。其实，这同样适用于描述其他方
面的边界开放和交融。边界封闭似可相安无事，边界开放则会带来冲突，
但同时也会带来发展的大好机遇，关键在于我们如何积极应对。新世纪
中国文论的转型特点，正是在诸种边界的开放与交融中体现出来的。对
此，我们初步有如下的概括：

其一，新世纪中国文论具有突出的全球化和跨文化色彩，因此，如
何把握好"全球化视野"与"本土化立场"之间的关系，是其中的一个
重要问题。

其二，新世纪中国文论具有极强的跨学科特点，处理好跨学科研究

与坚持文论自身学科立场之间的关系是其要解决的另一重要问题。

其三，新世纪中国文论的重大理论问题皆与现代性问题密切相关，而在现代性的研究框架中，文学艺术又首先直接与审美（文化）现代性相关，这种审美现代性又是相对于技术现代性、经济现代性等而言的，而后现代理论的重要贡献之一就是揭示了传统所谓的"现代性"并非铁板一块，而是存在内在分裂。因此，在今日之后现代语境中，应将其置于技术现代性、经济现代性等的内在分裂与交互作用中，来重新审视审美现代性问题。

除了从诸种边界的开放与交融来把握新世纪中国文论的转型特征外，还应注意用"范式"来总结和概括文论新转型的趋向，大致说来有以下几种范式值得注意：（1）媒体本体论范式：媒介不仅只是文艺乃至人的存在的简单手段，而且也是文艺和人的存在方式，现代电子媒介在改变文艺乃至人的生存特性方面发挥着至关重要的作用。（2）消费主义范式：局限于传统的"生产主义"范式，已无法准确理解和充分把握我们当下所处时代的新特征及包括文艺在内的人类社会文化的新特征。（3）生态主义范式：生态主义理念不仅只是应对现实生态问题的一种策略，它还促使我们重新审视人的生存及包括文艺在内的社会文化的价值和意义。

媒体、消费主义、生态主义等等，不仅只是文艺研究的新视角，而且也是在整体上影响文艺研究总体发展趋向的深层的基本理论范式，只有充分认识到这些范式的重要性并充分利用这些基本范式，才能使文论在新的时代状况下实现新的有效转型。同时，如何在统观的基础上对转型文论的哲学基础进行概括，将是新世纪中国文论转型所要完成的重要理论任务之一。

三

正是基于以上认识，我和中国社会科学院文学研究所理论室的同仁选编了《新世纪文论读本》系列，其目的不外有五：其一，通过选编此读本系列，对新世纪中国文论转型与学术推进的轨迹作一次扫描。其二，在扫描的基础上，对新世纪中国文论的"新变"进行深入的反思。其三，在反思的基础上，总结和归纳出问题域，以有利于我们发现新的学术生长点。其四，为新世纪中国文论发展的前十年立此存照，留下一个思想文档。其五，通过读本的形式，为文学专业的学生和青年研究者了解新世纪中国文论转型和发展状况，掌握文论新知识，提供一个入门的路径。

本读本系列，按照话题形式，编选新世纪以来国内文论界学者围绕这些话题所发表的有代表性的重要理论论文，由于话语的连续性，也适当地选了个别发表于90年代末的论文。我们所选择的话题计有：

1. 审美现代性

2. 图像转向

3. 消费社会

4. 文学终结论

5. 全球文化与复数"世界文学"

6. 生态批评

7. 身体写作

8. 文学史理论

这八个方面的话题，集中体现了新世纪中国文论转型过程中所呈现出的若干大的问题域，围绕着这些问题，学界进行了广泛而深入的理论探讨和争鸣，一定程度上已经形成了分别涵盖有若干子问题的一系列理论主题，每一话题亦初步建构起了自身的思想、知识谱系，实际上构成了20世纪90年代以来我国文学理论转型演变的问题史、观念史，并且在整体上展现出了新世纪中国文论的知识和思想状况。

在具体的编辑体例方面，我们在每卷前置一《导读》，介绍该话题的来龙去脉、主要观点，并有选编者对该话题讨论情况的深度评论。

本读本系列，被列为 2008 年度中国社会科学院文学研究所重点项目。

本读本系列，有幸被中国社会科学出版社列为出版选题，在课题的研究过程，以及读本的编选过程中，郭沂纹编辑提供了诸多建议和有力的支持，赵剑英总编和王磊主任亦为该读本系列提供了难得而珍贵的建议和支持，在此一并深谢之。

编选读本系列，对于我们来说，是一个新的尝试，加之我们对于新世纪中国文论转型及其问题域的研究，还处于刚刚开始的阶段，因此一定存在着诸多不足乃至错误。为此，我们将会以诚恳的态度，接受读者、专家同行，以及入选论文作者的批评和建议。

目　　录

视觉文化研究

导　言

彭亚非[*]

"当代文化正在变成一种视觉文化"，丹尼尔·贝尔在他的《资本主义的文化矛盾》一书中这样写道——"而不是一种印刷文化，这是千真万确的事实。这一变革的根源与其说是作为大众传媒的电影和电视，不如说是人们在十九世纪中叶开始经历的那种地理和社会的流动以及应运而生的一种新美学。"[①] 贝尔的这一判断，基于两个基本的文化史事实。对这两个基本的文化史事实的描述，现在差不多已经成了老生常谈了。但因为本书所涉及的所有相关思考，都是建基于对这两个文化史事实的认识之上的，而相关的认识又未必都已成为共识，所以，我们还是有必要在谈论任何一个理论问题之前，对这两个基本的文化史事实进行一番概说，以期书中所有的理论话语都能在一个相对清晰的文化背景和历史语境中展开。

第一个文化史事实是现代图像文化伴随着现代民主社会的出现而兴起、而繁盛。这种相关性正是我们在讨论视觉文化时代的意义时应该预先提示的。因为不管怎么说，一个众所周知的事实是，图像文化本是一个与人类文明的历史相始终的文化现象。有学者指出史前图腾崇拜已经发轫人类图像崇拜的历史，但实际上人类图像崇拜的历史还要早得多。

不仅远早于人类的文本文化，甚至于要早于人类成熟的语言文化也未可知。但这一事实并不足以说明图像文化在人类文明史中的支配性意义。东汉王充在其《论衡·别通》中写道："人好观图画者，图上所画，古之列人也。见列人之面，孰与观其言行？置之空壁，形容具存，人不激劝者，不见言行也。古贤之遗文，竹帛之所载粲然，岂徒墙壁之画哉！"便充分显示了古代社会文本文化作为主流文化对于图像文化的轻视与压抑。而近现代图像文化的兴盛，却是自人类社会告别中世纪历史开始、在现代资本主义社会产生过程中出现的典型的文化表征之一。它成为最为普及的大众文化生活方式和大众文化话语方式，是在资产阶级市民社会的兴起和公民意识的觉醒之后。它与文化本身随着历史的进步日益普及和平民化有关，与人类社会的政治文化形态日益具有民主性和公民性有关。拙文《图像社会与文学的未来》中曾提到过近代漫画运动与不同国家资产阶级社会革命的伴生关系，[①] 而事实上，作为一种新生的文化现象，它可以从近现代国内外每一次历史运动、政治革命、社会变革、文化更新、时代更替中所伴随、所涌现、所新创的各种全新的美术活动方式中看出来：漫画、宣传画、广告、招贴、海报、连环画、小人书、传单、画报，以及随着新技术的不断进步而出现的动画、动漫、艺术品的无限印刷与复制，一直到今天数码图像的出现以及图像处理软件的全面普及和充分个人化——它们都是现代社会民主化程度和文化权利共享程度的一种文化写照。在这些日益普及的图像艺术形式中，草根阶层在人类文明进化史中被长期压抑的集体无意识，通过种种简单明快、夸张感性的图像话语，巧妙地、恰当地且充满戏剧性地释放出来、发泄出来。无论是可说的思想，还是不可说的意识，都得到了机智而有效的表达。作为一种"新潮"的文化现象，它基本上是在一种大众娱乐和即时消费的状态下"自然而然"地蔓延滋生，这使得公共话语空间几乎是在不动

---

① 参阅彭亚非《图像社会与文学的未来》，《文学评论》2003 年第 5 期。

声色的情况下获得了成几何级数的扩张。

因此，现代图像文化是一股与全人类的社会改革、政治进步、思想解放、意识形态更新同步且不断加速、不断超前的文化发展大潮。海德格尔说："现代的基本进程乃是对作为图像的世界的征服过程。"① 海德格尔的话也许有更深的含义，但惟其如此，才不论在社会动荡时期还是社会安定时期，不论在革命运动时期还是和平发展时期，它都以不同的方式得到了新的发展。它的文化意义一开始也许并未为人们所觉察，但这并不妨碍它在一种几乎是非自觉的状态下不断扩充自己的文化空间，并借用大众娱乐性的力量渗透到所有的社会生活领域与人文领域，最终蔚为全球覆盖性的壮观文化景象。今天，它已经成为大众文化最为活跃最为普遍的一种活动形式，亦成为大众心理、大众意识最为充分最为广泛的一种显现方式和表达方式。图像包围了我们。不仅孩子们生活在无穷无尽的由卡通、漫画、图片等等构成的读物和玩具之中，成人们所面对的图像信息也同样无处不在。日常生存中触目皆是的图像遭遇不用说了，甚至连最深奥的古典哲学著作也都被图说，或者被种种图绘因素包装了起来。一个最具当代电子媒介文化特色、同时也最能见出当代文化生存中图像化程度的例子则是，文字文本中的标点符号，也已经成了构成各种有趣图像的材料。

另一个文化史事实则是随着摄影技术、电影技术、电视技术、数码影像技术、电子网络技术的出现而日益兴盛的"世界成为图像"的影像文化现象。尽管前引贝尔的话用了"与其说"一词，对这一事实作为他所谓的视觉文化变革的主要根源表示了某种程度的怀疑，但也正好说明了这一事实作为文化变革的根源为大家所认同的普遍性。

众所周知，这一切开始于将近两个世纪前的一块涂满了犹太沥青的

---

① ［德］海德格尔：《世界图象的时代》，《海德格尔选集》（上、下），孙周兴选编，上海三联书店1996年版，下卷，第904页。

金属感光板。照片的出现改变了这个世界，也改变了我们对世界的"看法"。德国学者洛伦兹·恩格尔教授说："摄影的发展导致了图像技术的巨大变化。照片再也不能像其他绘画一样被看作是指示某些抽象的和不可见的东西的符号了。"① 事实上是，世界自身呈现为图像文化和视觉语言了。它不再是贡布里希在谈到传统图像艺术时所说的"现实的幻觉"，但也不是现实本身。它是现实在视觉意义上的信息形态、思维形态和意识形态。"照片远比它的题材更能说明事件本身。"② 而同时，世界也不再是为人类生理视力所限的外视世界，摄影实际上前所未有地将这个世界一步步重新展示在我们面前。迄今为止，新技术的进步已经导致人类的"可视域"或可视性对象迅速扩张：全息摄影，延时摄影，时间分片摄影，动物视觉模拟摄影……世界的视觉性存在早已超越了人类"眼见"的真实。人们现在完全可以按照自己的时间表和空间坐标来"看"这个世界了：从一百亿光年远的宏观宇宙景观，到原子尺度的微观图像，从无孔不入的微型摄影摄像头到种种透视成像技术，从可视性通讯技术的发展到谷歌免费提供的地球卫星摄影，人所面对的世界似乎一夜之间便前所未有地"去蔽"了。

紧随其后的还有电影、电视、电脑和互联网。"通过电影，我们将进入第四维度：时间维度。"③ 而通过电脑和互联网，我们则进入了一个几乎不再为四维时空所限的虚拟世界。事实上电影也一样。开始于上世纪70年代的数字虚拟影像生成技术在电影影像制作工艺中的应用，完全摆脱了摄影机与摄影对象的双重制约，创造出匪夷所思的亦真亦幻的虚像世界景观。

---

① 《不可见之见——从观念时代到全球时代的德国视觉哲学》，《图像时代：视觉文化传播的理论诠释》，复旦大学出版社 2005 年版，第 3 页。

② ［英］理查德·豪厄尔斯：《视觉文化》，葛红兵等译，广西师范大学出版社 2007 年版，第 145 页。

③ 同上书，第 156 页。

我们有时笼统地用图像文化来指称当今的视觉文化，但实际上，图像文化这一概念因为不能与传统的图像文化语境完全切割开，而不能涵盖影像文化在当代视觉文化中的主导性意义。因此，视觉文化中的影像文化并不能简单地归纳为图像文化，或笼统地与图像文化混为一谈。影像文化是通过外视世界的真实再现所构成的影像语汇来叙述、解说、传递、交流、共享人类生存信息的文化。图像文化自古就有，它是人类自有内视世界共享需要以来就存在的将内视世界信息外视化的一种文化形式。但它依然依赖于将外视世界（眼中之竹）先期转化为内视世界（胸中之竹），然后再将内视世界信息化（手中之竹），并通过信息编码再度转化为外视图像（纸上之竹），而无法将外视世界本身直接作为信息、符号和语言予以传达与共享——而这正是影像文化、也就是现代视觉文化的本质特性所在。现代影像科技的发展，使得外视世界可以直接共享，可以作为一种文化和语言直接进入言说与交流，才有了视觉文化形态得以取代过去的语言文化、印刷文化、文本文化——即内视文化形态的文化变革。因此，当代图像文化的繁盛，在一定的意义上也是由于人类进入视觉文化时代后，其文化性生存过度依赖影像视觉图像的一个间接结果。

另一方面，影像文化的出现也使得人们对世界的主动的观看变成了为某种"看法"所制约的视觉性接受与认识。因为事实上任何一个影像或一系列影像，即使只是对原始景观的真实再现，但是由于它被从它出现时的时间与空间中分离了出来，并在相当大的程度上被割断了使它得以出现的各种因果链——而有些因果链是决定性的、本质性的，因而使得任何影像总是具有与真实世界并不完全一致的独立的、独自的说明性。真实的影像掩盖了想象性的内核，就此而言，影像科技的出现与飞速发展也具有特定的人文意义。它使得某种完全不同于传统思维模式与话语模式的福柯所谓的文化"认知型"的生成和形成有了可能。因此，对当代影像话语模式的研究与解析，将有助于我们对当今视觉文化认知型中的权力意志与意识形态制约的准确把握与认识。

对于生活在全球化和后现代语境的人们来说，这是一个更为醒目、更为突出的文化史事实。这一事实更为深刻地改变了我们的文化生存方式和文化生活方式。世界不再是世界，甚至人也不再是人——它们都以图像的方式（真实影像的方式）成为人类掌握世界、认识自身、交流信息、表达思想、呈示世界观、进行意识形态竞争与交锋的一种符号编码或话语言说，成为人类感情生活、政治生活、文化生活及至日常生活、人际交往……的方式。不用说，这一切也引发了人们深刻的反省与担忧。"历史上也没有任何一种形态的社会，曾经出现过这么集中的影像、这么密集的视觉信息。"① 确实如此。我们可以看看下面的数据：

日立环球存储科技公司（Hitachi GST）和 KRC 研究机构（KRC Research）不久前发布的一项研究报告声称，2008 年 5 月，他们在中国对 1040 名 18 岁至 64 岁的成年人进行了全国性的电话调查，结果显示，几乎所有接受调查的中国消费者人均至少拥有 1 台提供数字数据存储能力的电子产品：九成以上的受访者（93%）拥有某种类型具备数字存储功能的电子产品；八成以上受访者拥有一台台式机或个人电脑（82%），或配备摄像头的手机（80%）；六成以上受访者（62%）拥有数码照相机；六成以上受访者（62%）拥有 MP3 播放器；超过三分之一的受访者拥有笔记本电脑（38%）或数字摄像机（36%）。②

2000 年，美国每千人拥有电视机 854 台；日本：725 台；中国：293 台。③

2006 年全球手机无线上网用户约为 6.4 亿人，2008 年预计为 9.2 亿

---

① ［英］约翰·伯杰：《视觉艺术鉴赏》，戴行钺译，商务印书馆 1999 年版，第 153 页。

② 资料来源：科技资讯网，www.CNETNews.com.cn。

③ 胡鞍钢、张晓群：《中国传媒普及率追赶的实证分析》。资料来源，www.66 wen.com。

人。①超过93%的用户有接触各种无线广告的机会。

2006年中国互联网用户数为1.37亿人，占全球互联网用户总数的16%。预计2010年中国网民数量将达到2.62亿人，将占世界互联网用户数的25%。②

这只是从互联网上信手引述的一些数据。窥一斑而知全豹，影像文化、电子视像文化在当今人类生活中所占的比重可以想见。人类文化的传统格局、轻重比例、主次关系、空间分布、互动状态因此而有了根本性的改变。这几乎是一种不可逆的文化发展趋势，情况只会日益普遍地向着这样一个方向发展。

这两个文化事实与后现代消费文化、大众文化结合，带来的是当今人类社会全面渗透的、无所不在的图像文化、视觉文化泛滥、铺张、充斥、风靡的文化景观，一些学者将其概括为人类文明的视觉文化转向。

这一文化现象引发了全世界（首先是得风气之先的西方社会）的学者和思想家们的各种各样的思索、反思与研究。这些反思与研究既有哲学性的和文化性的，也有政治性、社会性的，以及技术性和美学性的。而无论是何种意义上的反思与研究，它们的终极问题都只能是：当代视觉文化的兴盛与主宰对于我们意味着什么？对于今天意味着什么？对于人类社会生存与文化生存的未来意味着什么？

最早提出"视觉文化"这一概念的是匈牙利电影理论家贝拉·巴拉兹。尽管他对这一概念的内涵的理解还相对褊狭，但他已经富有预见性地认识到："电影艺术的诞生不仅创造了新的艺术作品，而且使人类获得了一种新的能力，用以感受和理解这种新的艺术"③。这种所谓"新的能力"，就是通过影像世界、通过人的表情、形体语言来传达思想、传达意

---

① 《全球手机无线上网用户规模及预测》，资料来源，www.iresearch.com.cn。

② 《2005—2010年中国和全球互联网用户数对比》，资料来源，www.iresearch.com.cn。

③ 《电影美学》，中国电影出版社1982年版，第18页。

义，通过"观看"影像世界和人的表情、形体来感受、理解和接受思想与意义的能力。在他看来，这本来正是人类最原始的能力，但通过文字文化、印刷文化的风行、统治和覆盖，人类的这种能力被遮蔽了、被取代了、被压抑了。用他的话说就是："可见的思想就这样变成了可理解的思想，视觉的文化变成了概念的文化。"而电影重新开启了视觉文化的新时代，使得人们可以"纯粹通过视觉来体验事件、性格、感情、情绪，甚至思想"。因此，他将电影的出现称为"我们文化史上的一个转折点"。[①]

巴拉兹对视觉语言的理解是非常准确的。他认为，视觉语言并非概念语言的替代物，而是用来表达概念语言所无法表达的内涵的（他具体地表述为"感情和内心体验"，但实际上要宽泛得多）。用他的话来说也可以是："将使许多潜在的东西获得表达的机会。"他断言道："电影扩大了表现的可能性，能够被表现的精神领域当然也随之扩大了。"[②]

在巴拉兹所定义的视觉文化时代来临之前，语言、文字、文学使可见的世界转化为内视世界，而传统艺术作为一种图像文化，则是将可见的世界经过了主观改造之后重新呈现为视觉接纳的一种主体性言说方式。因此，无论传统图像文化怎样强调模仿与再现，它作为一种图像和视觉符号都不是、也不可能是"可见的世界本身"——因而，它也不可能使"可见的世界本身"成为一种言说。而影像文化（摄影、电影、电视等）的出现，则使可见的世界本身成为了一种语言、一种文字、一种艺术，或者说一种思想和思维方式。这才是现代视觉文化最重要的文化本质。对此最有体会，并且最早进行了深刻的哲学思考的，应该说是德国哲学家海德格尔。

海德格尔将现代社会直接指称为"世界图像的时代"。他说："世界

---

① 《电影美学》，中国电影出版社 1982 年版，第 25、26、24 页。
② 同上书，第 25、27、28 页。

图像并非从一个以前的中世纪的世界图像演变为一个现代的世界图像；毋宁说，根本上世界成为图像，这样一回事情标志着现代之本质。""在出现世界图像的地方，实现着一种关于存在者整体的本质性决断。存在者的存在是在存在者之被表象状态中被寻求和发现的。""所以，从本质上看来，世界图像并非意指一幅关于世界的图像，而是指世界被把握为图像了。"①

在海德格尔看来，存在者的存在，并不是被感知和被认识的一个结果，而是在世界成为图像之中、之后被寻求和发现的。世界成为图像，也就是存在者进入被表象状态。因此，他认为，世界成为图像之前，所谓的世界图像，只是一幅"关于"世界的图像，而不是世界被把握为图像。中世纪的世界图像即使演变为现代的世界图像，它也还只是"关于"世界的图像。真正的现代之本质，则是世界从根本上成为了图像。

海德格尔这一思想的精辟性在于，虽然图像文化自古就有，但是在整个前现代社会，都不具备世界成为图像的条件。充其量，它只能以被觉知到的存在状态成为外观，因此在图像哲学的意义上，它只是关于世界的图像。显然，海德格尔是非常重视世界成为图像的现代性意义的。他这样写道："如果我们把世界的图像特性解说为存在者之被表象状态，那么，为了充分把握被表象状态的现代本质，我们就必须探寻出'表象'这个已经被用滥了的词语和概念的原始的命名力量，那就是：摆置到自身面前和向着自身而来摆置。由此，存在者才作为对象达乎持存，从而才获得存在之镜像。世界之成为图像，与人在存在者范围内成为主体是同一个过程。"② 就是说，世界在成为图像之前，表象作为被觉知的"外观"，还未被"摆置到自身面前和向着自身而来摆置"，因此也就还

_____

① ［德］海德格尔：《世界图象的时代》，《海德格尔选集》（上、下），孙周兴选编，上海三联书店1996年版，下卷，第899页。

② 同上书，第902页。

未能成为存在者所可获得的存在之镜像——这是其一。更重要的是，海德格尔认为在此之前，人也不能在存在者范围内成为主体。

如果说海德格尔对现代社会的世界图像性质尚抱有某种理性认知的态度，维特根斯坦对人类文化意识对图像的依赖则显示出很深的抵触和忧惧情绪。在《哲学研究》一书中，他这样写道："一幅图画囚禁了我们。我们逃不脱它，因为它在我们的语言之中，而语言似乎不断向我们重复它。"① 他也许觉得，图像文化的古老渊源，人类对图像的偏好，人们习以为常的图像意识与视觉语汇，都会对清晰而严谨的、理性而逻辑的哲学思维形成干扰。他说："图画常常用来代替语词，或用来图解语词。"并且这样反问道："如果头脑里的思想的图画可以强加于我们，那为什么灵魂中的思想的图画不能更多地强加于我们呢？"他的这一说法："这种图画为什么只是形诸话语的思想的不完美的翻版？它为什么不能和口说的学说起到同样的作用？而这种作用才是要点。"② 则与前引东汉王充《论衡》中的观念几乎有异曲同工之妙。

但问题是，那个被称之为视觉文化或是世界图像的时代，无论谁喜欢与否，它都正以不可阻挡的席卷之势来临。维特根斯坦说："我们所要的是对已经敞开在我们眼前的东西加以理解。因为这似乎正是我们在某种意义上不理解的东西。"③ 对于我们正在经历的所谓视觉文化转向现象，我们也应该抱持这样的态度。

因此，视觉文化的现代转向被一些思想家认为具有革命性的意义，瓦尔特·本雅明是其中有代表性的杰出思想家之一。他认为，正如现代科技的进步导致了世界的去魅一样，现代技术图像的出现及其机械复制的无限可能性，也导致了过去为贵族文化或精英文化所垄断的艺术作品

① ［英］维特根斯坦：《哲学研究》，陈嘉映译，上海人民出版社2001年版，第73页。

② 同上书，第83、279页。

③ 同上书，第64页。

的神秘性和特权性的消失。大众性的民主参与意识是这一文化转型所带来的必然的政治性后果。"总而言之"，本雅明这样写道，"复制技术把所复制的东西从传统领域中解脱了出来。由于它制作了许许多多的复制品，因而它就用众多的复制物取代了独一无二的存在；由于它使复制品能为接受者在其自身的环境中加以欣赏，因而它就赋予了所复制的对象以现实的活力。这两方面的进程导致了传统的大动荡——作为人性的现代危机和革新的对立面的传统的大动荡。它们都与现代社会的群众运动密切相联，其最强大的代理人就是电影。"① 严格地说，机械复制技术开始于印刷时代，是印刷使复制有了可能。（人工临摹虽然也可以是一种复制，但要使临摹真正达到复制的效果，在技术上甚至比原创还要难。）同样，也是由于印刷技术的不断进步，导致了本雅明所谓机械复制时代的最终来临。现在，虽然不能说机械复制时代已经过去，但数码复制的时代却确实已经来到。这一时代的到来，使得本雅明所说的"两方面的进程"，都达到了这个思想先驱生前难以想象的地步。一方面，数字拷贝技术和网络下载使复制有了无限自由的可能。另一方面，电脑与互联网的结合，也使得一个人坐在家中，就有可能赏尽天下的艺术品。他甚至可以以任何自己喜欢的方式来"加以欣赏"。至于本雅明对这一"文化革命"所寄予厚望的政治乌托邦，则似乎并未如其所愿的实现。

复制是传播的本质，媒介则是复制的物质前提和技术前提。马歇尔·麦克卢汉通过对电子媒介的变革这一现代科技文化景观的敏锐思考，同样深刻地介入了现代视觉文化转向的理论探讨之中。麦克卢汉强调了电子技术媒介的发展对于人类生活的重要性和决定性意义，认为这一发展极大地改变了人类的时空结构意识、感知能力和信息接受方式。他关于媒介即信息、媒介是人的延伸的思想，他的所谓"地球村"的

---

① 《机械复制时代的艺术作品》，中国城市出版社2002年版，第10—11页。

观念，在电视文化日益普及，互联网日益发达，技术图像信息的电子播撒方式花样翻新、无孔不入的当今社会，依然不失其现实意义。

事实上，如何对于科学技术进步对当今视觉文化日益繁盛的影响保持足够清晰的意识与认识，是视觉文化研究中的重大课题之一。毕竟，是科学技术的发展使这种新文化的传播找到了最为合适的方式。电子媒介的蓬勃发展，数字化、网络化的生存方式，卫星传播的全球覆盖……凡此种种，都为视觉文化的兴盛提供了便利而广阔的平台。对视觉信息的迷恋，本是人类了解世界、把握世界的基本文化倾向之一。现代科技的进步，在一定的意义上只是提供了极大的可能性使这种倾向和需求得以得到满足而已。因此，关于数码技术与虚像世界、仿像世界的生成，关于人的视觉可能性在摄影摄像技术上的无限延伸，关于互联网与赛博空间……这一系列问题，都成为视觉文化研究中不断得到开拓的理论视域。

当然，更多眼光敏锐而深刻的思想家们则更为关注视觉文化背后种种隐而不现、秘而未宣的深层本质。豪厄尔斯这样转述罗兰·巴特《神话学》中的思想："关于'不言而喻'的概念，对于视觉文化研究的学生来说，在所有神话理论中是最重要的。它激发我们寻找包含在视觉文化文本中的潜在文化假设，这些假设看起来是天生的、自然的、注定的，以至于它们看起来就是'不言而喻'的。而事实上，它们不是，它们呈现的是'虚假的清晰'。"① 视觉文化以其强烈的感性色彩和真实得毋庸置疑的图像呈示，常常给我们以一目了然而又真实可信的明晰印象。但实际上，在它清晰而感人的视觉话语背后，隐藏着的也许正是某种刻意而为的虚构、意识形态的询唤，某种强权意志或政治偏见，某种社会力量和历史逻辑的运作，或者某种文化理念的价值诉求、幻觉诱导……这

---

① ［英］理查德·豪厄尔斯：《视觉文化》，葛红兵等译，广西师范大学出版社2007年版，第91页。

大概就是罗兰·巴特所谓"神话"的本意。

因此，法国思想家德波依据马克思政治经济学的分析方法，对当今社会的视觉化存在形态进行了批判性反思。德波将以视觉性消费为主要文化特征的当今社会命名为"景观社会"："在现代生产条件无所不在的社会，生活本身展现为景观（spectacles）的庞大堆聚。直接存在的一切全都转化为一个表象。"① 事实上，他是用景观概念置换了马克思的商品概念。因此在他看来，商品即景观，或景观即商品。"景观变成为一个影像，当积累达到如此程度时，景观也就是资本。"② 资本主义商品社会将人与人的关系异化为物与物的关系，而景观社会则将这一已经异化的关系进一步异化为表象与表象（或景观与景观）之间的关系。用他的话来说就是："景观不是影像的聚积，而是以影像为中介的人们之间的社会关系。"③ 马克思关于资本主义社会中人与人、人与物之间的社会关系的所有制刚性制约，已经转化为景观社会中时尚引领性的视觉文化体制的柔性制约。在景观社会，社会性图像（影像、视像）存在成了实现物质性存在的前提。人的图像性存在的公众性和社会性程度，与他能获得的物质利益的多寡，是成正比的。在这样的社会里，最重要的名望，只能是视觉性的、图像性的名望。只有这样的名望，才能实现个人利益的最大化。从偶像、明星、广告、作秀、电视话语垄断、网络暴露癖成风……到制造种种或厚颜无耻或骇人听闻的眼球事件，都是景观拜物教社会典型的文化现象。资本奴隶制，转化成了视像奴隶制。"景观的语言由主导生产体系的符号所组成，这些符号同时也是这一生产体系的最终的和最后的目标。"④ 因而所谓商品的消费，在今天已经成了商品的符号价值或

---

① ［法］居伊·德波：《景观社会》，王昭凤译，南京大学出版社2006年版，第3页。

② 同上书，第10页。

③ 同上书，第3页。

④ 同上书，第4页。

象征价值的视觉性消费。人们的消费行为不再具有主动选择的性质，而成为景观的观看所需的牺牲品。德波的"景观"一词，有主动呈示甚至是作秀的含义。因此，它就像一场阴谋，像一场刻意的表演，使观看者进入一种半催眠的被误导的迷失状态。因而景观对真实的社会现实或社会本质具有遮蔽作用。景观成了消费社会"物化了的世界观"。① 这是一种隐性控制，但它力量的强大，足以使广大被动的观看者不假思索地成为它的盲从者。

继德波之后，波德里亚对后现代语境下的消费社会及其视觉文化表达进入了更为深入的剖析，试图揭示隐藏于其后的消费主义商品逻辑与文化逻辑。在波德里亚看来，在消费社会，消费是整个生产系统的一个被制约、被结构化了的部分，是被给定、被决定了的一种系统化行为，是被生产出来的消费，因而是全部生产力的构成之一。他说："需求瞄准的不是物，而是价值。需求的满足首先具有附着这些价值的意义。消费者基本的、无意识的、自动的选择就是接受了一个特殊社会的生活风尚。"② 因此说到底，所谓消费就是符号性拥有。消费的符号化甚至排斥享受，但是无不表现出对视觉性呈现的巨大依赖性。因为符号性拥有，基本上也就是视觉性拥有。因此，所谓消费是需要"看"与"被看"的。由于这样的共谋关系，消费主义的商品文化逻辑对视觉文化的制约与左右，就成为一种司空见惯的现象。比如，以电子传媒为代表的媒介视像，就表现出与现实所指的脱节和遮蔽，而成为高度能指化的消费符号："在以其自身为中心的画面中，或在以编码规则为中心的信息中，能指变成了其自身的所指，其中两者的循环混同是偏重于能指的……""我们便从以所指为中心的信息——过渡性信息——过渡到了一种以能指

---

① ［法］居伊·德波：《景观社会》，王昭凤译，南京大学出版社 2006 年版，第3页。

② ［法］波德里亚：《消费社会》，刘成富、全志钢译，南京大学出版社 2000 年版，第59页。

为中心的信息。"① 这种将现实或事实充分图像化、自指化的能指的狂欢，正是电子媒介视像一味以消费为指归（比如说电视媒介的一味追求收视率）的必然结果。诸如此类。尤其是，在波德里亚看来，在符号化消费的裹挟下，世界图像意义上的视觉文化逻辑也已经被超越，真正大行其道的视觉文化已经是一种虚拟文化或拟像文化。而在拟像文化的语境下，图像已经不再需要任何现实根据。它指向自身。它自己就是世界。从芭比娃娃到迪斯尼乐园，从电子游戏到数字影像，都呈现出这样的视觉文化特性。

视觉文化由此成为典型的后现代文化景观。美国学者尼古拉·米尔佐夫说："……对视觉及其效果的迷恋——现代主义的主要特征——产生了后现代文化，当文化成为视觉性之时，该文化最具后现代特征。"② 因此，对视觉文化的研究，实质上是对后现代语境下一种具有主导性的文化发展趋势的研究："视觉文化不依赖图像，而是依赖对存在的图像化或视觉化这一现代趋势。"③ ——因为图像文化始于人类文化之始，并且一直就存在。但是进入现代社会之后，视觉文化就开始了它的扩张与加速发展，并因而成为了当代文化的表征和领跑者。因此，他认为对视觉文化的命名和理论追问，实际上应该看作是后现代文化研究与文化批判的一种理论策略。④

而作为一种后现代文化征候，视觉文化与大众文化的联姻乃至共生的关系则尤为引人注目。丹尼尔·贝尔对此有非常率直的表述：

"目前居'统治'地位的是视觉观念。声音和图像，尤其是后者，组织了美学，统率了观众。在一个大众社会里，这几乎是不可避免的。

① ［法］波德里亚：《消费社会》，刘成富、全志钢译，南京大学出版社 2000 年版，第 133 页。

② 《什么是视觉文化?》，《文化研究》第 3 辑，天津社会科学出版社 2002 年版，第 3 页。

③ 同上书，第 5 页。

④ 同上书，第 3 页。

群众娱乐（马戏、奇观、戏剧）一直是视觉的。然而当代生活中有两个突出的方面必须强调视觉成分。其一，现代世界是一个城市世界。大城市生活和限定刺激与社交能力的方式，为人们看见和想看见（不是读到和听见）事物提供了大量优越的机会。其二，就是当代倾向的性质，它包括渴望行动（与观照相反）、追求新奇、贪图轰动。而最能满足这些迫切欲望的莫过于艺术中的视觉成分的了。"①

为大众文化消费所喜闻乐见是视觉文化的优势。毕竟，视觉性娱乐消遣或文化消费是最轻松、最自由、同时也最具有生理—心理或感受—意识之共享性的一种享受。在今天，它还同时是最易实现的享受。因此，如果缺乏足够的意志与理性制约的话，谁不会耽于这样的享受呢？本来，在复制文化和消费文化的共同作用下，图像审美就有一种从深度审美向浅度审美、纯感性审美滑移的天然趋势。而在大众文化语境下，这种趋势尤其会变得不可阻挡，会不断加速，会日益极端化。电影的所谓奇观化，即是其文化表征之一。因此阿莱斯·艾尔雅维茨说："一个类似的进程是总体上直观化和视觉文化的所有其他形式的扩充。这种进程的一部分也即是——现在仍然是——日常生活的审美化，包括从日常物品的修饰，到我们居住的整体环境的审美化。"② 视觉文化实际上已经渗透到了大众日常生存和文化生活的每一个层面、每一个角落。

举一个例子。一段时间，中国台海两岸曾经流行对古代经典文本的漫画式图像处理。这一文言文本的视觉化追求，本质上并不是将深奥难懂的文字内容向大众进行图像性解说或图像性宣喻——如中世纪天主教的宗教绘画或中国古代佛教的图说的创作目的那样，实现理性文本的图像性转化，而不过是将古典文学、哲学文本作为图像性娱乐与消遣的对

---

① ［美］丹尼尔·贝尔：《资本主义文化矛盾》，赵一凡等译，三联书店1989年版，第154页。

② ［斯洛文尼亚］阿莱斯·艾尔雅维茨：《图像时代》，胡菊兰、张云鹏译，吉林人民出版社2003年版，第17页。

象罢了。这其实是大众文化的后现代现象之一（带有某种无厘头的戏说乃至恶搞特征），而不是精英文化进行大众诉求的结果。

这一现象同时也可看作是视觉文化对文本文化的一次颠覆性取代。视觉文化对文本文化的冲击，是现代—后现代人类文化发展的一个"事件"。它彻底改变了前现代社会的文化格局，彻底改变了前现代社会的话语模式和话语权的主宰与运作方式。这是一个历史运动，是一个充满了互动、冲突、妥协和调整的复杂的历史过程。到今天，这一文化变革被认为不仅导致了文本文化的危机，而且在大众文化、消费主义、欲望放纵、影像话语空间的专权操控等多重因素的交互作用下，形成了视觉文化在后现代文化舞台上恣意狂舞的局面。

费瑟斯通这样描述这个局面："真实的实在转化为各种影像；时间碎化为一系列永恒的当下片断。"① 并认为这两个为詹明信所认同的"后现代文化特征"，导致了历史的平面化、"薄写"化，"宣告了元叙述的终结"；并且因为"消费文化与电视产生了过量的影像与记号，从而产生了一个仿真的世界"。由于"难以把那些形象的所指，连接成为一个有意义的叙述"，这个仿真的世界实际上成了一个由飘浮的、游移的能指所构成的世界。"高强度、高饱和的能指符号，公然对抗着系统化及其叙事性"，挣脱了理性束缚的感官刺激、欲望放纵，不仅成为消费文化的基本表征，而且消解了语言文化及其历史叙事的逻格斯中心，显示了"一种由话语文化形式向形象文化形式的转变"。②

一千四百多年前，南朝（陈）姚最曾在《续画品》中这样感叹："若永寻河书，则图在书前，取譬连山，则言由象著。今莫不贵斯鸟迹而贱彼龙文，消长相倾，有自来矣。"（鸟迹指文字，龙文指图画）批评当

----

① ［英］迈克·费瑟斯通：《消费文化与后现代主义》，刘精明译，译林出版社2000年版，第7页。

② 同上书，参阅第75、49、79、8、101、143页等有关内容。

时的人重文字而轻图像。在姚最的时代，文字是一种理性束缚和深度意识活动，而图像则表现出一种感性的放纵和表层的直接的生理—心理互动，故古人厚此而薄彼。今天，由于视觉文化的不断扩张，人类文化活动中的理性束缚被一步步解除，而感性欲望与即时消费的冲动则不断得到放纵，文字与图画由此而再一次"消长相倾"，成了"今者莫不贵斯龙文而轻彼鸟迹"了。因此，对于文学理论界的学者来说，视觉文化对文本文化——尤其是文学——的冲击，自然成为他们更为关注的一个热点问题。

由前引东汉王充和南朝姚最所言可知，文字文化与图像文化的互动与冲突其实是个很古老的话题。这是因为，人们生存的世界本是一个外视的世界，人类进入文化生存的历史之后，随着人们的社会化程度、人化程度越来越高，人们对于外视世界的信息共享与信息交流的需要便越来越迫切。但是跨时间和跨空间的外视世界共享在前影视时代是不可能的。人们所能做的，就是采取一种替代性的共享方式，即将外视世界模拟化、符码化和信息化来实现共享。视觉性模拟是替代性外视共享的基本方式，但由于其无所不在的主观性局限，即使是以再现为指归的西方式绘画，它所能达到的也只能是对现实的虚幻模拟，只能是关于对象世界的一个主观图像叙事。就是说，它充其量也只能是"像"而不是"是"。而通过视听信号的符码化、信息化将外视世界转化为非外视性的内视世界共享，则是更为重要更为普遍的替代性共享方式。这是语言和文本生成的必然性与必要性。语言和文本的出现，是将外视世界的共享转化为内视共享的结果。在前语言社会，由于缺乏有效的内视共享机制，进行外视共享是不可能做到的事情。外视世界必须转化为内视世界，然后通过语言，后来也通过文本，即通过内视世界的符号化，通过内视世界的信息共享方式，才能使外视世界的共享成为可能。然而事实上，这种共享所达到的，最终也只是内视世界的共享。自有内视世界的生成以来，外视世界与内视世界这二者就从来没有完全一致过。所以，人类共享外视世界，一直就只是一个人类文化之梦，一个文化乌托邦。

而随着现代影像科技的进步，随着现代图像社会和现代视觉文化的来临与兴盛，这个梦，这个乌托邦，开始成为一个人类生存的文化现实。先是摄影使得外视世界的静态共享成为可能。然后是电影的出现，动态外视世界的共享开始成为轻而易举的事情。最后是电视、录像、摄像、网络视频，使得异地异时或异地共时或共地异时的外视世界共享不再成为问题，从而标志了图像社会和视觉文化时代的全面降临。而在这一外视共享得以实现的同时，其他视觉文化因素诸如拟像、虚像等等视觉文化景观也得以大行其道。

外视世界共享的实现，使得内视文化大范围萎缩。这就是今天文本文化与图像文化此消彼长的现实。但是因为内视世界与外视世界从来就不是同一个世界，因此，外视世界成为一种共享文化，依然不足以、不可能完全取代内视世界的文化共享。它只是从话语权的角度颠覆了内视文化一家独大的局面，而不至于剥夺内视文化存在的必要性。相反，这一情势迫使内视文化发展出更适合自身本质的、同时也更为复杂和发达的内视世界。这一点，应该是我们研究今天的图文冲突时，有必要保持足够清醒意识的地方。

鉴于视觉文化已经渗透到人类社会文化生活的每一个角落，而且无论是与权力及金钱的结盟，还是与大众文化、消费文化的共舞，视觉文化都已不容置疑地成为了后现代文化形态中的主导性文化，上世纪 90 年代，在其他学者关于后现代文化转向的研究及论断的基础上，美国学者 W. J. T. 米歇尔明确提出了文化批评理论的"图像转向"的说法。他这样解释他的文化研究转向观念：

"无论图像转向是什么，我们都应该明白，它不是向幼稚的摹仿论、表征的复制或对应理论的回归，也不是一种关于图像'在场'的玄学的死灰复燃；它更应该是对图像的一种后语言学的、后符号学的再发现，把图像当作视觉性（visuality）、机器（appara-tus）、体制、话语、身体和喻形性（figurality）之间的一种复杂的相互作用。我的认识是，观看行为（specta-torship）（观看、注视、浏览，以及观察、监视与视觉快感的实践）可能与阅读的诸种形式（解密、解码、阐释等）是同等深奥的问题，而基于文本性的模式恐怕难以充分阐释视觉经验或'视觉识读能力'。我们认为，更为重要的是，尽管图像表征问题一直存在，但是它现在则以前所未有的力度影响着文化的每一个层面，从最为高深精微的哲学思考到大众媒介最为粗俗浅薄的生产制作无一幸免。传统的遏制策略似乎不再适当，而一套全球化的视觉文化批判似乎在所难免。"①

在过去的十多年里，米歇尔曾多次来中国宣讲他的这一理论，这使得他的理论在中国似乎比在他自己的国家要有更多的追随者。米歇尔认为，尽管我们有诸多关于图像的理论，但这似乎对我们没什么用处。②就是说，它们已经不足以解释今天的视觉文化现象，不足以解释今天的观看行为，乃至于不足以解释整个后现代文化形态。在人类的视觉性文化生存越来越重要的今天，我们不仅有必要全面深化传统的图像学理论研究，而且有必要全方位地建构从视觉学、图像美学到图像政治学、图像哲学的当代视觉文化理论。因此，相对专业的当代图像学或视觉理论研究，也就成为大的视觉文化研究中的重要一维。

2004 年，在上海复旦大学召开了中国首届视觉文化传播国际研讨会。德国包豪斯大学媒体哲学教授洛伦兹·恩格尔在他提交的会议论文中说："在当今德国的学术中，视觉哲学构成了新兴的媒体哲学的核心，被认为是该领域最前沿的研究课题。"恩格尔教授介绍道："视觉哲学的主要发现是，思想并不独立于视觉。……口头语言并不是思想交流的唯一工具，在口头语言的框架内发展出的各种概念的逻辑思维也并

---

① 《图像转向》，《文化研究》第 3 辑，天津社会科学出版社 2002 年版，第 17 页。

② 参阅《图像理论》"序言"，陈永国、胡文征译，北京大学出版社 2006 年版。

不是我们唯一的思维方式。""图像不仅仅影响到思考的过程，它们就是思维本身。"① 在会后出版的论文集中，国际视觉文化协会主席、美国罗德岛大学教授马焰介绍了 20 世纪 60 年代发端于美国的视觉素养研究。她表示，视觉素养的重要性，与当今人类视觉媒体环境的飞速发展是密切相关的。正因为如此，"我们通过视觉形象相互表达并将这些表达作为社会和文化评论而加以理解，这种方式将成为媒体生产、视觉文化研究以及媒体分析的中心环节。"② 荷兰萨克逊大学信息图形设计教授托恩·维尔德斯的论文则专门讨论了视觉语言的结构、语法、修辞等等问题，同样显示出当今专业视觉理论研究的创新性质。③ 事实上值得关注的还有更多的专业性的新兴图像学理论——如国外史学界始于 20 世纪早期至今依然方兴未艾的"图像证史"理论④——他们的工作，无疑可以看作是上述米歇尔教授的观点的某种现实呼应。

"现代美学如此突出地变成了一种视觉美学，"丹尼尔·贝尔感叹道，"以致连水坝、桥梁、地下仓库和道路格式——建筑与环境的生态学关系——都成了与美学有关的问题。"⑤ 确实如此。尤其是 20 世纪后半叶以来，视觉文化的大潮汹涌，几乎从根本上改变了人类的心智、文化惯例、话语方式与思维模式……今天，视觉性因素正决定着、左右着我们生活中的每一个细节，已经发生了深刻变革的人类文化，还在继续发生着也许是更为深刻的变化。因为按照海德格尔的观点，前现代只有关于世界的图像，到现代，世界才得以成为图像，或被把握为图像。但是

---

① 《不可见之见——从观念时代到全球时代的德国视觉哲学》，载《图像时代：视觉文化传播的理论诠释》，复旦大学出版社 2005 年版，第 4 页。

② "序一"，载《图像时代：视觉文化传播的理论诠释》，复旦大学出版社 2005 年版，第 2 页。

③ 《视觉语言结构》，载《图像时代：视觉文化传播的理论诠释》，复旦大学出版社 2005 年版，第 11—19 页。

④ 参阅［英］彼得·伯克著《图像证史》，杨豫译，北京大学出版社 2008 年版。

⑤ 《资本主义文化矛盾》，三联书店 1989 年版，第 155—156 页。

在进入后现代社会后，尤其是随着电脑、数码影像技术、虚拟世界、互联网和赛博空间的出现，世界被把握为图像已经再一次发生了根本性的转化——成为图像被把握为世界了。世界不再是作为图像的世界，因为图像直接就是世界了。对此，海德格尔会怎么想呢？这使得我们再次想起前引的他那句话："现代的基本进程乃是对作为图像的世界的征服过程。"① ——现在来看，究竟是我们征服了作为图像的世界，还是作为图像的世界征服了我们？

上世纪 80 年代末，西方视觉文化理论开始被介绍到我国。90 年代，我国学术界对一些相关问题进行了若干有意义的探讨与研究。新世纪以来，一方面，国外的研究成果有了更为系统的介绍与引进，另一方面，相关的探讨与研究也进一步深入和扩展，出现了一批有分量、有新见、与上述世界相关学术研究和思想讨论相呼应并形成对话的学术成果。应该说，这些学术成果是独具中国特色并且富有理论启示性的。这是因为，中国新时期以来的改革开放导致了剧烈的社会转型及文化转型，因此视觉文化时代的到来所带来的文化断裂、文化冲击和文化重构的力度要更大，问题也要更为复杂和独特；另一方面，中国学界自身的学科危机、学科重建问题也日益突出，因此思考的角度、维度、深广度，都会有所不同，从而带有鲜明的中国学术品格。本卷的编撰目的即有意辑录新世纪以来围绕这一学术话题和相关理论问题所发表的有代表性的论文，以显示这一时期中国学界在相关研究中所取得的成绩及所提出、所凸现的问题。其基本内容包括对国外视觉文化理论的译介、阐释；对后现代视觉文化景观的研究与论述；视觉文化的出现对传统文化（尤其是以文学话语为主导的传统文化）所形成的冲突、挑战，以及二者之间的互补互

---

① ［德］海德格尔：《世界图象的时代》，《海德格尔选集》（上、下），孙周兴选编，上海三联书店 1996 年版，第 904 页。

动所引发的理论思考与探讨；对视觉文化的人文性质、人文意义以及伴随着视觉文化的兴起、兴盛所出现的各种问题的研讨；最后，当然还包括不同学术观点和理论论说之间的重要论辩。但是，限于编选宗旨、篇幅和编者眼界，所选论文不免有一定的局限性和偏颇之处。遗珠之憾，在所难免，尚待各位方家不吝教正。

图像学研究

图像意识的现象学

倪梁康[*]

  欧洲近代哲学留给现代思想的一个众所周知的难题是：主客体关系以及相关的二元思维模式，这个模式在其他的古代文化中（包括在古希腊的文化中）都没有出现过。在黑格尔综合形而上学与科学的努力失败之后，许多思想家都在寻找新的替代模式。例如威廉·洪堡在黑格尔时代便试图从原始语言的分析中找到前主客体关系的状态；布留尔则选择了原始思维作为研究对象（胡塞尔在晚年曾说布留尔提前完成了自己的最新纲领，这使布留尔大吃一惊。参阅赫伯特·施皮格伯格《现象学运动》，商务印书馆1995年版，第38页）。卡西尔竭力从原始神话中找到非对象思维的真实起源；海德格尔也是采取回溯的方式，希望在古希腊的存在范畴中把握克服主客体关系的关键。还有皮亚杰，他认为通过对儿童早期心理发生的观察研究可以理解人类思维的历史展开。如此等等，不一而足。当然，除了这种发生研究之外，还有其他的一些努力：如果我们撇开弗洛伊德等人的无意识心理学分析解释以及其他种种实验不论，那么现象学也提供了在这个大合唱中的另一个乐章，例如海德格尔和梅洛－庞蒂，他们便打算通过对视觉艺术的考察来发现非对象化、非客体

---

  * 倪梁康，男，江苏南京人，南京大学哲学系教授。

化思维的精妙所在。另一位现象学家胡塞尔也带有这个趋向。

　　但是，胡塞尔的主要意图在于：把主客体关系最终回归到意识的原初结构和原初发生上。他把主体和客体最终还原为意向活动和它构造的意向相关项。他对意识的描述分析不仅开创了狭义上的现象学，即意识现象学，而且也开创了广义上的现象学，即现象学运动。从胡塞尔 1900 年发表突破性著作《逻辑研究》至今已有整整 100 年的历史。胡塞尔以清晰而细微的意识分析描述见长，而且他生前发表的著述主要是对一门理论现象学的探讨，也就是说，他的主要工作是分析表象、判断等等对象行为和逻辑行为。而对于意愿行为和情感行为（包括美感行为），他虽然在手稿中有所分析，但从未考虑过发表这些分析。原因主要有两个方面：一方面，他始终不认为它们已经成熟到了可以发表的程度；另一方面，他相信，处在开端阶段的现象学的首要问题是对客体化行为的分析。至于非客体化行为，由于它需要以客体化的行为为基础，因此在基础没有得到充分研究的情况下，对上面建筑的讨论就要暂且搁在一边。就此而论，胡塞尔与另一位德国哲学大师康德一样，首先关心的是科学认识如何可能的问题，而不是伦理—道德原则与艺术—宗教的判断力如何可能的问题。我甚至相信，有许多艺术家或文学家会像著名作家茨威格对待康德那样，把胡塞尔也看作是"所有德国诗人的死敌、蛊惑者和捣乱者"。

　　我在这里已经开始使用胡塞尔现象学的术语，这些术语并不是不言自明的。为了对胡塞尔的意识构造理论有一个大致的总括性把握，并且避免在进一步展开的细微分析中丧失主要的思路，我在这里借用以前发表的一段文字先对这个构造，即胡塞尔所看到的意识基本结构，作出一个简单的概括。胡塞尔对意识整体结构层次或奠基顺序的把握可以大致分为五步：（1）其他所有意识行为（如爱、恨、同情、愤怒、喜悦等等）都以客体化的意识行为（如表象、判断等等）为基础，因为在客体通过客体化的行为被构造出来之前，任何一种无客体的意识行为，例如无被爱对象的爱、无恐惧对象的恐惧等等，都是不可想象的。（2）在客体化行为本身之中，表象的客体化行为（看、听、回忆）又是判断的客体化行为的基础，任何一个判断的客体化行为最后都可以还原为表象性客体化行为。例如，对"天是蓝的"所作的判断可以还原为"蓝天"的表象。（3）在表象性行为本身之中，直观行为（感知、想象）又是所有非直观行为（如图像意识、符号意识）的基础，因为任何图像意识（如一幅照片所展示的人物）或符号意识（如一个字母所体现的含义）都必须借助于直观（对照片、符号的看或听）才能进行。（4）在由感知和想象所组成的直观行为中，感知又是想象的基础。据此而可以说，任何客体的构造最终都可以被追溯到感知上，即使是一个虚构的客体也必须依据起源于感知的感性材料。例如对一条龙的想象必须依赖于"狮头"、"蛇身"、"鹰爪"等等在感知中出现过的对象，并且最终还必须依据色彩、广袤这样一些感性材料。（5）虽然感知构成最底层的具有意向能力的意识行为，但并非所有感知都能代表最原本的意识。感知可以分为内在性感知和超越性感知。在超越性感知之中，我们可以区分原本意识和非原本意识：例如当桌子这个客体在我意识中展现出来时，我看到的桌子的这个面是原本地被给予我的，它是当下被给予之物；而我没有看到的桌子的背面则是非原本地被给予我的，它是共同被给予之物。超越性的感知始终是由原本意识与非原本意识所一同组成的。

我在这里允许自己不做更进一步论证就将这个奠基顺序作为不言自明的前提接受下来。现象学的意向分析据此而应当先从感知开始，因为在胡塞尔那里，它是最具奠基性的意识行为，也就是说，所有其他意识行为都植根于感知，即使在感知本身中也包含着一些非原本的东西。

如果我们这里要讨论的是图像意识，那么它在胡塞尔那里是第二性的意识，即属于想象的行为类型，它必须奠基在感知之中。但它在宽泛的意义上也是第一性，因为它与感知一起构成直观行为。

胡塞尔在《逻辑研究》中把"图像意识"看作是一种想象行为，甚至把整个想象都称作是广义上的"图像意识"，因为西文中的"想象"实际上更应当译作"想像"（imaginatio）。这里的"像"（image），或者是指一种纯粹的精神图像，例如在自由想象的情况中，或者是指一种物质的图像，例如在图像意识的情况中。这个意义上的想象或图像意识所具有的共同特征就在于它所构造的不是事物本身，而是关于事物的图像。从这个角度来说，想象只是一种感知的变异或衍生：感知构造起事物本身，而想象则构造起关于事物的图像。甚至可以说，想象只是一种准构造。① 而狭义上的"图像意识"之所以属于想象，乃是因为它本身是一种借助于图像（图片、绘画、电影等等手段）而进行的想象行为。这样，图像意识就可以从根本上有别于符号意识，因为图像意识属于想象，也就属于直观行为，而符号意识就不属于直观。

但胡塞尔在后期的手稿中也趋向于把图像意识与符号意识看作是同一类型的意识活动，即：它们都是非本真的表象。而表象的本真性和非本真关系到双重自我的问题。具体地说，本真的表象是指：现实自我在阻碍想象自我进入想象世界（很少有人在做白日梦）。而非本真的表象则不同，它意味着：现实自我在帮助想象自我沉醉于想象世界（例如看电影、读小说等等）。

那么现象学所要把握的图像意识的本质结构究竟是怎样的呢？

胡塞尔本人在 1904—1905 年"想象与图像意识"的讲座中曾有一段表述，它大致阐述了图像意识的复杂结构。胡塞尔认为："图像表象的构造表明自己要比单纯的感知表象的构造更为复杂。许多本质上不同的立义看起来是相互叠加、相互蕴含地被建造起来，与此相符的是多重的对象性，它

---

① 除此之外，另一个西文的"想象"概念，即源自希腊文的"Phantasie"一词，也与视觉有关。亚里士多德曾说过，"想象这个名称（Phantasie）是从光（pha-og）这个词变化而来，没有光就不能看"（亚里士多德：《论灵魂》，第429页）。

们贯穿在图像意识之中，随注意力的变化而显露给偏好性的意向。"①这里需要特别说明的是胡塞尔在这里所说的"立义"（Aufassung），它是指意识活动的这样一个过程：一堆杂乱的感觉材料被统摄，并被赋予一个统一的意义，从而使一个独立的对象产生出来。②任何客体化的行为，即任何构造对象（客体）的行为，都含有这种立义的活动。在上面所引的这段话中，胡塞尔便指出：在图像意识中有各种立义活动相互交织在一起；与此相应，在图像意识中也有各种立义的结果，或者说，有各种对象交织在一起。我们先来看这里所说的"多重对象性"是什么。

一 图像意识中的三种客体

胡塞尔在他的意识分析中遵循一个著名的"内容（感觉材料）—立义（统摄）范式"：意识活动就意味着将一堆杂乱的感觉材料立义、统摄、理解为一个统一的对象的过程。我们可以凡·高的"海滩"、莫奈的"睡莲"、瑟拉的"模特背影"为例，杂乱的色彩点块被组合成一个个客体和视域。感知的情况也与此相同。

而在图像意识中可以区分出三种类型的客体。这里且以莫奈的"蓝色睡莲"为例：第一个客体在胡塞尔看来是"物理客体"：如印刷的纸张、色彩（蓝色基调、白色物体）点阵（600dpi 或 2000dpi）、尺寸（200/200cm）等等。胡塞尔也把它称为"物理事物"、"物理图像"或

① E. Husserl, Phantasie. Bildbewusstsein, Erinnerung. Zur Phaenomenologie der anschaulichen Vergegenwaertigungen, Text aus dem Nachlass (1898—1925)：Hua 23, hrsg. von E. Marbach, 1980, p. 29.

② 胡塞尔以后部分地放弃了对意识活动的这种解释模式。但他认为用这个模式来说明感知性的意识活动仍然是合适的。实际上，当今心理学的实验已经对这个模式做了量化的证明。

"图像事物"①。一个完全的画商或鉴定专家看到的便是这个意义上的客体。

第二个客体是"展示性的客体",例如那些细小的、但"有弹性、有活力的"② 睡莲。胡塞尔早期也将这个客体称作"假象客体"或"假象",但后期则只称作"图像客体"或干脆称作"图像"③。与前面的"图像事物"意义上的"物理图像"相对应,胡塞尔也将"图像客体"叫做"精神图像"④。

第三个客体是"被展示的客体",也就是实在的睡莲,胡塞尔也将它标识为"实事"(有别于"图像"或"图像客体")、"实在"或"图像主题"⑤。

为了在术语上保持清晰,我在下面尽可能放弃其他的概念,而只使用"图像事物"、"图像客体"和"图像主题"这三个术语来表述图像意识中的三个客体。⑥

这三个客体标志着图像意识中的"图像—本质"⑦:如果缺少其中的任何一个,图像意识就不成其为图像意识。例如一个纯粹的画商所具有的意识便很难说是图像意识,而更多的是单纯的感知(物理图像)加价

---

① 〔德〕胡塞尔:《纯粹现象学通论》,商务印书馆1992年版,第44、53、120页。

② 胡塞尔显然将图像客体的这种"有弹性、有活力"(plastich)的形式视作图像意识的最重要特征,并且一再地提到它(参阅:《胡塞尔全集》XXⅢ,第44、51、143、488页等等),以至于他在手稿中自问道:"为什么这种弹性必定会构成图像意识的基础?"(《胡塞尔全集》XXⅢ,第143页注)

③ 〔德〕胡塞尔:《纯粹现象学通论》,商务印书馆1992年版,第32、120页。

④ E. Husserl, Phantasie. Bildbewusstsein, Erinnerung. Zur Phaenomenologie der anschaulichen Vergegenwaertigungen, Text aus dem Nachlass (1898—1925):Hua 23, hrsg. von E. Marbach, 1980, p. 21.

⑤ Ibid., p. 120, 138.

⑥ 胡塞尔自己也是这样做的(参阅《胡塞尔全集》XXⅢ,第489页)。

⑦ E. Husserl, Phantasie. Bildbewusstsein, Erinnerung. Zur Phaenomenologie der anschaulichen Vergegenwaertigungen, Text aus dem Nachlass (1898—1925):Hua 23, hrsg. von E. Marbach, 1980, p. 489.

值判断，而一个只看到白色睡莲的观赏者所具有的也不是图像意识，而是纯粹感知或纯粹想象了。

简单明确地说，我们在图像意识中有三个客体，它们以这样的逻辑顺序出现：（1）图像事物；（2）图像客体；（3）图像主题。胡塞尔这样来阐述它们的前后顺序："物理图像唤起精神图像，而精神图像又表象着另一个图像：图像主题。"① 我们也可以用一句话来描述图像意识的这个结构：这个印刷的纸或这个加框的油布等等（图像事物）是关于这个或那个东西（图像主题）的图像（图像客体）。

二　图像意识中的三种立义

毫无疑问，图像意识不可能是一个简单的意识行为，在它之中的这三个客体原则上必须通过三个客体化过程或立义过程才能成立：

（1）对图像事物的感知立义：胡塞尔在《观念 I》中把它看作是一个"普通的感知"②，它的相关项是图像事物，例如被画的纸、照片等等。当我们说"这是一幅油画"时，这个感知立义就已经完成了。这里所说的"普通"是指，如果我们滞留在这个感知上，也就是说，如果我们仅仅注意图像事物，而不顾及图像客体，那么这个感知就是一个通常的、素朴的感知，而且与图像意识毫无关系。这种情况常常会发生，例如，每当我们试图去辨别一幅绘画究竟是绘制的还是印刷的时候都会这样：我们更仔细地观察那些笔画，用手去触摸它们，最后说："啊哈，这只不过是印出来的！"如此等等。但在图像意识的情况中，我们的兴趣主要指向图像客体。图像事物始终处在背景中，几乎不被注意到；只要我

---

① E. Husserl, Phantasie. Bildbewusstsein, Erinnerung. Zur Phaenomenologie der anschaulichen Vergegenwaertigungen, Text aus dem Nachlass（1898—1925）：Hua 23, hrsg. von E. Marbach, 1980, p. 29.

② ［德］胡塞尔：《纯粹现象学通论》，商务印书馆 1992 年版，第 226 页。

们没有通过兴趣的变化而注意到它，对它的感知就不能被称作"普通的"。在这个意义上，胡塞尔在他的手稿中写道："但图像事物的显现并非在任何一个方面都是普通的。"① 接下来，另外两个构成图像意识本质的立义形式也不是普通的立义。

（2）对图像客体的立义：胡塞尔早期（1904—1905年）也曾将它称作"图像的立义"② 以后（1912—1913年）又称作"图像客体显现"③或"图像客体意识"④。我们很难定义这样一种立义。无论如何，就这种图像客体"显现具有被立义的感觉之感性"⑤，它配得上感知立义的称号。而且在《观念 I》中，胡塞尔也的确是把这种图像客体意识定义为"感知的意识"⑥。但将图像客体意识称作感知显现的做法并不是确然无疑的，理由主要有两个：首先，这个图像立义不同于其他感知立义的地方在于，它"缺少"存在设定的特征，或者说，它"缺少"存在信仰，"缺少"现实性特征⑦，也就是说，图像意识中的图像客体不是被感知为存在（Wahrgenommen），而只是被感知（perzipert）⑧。其次，这个图像

---

① E. Husserl, Phantasie. Bildbewusstsein, Erinnerung. Zur Phaenomenologie der anschaulichen Vergegenwaertigungen, Text aus dem Nachlass（1898—1925）: Hua 23, hrsg. von E. Marbach, 1980, p. 489.

② Ibid. , p. 26.

③ Ibid. , p. 472.

④ 参阅《胡塞尔全集》III/1，第226页。

⑤ E. Husserl, Phantasie. Bildbewusstsein, Erinnerung. Zur Phaenomenologie der anschaulichen Vergegenwaertigungen, Text aus dem Nachlass（1898—1925）: Hua 23, hrsg. von E. Marbach, 1980, p. 189.

⑥ 胡塞尔：《纯粹现象学通论》，北京：商务印书馆1992年版，第226页。

⑦ E. Husserl, Phantasie. Bildbewusstsein, Erinnerung. Zur Phaenomenologie der anschaulichen Vergegenwaertigungen, Text aus dem Nachlass（1898—1925）: Hua 23, hrsg. von E. Marbach, 1980, pp. 240, 489.

⑧ "感知"（Wahrnehmung）与"知觉"（Perzeption）的区别可以参阅胡塞尔《逻研》II/2，A554/B282。对此还可以参阅塞普"图像意识与存在信仰"，载于《胡塞尔研究》1996年第6期，第124页。他说："如果说胡塞尔开始时还认为，在把握一个物理图像时存在着两个相互蕴含的感知立义（《胡塞尔全集》XXIII，第152页），那么这个看法在以后讨论图像意识的特殊存在信仰时被相对化了。"

客体并不是作为一个感知对象显现出来，而是更多地显现为一个"精神图像"①。这意味着，虽然我们具有一个感知立义，但却通过这种立义而具有一个图像形式的非感知对象。我们并不会将画上的睡莲感知为现实存在或不存在的细小睡莲，而是将它们感知为现实存在的睡莲的图像。用胡塞尔的话来说，"这个建立在感性感觉之上的立义不是一个单纯的感知立义，它具有一种变化了的特征，即通过相似性来展示的特征，在图像中的观看的特征"②。因此，我们具有感性感觉和感知立义，但我们把这些感性感觉立义为某种展示性的东西。图像意识中的这个奇特状况使得胡塞尔认为，图像显现"不是'普通的'事物显现"③，而是一种"感知性的想象"。④

（3）对图像主题的立义：我在解释第二种立义时实际上已经触及到了第三种立义，胡塞尔常常将它称之为"对图像主题的展示"。对图像主题的立义不是感知立义，而是想象立义。胡塞尔说，"这种展示往往是一个与（对图像客体的）不设定感知显现联系在一起的再造性想象"⑤。但需要注意，对图像主题的立义同时也不是普通的再造想象。因为在一个普通的想象中，被想象的东西显现出来，而在图像主题的意识中，胡

---

① 胡塞尔在1904—1905年期间通常采用这样一种说法（《胡塞尔全集》XXⅢ，第17、21、29等页）。此外值得注意的是梅洛－庞蒂在考察绘画的时候也同样是用"精神图像"（"image mental"）的概念来标识图像客体（梅洛－庞蒂：《眼与心》，巴黎，1964年，第23—24页。译文照黑尔德的德译文译出，下同）。

② E. Husserl, Phantasie. Bildbewusstsein, Erinnerung. Zur Phaenomenologie der anschaulichen Vergegenwaertigungen, Text aus dem Nachlass（1898—1925）：Hua 23, hrsg. von E. Marbach, 1980, p. 26.

③ Ibid. , p. 490.

④ Ibid. p. 476. 确切地看，"感知想象"这个称号在胡塞尔这里是用来标识整个图像意识的，以对应于无感知基点的（纯粹再造性）再现：被再现的是图像主题，但它不是纯粹想象地，而是感知地在图像客体之中被再现。

⑤ E. Husserl, Phantasie. Bildbewusstsein, Erinnerung. Zur Phaenomenologie der anschaulichen Vergegenwaertigungen, Text aus dem Nachlass（1898—1925）：Hua 23, hrsg. von E. Marbach, 1980, p. 474.

塞尔认为图像主题并没有自己显现出来。更确切地说，图像主题并不是作为一个与图像客体并列的第二个对象而显现出来①，然而这个图像主题却作为第二个对象而被意指，"意向指向它"②，只是没有任何显现与它相符合。胡塞尔说，"它并不是有所分离地处于此，处在一个特有的直观之中"，相反，"它是在图像中显现并且随着图像而显现，并且是通过图像展示的增长而显现"③。

而梅洛－庞蒂则说："与其说我看见图像，不如说是我根据图像来看或随着图像来看。"④ 这样便可以理解胡塞尔所说的话："图像主题不需要显现出来，而如果它真地显现出来的话，我们所具有的便是一个显现或一个回忆了。"⑤ 换句话说，如果我们的注意力不再朝向图像客体，而是转而朝向图像主题，那么我们所具有的就不再是图像意识，而是一个普通的想象意识了。胡塞尔对这个看法还做了如下的论证："可以作为立义内容而起作用的现有感性感觉材料已经完全被耗尽了，不可能再构造起一个新的显现，它已经不具备客观使用的立义内容了。"⑥

但在这三种立义之间的关系还需要进一步得到澄清。我在下面将这三种立义分别称作"图像事物立义"、"图像客体立义"和"图像主题立义"，以便与图像意识中三种客体的名称相对应。这三种立义构成了整个"图像意识"，或者说"图像表象"。

通过至此为止的分析，我们所获得的最重要结果是什么呢？胡塞尔

---

① E. Husserl, Phantasie. Bildbewusstsein, Erinnerung. Zur Phaenomenologie der anschaulichen Vergegenwaertigungen, Text aus dem Nachlass (1898—1925): Hua 23, hrsg. von E. Marbach, 1980, p. 29.

② Ibid. , p. 28.

③ Ibid.

④ [德] 海德格尔：《林中路》，上海译文出版社 1997 年版，第 23 页。

⑤ E. Husserl, Phantasie. Bildbewusstsein, Erinnerung. Zur Phaenomenologie der anschaulichen Vergegenwaertigungen, Text aus dem Nachlass (1898—1925): Hua 23, hrsg. von E. Marbach, 1980, p. 489.

⑥ Ibid. , p. 29.

的论述是这样的："我们只有一个显现，即图像客体的显现。但我们所具有的不只是构造起这个图像客体的立义（或者也可以说，客体化）。否则，被意指的就只能是这个客体了。"① 以凡·高不只一次画过的《农鞋》为例：鞋并不仅仅是单纯被缩小了的客体，而是一个在其中可以被看出并且随着它可以被看到其他客体的图像客体。用海德格尔的话来说，"只是一双农鞋，再无别的。然而……"。

现在的问题是：其他的两个客体是怎样的一种情况？它们虽然通过立义而得以产生，但却没有自己显现出来。胡塞尔在1904—1905年曾这样来描述这个问题："在图像（图像事物）与实事（图像主题）之间的关系是怎样的？在图像客体与实事之间的关系又是如何？"② 但我们这里首先要来考察图像事物和图像客体之间的关系以及相应立义之间的关系。

三 图像事物和图像客体之间的关系以及
相应立义之间的关系

（1）图像事物和图像客体作为不同时显现的"双重对象性"：随情况的不同，关于图像事物的意识，例如关于一张照片的意识，可以起着或大或小的作用，例如当照片不清楚时，或者当照片上的东西被扭曲地显现出来时，我的注意力会在一定程度上受到干扰，或者，对照片的感知始终是在背景中，因为我的兴趣主要在于认识图像客体，我并不去关心这个客体是通过什么媒介而显现出来的。观察者可以随时在这两种境况之间跳来跳去，他只要将注意力时而转向此，时而转向彼就可以。但只要对图像事物的感知还属于图像意识，而不是转变为一个独立的感知，

---

① E. Husserl, Phantasie. Bildbewusstsein, Erinnerung. Zur Phaenomenologie der anschaulichen Vergegenwaertigungen, Text aus dem Nachlass（1898—1925）: Hua 23, hrsg. von E. Marbach, 1980, p. 30.

② Ibid., p. 138.

也就是说，只要它没有转变成对一个由纸质的或木质的物理事物的感知，那么这个图像事物就只能得到一小部分注意力。如果观察者将他的注意力主要指向图像事物，那么显现出来的就是图像事物本身。在这样一种情况下，我们所具有的就不是一个图像意识，而是一个普通的事物感知。胡塞尔认为，这里的原因在于：图像事物和图像客体具有同一个立义内容，而"在同一个感觉基础上，这两个立义不可能同时成立，它们不能同时提供两个显现。它们或许可以替换出现，但不能同时出现，即不能相互分离地同时出现"①。

（2）奠基关系：图像事物虽然几乎不被注意到，但对图像意识来说却是不可缺少的。图像事物事实上起着一个"载者"② 作用。没有图像事物，图像意识是不可想象的。胡塞尔就此曾说："或许有必要将这里存在的关系在术语上加以确定。图像事物是基质，是图像基质，是在特殊意义上对一个图像而言的基质，它是天生的引发者，引发起一个特定的图像显现，这个显现正是这个图像的显现。"③

（3）"非真正争执的"关系：在观察"睡莲"的情况中，图像事物显现为"白色的油彩"，而图像客体显现为"白色的小睡莲"。胡塞尔也曾以一个半身塑像为例来解释这两个客体之间的关系："我们在这里事实上有两个相互'穿透'、在一定程度上相互'争执'、而且是在非真正意义上相互争执的直观。"④ 胡塞尔之所以说"非真正的争执"，乃是因为他想指明，这里所涉及的不是两个建立在同一立义内容上的感知立义，就像在怀疑的情况中一样；这里所涉及的是一个感知立义和一个感知性的、但不设定的立义。"因此，这不是一个在被主张的现实和固守着的现

---

① E. Husserl, Phantasie. Bildbewusstsein, Erinnerung. Zur Phaenomenologie der anschaulichen Vergegenwaertigungen, Text aus dem Nachlass（1898—1925）：Hua 23, hrsg. von E. Marbach, 1980, p. 45.

② Ibid. , p. 491.

③ Ibid. , p. 492.

④ Ibid. , p. 487.

实之间的争执……而之所以不可能,是因为图像客体的显现不是'通常的'事物显现。"① 图像事物和图像客体不发生争执,除非一个图像客体(例如一个蜡像)没有被感知为一个图像,而是被感知为现实,即被感知为一个真人,或者说,被设定为存在着的真人。如果我把蜡像看作是一个展现了某个人的图像客体,那么这里就不会出现争执。

我们再来看另一方面的关系:

四 图像客体与图像主题之间的关系以及相应立义之间的关系

(1)两种立义的相联或相容关系:与图像事物和图像客体之间的关系相比,在图像客体与图像主题之间虽然也存在着双重的对象,但却只有一个对象显现出来:图像客体的显现。胡塞尔说:"我们并不具有两个分离的显现","毋宁说,这里是两个立义相互交织在一起"②,也就是说,图像客体并不是简单地显现出来,而是在它显现时还有某个东西被带出来:图像主题。"随着图像客体立义的进行,我们也一致地具有一个展示。"③ 因此,这里与其说是有两个显现,不如说是一个显现具有两个功能。正是在这个意义上,胡塞尔说:"如果我们谈及两个本质上属于想象表象(图像意识)构造的立义,那么在前面阐述的意义上,这当然不是指两个分离的和同级的立义体验,两个仅仅通过某个纽带而被联结在一起的立义。如果被展现的对象(图像主题)通过一个行为而自为地构造起来,而图像(客体)则是通过另一个与此相分离的第二个行为而被

① E. Husserl, Phantasie. Bildbewusstsein, Erinnerung. Zur Phaenomenologie der anschaulichen Vergegenwaertigungen, Text aus dem Nachlass (1898—1925): Hua 23, hrsg. von E. Marbach, 1980, p. 489.

② Ibid., p. 27.

③ Ibid., p. 474.

构造起来，那么我们就既不会有图像（客体），也不具有被展现者（图像主题）。"① 对图像主题和图像客体的立义在这样一种意义上相互联结：它们相互交织并且相互依赖。这种结合因而不是两种立义的相互并列，而是它们的相互蕴含。例如，当我看这些小花（图像）并且把它看作睡莲时，在这里起作用的不仅仅是这些小睡莲，而且还有现实的睡莲。在这个意义上，胡塞尔把对图像主题的立义也称之为"对一个在显现者中的未显现者的再现意识"。② 这样，图像主题意识便有别于非图像的、即（纯粹）再造性的再现。

（2）图像（客体）与被展现者（图像主题）之间的关系：胡塞尔认为，图像主题是在图像客体之中展示出来的。"如果随着图像而没有给出一个有意识的与被展现者（图像主题）的联系，我们也就不会有图像。"③ 图像客体，或者更确切地说，在图像客体的内容中以代现的方式起作用的东西，"在进行展示，在进行再现，在进行图像化，在进行直观化"④。因此，在图像客体和图像主题之间存在着图像与被展现者的关系。例如，一张肖像上的图像客体虽然是"有弹性的"，但同时也是"呆钝的、缄默的"⑤，并且因此而有别于我们在这样一个图像意识中真正所意指的那个现实的、活的被展现者（图像主题）。如果我看到我哥哥的一张照片并且确定"这是我哥哥"，那么我并不是说，这个图像就

---

① E. Husserl, Phantasie. Bildbewusstsein, Erinnerung. Zur Phaenomenologie der anschaulichen Vergegenwaertigungen, Text aus dem Nachlass (1898—1925): Hua 23, hrsg. von E. Marbach, 1980, p. 27.

② ［德］胡塞尔：《胡塞尔全集》XXⅢ，第31页。以后（1912年）胡塞尔虽然也谈及两种显现："图像客体—显现"和"图像主题—显现"，但这个态度与我们这里所阐述的对此问题的态度相比并无二致；因为，他认为，"在这里，图像主题—显现也是在图像客体显现中展示出来的"（《胡塞尔全集》XXⅢ，第474页）。

③ E. Husserl, Phantasie. Bildbewusstsein, Erinnerung. Zur Phaenomenologie der anschaulichen Vergegenwaertigungen, Text aus dem Nachlass (1898—1925): Hua 23, hrsg. von E. Marbach, 1980, p. 31.

④ Ibid., p. 30.

⑤ Ibid., p. 32.

是我的哥哥，而是说，这是关于我哥哥的一张照片。我的现实的哥哥仅仅是通过照片而被唤入意识之中，并且在这个图像中一同得到展示。胡塞尔是这样表述的："我们用显现的图像而意指实事。"①

（3）相似性关系：在两个立义之间的联结一方面受到两个客体（图像客体和图像主题）间的可类比性的制约。它们两个必须是相似的才能相互联结在一起。用胡塞尔的话来说，"这个（图像）主题的意识在类比因素方面穿透了图像客体的意识"②，而另一方面，图像客体虽然必须与图像主题相类似，但却不能与它完全相同一。胡塞尔认为："如果显现的图像在现象上与被意指的客体绝对同一，或者更确切地说，如果图像显现在任何方面都与这个对象的感知显现没有区别，那么图像意识也就几乎无从谈起了。"③ 在图像客体和图像主题之间的相似性关系是区分图像意识和符号意识的关键所在。

五　结束语：第三只眼与精神图像

最后，我们从一般的图像意识转向与视觉艺术有关的图像意识。这种特殊的图像意识显然也具有一般图像意识的结构，但自身又因为带有与美感的联系而不同于一般图像意识。我们在这里也可以发现"精神图像"（或"图像客体"），也可以把握到对它的立义以及它与"图像主题"的联系。

在对艺术作品的观看中，我们可以从"图像客体"中看到什么？从《艺术作品的本源》中可以看出海德格尔看到了许多。以凡·高多次画

---

① E. Husserl, Phantasie. Bildbewusstsein, Erinnerung. Zur Phaenomenologie der anschaulichen Vergegenwaertigungen, Text aus dem Nachlass (1898—1925): Hua 23, hrsg. von E. Marbach, 1980, p. 30.

② Ibid., p. 32.

③ Ibid., p. 20.

过的《农鞋》为例,海德格尔看到:"从鞋具磨损的内部那黑洞洞的敞口中,凝聚着劳动步履的艰辛。这硬邦邦、沉甸甸的破旧农鞋里,聚集着那寒风中迈动在一望无际的永远单调的田垄上的步履的坚韧和滞缓。皮制农鞋上粘着湿润而肥沃的泥土。暮色降临,这双鞋在田野小径上踽踽而行。在这鞋具里,回响着大地无声的召唤,显示着大地对成熟的谷物的宁静的馈赠,表征着大地在冬闲的荒芜田野里朦胧的冬眠。这器具浸透着对面包的稳靠性的无怨无艾的焦虑,以及那战胜了贫困的无言的喜悦,隐含着分娩阵痛时的哆嗦,死亡逼近时的战栗。"① 我们甚至要说,海德格尔在这里看到的太多了,他似乎可以看到他所想看到的一切东西。这个意义上的"图像主题"已经不再是一双单纯的农鞋。

与海德格尔相似,梅洛-庞蒂此后也曾一再地试图"更确切地感受到,'看'这个小词自身究竟带有哪些东西"。② 他在"精神图像"中显然也看到了许多。仅以《眼与心》而言,他曾举例说:"在许多荷兰绘画中,从镜子中的圆眼珠中可以看到空虚的人物内心。"③ 从精神图像中并且随着精神图像而看到什么,这个看被梅洛-庞蒂称之为"超人的视力"、"内视觉"或"第三只眼"。实际上另一位思想家叔本华也曾谈起在艺术直观中起作用的另一只眼,即他一再提到的那只"世界眼"④。海德格尔则提出要"擦亮眼睛"去看⑤。所有这些表述都在试图描述和刻画一种联系:一种在图像客体和图像主题之间的内在联系,以及对这种联系的特殊把握方式—艺术的把握方式。海德格尔把这个联系理解为艺术作

---

① [德]叔本华:《作为意志和表象的世界》,商务印书馆 1982 年版,第 17 页。

② 参见 M. Merleau-Ponty, "L'Oeiletl'Esprit", in: Les Temps Modernes 17 (1961), deutsche uedersetzung von K. Held, Wuppertaler Arbeitsmanuskripe。(引文引自 K. Held 德文译稿第 81 页,未出版)

③ Ibid.(引文引自 K. Held 德文译稿第 22—23 页,未出版)。

④ [德]叔本华:《作为意志和表象的世界》,商务印书馆 1982 年版,第 277 页。

⑤ [德]海德格尔:《林中路》,上海译文出版社 1997 年版,第 22 页。

品与存在真理之间的关系："艺术作品以自己的方式开启存在者之存在。"他也把这个意义上的"存在"称之为"物的真理"或"物的普遍本质"①。而现象学美学家杜夫海纳则将这种联系看作是艺术作品与审美对象之间的联系，"我们探寻艺术作品而发现了审美对象"，因此，"如果要我认识作品，作品必须作为审美对象向我呈现"②。如此等等，不一而足。

但我们似乎已经越说越远了。还是回到胡塞尔这里来！设想一下，如果胡塞尔活到了海德格尔和梅洛－庞蒂以后，那么他对这两位的"超人的视力"作何评论？我想，他会说，如果我不是农民，也没有在农村"永远单调的田垄上"生活过，我就没有海德格尔的"第三只眼"，但或许我会有其他朝向的"第三只眼"，例如像梅洛·庞蒂那样，具有可以看到都市人的空虚灵魂的"超人视力"，但我或许根本不具有"第三只眼"。这种第三只眼的拥有以及在何种程度上的拥有，是与人的意识发生事实有关的问题。但是，胡塞尔会说，只要我具有图像意识（而这是每一个正常人都具有的），我便具有三种客体、三种立义。这是一个不会因人、因时、因地的变化而改变的本质结构，因而是与纯粹的意识本质结构相关的一个问题。事实发生的现象学与本质描述的现象学便因此而得到一个大致的区分。胡塞尔本人认为，事实发生的现象学必须以本质描述的现象学为基础。海德格尔与梅洛·庞蒂则否认这一点。谁的看法更接近真理，这是一个需要由每个人自己来决定的问题。我在这里所想做的仅仅是：尽可能如实地再现胡塞尔的图像意识现象学研究的本来意图和本来面目。

（载《南京大学学报》（哲学·人文科学·社会科学）

2001 年第一期第 38 卷（总 139 期））

---

① ［德］海德格尔：《林中路》，上海译文出版社 1997 年版，第 19、3 页。

② ［法］杜夫海纳：《审美经验现象学》，文化艺术出版社 1992 年版，第 29 页。

从形式美学到视觉文化

——形式问题在现代主义和后现代主义历史语境的多重读本

邵亦杨*

形式在美术史和艺术研究中通常被用来形容艺术作品的形象、色彩和线条。形式分析是艺术史研究的主要方法，艺术作品的形式语言是艺术家所表达的艺术风格的体现。如夏皮罗（Schapiro）所说："风格首先应该是具有质量地表达意义的形式系统，艺术家的性格和广义的群体外观由此而显现。"[①] 艺术家的风格和艺术的形式难以避免时间性与目的性的制约。每当艺术观念有所变化，人们看待形式的方式与艺术形式本身便会随之改变。

19 世纪欧洲以黑格尔为代表的哲学家崇尚理想主义。黑格尔认为，历史状态是不同时代精神世界作用的产物，因此艺术作品的形式是某一特定时代精神的体现，而非个人行为甚至于周遭社会力量作用的结果[②]。自沃尔夫林（Heinrich Wölfflin）的著作《文艺复兴与巴洛克》面世，首次运用形式理论对文艺复兴与巴洛克的艺术形式作出对比性的分析以来，

---

* 邵亦杨，女，北京人，中央美术学院人文学院副教授。

① Meyer Schapir, 'Style', 1962. From Meyer Shapiro, Theory and Philosophy of Art: Style, Artist and Society. New York, Braziller, 1994, p. 51.

② Hegal, Aesthetics-Lectures on Fine Art, Vol. 2. English Translated by T . M . Knox, Oxford, 1975, p. 614.

形式批评大多倾向于遵循黑格尔式的艺术史概念，把形式风格的变化当作有内在逻辑的独立演变，而非社会大环境下社会、经济和政治发展的反映。

形式主义（Formalism）本质上是 19 世纪欧洲艺术史上的一种主要风格和艺术形态，同时也是现代主义最重要的趋势之一，其最重要的革新成就在第一次世界大战前便已完成。[①] 此后，形式主义成为 20 世纪前期的一种主导风格。批评家弗莱（Fry）和格林伯格（Greenburg）都曾着力于探讨艺术作品的形式特征。他们最为推崇的在形式上有所突破的艺术家如莫奈、修拉、塞尚、布拉克、马蒂斯、毕加索、蒙德里安、康定斯基和米罗都被认为是现代主义最重要的艺术家。弗莱在他著名的《美学论文》中强调一件抽象的艺术作品所应展示的内容，一方面要承载情感的重量，另一方面应表明艺术不需要模仿自然。他的这一论点被认为是现代形式主义理论的核心。而格林伯格的形式主义批评能够更好地阐释他所谓的"现代主义"绘画，即莫奈以来的现代绘画越来越多地呈现出关注艺术自身形式问题的趋势等问题。[②] 即便是形式主义评论，也不仅仅关注现代绘画的形式范畴。形式主义艺术批评家弗莱就认为，现代绘画的形式批评家同时也是道德批评家。[③] 这并不是因为所有艺术的底线是对于生活本身的批评，而是因为现代绘画至少是对于艺术自身的批评和反省，正如格林伯格所宣称的，现代主义的本质在于运用一种自律（discipline）的特征方法批评这种自律范畴本身。[④]

---

① Bernard Smith, "Modernity and Formaleque", In Visible Touch, Sydney: Power Publications, p. 179.

② Clement Greenberg, Modernist Painting, 1961. Art in Modern Culture, ed. Francis Frascian and Jonathan Harris. London, Phaidon, 1992, p. 310.

③ Michael Fried, "Three American Painters", in Francis Frasician and Charles Harrison, Modern Art and Modernism, A Critical Anthology, New York, Harper & Row, 1982, p. 119.

④ Clement Greenberg, op. cit, p. 308.

形式主义的重要成就之一，是它从艺术的地理方位和主体意义上将西方艺术理论中本质上的欧洲中心视点理论转变为一种潜在的全球视点。罗斯金在他的《艺术的政治经济》一书中曾傲慢地宣称："只有欧洲才有纯粹的古典艺术珍藏存在，亚洲没有，非洲也没有。"① 应该说，是形式主义理论首先引发了欧洲人对西方以外的"它"文化的关注和欣赏，由此而发展出的西方艺术观念逐渐从单一的欧洲古典文化发源论的立场扩展到整个世界文化。然而，纵观形式主义发展的社会背景，正是欧洲成为世界经济和文化主宰者的帝国主义时期。抽象艺术被当作超越于各个地区艺术之上的具有普遍性美学意义的形式推向世界。因此，从本质上说，欧洲的形式主义者仍然只是站在欧洲文化优越论的立场上对于其他文化采取表层的肤浅利用而并非真正理解它们。当欧洲殖民主义在1945 年开始动摇之后，欧洲提倡的所谓艺术的普遍性也随之动摇。从社会学的角度，胡塞尔批评了形式主义观点："那些纯形式的作品，完全是一种玩弄线条和色调，与历史和社会无关的无时间性的表达，失去了它与艺术家之间的重要联系和对于欣赏者的人文意义。"②

在艺术评论中，纯粹的形式分析很容易失去艺术与社会实践的联系。同时，形式主义批评对于许多现代主义艺术家及其作品，尤其是带有明确人文精神和政治内涵的绘画缺少有说服力的价值评判。毕加索的《格尔尼卡》一向是说明形式主义分析方法局限性的一个典型例证。这一作品取材于第二次世界大战时德国与西班牙法西斯分子联合轰炸格尔尼卡的事件。从形式构成上看，《格尔尼卡》是由三角、直角等等几何图形组成的三联画。在这幅纪念碑式的壁画中，毕加索把发生的事件和许多

---

① E. T. Cook and Alexander Wedderburn ed. , The Works of Ruskin. , La Crosse, Wisconsin, Brookhaven Press, 1988, xvl. p. 76.

② Arnold Hauser, "The Sociological Approach The Concept of Ideology in History of Art", in Francis Frascina and Charles Harrison, Modern Art and Modernism, A Critical Anthology. New York, Harper & Row, 1982.

象征符号放置在一起。它的象征意义并不明确，但是观者可以从人物、牛、马的动态中强烈地感受到战争给人类带来的痛苦与灾难。在立体主义的形式框架中，这幅作品主题明确，充满了人道主义和社会关注意识。在 1936 年至 1939 年多次展出期间，这幅反法西斯的纪念碑式作品为艺术和政治的结合提供了生动而切实的例证。毕加索的另一幅以巴塞罗那红灯区的街名命名的作品《亚威农少女》创作于 1907 年，题材上，它表现的是两性之间的角逐；形式上，它体现了与马蒂斯在艺术表现力上的较量。[①] 然而这幅画更深层的含义体现在西欧与西非两种文化之间的冲突上。而这层含义在最新发现的资料中得到了更充分的证实：毕加索在 1906 至 1907 年创作这幅作品的时期，曾经强烈地反对法国在非洲的殖民主义政策。[②]

对于立体主义这类形式感强烈的画作，形式主义分析固然有助于观众理解和欣赏形式的意义，并通过视觉感受理解艺术家的创作意图。但是，单纯从形式或是风格主义的批评入手显然无法了解那一时期影响艺术的非艺术性因素，不仅无法触及具体作品深层的文化和政治内容，也无法充分说明现代艺术形式演变的规律。即便是形式主义风格学批评家弗莱也承认："关注形式内容之外的社会现实的艺术批评可以提供更多的信息并且增添批评的价值。"[③] 社会批评的有效性和实用性在格林伯格的现代主义批评中也很明显。尽管他在美术批评中强调艺术的独立价值及美学的自律性，但是因早期受到马克思主义哲学影响，他相信历史发展的必然规律。在《前卫与媚俗》（Avant-Garde and Kitsch）一文中，格林伯格对形式美学的局限性提出了批评："在我看来有必要更贴近地检验具

---

① R. Wollheim, 'Looking at Picasso'。Demoi-selles d' Avigonon', public lecture, University of New Mexico, Albuquerque, 5 March 1996.

② Patricia Leighten, Reordering the Universe：Picasso and Anarchism. Princeton University Press, Princeton, 1989, p. 13ff.

③ Michael Fried, op. cit. p. 117.

体个人化的而非广泛意义上的美学经验与社会历史背景之间的关系。"①

艺术的社会史研究和艺术批评兴起于 1970 年，尽管受到马克思主义影响，但它并不是 20 世纪 30 年代流行的马克思主义艺术史观的更新版本。社会学艺术史的实践者把自己看成由布克哈特（Burckhardt）创始的文化史的继承者，他们运用潘诺夫斯基（Panofsy）的图像学作为更精细的分析方法。此外，它反对两种流行的艺术史学派。一是源自瓦萨里（Giorgio Vasari）的鉴赏学的传统，这种学派通常注重经验主义的艺术技巧和艺术家的个性风格，它的弊端是把艺术史看成是单纯的图像志。另一种是现代美术史中常见的自沃尔夫林发展到格林伯格的形式主义学派。② 鉴赏家和形式主义者所要求的艺术家驾驭形式风格的能力一向是艺术史理论的重要观念。但是形式主义所提倡的艺术具有独立价值的观点受到以克拉克（T. J. Clark）为首的社会学艺史学派的批评。他们认为第二次世界大战后 20 世纪中期以来，一些艺术史家过分局限于形式分析的"方法"，他们运用流行的图像学研究方法，却不理解艺术家与其艺术创作背景之间的关联，片面追求所谓作品背后的"隐藏的象征意义"，而形成对艺术作品过分解读的弊端，从而背离了自黑格尔以来，早期马克思主义社会学、文化学、图像学艺术史研究的人文传统。社会学派早期代表胡塞尔（Arnold Hauser）就认为艺术作品归根到底是一种人与人之间交流沟通的方式。尽管成功的传播需要有效的有吸引力的外在形式，它还是不能与它所要沟通的内容区分开来。③ 艺术的形式风格史不可能脱离心理学和社会学的影响艺术作品不可能纯粹地从形式风格上被解读。站在反对资产阶级注重形式感的艺术史的立场上，社会学艺术

---

① Originally published in Paritisan Review, VI, Fall 1939, pp. 34—39; reprinte in Art and Culture, pp. 206—310.

② Terry Simth, 'Modes of Production', in Robert S. Nelson and Richard Shiff ed. Critical Term for Art History, Chicago: University of Chicago Press, 1996, p. 244.

③ Arnold Hauser, op. cit . p. 5.

史本身似乎具有外在社会和历史条件以外的独立生命。①

克拉克继承并完善了胡塞尔艺术的社会史学说，把社会背景和生产条件作为研究艺术作品的主要方面。他的《人的图像》（*The Image of the People*）一书对树立社会学艺术史理论的地位具有重要的影响。在此书的首篇"论艺术史的社会史"中，克拉克开宗明义概述了社会学艺术史学派的历史任务。他首先阐明了在特定的历史背景下艺术与政治的关系："我想要说明的是艺术的形式和现有的视觉表现体系、当今的艺术理论、意识形态、社会阶层以及更广泛的社会结构和进程之间的关系。"② 他认为，社会学历史研究将会影响到历史上关注的内在体系中等级制度的消解。社会学艺术史的研究是对传统意义上的艺术史重新认识的过程。③他写道："我所要说明的是隐藏在机械性的'再现'形象后的具体运作，了解'背景'（back-ground）如何变成了'前景'（fore-ground）；发现形式和内容之间除去简单的类比之外的真正复杂的关系。"④ 有关艺术史研究的"特殊性"，克拉克的方案是现代主义的，与现代科学语境的范例说（Paradigm）相呼应，反对传统艺术领域的前现代主义（the pre-modernist）的因果关系论：形式与内容的类比，隐喻性的内涵，形式、主题和技术之间的关系。

在社会学研究影响下，20世纪后期艺术史学家的兴趣逐步转向社会内容和意识形态，即社会权利结构和由此而生的有关政治、女性和心理学等问题。因而，艺术史作为整个文化史和社会史的意义就变得重要起来。社会艺术史学者努力解构内在外在制度的等级差异问题，或强或弱地主张"社会背景"（social context）的作用有可能成为形成一个艺术家

---

① See A. Wallach, Marxism and Art History, in The Left Academy, edited by B. Ollman and E. Vernoff, Praeger Special Studies, vol. 2 NewYork：Praeger, 1984, p. 31.

② T . J. Clark, 'On the Social History of Art', Image of the People：Gustave Courbetand the 1848 Revolution, London：Thames & Hudson, 1973, p. 12.

③ Ibid.

④ Ibid.

从形式美学到视觉文化

49

作品主题和风格及形式的条件。对于特定艺术创作的理解，女性艺术批评家波洛克认为："它们的意义和社会效应需要从两方面探讨。其一，艺术创造必须定位于所在阶级、种族和性别之间社会斗争的一部分。其二，我们必须分析特定艺术创作的内容以及它们是如何产生的。"①

社会学艺术研究与 20 世纪 60—70 年代主导地位的观念艺术相互呼应，反对强调艺术自律性的抽象形式主义艺术。它表明艺术史不仅仅是艺术作品的历史，它还必须依赖于观赏方式、视觉快感和广泛的社会性关系而存在。但是社会学研究自身在很大程度上是异军突起的现代性学科，它相对说来疏于对文化视觉传统的领悟因而难以界定社会关系中的视觉范畴。② 形式概念的阐释在建构艺术风格的过程中不是可有可无的，它是艺术史上的基本因素之一，失去这一因素，艺术就有可能沦为某种说教，而艺术史则可能会失去独立存在的意义，完全滑向社会、政治或是文化的历史。艺术独立于社会学或其他科学的根本特征在于它的感性特质。如诺曼·布里森（Norman Bryson）所说："画家感知到的世界也是观众再感知的世界，形式是联系它们之间的纽带，从画家的视点到观众的注视都渴望着对世界的感知。因此，图像可以被看作是'一种传播的途径，对感知的渴望'。"③

西方艺术向形式语言的回归出现于 80 年代，与观念艺术的衰微和"回到绘画"的呼声同步。在艺术实践上，以巴塞里兹（Georg Baselitz）、克莱蒙特（Francesco Clemente）、施奈一博（Julian Schnal Del）为代表的新表现主义和新具象绘画开始崛起。这种新艺术潮流反对空泛的哲学批

---

① Griselda Pollock, Vision and Difference: Femininity, feminism and History of Art. London: Routledege, 1988, p. 7.

② G. Fyfe and J. Law. eds. Picturing Power: Visual Depictions and Social Relations. London: Routledge 1988: and L. Henry. Theory and Practice of Visual Sociology, Current Sociology, 1986, p. 34, 3.

③ Norman Bryson, "Introduction", Calligram: Essays in New Art History from France. Cambridge: Cambridge University Press, 1988, p. 6.

评，关注绘画语言，重新审视绘画性的再现、写实主义的意义等艺术自身的问题。对此，新的艺术批评从社会学角度重新深入到艺术形式之中。关于现代艺术史形式主义批评角度的转变，左翼艺术理论家威廉姆斯（Raymon Williams）观察到："从感知的理论描述上，美学在 18 世纪尤其是 19 世纪成为了一种回应'艺术'的特别形式……作为资产阶级经济的'消费者'呈现的是对应于抽象化（市场和商品）'产品'的抽象形象，在文化理论中作为'美学'和'美学回应'出现……艺术，包括文学，都以各自的能力对此作出了特别的回应。"① 以他的观点，形式主义历史上是一种对回应—导向性（Response-oriented）批评的重要变异，19 世纪人们所关注的焦点从"对美的感知"转向"对艺术创作的思考和领悟"，即它的语言、建构技巧，它的"美学财富"。② 威廉姆斯的主张明确地改变了回应—导向理论意义下的立场，打破了形式与内容之间的直接对应关系，因而在某种程度上超越了那种把艺术对象自身压缩为固定意义的旧形式主义观念。如他所揭示的，形式与它所表现的对象以不同的方式共享一种艺术自律性，并都参与到一个艺术与历史和社会生活相互交融的关系之中。

随着数码时代的到来，装置、影像和多媒体艺术得到更大的发展，艺术的可操作性变得更加简易，艺术叙事意义和社会功利性被进一步减弱。在新的艺术媒体中，艺术的形式通常呈现为信息符号。新的形式主义批评吸取了当代语言学范例（paradigms）的意义：注重艺术创作的对象和目的。艺术史学与语言学之间的相通性是显而易见的，两者都反映着关注信息符号的独有特征、本质和运作，以及在人文科学的核心中再次装配密码符号的漫长历史。正是作为一种语言形式的艺术隐喻，或者

---

① R . Williams, *Marxism and Literature*, Oxford：Oxford Univ. Press, 1977, pp. 149—150.

② On reader-response theory, see J. Tompkins, ed. , Reader-Response Criticism：From Formalism to Post-Structuralism, Johns Hopkins University Press, 1980.

说是一种交流的方式，构成了一种新的具有说服力的严密系统。语言学家认为，语言的概念在交流中自身就是隐喻性的①：独立的创作目标之间总是在同一系统中相互关联并反映或是置换系统底层的法则。创作在某种意义上是个人的诉求，它在自律范畴内的任务是在最深层的意义上发现表层语义下的本质。② 语言学的研究表明，艺术创作的意义不仅仅表现为随意的方式而更重要的是作为运作法则的一个范例："形式有自身的法则，专业人员的任务就是说明这种法则的系统性。"③ 从视觉艺术的独立性上，克洛斯（Rosalind Krauss）阐释了视觉符号与语言符号的区分："现代主义的视觉性最重要的是展示其自身的理性、规则和法律。反对者陷入以语言反抗视觉的论争中对于现代主义的逻辑没有任何挑战性。"④ 站在后形式主义立场上，克洛斯以立体派的拼贴艺术对空间利用的分析为例，探讨了现代主义艺术语言对于西方传统再现体系的转变，并强调西方绘画—语言演变中的自身逻辑性和这种演变的文化意义。⑤

从视觉角度出发，视觉文化理论结合了形式主义、文化学、社会学、符号学等学派的研究方法，为观众和艺术评论者观察艺术作品提供了更为全面的角度。视觉文化在学术概念上涵盖传统的绘画、雕塑、设计和建筑，它代表后现代时期扩展了的"美术"定义。视觉文化理论尤其适用于探索意义较强的当代艺术作品，如摄像、装置、公众艺术等。当代

① The discussion by Derrida in Margins of Philosophy, Chicago, Univ. Chicago Press, 1982, p. 329.

② J. Derrida, "Structure, Sign and Play inthe Discourse of the Human Sciences", In A. Bass, ed. and trans. , Writing and Difference, Chicago: Univ, Of Chicago Press, 1978, pp. 278—293.

③ H . White, "The Politics of Historical Interpretation," in W. J. T. Mitchell, ed. , The Politicsof Interpretation, Chicago: Univ. of Chicago Press, 1983, p. 123.

④ Rosalind Krauss, "One", The Optical Unconscious. Cambridge, Mass. : MIT Press, 1993, p. 22.

⑤ Rosalind Krauss, 'In the Name of Picasso', in The Originality of the Avant-Garde and Other Modernist Myths, MIT Press, Cambridge, MA, 1986, pp. 23—41.

艺术的基本特征之一在于它体现为多重模式的当代性，而不是具体明晰的形式。比如，艺术家的个人风格可以鲜明地体现在凡·高的绘画，或是亨利·摩尔的雕塑中，却很难在摄影、装置或录像作品中明确地显示出来。如果说这类作品有独特的风格，那么它们的风格更多地体现在由视觉经验所呈现的精神内涵上，而不是具体的形式特征上。对于这类艺术风格的理解，无疑更加依赖对于作品的特定社会背景的了解。与社会学理论家所不同的是，视觉文化理论家认为现代世界很大程度上是由肉眼所见（seen）的现象组成。这些现象可以作为不同个体群体、社会和种族的痕迹被分类、比较和对比，形式与内容都是由如何去"看"（look）的方式所决定。他们不再站在视觉现象以外的角度去观察和评判形式和内容，而是从视觉形式入手，从精神建构的角度探讨和理解形式。在这方面，符号学早已从微观角度为读者和观众解读和破译隐藏视觉符号密码提供了方法。后结构主义理论家巴斯（Roland Barthes）认为符号学是一种形式科学，"它研究除内容之外的重要意义"①。但随着意识形态理论的发展，符号学的分析补充了艺术产品和心理分析学中性别主体的分析，为理解文化活动对社会学的作用提供了新的方式。这些文化研究实践过程的影响力从整体上替代了纯风格学或是图像学孤立处理对象的方式。② 当今的艺术史家和批评家，从视觉文化角度吸取符号学的方法，能够通过测定主要根据形态学或是风格学的特性被分类的、具有形式感的数据集合来确定每个对象的意义。这样的特性能够被组合在一起作为标准来区分不同的艺术家、区域及时代样式，或是不同国家、民族团体的符号。③

---

① Roland Barthes, 1957, Myth Today, . Paris. English Translation by Annette Lavers in Mythologies, London, 1972, p. 120.

② Griselsda Pollock, op, cit. p. 7.

③ see T. Reiss, *The Discourse of Modernism*, Ithaca: Cornell Univ. Press, 1982, pp. 41—42.

新技术在艺术范围的运用，大大地扩展了人们的视觉和感性经验。艺术、科学与自然之间的界限被不断地打破，艺术史的研究范围也不再局限于艺术史家的书斋或是艺术家的画室，而是超越了其他学科之间的界限，甚至延伸至人文科学以外的物理学、认知学和工程学等。概括地说，视觉文化属于"中介学科"（Interdiscipline），是跨学科汇聚交流的领域。① 它打破了学科间的界限，对艺术作品提供了新的解读方式。它利用一切可以利用的手段解码、翻译、破译和描述视觉形象，力图更全面地阐释视觉性的文化意义。视觉文化理论的出现，似乎直接威胁到艺术史作为独立研究领域的存在。对于视觉文化与艺术史之间的关系，艺术理论家、视觉文化的倡导者马歇尔（W. J. T. Mitchell）曾作过明确的解释：视觉文化对于艺术史来说是一种"由里及外（inside Out）"的现象，一方面，视觉文化看上去在艺术史"之外"（Outside），为"视觉艺术"传统打开了更广阔的范围并向"高艺术"和"低艺术"、"视觉艺术"和"视觉文化"的区别提出了质疑，另一方面，视觉文化又仿佛是深植于艺术史传统"之中"（inside），注重感性和视觉的符号特性。② 在此意义上，视觉文化理论并非艺术史研究的替代者，而是为艺术史打开了一面窗子，拓宽了艺术史研究的视野。

在全球化经济模式作用下，当代艺术呈现为一种激烈扩张、迅速繁衍的全球性副文化（subculture），它通过机构化的网络向全世界展示和传播。在当代的各种艺术媒介中，绘画这种传统的艺术语言尽管已经失去了往昔的荣耀与中心地位，但是仍然保持着它的优势。画家可以放慢对外界信息传送的过程，锁定往昔的图像记忆，延续和扩展情感的空间。从情感表达、视觉形象和文化意义上，绘画都有其他艺术媒体无法替代

---

① W. J. T. Mitchell, 'Interdisciplinarity andVisual Culture', Art Bulletin, Dec. 1995, vol. LXXVII, No. 4.

② Ibid.

的特性。因此，无论是艺术理论还是艺术实践中，我们对于新的追求，都不意味着对于旧的抛弃，而意味着新的扩展；不是以新的权威代替旧的权威，以新的束缚取代旧的束缚，而是借新的力量更进一步地接近精神的自由。面对新的美学观念和研究方法，巴斯的告诫也许可以给我们以启发：对于观念的执着不必超越接受的喜悦。这样的态度可以让我们更自由地选择一切有益的艺术理论和艺术形式，更坦然地面对过去、现在和未来。

（载《美术观察》2003 年 12 期）

图像的阅读与批评

殷双喜[*]

> 我高举吾生之镜
>
> 洞照我的容颜：六十年。
>
> 我挥臂击碎幻像——
>
> 世界一如寻常。
>
> 万物各就其位。
>
> ——泰根寿夫

1555 年日本禅师泰根寿夫在圆寂前写下以上的诗句，泰根寿夫认为他在遗世远行之际真正地看到了自我与世界的真象。在这首短诗中，有关"镜像"的"幻觉"特质使我们想到中国文学中的"镜花水月"，想到"猴子捞月"的成语（2001 年徐冰曾经以此为题材在美国沙可乐美术馆做过一个出色的装置作品），想到与人生现实相对的另一个虚幻的影像世界。虽然如此，中国人还是发明了青铜镜，并且希望尽可能清晰地认识自己。

欧洲的中世纪有人将"冥想"（speculation）的字面意义解释为"对镜凝视"，这正如苏格拉底与阿昔比阿德在讨论德尔斐的阿波罗铭文"了解你自己"时所说，人的眼睛总是希望找到一个东西来寻找自己，

---

* 殷双喜，男，江苏泰县人，中央美术学院《美术研究》执行主编，《中国雕塑》主编。

"你是否注意过，当一个人看着别人的眼睛，他会在他人的眼睛的正中看到自己的脸，就好像那是一面镜子？"如此，"当一个灵魂想了解它自己时，它难道不应该去看看另一个灵魂，探索其隐秘的理性与智慧的居处？……他将因此而增进对自己的了解。"① 苏格拉底将人对于自我镜像的观察视为一种神性与理性共在的洞察力，从而赋予了镜像这一幻觉影像对于人类自我沉思的实在性质。而文艺复兴时期的巨匠达·芬奇则认为"镜子为画家之师"，开启了画家通过面对镜子审视自我并描绘自我的自画像传统。

一

虽然早在 1888 年第一架大众化的照相机的上市使摄影从贵族的特殊娱乐成为社会的工具，但只是在 20 世纪及两次世界大战期间，摄影才成为指涉外部世界最主要、最"自然"的方法，成为最公正透明、最能引导我们直接进入现实的工具。照片成为世界存在的直接证据，摄影成为最具有民主性的大众媒介。但是，这一媒介的真实性、公正性很快被德国的纳粹党人所发现，他们系统地开始了将摄影作为宣传工具的工作。在今天，广义的摄影（包括电影、电视、电脑合成）影像已经成为我们生活的一部分，或者说我们就生活在影像之中，因为摄影的使用与阅读已经培养了我们的影像思维，即理所当然地将记忆的工具视为记忆的替代物或者就是记忆本身。

苏珊·桑塔格（Susan Sontag）在《论摄影》一书中指出："资本主义的社会需要一种建立在影像上的文化。……照相机的双重能力——将现实主观化及客观化，理想地满足并加强这两种需求。相机以先进工业

① 转引自［美］比尔·维奥拉《录像漆黑：形象在劫难逃》，《现象·影像—录像艺术文献》，1996 年版，第 58 页。

化社会运作的两种主要方式来界定现实：当作一种演出（为大众）以及当作一种监督的工具（为统治者）。影像的制造同时也提供了一种管理的意识形态。社会变化已由影像的变化所取代。"①

在今天的信息社会与影像时代，屏幕与影像激增，我们蜗居在自己的狭小空间中，通过图片、杂志、电视、录像、数码成像等各种影像间接地和世界接触，通过《侏罗纪公园》与《黑客帝国》与想象中的过去和未来接触。世界的真实感日益丧失，我们已经陷入了相反的幻觉，即不再从幻觉中感受到真实，而是从高清晰度、高保真的幻觉中感受到超现实的虚幻。人们不是以真实去克服幻觉，而是以更强烈的幻觉去克服幻觉。诚如让·波德里亚所说："影像不再能让人想象现实，因为它就是现实。影像也不再能让人幻想实在的东西，因为它就是其虚拟的实在。"②

《福布斯》杂志是全球著名的财富杂志，每年都评选出世界最富有的人，2002 年的《福布斯》作了一个很有意义的统计，即在书籍、电视和视频游戏产业领域，评选出全球十大虚拟人物富豪，这些电视与视频游戏中的人物，就是我们所讨论的虚拟影像，像米老鼠、哈利·波特、指环王这些虚拟的影像人物通过工业复制，已经成为环绕我们的文化现实，构成了我们的精神生活。2002 年这些虚拟人物创造的财富共达230.4 亿美元。③

---

① 转引自［英］约翰·伯格《影像的阅读》，台北远流出版公司 1998 年版，第61 页。

② ［法］让·波德里亚：《完美的罪行》，商务印书馆 2000 年版，第 17 页。

③ 这十大虚拟人物富豪排序如下：1. 小熊维尼及《百亩森林》里的朋友（首创于 1926 年），59 亿美元。2. 米老鼠及其朋友（首创于 1928 年），47 亿美元。3. 哈利·波特（首创于 1998 年），29 亿美元。4. 蜘蛛侠（首创于 1962 年），27 亿美元。5.《指环王》佛罗多（首创于 1954 年），22 亿美元。6.《星球大战》维德（首创于1977 年），13 亿美元。7.《怪物公司》萨利（首创于 2001 年），10 亿美元。8.《神奇宝贝》皮卡丘（首创于 1999 年），8.2 亿美元。9. 穿方型裤子的海绵鲍勃（首创于1999 年），7.9 亿美元。10.《游戏王》永吉（首创于 1996 年），7.3 亿美元。以上资料见《中国科技财富》，科技日报社主办，2003 年第 12 期，第 12 页。

早在古希腊哲学中，柏拉图与亚里士多德就围绕"艺术是否再现真实"形成不同的看法。柏拉图认为真实在于理念或思想，而"诗"（广义的艺术）只是对物体表象的"摹仿"或"复制"，诗人的工作由于仅仅是仿造事物的表象，因此"双倍地远离真实"，应该将诗人赶出"理想国"。而亚里士多德认为，理念只反映固定不变的现象，真实是经由艺术形式"再现"出来的变化过程，诗或艺术是一种特殊的摹仿，即通过形式的创造再现真实，亚氏的观点奠定了西方视觉艺术的基础——"摹仿说"。无论是柏拉图的"理念说"或是亚里士多德"摹仿说"，都确立了艺术与客观实在的分立，区别在于"真实在物"还是"真实在心"。可以说，"真实性"始终是我们进行影像的阅读与批评所无法回避的根本问题。

在艺术史上，我们对于影像与实在的区分是清晰的、确定的。德国文艺复兴时期的大师丢勒说："如果一个人能准确地写生，画出的作品与生活中的模特很接近，尤其当画出的形象是美的，他的作品自然会被承认是艺术品而受到赞扬。"① 通过写生，通过肖像画，我们知道了什么是原型，什么是其艺术的影像，这是因为所有手工描绘的艺术作品都不能达到如实复制的效果。影像的质量明确地提示我们，这是一幅有关人物或静物的画，而不是人物与静物本身，因为我们有物质化的原型在那里。但是，我们对于区分原型实在与幻觉影像的自信在 20 世纪受到挑战，艺术与现实的关系不再是那样确定不移，杜尚的《小便池》开启了生活与艺术同一的零度审美观，"现成品"（ready-made）的艺术观念使废弃物与艺术品之间具有了相互转换的可能性，科苏斯的著名作品《三把椅子》提出了谁更真实的质疑。

这里所说的"影像"，不同于传统艺术中的"形象"，它主要指由摄影、电视、电影、数码成像、电脑绘画、网络影像所形成的复制性影像。

---

① 迟珂主编：《西方美术理论文选》，西川美术出版社 1993 年版，第 163 页。

它们与艺术的关系主要表现为两个方面，一方面它们以自身的创作与成品进入当代艺术；另一方面，它们作为一种视觉资源和技术手段为当代艺术家所借鉴和挪用，成为绘画、雕塑、录像、装置等艺术样式的图像来源或技术与视觉的结构因素。在某种意义上，21世纪将是一个"后形象时代"，即我们将进入一个后手工技艺的时代，个体的手工艺术创作仍然艰难地生存，大量的凭借机械、电子等工业与高科技手段创作的复制性艺术不断涌现。"影像艺术"如果可以称之为艺术，那么有关它的真实性、虚拟性、实时性、复制性、互动性、民主性等就成为艺术批评的理论与实践不可回避的研究课题。

影像对于传统艺术图像的解构第一个要点在于其虚拟性，它的核心在于人类通过日益发达的技术追求日益升级的高清晰度，数码相机的像素以百万级在增长，从无声到有声，从黑白到彩色，从平面到立体，从静止到三维动画，最终这些高清晰度的活动影像消灭了我们对手工创造的艺术形象的神秘感，也消灭了我们曾经有过的对现实的幻觉；消灭了我们对原型与其影像的区别能力，也消灭了我们对世界从整体上模糊把握的审美能力。本雅明（Walter Benjamin，1892—1940），曾经在他的代表性著作《机械复制时代的艺术作品》（1936）中，预见到20世纪以摄影和电影为代表的复制性艺术所带来的重要转变，即从传统的具有的膜拜和礼仪功能的艺术向追求"真实"的展示性艺术的转变；观众对艺术的凝神专注式接受向消遣式接受的转变。

影像对于传统艺术图像的解构第二个要点在于其实时性。与传统艺术图像的反复观看不同，当代活动影像的呈现作为一个过程，加入了时间性的因素。一是作品本身的展现即是具有时间性的，另一个是它可以浓缩或拉长现实事物的变化过程。一个录像的时间也许是对某一事件与行为的实时记录，也许是经由影像艺术家主观编辑后的时间暗示。但这种线性展示的影像并不因为其时间性的加入而自然获得历史性，如果艺术要成为历史，就是说它要在人们的记忆中获得存在。没有文化的意义与价值，任何影像无论它多么清晰与即时，都只是一个孤立的记录而非记忆。对于影像的解读，必须伴随着相关文化情境的发生与存储，回忆与思考。如果说，电影与数码影像大多是经过后期制作才与观众见面的话，那么也许电视特别是现场直播的电视节目最具有实时性影像的特点。"电视"（television）这个词来自于希腊语"tele"（远）和拉丁语"videre"（看），但是今天的电视却成为使人患上"文化近视"的一件家具。当我们讨论电视对于人类思维能力的"白痴化"以及大众媒体的"低智化"时，当我们惊异于欧洲的一些知识分子为何拒绝电视时，也许是因为这些迅速克隆、高度清晰的影像与信息脱离了我们的文化背景，钝化了人类对现实的感受、分析、判断能力，使人们在一目了然中丧失了思考的空间，也丧失了诸如语言与文字在不同情境中的多义化与互文性。诚如让·波德里亚所说："信息的高清晰度与消息的最低清晰度对应，语言的最高清晰度与观念的最低清晰度对应。"①

当然，我们不能忘记，作为活动的影像，它的根本特点是其复制性。它的产生没有原作，也就没有赝品，只要具备必要的技术条件（电源、发射器与接收终端等硬件），它几乎可以在任何时间与任何地方得以展示。我们知道，传统艺术作品在原则上也是可以手工复制的，历史上不乏优秀艺术家为了学习和传播而对前辈大师作品进行的复制，更有许多为了赢利而生产出来的复制品与冒充大师的赝品。在传统艺术那里，原作与赝品的区别是可以鉴定的，即使是物理性的复制，如青铜器的铸造与制模，也有原作与复制品的差异，它们的身份一经确定其价值与价格就会有天壤之别。"随着照相摄影的诞生，手在形象复制过程中便首次减轻了所担当的最重要的艺术职能，这些职能便归通过镜头观照对象的眼睛所有。在电影摄影棚中，摄影师就以跟演员讲话同样快的速度摄下了

① ［法］让·波德里亚：《完美的罪行》，商务印书馆 2000 年版，第 32—33 页。

一系列影像。"① 与传统艺术作品特别是独幅绘画和摄影所具有丰富内涵不同，动态影像的意义产生于其全部的动态展示过程，它越是增加影像的数量，其分拆后的静止影像画面就越缺乏信息量。本雅明注意到艺术品原作的原真性（Echteit），也就是它的问世地点的独一无二性，它构成了艺术品的历史与艺术的历史，而艺术品的权威性正是来自于它在艺术史中的时空唯一性。正是由于复制技术将所复制的东西从传统领域中解脱了出来，用众多的复制物取代了独一无二的存在，使复制品在新的环境中加以欣赏，因而它就赋予了所复制的对象以现实的活力，它使得更广泛的群众有可能通过复制性的艺术进入文化的破坏与建设，从而导致了传统的大动荡——传统文化价值观的颠覆和现代人性的危机。

这就涉及到影像的民主性与专制性。

作为复制性艺术的影像艺术以其迅速生产、不断"克隆"的庞大生产能力，提供了经典绘画所无法比拟的图像，这使得大众的广泛参与和欣赏成为可能，大众在博物馆和美术馆中对艺术品的沉思，就转化为日常生活中的消遣性接受，欣赏和接受影像，不再是一个复杂的、高雅的、昂贵的仪式过程，而是一种轻松的、游戏的、廉价的瞬影像的消费。

本雅明注意到当代艺术越是投入可复制性，即越是不把原作放在中心地位，就越能产生更大的作用。这意味着艺术的社会功能将发生重大的改变，即公众对艺术的接受从礼仪式的膜拜转向对社会事务的关注和参与。我们还记得，希望工程的缘起，就直接和一位新闻记者拍摄的一个乡村失学女童的照片有关。影像艺术正在从记录转向表现，从艺术的边缘转移到艺术的中心，选取录像艺术作品逐渐成为当代艺术策展人为标榜展览的当代性所不可或缺的文化策略。

更重要的是，影像艺术由于其操作技术的简单与易于普及，使得过

---

① ［德］瓦尔特·本雅明：《机械复制时代的艺术作品》，浙江摄影出版社 1993年版，第 55 页。

去成为一个艺术家所必须的长时期的手工技艺的训练不再成为影像制作的障碍，影像的制作不再是少数艺术家的专利，这吸引了许多具有艺术表达欲望的人对于影像生产的"创作"热情。在摄影的历史上，傻瓜相机的出现和快速冲印连锁店的出现，意味着一个影像制作大普及的时代，也是20世纪中后期形形色色的以摄影为基本创作工具的影像艺术家产生的原因之一。20世纪90年代以来，摄像机特别是数码摄像机的日益小型化、便利化，使家庭录像日益普及，也使电视剧与电影的创作日益平民化，而独立制片人和低成本电影的出现，试图与好莱坞的巨资大片分庭抗礼。在美国，以鼓励本土艺术，扶持前卫艺术和在世艺术家为宗旨的惠特尼艺术博物馆，在1975年正式将录像、摄影以及电影分别列入展项目录，在1977年惠特尼双年展上，摄影艺术获得大量介绍，1979年惠特尼双年展主体为影片，1981年为影片和录像装置。在惠特尼双年展的历史上，曾将艺术大奖授予一位普通的市民，以彰显录像对于社会事务的巨大影响，正是这位市民无意中用家用录像机录下了美国警察对黑人的毒打，节目的播放引发了大规模的城市骚乱，并再一次引发人们对美国黑人生存处境的社会关注。授奖给他的原因是因为他的作品充分呈现了录像艺术的社会作用。我们所熟知的美国女艺术家辛迪·舍尔曼，一向以自我化装、扮演和摄影为基本的创作手段。20世纪90年代以来，摄影与录像已成为一些中国艺术家的主要工作方式，在近一二年中国的实验艺术展中，有许多艺术家以相机、录像机代替了画笔，以经过各种处理制作后的影像（照片、幻灯、彩色喷绘、录像等）表达自己对当代生活的日常经验。这些可以称之为"艺术界非影像专业的影像作品"不断参加国际上的一些艺术大展，使我们不得不反思影像作为艺术与当代文化和消费社会的关系。

　　一方面是影像的制作与接受具有广泛的公众基础，成为日益民主化的公众日常生活的一部分；另一方面，我们正在进入一个以视觉为中心的图像时代，传统的语言与文字为中心的人际交流与信息传播方式，受到电视、电影、以及电脑动画等影像传播方式的巨大冲击。大量的图像信息，使得人类个体的感知机制无法对每一个影像加以沉思，只能接受视觉的引导，以直观的读图方式完成对影像和图像的快餐式消费。以视觉为中心的文化将改变人们的感受和经验方式，从而改变人们的思维方式，时尚与传媒形象的不断变化，正在以不断变幻的影像更替，反映出社会、经济、文化的流动变迁。标准化、批量化的影像生产，在普及的同时，也在抑制个性化的接受与思维，形成时尚与偶像式的视觉专制。

二

在这里我们进一步讨论一下作为活动影像的录像艺术的特殊性。虽然早在20世纪60年代，多媒体艺术家白南准（Nam June Paik）就乐观地相信录像艺术是未来的艺术形式，坚信"一旦拼贴技术取代油画，阴极射线管将代替画布"，他将自己在录像合成器中完成的抽象影像称之为"一幅供每个人看的电子水彩画"。但与其说录像艺术属于视觉艺术的一个分支，还不如说录像艺术是一种以电视为起源的电子媒介艺术，它具有大众媒介的流行文化特征，通过影像的再现与重组实现对社会现实的评论与批判。大卫·霍克尼认为单镜头的照相机具有一种攻击性，这也许可以部分地解释人们对于陌生的、未经自己同意的拍摄具有一种本能的躲避，而将自己的影像作为一种有价值的隐私加以保护。录像艺术也许提供了一种揭示"世界的隐私"的手段。在语言与工具的意义上，录像艺术家使用家用手提式摄像机，与摄影家使用照相机、油画家使用画笔，并无根本的不同，它将在实践中发展出属于自身的语法系统，并且面对自己的独特问题。

与录像艺术最有血缘关系的也许是摄影、电影与电视，其中电视与录像艺术的关系尤为复杂与暧昧。录像艺术家最初对电视这一大众文化媒介是持批判态度的，但最早的录像艺术却是在电视台的支持下才得以发展的。作为一种需要高科技与资金支持的艺术形式，录像艺术的发展始于电视媒介发达的美国。1960年代，美国的电视台将录像艺术作为电视产业发展的一种研究和发展方式，在洛克菲勒基金会和福特基金会的赞助下，鼓励艺术家寻找使用电子媒介的新方法。1960年代后期，在便携式电视设备开始普及时，一些美国艺术家开始介入电视，在麻省理工学院的尖端视觉艺术研究中心（CAVS），有一批艺术家试图将他们概念上的兴趣和那里先进的计算机、电子和机器人技术结合起来。到1969年，他们已经为WGBH的艺术家常驻节目制作了数量可观的录像带，而在旧金山的大众电视台KQED实验室，艺术家斯蒂芬·贝克则开发了他的直接录像合成器。值得提及的是与约翰'凯奇关系密切的多媒体艺术家白南准（Nam june paik），他将电子技术与电视意象结合起来进行演出。1970年，他同WGBH的制片人和麻省理工学院CAVS的艺术家紧密合作，并在1973年成为洛克菲勒基金会的策划人，使基金会对新媒体艺术给予了充分的支持，通过与WGBH的工程师的合作，他引入了自己的同步电视混合控制盘电视，创作出《电视共同感应——甲壳虫从开始到结束》的播出节目。①

对中国的录像艺术家来说，并没有美国艺术家的那种机遇和幸运，从起步开始他们就不得不依靠个人的努力，寻求社会资金的支持以及传统艺术体制的宽容，迄今为止，他们也还没有与主流的电视台建立起相关的艺术联系。值得注意的是，近年来在中国的主流艺术教育体系中，有关新媒体的教学正在进入教学系统，在中央美术学院与中国美术学院都建立了以苹果电脑为硬件基础的数码新媒体工作室。虽然目前仍然是以电脑软件的运用这一技术性教学为主，但是，如何以新的观念去观察

① 有关录像艺术的历史与发展的叙述，来源于未正式出版的资料《1996：现象、影像—录像艺术文献》，该资料为吴美纯策划、邱志杰主编，是国内第一本有关录像艺术较为详尽的翻译文献。

社会变化并探索技术与艺术的互动关系，已经成为新媒体艺术教学无法回避的学术课题。影像艺术要进入当代艺术，就不能只是单纯的技术程序设计与运用，西方录像艺术家所遭遇的问题对中国艺术家仍然具有普遍性。作为最大限度地迎合普通观众的消费媒介，一种影响巨大的文化存在，电视仍是社会文化多样化结构的重要基础，艺术家如何影响这个体系？录像艺术家如何在对大众文化的挑战中扩大艺术与文化消费的定义？在大众媒介的统一声音与艺术家的个体见解之间，如何保持录像艺术所独有的思想的活力，从而丰富社会文化的多元对话？

录像艺术30多年的短暂历史，使得它还未能系统地建立起自己的艺术框架，形成系统的研究领域，从而，对录像艺术的批评模式也未能建立起来。对中国的录像艺术家来说，其困惑在于，录像艺术本来应该成为最大众化的艺术形式，无论从拍摄方式与欣赏层次来说，它都应该具有广泛的群众基础，但目前中国录像艺术的发展，却具有早期现代主义的精英色彩，有相当一些录像艺术的作品，常令观众如堕雾中，百思不得其解。中国的录像艺术家，在尚未建立起较为纯粹的录像艺术语言系统时，就有许多人转入了录像装置艺术，即将录像作为其装置艺术的一部分，从而进一步将录像艺术边缘化，模糊了录像艺术的独特性。对批评界来说，困惑不仅来自对于对录像艺术家的电子化陈述的心理分析；也在于是否应该对录像艺术从技术语言的层面加以判断与分析，它意味着批评家需要了解和熟悉录像技术的基本语言，对于以传统架上绘画为主要解读对象的批评家来说，这是一种并不轻松的挑战。

简而言之，对录像艺术的解读及其"影像的文化逻辑"的建立，涉及到不同的层面，例如，就其艺术的文化历史定位来说，它是否作为一种运用电子媒介的新的艺术种类，以其对于现实社会的批判性阅读而具有现代主义的性质，还是因其对现代社会大众文化的反讽与戏拟，从而具有后现代主义的文化拓展意义？从心理学层面来说，录像艺术是否具有艺术家的"自恋性"？当艺术家面对录像镜头，将自己的表演与行为赋予超越日常生活的意义时，观众是否能够在冗长的实时录像中接受这样的一种传奇英雄式的暗示？在技术的层面，录像艺术是否越来越依靠技术的进步，通过电子设备的升级改进来获得更大的技术自由，从而使观众产生好奇与惊异；或是不以高技术为炫耀，继续坚持传统艺术世界的美学规则与惯例，以将电子影像作为洞察人类精神的工具，去澄清现代社会对人类的异化，从而以建设性的方式表达艺术家的人文关怀？有关录像艺术与电视的关系，我们注意到，在西方批评界，录像的反电视性质一直是批评家注意的中心主题，但不一定是建立在影像装置的低技术概念的基础之上的。这一主题不断地被艺术家修订，他们致力于或试图对电视形象进行解构，或是创造出受意识形态激励的电视的替代品。上述有关影像特别是活动的电子影像的问题，是我们建立影像艺术的阅读与批评所无法回避的，其实在19世纪末摄影出现时，这些问题就已经引起艺术家的思考，复制性艺术对于传统的艺术语言的渗透与影响，将会成为我们在新的世纪观察艺术改变的重要视角与思考基点。

"总有一天……那些形象将开始醒来。它们将渐渐地与我们不同，越来越少地模仿我们。它们将打碎玻璃和金属的屏障，而且这次它们不会被打败。"[1] 博尔赫斯（Borges）在其著作《镜中野兽》中描述了镜中人与人类的斗争，是人类将镜中人监禁在镜子中，让他们像在梦中一样重复人的动作，成为简单的模仿影像。这一形象的暗喻深刻地揭示了人类与自己所创造的技术世界的辩证关系，并预言了技术时代对于人类思维与行为方式的重大改变。早在1960年代，马歇尔·麦克卢汉（M. McLuhan，1911—1980）在其传播学的经典《理解媒介》一书中即提出了"媒介即信息"的基本观点，认为媒介对信息、知识、内容有强烈的反作用，它是积极的、能动的、决定着信息的清晰度和结构方式，他同时认为"媒介是人的延伸"，以往的媒介尤其是机械媒介是人体个别

① ［法］让·波德里亚：《完美的罪行》，商务印书馆2000年版，第145页。

器官的延伸，而电子媒介是中枢神经系统的延伸。正如机械性的照相机将自然转化成一种人为的艺术形式——摄影，电子媒介的录像与数码技术也将影像转化为具有审美价值和精神价值的综合文化环境。技术在何种层面上才能转化为艺术？当技术创造了一个新的环境，并使我们认识到自己所处的环境所发生的重要变化时，技术就具有了艺术的敏锐与及时，"今天，各种技术及其后续的环境一个紧接一个很快发生，所以一种环境才使人觉察到紧随其后的新环境。技术使我们意识到它的心理和社会后果。在这一点上，技术开始发挥艺术的功能。"①

晚近以来对后现代主义的研究，从民族、身份、女性主义、大众文化、城市体验等多种角度为我们提供了解读影像艺术的通道，它提示我们建立综合性、多角度的影像分析的文化逻辑的必要性。正是由于"世界通过技术、通过影像迫使人们的想象力消失，迫使人们的情感外倾，打碎人们递给它的镜子，并虚伪地宣称是为了人们而骗取它的。"② 我们更有必要通过技术与影像击碎世界的幻象，让世界一如寻常，各就其位。20 世纪的存在主义哲学家似乎偏爱通过艺术的形象来揭示人类的生存处境，正如海德格尔对于凡·高的《农妇的鞋》赞赏备至，它可以看作人类在农业时代生存处境的形象表达；萨特从贾科梅蒂那些空间中融化的雕塑人物中看到了艺术家"从一种充盈的实体中创造着真空"③，这可以视为一种对工业时代人类生存空间的现代主义的透视。而波德里亚对于安迪·沃霍尔后期的影像活动则推崇不已，他对沃霍尔的个案分析可以作为一种对信息时代以电子媒介为基础的影像艺术的独特批评方式，这一批评方式将艺术语言的纯粹性与自我拓展也作为一种批评的因素与标

---

① ［加］马歇尔·麦克卢汉：《理解媒介——论人的延伸》，何道宽译，商务印书馆 2003 年版，第 28 页。
② ［法］让·波德里亚：《完美的罪行》，商务印书馆 2000 年版，第 82—83 页。
③ ［法］萨特：《贾科梅蒂的绘画》，见《萨特论艺术》，上海人民美术出版社 1989 年版，第 48 页。

准。在波德里亚看来，沃霍尔随便从哪个影像开始，为消除由此产生的想象，就把它变成一个纯视觉的产品。而那些重新加工视频影像、科学影像、合成影像的人以材料与机器来修补艺术，完全做了相反的事。后者开发技术的目的是给人以假象，而沃霍尔自己就是一台机器，他通过纯粹的技术手段，以一种反讽的方式揭示影像技术自身的幻觉性质，将人们对于世界本真的追问，从现象学的层面加以悬置。

　　波德里亚的分析提示了对于新媒体艺术的批评可以从不同的角度切入。新媒体艺术影像的阅读与批评，并不是只有一种方法，作为一种记忆的结晶，有许多方法可以帮助我们打开回忆，例如运用文字、符号等可以帮助我们重建影像的背景情境。根据俄国思想家巴赫金的对话理论，作为一种超语言的"对话"，不单指人际交谈，也包括思想的共生性歧义与文化内部复杂运动，"个人真正地生活在我和他人的形式中"，"大家一起经由对话掌握意义与自我"①。当代艺术中的影像，虽然与传统的图绘形象有很大不同，但它仍然是艺术家与当代社会交流对话的一种方式，其意义的理解与批评的重建，也应该建立在一种平等的对话基础上，并在此基础上形成多元化的文化阐释空间。在影像的周围，我们应该建立一种具有相关性、放射性的联想系统，以便我们能从个人的、政治的、经济的、心理的、戏剧化的、日常化的和历史的等不同的角度进入作品，进入作者的内心世界，进入人类共同的精神空间。

（载《艺术评论》2004 年第 5 期）

① 转引自赵一凡《欧美新学赏析》，中央编译出版社 1996 年版，第 65 页。

后形式主义、图像学与符号学

曹意强[*]

一 文本与上下文

　　欧美传统的艺术史思考的核心问题是形式与内容的矛盾，这导致了不同的艺术史说明理论与研究方法。沃尔夫林、罗杰弗莱、福西永等人发展了精微的形式分析理沦，强调艺术形式的独立自存品质。阿比瓦尔堡及门生潘诺夫斯基则开创了图像学研究，认为某个时期的艺术与这个时期的政治、社会生活和宗教、哲学、文学、科学具有着密切的关系，诚如潘诺夫斯基写道：在一件艺术作品中，形式不能与内容分离。色彩、线条、光影、体积与平面的分布，不论在视觉上多么赏心悦目，都必须被理解为承载着多种含义。[①]

　　在"新艺术史"中，形式与内容的对立是以"文本"与"情境"的对立关系加以表述的。[②]英语语词 text 表示区别于注释、附录和插图的书籍文字，而加上前缀 con－，其含义即为"下文"或"情境"，表示一篇文字的意义只有与其他内容相联系时才能被读解。在此，我们不妨借用

　　[*] 曹意强，男，浙江杭州人，中国美术学院美术史论系主任、南京师范大学特聘教授。

　　① Erwin Panofsky, *Meaning in the Visusl Artl*, Penguin, 1970, p. 205.
　　② 见《新视野中的欧美艺术史学》，《新美术》2004 年第 4 期。

"文本"与"上下文"这两个隐语，将新艺术史划分成两大类型：一是偏重艺术作品"文本"的后形式主义和符号学，二是强调艺术作品赖以产生的条件或情境的新社会艺术史、女性主义、结构主义、后殖民主义、心理分析等研究取向。

用"文本"指涉艺术作品本身，用"上下文"表示艺术的情境，这极大地影响了艺术史的表述方式，结果之一是"读解/阅读"［reading］取代"观看"［seeing］。"读解"似已成为说明视觉图像的主要实践方式。贡布里希等传统的艺术史家也认为，图像并非是自然的、不证自明的，而是依照必须加以破译的视觉语言创造的，所以图画应被"阅读"。但目前流行的"读解"艺术作品的观念来自符号学。符号学理论使用以语言为基础的术语论述解释过程，认为语言是交流的典型范式。在符号学中，"文本"是符号的集合，而符号则依据某种媒介或交流形式惯例、规则加以建构与解释。小说是一种文本，诗歌是另一种文本。既然如此，为何不能把一件艺术作品也当作文本呢？何尝不能把依据统摄视觉语言的规则去系统地解释艺术作品之过程理解成"读解/阅读"呢？新艺术史家就此将"读解/阅读"发展为解释视觉图像的符号学方法，然而，其本意并非是强调文本重于图像，而在于更充分地关注图像的视觉本性。

能否把艺术作品当作可破译的文本加以"读解"的问题，是隐含于形式主义、图像学和符号学艺术史中的基本问题。新艺术史的符号学与传统的图像学/图像志研究方法有着某种血缘关系，虽然它们在表面上与新旧形式主义相冲突，但实际上，重视艺术"文本"本身化解了它们的矛盾，使之处于同一"阅读"的范畴：与图像学相近的符号学旨在破解视觉形式的"意义"，而后形式主义意在读解"形式"本身。下文讨论的美国批评家克劳斯的形式主义理论雄辩地揭示了这一内在的联系：她激烈抨击依据艺术家生平行事解释其作品的做法，不仅从后结构主义符号学和心理分析的视角倡导了新的形式分析方法，而且将符号学看成推动艺术史的潜在动力。

二 形式主义与格林伯格的现代主义

形式分析是 20 世纪艺术史研究中最为普及的方法，难怪成为"新艺术史"攻击的主要对象。然而，历史的悖论是，形式主义不但是现代艺术史的酵母，而且是现代主义艺术理论的催发剂。罗杰弗莱用形式主义为后印象派辩护，格林伯格用形式主义为抽象表现派鸣锣开道。可以说，没有形式主义理论，就没有现代艺术即从塞尚至蒙德里，直到马瑟韦尔的艺术。现代艺术的重镇，从法国巴黎转向了美国纽约，而美国 20 世纪的艺术史，绝对是以格林伯格为首的形式主义为主导的。美国的形式主义者承继形式分析之父沃尔夫林的理论，对美国现代艺术运动起了推波助澜的作用，就此而论，本文难以苟同如下说法：即沃尔夫林的理论对现代主义艺术运动毫无影响。

传统的形式主义旨在抛开一切上下文/情境、意义之类的外在问题，与作品进行纯粹而直接的接触，努力理解其形式特质，诸如线条、色彩、材质和构图，而不是读解其"内容"，诸如它所包含的人物、故事、自然场景和观念等东西。"内容"向来与瓦尔堡、潘诺夫斯基的"图像学"相联系，形式主义者反对读解内容，其理由是内容这个东西属于智力史范畴，与艺术价值毫无干系。

艺术作品具有直接影响观者的特质，这是西方由来已久的一个美学观念。康德在《判断力批判》中就阐述了纯审美经验。沃尔夫林提出五对相对的概念来分析文艺复兴和巴洛克艺术的形式。前者运用线性追求清晰而封闭的形式，后者使用涂绘手段，以混沌的形式塑造开放而富有景深感的效果。沃尔夫林生于 1864 年，死于 1945 年，其学术高峰正处于西方科学和社会科学宣称发现了各种永恒的自然与人类行为法则的时期。沃尔夫林受此激励而提出了支配艺术风格历史的普遍法则：即早期阶段、古典阶段和巴洛克阶段循环往复的历史规则。他把这个"法则"

的效应比喻为一块滚下山坡的石头。他写道：这块滚石"按照山坡的坡度、地面的软硬程度等会呈现相当不同的运动，但是所有这些可能性都遵循一个相同的引力法则"。① 左右艺术风格变化的既非艺术家，也非其他社会因素，而是不变的法则。因此，早在其处女作《文艺复兴与巴洛克》中，沃尔夫林就感到可以撰写一部"没有艺术家名字的艺术史"。

形式主义者，不论新旧，都坚信艺术家的生平行状无益于理解其作品。英国画家与批评家罗杰弗莱十分赞同沃尔夫林的观点。他认为谈论艺术家的生平，分析图像意义和赞助关系都难以解释艺术的力量。艺术作品无法简约为情境。他对当时兴起的精神分析领域特别感冒，因为精神分析意在揭示梦和艺术作品的形式与内容的关系。这种反感加剧了他对艺术内容讨论的厌倦。他宣称，艺术作品与之创造者及其赖以产生的文化没有真正的联系。1912 年，他在英国组办了一个法国后印象派画展，震惊了偏爱"老大师"作品的英国观众。他在展览目录里撰文表明了他的观点："这些艺术家并不致力于表现实际形相的苍白翻版，而是激起对种新的明确现实的信念。他们并不寻求模仿形式，而寻求创造形式；不去模仿生活，而去发现生活的对等物。实际上，他们瞄准的不是错觉，而是真实。"②

这个真实是艺术家创造的具有独立生命的形式。1934 年，法国艺术史家福西永发表了颇受争议的《艺术形式的生命》一书。与弗莱一样，福西永强调艺术作品的自主性，力辩政治、社会和经济条件在决定艺术形式问题上所起的作用微乎其微。他认为，艺术形式是活的实体，依据其材料性质和空间场景而不断发展进化。在《中世纪的西方艺术》一书中，福西永追溯了罗马风和哥特式建筑与雕刻风格的发展，强调技术决

① Principles of Art History, The Problem of the Demelopment of Style in Later Art (1915).

② Vision and Design, Oxford, 1981.

定艺术形式的论点。对他来说，肋拱是理解哥特式艺术的关键。"它按照严格的逻辑步骤，一步一步创造了各种附件和技术，而这种附件和技术是产生它［哥特式艺术］自己的建筑和风格所要求的。这个进化的推理过程犹如数学定理证明一样美，不仅仅为加固的手段，已然成为整个风格的开创者。"①

福西永曾在美国教书，他的形式理论对英语世界产生了一定的影响，1992 年重印他的《艺术形式的生命》再度激发了人们对他的兴趣。但是，在 20 世纪，西方世界的兴趣集中艺术的现代性问题上，继弗莱为后印象派辩护之后，美国艺术批评家格林伯格，以形式主义者的姿态，大力鼓吹抽象表现主义艺术。

格林伯格在《走向更新的拉奥孔》一文中宣布，最重要的现代绘画已抛弃错觉主义，不再力图复制三维空间了。每一种艺术形式，都必须按照对应于其特殊内在形式而产生的标准进行发展，并以此内在标准加以评判。②

格林伯格并非为形式而为形式辩护。他在"现代绘画"这篇著名的文章中，把形式看成为整个西方"现代主义"定义的基础。

依照格林伯格，现代主义的本质在于运用某个学科的特有方式批评学科自身，也就是对其批评程序进行批评。但其目的不是为了颠覆被批评的东西，而是使之更牢固地立足于难以为其他任何活动所替代的自身能力范围："每一种艺术必须从自己的角度证明这一点。它必须展示的不仅是一般艺术的独特而不可化约的特征，而且还要展示每一具体艺术的独特性和不可简约性。每种艺术必须通过自身的功能与作品决定惟有自己所能产生的效果。由此，它必然会缩小其胜任范围，但同时使之更确定地把握这个范围"。

---

① The Art of the West, vol . 2 Phaidon, p. 3.

② The Collceted Essays and Criticism, John O' Brian, ed. Chicago, 1986—1993.

每种艺术形式的独特而恰当的"胜任范围"与其媒介中一切独特的东西相巧合。自我批评的任务就是将从其他媒介借用而来的效果统统从每种形式自身具有的效果中清除出去，由此而净化其形式，从这"纯粹性"中确保其品质的标准和独立的标准。"纯粹性"就是自我定义，"艺术中的自我批评事业即是自我定义复仇的事业"，这支复仇之箭射向了淹没艺术媒介的自然主义艺术。自然主义艺术利用艺术掩盖艺术，而现代主义艺术运用艺术唤起人们对艺术的注视。

　　对于格林伯格来说，抽象绘画是理想的艺术，凝聚了现代性的全部特征。绘画的媒介是平坦的表面、基底的形状和颜色的质地，这些限制决定了绘画的基本特性亦即平面性。19世纪以前的画家将这类限制视为消极因素而加以掩饰，现代艺术则公开承认这些限制，将之作为积极的因素而发扬光大。

　　绘画艺术中的立体空间感和色彩等效果也见之于戏剧和雕刻等艺术，但只有"平面性"是绘画所特有的、未与其他艺术门类分享的独特条件。正是对绘画表面那不可回避的平面性的强调，促成了绘画艺术进行自我批评、自我定义的现代主义过程。这并非是说传统艺术忽视绘画的平面性，老大师们认识到保持绘画平面完整的必要性，他们力图透过画面所创造的三维空间错觉云雾去暗示这种永恒平面性的存在。正是通过这个悖论，他们的艺术才得以确保成功。现代主义画家既不回避这个矛盾，也不试图去解决这个矛盾。他们逆转了这个矛盾：老大师希望观者透过"错觉层雾"瞥见内藏的平面性，现代主义画家把观者的注意力直接导向平面所包含的东西。面对一幅老大师的作品，观者首先看见的是画面的内容而非图画本象；老大师创造了景深空间错觉，使人觉得仿佛可以走进画面，而一幅现代主义绘画却让观者首先看到的是图画本身。

　　绘画的基本规范或惯例即是图画必须遵守的限定条件，以便使之能被体验为图画。对绘画学科所作的限定越严格，就越能把握其方向。平面性是绘画的本质，而将绘画限定于这一本质即是现代的学科精神："创造一幅图画意味着有意创造或选择一个平面的表面，并有意地划出它的界限而加以限定。"

当然，格林伯格意识到，现代绘画不可能获得绝对的平面性。蒙德里安的绘画是格林伯格心目中的平面性典范。即便是蒙德里安，他在画布上留下的每一痕迹，都会不可避免地暗示某种三维空间错觉，破坏纯粹的平面性。但是，格林伯格辩解说，现代主义绘画与老大师的根本区别在于：它追求"一种严格意义上的绘画性、严格意义上的视觉性三维效果"。现代主义画家所创造的二维错觉只能被眼睛所透视：观者的眼睛仿佛可以在画面上"旅行"，而不像老大师的作品那旨在创造使观者身临其景的错觉。

三维空间属于雕刻的范畴。对于格林伯格来说，绘画的自主性建立在平面性之上，而这一自主性的获得即是一个摆脱"雕塑性"的过程。在此，格林伯格慎重声明，绘画走向抽象，决非是排除再现性的结果，而是彻底清除与雕塑所共有的东西之结果。

格林伯格的形式主义批评，与新艺术史所采纳的共时性批评不同，依然包含着强烈的历史感。从他的批评中，我们可以觉察到他心目中的西方艺术发展线索。罗杰弗莱把西方艺术史勾画为从概念性逐渐向再现性的进化过程，贡布里希在《艺术的故事》中将这一进化描述为从"画其所知"到"画其所见"的过程，而后在《艺术与错觉》中运用"图式与修正"的公式既概括了一幅再现性绘画的创作过程也概括了整个西方艺术再现史的进程。格林伯格的绘画史观念恰好与之相反：西方绘画是从再现性走向概念性，至抽象性而完成其最终的自主性。从美学的角度说，它是一个不断走向自我批评、自我限定，从而赋予其现代性的过程。

西方自然主义绘画运用明暗关系塑造形体，给人以空间错觉。在格林伯格看来，16世纪以来西方绘画的最大成就是力图摆脱这种"雕塑性"。这个过程始于16世纪威尼斯，接续于17世纪的西班牙、比利时和荷兰，但这个突破是以色彩对抗素描的名义进行的。至18世纪，大卫试图复兴绘画的雕塑性，其意图部分是为了把绘画从强调色彩所造成的装饰性平面中解救出来。而他自己最好的作品优势，却来自于色彩。大卫的高足安格尔以素描钳制色彩，但他的肖像画杰作，堪称西方 14 世纪以来最具平面性、最少雕塑性的绘画作品之一。在 19 世纪中期，西方艺术虽流派纷呈，但共同的目标是反对绘画中的雕塑倾向。马纳是现代绘画的先驱，而随着印象主义的兴起，反雕塑性不再体现为色彩对抗素描的形式。它成为纯粹的视觉经验对抗为触觉联想所修正的视觉经验的问题。印象主义画家是以纯粹视觉的名义，而非色彩的名义，逐渐摧毁了绘画中的雕塑因素——塑造与阴影等。塞尚和他之后的立体派，重新举起雕塑的旗子，反抗印象主义者，一如大卫反抗法国学院派画家。然而，自相矛盾地，正如大卫和安格尔反抗平面性的结果是画出了比前人更具平面性的杰作，立体主义复兴绘画中的雕塑性行为是以制造出西方历史上最具平面性的作品而告终，其平面性完全消融了任何可以辨识的图像，离现代主义的理想仅一步之遥。从这样的推论中，格林伯格得出的结论是，抽象绘画代表了绘画的顶点，因为它依赖自身特有的限制而获得了永恒的自主性。

三 克劳斯与"视觉原—语言"

格林伯格将绘画脱离雕刻性视为艺术史的现代性进程的标志，他的追随者克劳斯把现代艺术史学的希望寄托于驱除"传记性艺术史"的工作。

1980 年，纽约现代艺术博物馆举办了大型毕加索回顾展，在这之后，克劳斯应邀作了题为"以毕加索的名义"的讲座。① 在这个讲座中，

---

① "In the Name of Picasso", in The Originality of the Avant-Garde and Other Modernist Myths, Cambridg. MT Press. 1985.

克劳斯系统地抨击了利用传记材料和其他背景知识解释毕加索立体主义作品的做法，其理由是艺术作品抵制再现特定世界的任务。克劳斯认为，毕加索的立体主义拼贴画，如《酒瓶、玻璃杯和小提琴》等作品，体现的是具有多义性的再现结构，难以简化成传记和历史现象、更不能简化为"明白清楚的指代意义"。这些作品是寓意性的，是建筑在一系列无法得出终极答案的类比基础上的，而这种类比又与"成熟与发展"的主题相联系。这类主题在特定的传记读解发生之前就已产生。

克劳斯解释了为何她相信毕加索的拼贴画具有多重含义的复杂寓意，为何这种多义性主导了作品中任何特殊的指涉。不论是印有"杂志"字样或新闻的报纸残片，还是他手画的酒杯和小提琴的粗略轮廓，她认为，这类特殊的形状并不重要，真正重要的是作为结构整体本身的拼贴构图，因为这个结构整体最终将自身富有意义地表示为一种"构成的结构"，指向了与"指涉、再现和意义"准确相关的抽象问题。与传统艺术史的"语义学实证主义"相对立，克劳斯认为这些拼贴画径直指向了"形式本身的体系"。立体主义拼贴艺术之所以是现代艺术的新形式，是因为它真正关乎"再现之再现"。

毕加索用线或明暗暗示了小提琴的各部件，如见之于他许多作品中的双重 F 形音孔等，其作用并非是要表示实际的小提琴，甚至小提琴这个观念，而是要将人们的注意力吸引到视觉再现本身的活动上面，引向透视缩短等技术。前者是"再现"世间缺席的事物，或暗示如观念或价值等没有实际的物质存在的事物，而后者是一整套艺术再现形式的组成部分。

在克劳斯心目中，毕加索的立体仁义拼贴画是一种"物质哲学"的化身，属于她所谓的"视觉原一语言"。正是精妙地体现这套原语言，才使之变成伟大的艺术作品。"形式"，在克劳斯眼维即指其物质性与意义结构。这样的形式完全符合其意义与目的，而这恰恰使得上述信仰问题百出：再现向我们呈现了世界，呈现了其"充分的知觉形象和完美无瑕的自我存在"。

毕加索的拼贴画与此相反，它们直指"实际存在的缺席"，而这种缺席正是再现的条件。克劳斯坚信，拼贴艺术对1980年以来兴起的后现代艺术与后现代艺术理论起了极大的作用，因为这两种实践都关注再现中的问题再现，关注对当代艺术和社会的意义与价值的理解问题。

格林伯格的形式主义主张，绘画本身先于绘画内容而对观者产生作用，克劳斯则认为绘画形式先于传记读解而产生意义。"以毕加索的名义"可谓是西方史学上与传记艺术史决裂的最激进的宣言。

由16世纪意大利画家瓦萨里开创的艺术家传一直是西方艺术史的主要范式，虽然有些20世纪的学者批评了这种叙述模式，指出它不适应于世界艺术研究，但事实上，这个传记模式，对研究艺术家特别有用。正是在研究毕加索这样的画家时，现代研究者都着眼于他们的个人生活和逸闻趣事，将这一体例用到极点。克劳斯的"以毕加索的名义"旨在彻底解体这一模式。她认为西方主流艺术史如同西方艺术一样，是建立在亚里士多德的艺术模仿自然形式与事件的理论之上的，潘诺夫斯基的图像学和图像志也不例外。以这种理论为主导的艺术史无法解释世界上其他艺术（甚至如晚期罗马雕刻）的多样再现方式。晚期罗马雕刻背离了自然主义。里格尔的研究表明，无法用上述理论范畴去解释此类作品。毕加索的立体主义艺术，如同非自然主义的晚期罗马雕刻，包含着丰富的多义性再现结构，难以用传记或历史现象加以说明。换言之，克劳斯坚信，假如要正确地理解毕加索的作品，尤其是他20世纪头10年的拼贴画，就必须全然抛开所有的传记材料。与格林伯格一样，克劳斯认为现代艺术的自主性有赖于摆脱再现世间万物的现象，而艺术作品的形式和物质结构正是这个成就的体现。毕加索作品的伟大之处就存在于这种自主性之中。

克劳斯认为，现代学者在研究现代艺术家时，十分迷信艺术家的生平事迹，甚至将之视作唯一可靠的文献证据去解释作品。她把这种做法戏称为"自传性毕加索"。她以毕加索"蓝色时期"的《生命》为例，说明依赖这类证据究竟能推断出何种"艺术"和"说明"意义。她说，直至1967年，人们把毕加索的这幅作品与高更的《我们从何处来?》和蒙克的《生命的舞蹈》一起，视为世纪末寓意画。就在那一年，某位学者发现《生命》中的人物是毕加索的画友卡萨格马斯。这个人于1902年自杀。这一发现促使人们重新解释《生命》，将之说成是毕加索对这位朋友的性无能，对一个失败的杀人者和最终的自杀者的描绘。克劳斯由此认为，以传记为主的艺术史，她称之为寻找"合适名字的艺术史"，不仅将艺术简化成对艺术家生平行事的文献记载，而且"怪诞之极"；如果用于研究毕加索立体主义时期的拼贴艺术，情况更是如此。因为，毕加索该时期的作品实际上展示的是一种自我指涉的特质，一种指意和价值的自主性。而这种特质和自主性是铸造毕加索作品伟大性的本原。从传记的角度读解这样的作品，或者把它们与任何社会和历史相联系，都是对其神圣的美学价值的亵渎。惟有全神贯注克劳斯所谓的"视觉原—语言"，亦即形式与结构独立自足的意义元素，我们才能真正领略毕加索作品的伟大性。

20世纪70年代初，克劳斯与格林伯格分道扬镳。从上述简短的分析中，我们不难看出其中的原因。克劳斯虽然强调形式，但她的关注点比格林伯格更开阔，她用"视觉原—语言"的概念来取代形式概念即说明了这一点。她与格林伯格另一个不同之处是：格林伯格的形式理论始终是首尾相贯的，而克劳斯的思想就很难用一个标签加以衡量。她是一位折中主义者。她融合了系列现代批评理论与分析程序。除了形式分析，心理分析和结构主义在其研究中也占显著地位。在论述当代社会与视觉再现的关系时，她经常通过心理和结构主义分析揭示政治价值观念。心理分析和结构主义观念总是与现代新思维方式和政治倾向紧密联系，因此，克劳斯被看成是后现代主义者。

克劳斯有时也犯新艺术史家自相矛盾的通病，比如，她一方面鼓吹艺术作品具有"多重指涉"意义，但另一方面又竭力抹杀艺术作品传记性读解的可能性，彻底否定这种方式有时也是理解具有多义性艺术作品的合理途径。另外，当她倡导自己的"视觉原语言"读解时，她不遗余力地强调艺术作品的内在特质，而在她批评其他读解方式时，又强调艺术创作的外部条件，认为任何艺术作品是某种解释的产物。她的"以毕加索的名义"一文就包含着明显的矛盾，她一方面激烈地抨击依据艺术家传记解释其作品的做法，并给它安上了一个毁灭性的标签"自传式毕加索"，另一方面又指责它"斗志昂扬地避开历史上所有超个人的东西——风格、社会和经济情境，档案、结构"，也就是忽视一切影响艺术创造的外部条件。

克劳斯隐晦地批评了格林伯格，公开地攻击了图像学和作为艺术家传记的艺术史，实际上她否定了整个艺术史主流，那么，在她看来，艺术史的潜力何在？她的"视觉原—语言"概念明确地答复了这个问题：其前途在于符号学。

四　图像学与符号学

（一）符号学与视觉图像

符号学是一门现代学科，但自古代以来，它就以不同的形式而存在了。现代符号学源于瑞士语言学家索绪尔和美国哲学家皮尔斯。前者认为符号即由两部分构成：一是符号呈现的形式，例如画中的一株树，这称为"能指"；二是符号再现的观念，如在纸上写出的"树"这个字，这称为"所指"。"能指"和"所指"的关系是一个表意的过程，"树"这个字可使人联想到真实的树，而见到真实的树，可使人在心目中想到"树"这个字。①

---

① Ferdinand de Saussure, Course in General Linguistics, London, 1983.

皮尔斯提出了与索绪尔相异的符号构成理论，他认为符号是由三个部分组成：一是符号采纳的形式（不一定是物质的形式），被称为"再现"；二是由符号组成的感觉或意义，被称为"解释"；三是符号所指的事物，被称为"物象"。①

在皮尔斯的符号模式中，马路上的一组红绿交通灯，一旦红灯被视为停车的观念符号，这个符号就由三个部分组成，首先是交叉路口的红灯即再现，其次是停止的车（物象），最后是红灯表示必须刹车的观念（解释）。皮尔斯认识到，解释符号的过程往往激发更多的符号，如驾驶员见到红灯，形成必须停车的观念，即是一个符号也是一个解释。皮尔斯的符号系统的基本结构是一种三角关系，车的符号和被指的关系表明两者之间没有自动的关联，而这种关联必须加以建构。

皮尔斯的符号系统比索绪尔复杂得多，艺术史家运用的大凡是他的体系。皮尔斯提出了59000种以上的符号分类，而对艺术史家最有用处的是他对三种基本的符号的辨认系统：象征、图像、索引。"象征"即"能指"，如字母表，数字和交通灯等，"能指"全然是随意的，约定俗成的，它并不类似"所指"之物。"图像"也是"能指"系统，这个"能指"模仿或类似"所指"，或者说，它与"所指"的某些物质相似，如肖像画、汽车模型等。"索引"也是"能指"，但它不是随意的，而是在某些方面与"所指"直接相关联，例如病症、烟雾、脚印、摄影和电影等。当然，符号系统并不仅仅属于一个类型，符号系统的不同组成部分总是相互作用的，交替产生更多的符号。例如一个人的照片，它不仅是"图像"也是"索引"，因为它是一个人物质存在的影像，同时又与这个人相似。

皮尔斯认为，符号是一个过程，而索绪尔则认为符号是一种结构。

---

① Charles Sanders Peirce, The Essential Peirce: Selected Philosophical Writings (1867—1893), Bloomington, 1992.

但皮尔斯符号的三个组成部分即再现、解释、对象的无穷生发能力也令人提出这样的疑问：其指号过程何处结束？假如解释一个符号的过程总是激发另一个符号，那么指号过程就可无休止地进行下去。意大利符号学家和小说家埃科就认为，这种可以无限的方式读解符号文本的观念，与其说是真实可行的，不如说纯然是假说而已。在皮尔斯的基础上，埃科进一步指出，一个符号所产生的可能意义，虽然从理论上说可以是无限的，但在现实中，这些意义受社会和文化上下文的制约。①美裔俄国语言学家雅各布森就强调指出，符号的产生与解释有赖于交流的惯例。②从符号学的角度解释一个文本，读解一个图像，涉及到将之与相关的代码联系起来的过程。

雅各布森的符号学理论对文学批评和艺术史都产生了深刻的影响。发送者、讲话者把一条信息（文本、言语或图像）传发给接收者、读者、听者或观者。为使这条信息可以理解，它必须指涉发送者和接收者共同理解的现实。这一现实就被称为"情境"或"上下文"。这条信息必须通过接收者可以接收的媒介传送，而又必须化为接收者可以理解、可以运用的代码。因此，交流由下述几个步骤组成：传送—信息—接收—参照系—代码。雅各布森的符号学理论说明，符号关乎交流，而交流则是一个特定的文化过程。当然，交流并非总是一帆风顺的。发送者或接收者有时并不擅长使用代码，或者说，代码有时并不适合于表达信息。

其实，现代符号学的奠基者皮尔斯和索绪尔先于艺术史家就认识到，符号学可以成为解释艺术的卓有成效的方法。1934年，捷克语言学家穆卡罗夫斯基撰有《作为符号学事实的艺术》一文，指出"艺术作品具有符号的特征"。他运用索绪尔的方法，分析视觉艺术。当索绪尔将"能

---

①　Semiotics and the Philosophy of Language, London, 1984.

②　"Closing Statement: Linguistics and Peotics", in Thomas Sebeok, ed. Style in Language, Cambridge, MA, 1960.

指"与"所指"区别开来时，穆卡罗夫斯基在"感官可感知的有效事物"与"存在于整个集体意识中的审美对象"之间划了分界。1960 年，法国哲学家梅洛 – 庞蒂发表了《符号》一书，将索绪尔的模式运用于知觉现象学研究。由于绘画是由符号（依据语言般的"句法或逻辑"组合而成的符号）构成，所以梅洛 – 庞蒂把绘画与语言相联系。巴特的《符号学的成份》影响巨大，使用索绪尔方法研究广告之类的通俗图像。

（二）新图像学与符号学

正是由于符号学的这种灵活机制，克劳斯相信它可以激活艺术史研究。1977 年，她就运用皮尔斯的模式，研究了美国 20 世纪 70 年代的艺术。美国 20 世纪 70 年代的艺术实践品种多样，呈现出她所谓的"任性的折衷主义"，折中了从影像到表演艺术，从大地艺术到抽象绘画等一切艺术媒体，尽管如此，克劳斯认为，所有这些风格都背离了传统的风格和媒介观念，统摄于"索引"这个符号系统的大旗之下。例如奥本海姆的《认同的延绵》，艺术家将大拇指印放大，转印于大地，并用沥青勾画其轮廓。克劳斯对此评论道，这件作品"以索引的方法聚焦于纯粹的装置（艺术）"。

克劳斯和其他新艺术史家一样，攻击潘诺夫斯基的图像学，认为符号学乃是驱动艺术史的新能源。然而，符号学其实是图像学的有机组成部分，其哲学基础同出一源，卡西尔的"有意味的形式"即为其重要基础。卡西尔认为，图像代表一个特定文化的基本原理与观念即象征价值，由此我们可以将艺术作品看作艺术家、宗教、哲学，甚至整个文明的"文献"。① 卡西尔的"有意味的形式"与贝尔等形式主义者的"有意味的形式"有本质的区别。前者充满了文化意义，后者彻底剥离了艺术作

---

① Ernst Cassirer, *The Philosophy of Symbolic Forms*, New Haven, 1953—1996.

品的内容，认为形式是艺术作品至高无上的成分。① 图像学和符号学都旨在破译艺术作品所包含的意义。

如果说符号学是关于符号的理论，那么图像学和图像志就是对图像的主题、内容与意义的辨识。Iconograh 和 conology 两个术语通常交替使用，其实却表示两种不同程度的读解视觉图像的过程。前者重在辨认图像、确定其象征寓意，后者则更进一步，力图根据更广阔的制像文化背景阐明特定图像的制作原因与目的，并说明人们为何要将这个图像视作某个文化的征兆或特征。

德国艺术史家潘诺夫斯基在《图像学研究》的导论中系统地阐述了图像学和图像志的研究方法与区别。他把整个研究过程分成三个步骤。首先是"前图像学分析"，在这个阶段，研究者仅仅观察所面对的视觉物象，毫不顾及其他文献，就作品本身的视觉品质而分析图像。这其实是基本的形式分析。第二个阶段是图像学分析，研究者将某个图像断定为某个已知的故事或可以辨认的角色。第三个阶段是图像志分析，其任务是破译图像的含义，亦即它的政治、社会、文化的意义，为此，研究者必须考虑这个图像制作的时间和地点、当时的文化时尚与艺术家的风格，以及赞助人的愿望等因素。

潘诺夫斯基虽然为研究文艺复兴艺术发展了图像学和图像志研究方法，但在 20 世纪中期被广泛地运用于其他艺术史领域的研究，产生丰富的学术成果。1996 年，斯坦伯格发表了他著名但遭争议的书《基督的性》。在此书中，作者充满想象力地运用了图像学和图像志分析的方法，断定基督的阴茎是一个被忽视的图像。斯坦伯格力图说明，在许多文艺复兴图像中，基督的阴茎不但明显可见，而且是有意展示的：圣母玛丽亚也许向东方三博士展示了初生基督的生殖器，死亡的基督的手落在生殖器上微妙地强调了这一点。斯坦伯格把这个图像学与强调基督人性化

---

① Clive Bell, Art, 1914.

的神学联系起来。道成肉身，基督以有性器官的凡人现世，将上帝与人子合为一体。

波兰艺术史家比亚沃斯托茨基为图像学和图像志研究开辟了新的领域。他创造了"图像学引力"的术语，描述图像与母题产生新意义的方式。在西方艺术中，善胜恶、献身、英雄、母与子、神圣灵感、哀悼被爱戴者之死等母题，犹如文学中的惯用语句，作为重要的主题，持续出现在希腊、罗马、早期基督教、中世纪、文艺复兴之中，出现于各种历史和文化情境之中。比亚沃斯托茨基认为"图像学引力"尤其弥漫于他所谓的"包围性主题"。

随着"新艺术史"的兴起，人们开始怀疑图像学方法的有效性。艺术作品并非是艺术家向观者传送的信息包裹，而是一种可以无数方式读解或误读的复杂文本。由此，他们强调观者和社会情境在塑造艺术作品上的作用。图像学分析与形式分析一起，成为新艺术史家攻击的首要对象，他们认为这类分析不但有很大的局限性，而且拘泥于描述性。此处，必须指出的是，新艺术史家批评的不是潘诺夫斯基本人，而是那些缺乏技巧的追随者；他们滥用潘氏的方法，随意地从图像中读出象征含义。T. J. 克拉克将这些人戏称为"主题追猎者"。阿尔泊斯公开否定图像学所赖以成立的理论假说，认为视觉象征符号并非必然具有含义，并非一定表达意义。即便如此，1999 年她亲口对我说，她重读了潘诺夫斯基的《视觉艺术的含义》，从中获得了新的启示。

新艺术史家对艺术史的理论假说、方法和目的进行了重新思考。在这个批评范围内，阿尔泊斯和其他一些学者觉得，潘诺夫斯基的方法是为研究文艺复兴时期的艺术而发展起来的，而且它也是最适合于文艺复兴艺术研究的方法。但如果不加区分地使用这种方法，就会使人误解文艺复兴艺术为制像提供了一个普遍有效的模式。有些尼德兰艺术史家曾错误地运用图像学方法，从描绘日常生活的风俗画中堵截充满象征意义的寓意。阿尔泊斯在《描绘的艺术》中提出，荷兰艺术有别于意大利艺术，它并不注重叙述与象征。荷兰画家是尼德兰特有的视觉文化的参与者，将对日常生活的详细描绘视为了解世界的方式，而非传达隐含其中的道德信息的手段。她认为，绘画和其他视觉材料产物诸如地图／镜片和镜子一样，属于独特的荷兰视觉文化的表现形式。

（三）艺术史与符号学

阿尔泊斯表明为读解意大利艺术而发明的图像学并无助于解释荷兰艺术的独特形式。荷兰文学批评家巴尔则从另一个角度批评了图像学。她指出，艺术史中既有的图像学分析强调的是图像的共性，如类型史，而不注重探究特定图像在特定观者身上引起的特定反应。图像学虽可宣称是为分析图像而发展起来的独特方法，但自相矛盾的是，它实际上却忽视了图像的特质。

巴尔认为，一件艺术品既是一个"事件"，观者与图像相遇，事件便发生了。由此，艺术作品是动因，是观者的经验、观者的主观反映的积极生产者，符号学艺术史的终极任务是在分析图像的同时解释图像，分析两者之间的关系，探究为何以这种方式解释这个或那个主题，并将图像固定于解释，将解释凝固于图像。她认为，这样就能诉诸图像的特质。

美国艺术史家夏皮罗是艺术史领域中第一个运用符号学分析探究视觉艺术的学者。1969 年，他发表了"论视觉艺术的符号学问题：场所、艺术家和社会"。这篇论文虽引起极大的争议，但不能说是系统地运用符号学的研究成果。只有"新艺术史家"才开始较系统地运用符号学。布赖森是这方面的代表人物。在《词语与图像：法国旧王朝的绘画》中，他探索了语言般的艺术特质，艺术与实际书写语言的关系，从符号学的角度看，他意在考察艺术作品的开放性。对他而言，一个图像并非是一个封闭的符号，而是开放的、在图像与文化环境中产生多层重叠效应的符号系统。对他而言，符号学打开了人们的视野，使之认识到艺术乃是社会中的动力，而符号视觉通过图像、观者和文化进行"传播"。此处，法国符号学家克里斯特瓦的"交织性观念"的影响是显而易见的。克里斯特瓦强调符号相互联系性，符号不是"封闭的"，互不连接的微小的意义单元，而是更大的上下文的组成部分。她发展了符号交织的观念，以探究文本或符号互相指涉的方式。她将文本放在两条轴线上：横轴线把文本与另外的文本联系起来。共享的代码把两个轴线合成一体，因为，按照克里斯特瓦，"每一个文本从一开始就处于将宇宙强加于文本的其他话语的权限之内。"它有赖于符号的创造者和解释者去激活这种联系。在后结构注意与后现代思想中，"交织性"成为极端重要的观念。①

法国艺术史家马兰在《阿卡迪亚牧羊人》中论述了使用符号学理论必然面对的挑战。如何将主要发展于语言的符号学恰当地用于解释视觉艺术，他集中关注"直证"或"直指"的问题。

每一言语存在于空间与时间之中：它在一个将之带到一起的，特定的上下文中，由说者（发送者）发出，发送给听者（收者）。一个言语的直指特征，包括个人发声、动向和关于时间、地点的副词之类的东西。其难点在于：我们如何将之转译到艺术作品上去，尤其是普桑之类的历史画上去，以为这类历史画并不向某人诉说。

马兰指出，除了这幅画的物质存在，除了我们正在观看这幅作品这一事实之外，图像本身丝毫没有告诉我们有关它的传递和接受方面的情况。画中虽有一个人物的视线射向画外，但全画并非诉诸观者，作为观者，我们仅仅看到画中人物各行其是，他们仿佛并不需要我们而演绎其故事。此画以如此方式掩盖了其"发音"结构，然而，奇妙的是，掩饰其发音结构及其作为再现的外观恰恰是该画的主题。牧牛人在墓碑上辨认"我也在阿卡迪亚"的字样，辨认以一种没有确定答案的方式诉诸牧

---

① Desire in Language: A Semiotic Approach to Literature and Art, New York, 1980.

羊人的字句，因为句中缺少动词，I too in Arcadia 是拉丁原文的字面翻译。[①] 马兰的解读，涉及到微妙的文本与视觉分析，显示了雅各布森模式的语言学家的位置。马兰的论文在两个方面提示我们：理论并非是简单的，理论不但可以用于解释艺术，而且对艺术的解释能改变我们对理论的理解。

五　图像与语词

后形式主义、图像学和符号学，都将艺术的核心问题阐释为"语言与图像"的问题。在形式主义那里，虽然"语言是一个隐喻，用以突出""形式"成分的重要性与自主性，但在新艺术史家眼里，这种形式等同于符号，将之看做"文本"的构成部分。克劳斯即希望借助符号学解释"形式"。因此，"语言与图像"的问题包含下述几个子问题：什么是图像与文本的关系？视觉图像是否仅仅是文本的图解？图像与文本之间存在着一种对话形式吗？当艺术家运用文字解释图像时，这意味什么？

图像与文本的关系是一个古老的问题。亚里士多德论述诗歌与绘画的平行关系。荷拉斯的名言"诗如画"更是建立了它们的姊妹关系。在西方历史上，关于图像与语言关系的争论，可谓是一场"符号之战"。所以，米切尔将图像与语词喻作说不同语言的两个国度，但它们之间保持着一个漫长的交流与接触的关系。他的意思是既不要打破它们的国界，也不要加强它们的区分，而是保持它们之间的交流永不中断。因为作为解释的过程，视觉再现与言词表达有其各自的形式特性，即使它们通过先前的艺术实践和社会、政治上下文而相互关联，情形也是如此。

然而，艺术史家是以文字为媒介来探究图像的，以此为论，图像产

---

① Towards a Theory of Reading in the Visual Arts: Poussin''The Arcadian Shepherds'.

生文本。20 世纪 60 年代以来，西方艺术史学科越来越觉得自己面临"图像与语词"之间的固有困难的挑战。正因为如此，布赖森和巴尔等文学批评家带着符号学的武器跨进了图像世界，而在图像世界里的艺术史家也指望能从他们那里得到一些启示，更好地缓解图像与语词的紧张关系。但是，由于布赖森等"新艺术史家"没有接受过良好的图像读解训练，他们力所能及的是用既定的符号学理论套用到图像解释上去，或搜寻可以运用他们的理论解释的图像，而他们的大胆推测，虽有时给专业艺术史家带来某些理论上的启示，但就理解艺术史本身而言，经常显得比较幼稚，反而加剧了"符号之战"，造成两个对立阵营：新艺术史家谴责专业艺术史家轻视言词与理论，而专业艺术史家指责新艺术史家忽视图像。米切尔和布赖森、巴尔一样，来自文学研究领域，他承认自己的介入，加剧了紧张气氛，仿佛使艺术史领域被"文学帝国殖民化了"。①

处于艺术史学科心脏的"图像与文本"问题难以一劳永逸地解决，这正是这个学科的魅力所在。从歌德到肯尼思·克拉克，直到当代的艺术史家，都感到艺术史的言语在某种层面上注定是要失败的，因为有些视觉特质是难以用言词表达的。巴克森德尔不但同意这一点，而且还怀疑艺术史家究竟能否做到把"视觉"因素放在其研究的首要地位。他在《意图的模式》一书中，开门见山地指出："我们不是对图画本身作出说明：我们是对关于图画的评论作出说明——或者，说得更确切点，我们只有在某种言辞描述或详细叙述之下考虑图画之后，才能对它们作出说明"。② 如果艺术史家以为自己几直接针对的是视觉图像的本体，那么他或她不仅欺骗了自己，也欺骗了读者。克劳斯也深知此理，感到难以直

---

① Iconology: Image, Text, Ideology, Chicago, 1988, p. 48.

② 《意图的模式：论图画的历史说明》，中国美术学院出版社 1997 年版，第 1 页。

接描述视觉形式本身，因而指望借助于符号学来克服这个难以逾越的苦难，事实上，她并没有具体指明究竟在哪些方面符号学可以帮助艺术史家走出困境，这表明她实际借用符号学回避了问题。美国艺术史家萨默森认为，符号学和其他新理论都无法改变艺术的本质；即艺术史是根据风格序列将艺术品置于特定时间和地点进行考察。由此，他认为切实可行的方法是把形式分析与图像学研究有机地结合起来，这种综合的方法，他称之为"后形式主义"。① 可见，欧美当代艺术史学始终是在"语言转向"与"图像转向"的张力之间摸索一套化解"形式"与"内容"的矛盾对立、解决"文本"与"情境"的交互关系的方法与理论，力图更理性地探究艺术的视觉品性、观看方式与历史文化的复杂关联。

（载《美苑》2005 年第 3 期）

① David Summers, *Real Space*, Phaidon, 2003.

图像的审美价值考察

张　晶[*]

一

作为我们这个时代的标志，图像在社会生活中的普遍存在已是一个客观的事实。图像在人们的生活中呈现出日益强化的趋势，这样也使人们处在更为泛化的艺术氛围之中。所谓"日常生活审美化"的命题，其关键就在于图像或影像所占有的主导地位。海德格尔敏锐地指出："根本上世界成为图像，这样一回事情标志着现代之本质。"[①] 所谓"世界成为图像"即指人们以图像化的方式来构造我们的"生活世界"；在很大程度上，"审美化"可以说就是"图像化"。这使我们对图像的性质产生了更多美学方面的思考。无疑地，图像本身蕴含了丰富的审美价值，但同时，也有很多非审美价值的存在，甚至是负面的价值。因此，从价值论的角度对图像加以考量，有益于对当代以图像为其突出标志的当代审美现实有更为理性的认识。

这里，我们所说的"图像"（包括视像、影像等）指的是凭借当代

* 张晶，男，吉林四平人，中国传媒大学审美文化研究所、中国传媒大学文学院教授。

① 孙周兴编：《海德格尔选集》，上海三联书店1996年版，第899页。

的大众传媒，通过电子等高科技手段大批复制生产出来的虚拟性形象。这样说是为了将当今时代成为标志性的审美元素的图像，和以往时代艺术家创作出来的视觉艺术作品区别开来。很明显，图像有着后者所无法取代的直观性、虚拟性和逼真性。图像在当代社会的无所不在，有着深刻的社会文化的原因。本文主要从审美价值的角度分析图像对我们来说意义何在？得失如何？论及图像自然无法离开当前的文化特征，尤其是"日常生活审美化"的普遍性征候；不过，我们把关注点聚焦于图像自身的价值论分析与评价。

二

在美学的范围里，价值论美学在很大程度上可视为当代美学的一个重要转向，它使审美活动中主客体双方相互作用的关系得到了明确的揭示，而逸出了认识论美学的框架，同时，也使审美主体的作用得到了强化。所谓价值，就是客体和主体需要之间的一种特定的（肯定或否定）关系。马克思曾指出："'价值'这个普遍的概念是人们对待满足他们需要的外界物的关系中产生的"①。价值在审美关系中可以说是根本的属性，因为审美关系并非仅仅是审美主客体哪一方面的占据主导地位，而是在彼此的相互作用中所产生的。正如前苏联美学家斯托洛维奇所说："人的审美关系历来是价值关系，没有价值论的态度，要认识它原则上是不可能的。"② 在审美关系中主体的评价性有着非常突出的地位。当然，这种评价是以审美体验而不是以科学认识为基点。我们之所以从价值论的角度来谈论图像，也是因为由此我们得到了一种进行审美评价的权利。

---

① 《马克思恩格斯全集》第19卷，人民出版社1964年版，第406页。
② ［苏］列·斯托洛维奇：《审美价值的本质》，凌继尧译，中国社会科学出版社1984年版，第20页。

审美需要是审美价值产生的必要条件，这是毫无疑问的。作为人的审美心理的重要因素，审美需要在人类社会生活实践中产生，它具有相对独立的品格和发展史；而社会生活的变迁，必然明显地引起人们的审美需要的变化和发展。一般说来，人的需要有三个层次，即生存需要、享受需要和发展需要。从人类的三种需要都可以萌发、产生审美的需要。绝对排斥审美需要的生理基础是片面的。当然，作为一种高层次的需要，审美需要主要属于精神性的享受和发展需要。从当前的审美实践来说，这种观点是颇为中肯的。消费社会中人们的审美需要无疑是具有新的时代特征的。"日常生活审美化"作为一种社会学和美学的趋势，深刻地说明了人们的日常生活需要与审美需要的合流。对此，当代西方的著名思想家詹明信、波德里亚、费瑟斯通在对后现代主义社会和消费文化的论述中都作了充分的讨论。

图像在人们的审美需要及其满足（有一大部分属于替代性的满足）方面的功能是不可取代的。在消费社会的文化背景中，人们对于日常生活的需要和以往有明显的不同。以往的日常生活的需要基本上是衣食住行等条件，当然也包括财富的积累，而现在人们的日常生活更多地还包括由符号和镜像印证的场域与身份的区隔。与此同时，人们的快感渴望也由以往较为单纯的生理层面变而为带有艺术和审美因素掺杂其中。电子媒介手段和数字化的艺术在这里起了重要的作用。消费社会的文化系统，图像成为覆盖一切的东西，也因此具有了意识形态的性质。作为波德里亚的理论先导，居约·德波称消费社会为"景观社会"，他说："在现代生产无所不在的社会中，生活本身展示为许多景象的高度聚积。直接存在的一切全都转化为一个表象。"① 德波所说的"景象"，就是我们所说的图像。他认为消费社会本身已经被景象所充满，而且形成了一个

---

① ［法］居伊·德波：《景象的社会》，见陶东风、金元浦、高丙中主编《文化研究》第3辑，天津社会科学院出版社2002年版。

抽象的系统，生活于是融化于景象之中了。这就意味着，在景观社会里，物的使用价值已经消解了，交换价值本身呈现为交换的直接理由；由于大众传媒的作用，交换价值本身又被传媒所产生的图像所吸收，消费成了图像消费的过程。波德里亚则进一步认为，在消费社会中交换是发生在符号、形象和信息的层面上，他根据"符号—交换—价值"来理解当代世界，从而将商品的发展建立在符号逻辑中。商品形式被符号形式所遮盖。所谓"符号"，在某种意义上可以视为图像化的符号。波德里亚用商品的符号价值取代使用价值，在很大程度上使人警醒于当代社会突出的文化特征。

在我们的生活中，大众传媒用电子科技手段每天都把难以计数的图像（影像）呈现在人们的眼前，形塑了我们对于世界的新的观看方式、把握方式和理解方式。正是在这个意义上，海德格尔说："从本质上看来，世界图像并非意指一幅关于世界的图像，而是指世界被把握为图像了。"[①] 我们所说的"图像"，是以电子科技为其主要生产手段的，其突出的特征是仿真性、动态性和批量性。显然，"图像"是一个"家族相似"的、广义的概念，这个大家族中的各种图像，其实也是有着很大差异的。比如，电影、电视剧中的图像、电子游戏、网络中的图像、广告中的图像和纸文本中的图像，其特质和给人们的审美感受都有各自的特点。这些图像都是电子科技乃至数字技术的产物，与以往的绘画、雕塑等造型艺术相比，其共同之处在于其虚拟的超真实感。文学作品的形象性是要靠审美主体对文字阅读后的想象而产生内视性的审美空间，绘画、雕塑等造型艺术，虽然给人以直观，但它们都带有艺术家的明显印痕，体现出强烈的形式表现能力，却难以使人产生置身于真实的空间之内的审美感受。相对来说，我们所谈论的"图像"就不同了，它们以电子科技所创造的类于高度真实的世界，往往使我们置身其间，而忘却了真正

① 孙周兴编：《海德格尔选集》，上海三联书店1996年版，第899页。

的现实世界的存在。这便是波德里亚所说的"超真实"："影像不再能让人想象现实，因为它就是现实。影像也不再能让人幻想实在的东西，因为它就是其虚拟的实在。"① 其实，我们在面对传统的造型艺术作品时是进入艺术家的特定的艺术世界，那些艺术形象带有创作主体的强烈色彩；而当我们面对大众传媒所制作的图像时，则如同进入了一个非常真实的世界之中，似乎无须经过艺术家的折射。

三

作为审美对象的图像的大量存在，使我们对审美快感的涵义不能不作重新的反思。如果图像作为审美对象能够成立的话，康德式的"审美无利害"的铁律似乎在今天的审美现实中很难奏效。康德在《判断力批判》中提出了"那规定鉴赏判断的快感是没有任何利害关系的"著名命题，将审美快感与利害关系严格地剥离开来，他认为"一个关于美的判断，只要夹杂着极少的利害感在里面，就会有偏爱而不是纯粹的欣赏判断了"②。康德的这种"审美无利害"的思想在审美理论领域长期占据主导地位，成为审美与非审美的主要分野。这种观点在后来的桑塔耶那、迪基等美学家那里受到了严重的挑战。当今的审美活动与图像之间的不解之缘，将审美经验的问题再一次提到了我们面前。

关于图像，波德里亚们更多地是从社会学的意义上做了诠解，但尚未从美学的层面进行剖判。我们对图像的美学认识，却要以前者作为论述的出发点。图像的大量涌现一是电子媒介的产物，二是带着消费文化的明显胎记。如果说康德美学的"审美无利害"命题，是将脱离人的生理欲念的"静观"作为审美态度的标志，它的前提，是将审美主体设定

<hr />

① ［法］波德里亚：《完美的罪行》，王为民译，商务印书馆2002年版，第17、33页。
② ［德］康德：《判断力批判》，宗白华译，商务印书馆1964版，第41页。

为摆脱日常生活和生理欲念的纯粹精神的主体。那么当今的图像欣赏与消费，却无论如何也不可能摆脱或剥离日常生活。"日常生活审美化"恰恰是和图像（或影像）联袂而行的。在消费性的社会文化氛围之中，更多的图像既是艺术的、审美的，又是消费的、生活的。图像在相当大的程度上消弭了纯粹的审美和日常生活乃至于欲望之间的界限，这也是后现代主义重要特征之一。正如费瑟斯通所言："如果我们来检讨后现代主义的定义，我们就会发现，它强调了艺术与日常生活之间界限的消解、高雅文化与大众通俗文化之间明确分野的消失、总体性的风格混杂及戏谑式的符号混合。"① 图像作为当今社会文化的重要角色，它给人们的审美活动和审美经验带来的变化，理应得到当代美学的主动关注。费瑟斯通认为"日常生活的审美呈现"的一个重要含义就是"是指充斥于当代社会日常生活之经纬的迅捷的符号与影像之流"②。当代社会的图像（影像）制作，大多数是与经济运作密切相关的。广告图像在这方面最为明显，电影、电视的图像也是这样。而人们对图像的欣赏与接受其实是无法也不想再去以"静观"的审美态度对待之。很多的图像都起着唤起人的欲望的作用。刊物封面的美人像，时尚服装的模特照，甚至很多与性别无关的器物的广告，也都要出之以美人的图像，这显然是为了通过欲望的召唤来实现其商业目的。图像还在很多场合唤起消费的欲望，使人们从中得到快感。图像在很多时候是作为交换价值的符号表征出现的，它也是作为人们满足自己区隔身份的需要的符号出现的。这正如英国学者西莉亚·卢瑞所说的："许多马克思主义者指出相关的一点，现代社会对商品的崇拜在包装、宣传和广告活动中，受到有策略的操纵。据说，通过包装、宣传和广告，商品与专门设计的面具相适应，这些面具一方

---

① ［英］迈克·费瑟斯通：《消费文化与后现代主义》，刘精明译，译林出版社2000年版，第94页。

② 同上书，第98页。

面是为控制事物间的可能关系，另一方面是为满足人类愿望、需求和情感。例如，阿多诺谈到，当交换价值的优势已设法忘却了商品最初的使用价值，商品是怎样间接的或代替的使用价值的。商品变得自由地获得许多文化联想和幻想：这就是所谓的商品美学的基础。"① 这里所说的"面具"，其实也就是图像化的外观。商品带着这样的面具，使其使用价值退居其后，能够引发人们的许多文化联想和幻想，其实也就获得了人们的审美兴趣。人们对于这类图像无须也不必采取审美静观的态度进行观赏，而是和自己的日常生活经验、快感及欲望密切关联在一起体验这些图像。这些图像不必再以现实世界为参照物，而是以符号的方式超真实地替代了现实世界。波德里亚以很晦涩的语言道出了这类图像与现实的关系："它遮蔽和颠倒根本现实；它遮蔽着根本现实的缺席。它与现实没有任何关系：它是它自身的影像。"② 仔细品味，波德里亚的话还真是很能道出这类图像的本质的。这个符号的世界在很大程度上替代了现实世界，它们的高清晰度的虚拟使人们投入其中，乐此不疲。波德里亚曾论述高清晰度的虚拟说："在这里，完全是幻觉，有一迷人之处，与其说是美感的或戏剧的，不如说是具体的和物质的，这是因为现实主义的夜晚和江河已被删除。"③ 在这种情形中，图像和我们的关系，是一种彼此的融入，而无法是毫无利害感的静观。

四

那么，作为电影或电视剧中的具有更多的艺术含量和审美性质的图

---

① ［英］西莉亚·卢瑞：《消费文化》，张萍译，南京大学出版社2003年版，第33页。

② ［法］波德里亚：《生产之镜》，仰海峰译，中央编译出版社2005年版，第193页。

③ ［法］波德里亚：《完美的罪行》，王为民译，商务印书馆2002年版，第33页。

像，对我们的审美经验来说又是怎样的情况呢？或者问：当代影视艺术的图像和传统的造型艺术及文学创作中的艺术形象相比，在审美经验上产生着怎样的不同呢？我的看法是：面对传统的造型艺术所创造的艺术形象，我们是可以采取审美静观的态度来观赏之的，审美主客体之间是可以也应该有一定的心理距离的。而当代的影视艺术中的图像是以真人表演的逼真性或数字化科技手段创造出来的虚拟性却又在十分逼真的空间里来牵引人们的视线的。电影或电视剧以其图像叙事为其基本特点，没有故事的作品很难有观众缘。中国的电视连续剧更是以叙事的完整性、曲折性和连续性获得了大众强烈的审美兴趣。电影或电视剧叙事和人们的生活经验有着内在的同构性。人们生活中的情感、命运和记忆的完整性，都在电影和电视剧中得到了映现。美国著名哲学家杜威最重要的美学命题就是"艺术即经验"。在他看来，人们对经验的心理需求是完整性，因此他强调"一个经验"。日常生活的经验往往是不完整的，艺术创作无它，就是要使日常生活的经验完整化。杜威对审美的认识正是与康德等人的"审美无利害"的观念大相径庭的，他认为审美经验不过是日常经验的完整化。而在这"一个经验"之中，情感的丰富性，形式的多样性及与生活的连续性都在其中了。杜威说："我们应在哪儿找到这样一个经验的说明？不是在分类的账目中，也不是在关于经济学、社会学或者人事心理学的论文中，而是在戏剧和小说中。它的性质与含义只是通过艺术才表现出来，这是因为存在着一种经验的统一，它只能表现为一个经验。"[①] 杜威对艺术的这种看法对于影视艺术中的图像叙事是一种能够切中实质的说明，在我们对影视图像叙事的审美理解中，有助于看到它的特殊之处。叙事的文学作品如小说、剧本等也以其故事的曲折、经验的完整以及情感的丰富给我们以充分的审美感受，但它们还是有待于读者的想象而形成内在的视像的连续运动，从而提供观念化的审美空

---

① ［美］杜威：《艺术即经验》，高建平译，商务印书馆2005年版，第46页。

间；影视作品的图像叙事，其实是以相关的文学创作为其基因的，好的影视艺术作品，大多数都是有着好的文学剧本或小说原作。但是，影视作品的图像叙事，以其无数动态的画面或图像演绎着一个完整的生活经验，当然也可说是故事。这些图像是不断变换的、稍纵即逝的，以其实时实地的感受，镜像式地印证着我们的生活经验。图像的动态性、连续性，使我们的审美感知充满了一种新奇感的追求。我们也就在图像的变动连续中不断地获得"惊颤"的审美感受。如果说传统的造型艺术形象，可以使人在静观默想中品味它的光晕，而电影或电视剧却不给你这样的机会，也无法采取一种凝神观照的态度，而是在一种与生活经验相关或出乎意外的情境中不断获得如同被击中一样的惊颤效果。对此，本雅明有过非常客观的比较："人们可以把电影在上面放映的幕布（电视剧播放的荧屏亦如是）驻足于其中的画面进行一下比较。幕布上的形象活动，而画布上形象则是凝固不动的，因此，后者使观赏者凝神观照。面对画布，观赏者就沉浸于他的联想活动中；而面对电影银幕，观赏者却不会沉浸于他的联想中。观赏者很难对电影画面进行思索，当他意欲进行这种思索时，银幕画面就已经变掉了。电影银幕的画面既不能像一幅画那样，也不能像有些现实事物那样被固定住。观照这些画面的人所要进行的联想活动立即被这些画面的变动打乱了，基于此，就产生了电影的惊颤效果，这种效果像所有，惊颤效果一样也都不得由被升华的镇定来把握。"[1] 本雅明对电影给观众带来的"惊颤"的审美心理的揭示，对于说明电影和电视剧的图像叙事所产生的审美经验而言，是有相当深刻的参照意义的。

在价值美学论中，审美主客体的关系是最为重要的范畴，而关于图像的审美经验，是必须从这个角度加以认识的。斯托洛维奇指出："价值

---

① ［德］瓦尔特·本雅明：《机械复制时代的艺术作品》，王才勇译，中国城市出版社 2002 年版，第 61 页。

形成中客体和主体的关系问题——这是价值论的中心问题之一。"① 对于图像的审美价值理解，自然也离不开这个维度。图像带来的是审美主客体的某种新的关系，同时，也使审美主客体各自都发生了以往所未曾有过的历史性变化。

消费社会中的审美主体，其审美活动多是在大众文化的系统中进行的。而作为审美主体的人，也远远超越了以往的范围，进行审美活动的场域，也大大不同于切断了与日常生活联系的特殊情境，而在与日常生活相掺杂的情境之中。这时的审美主体，已经不再是在"虚静"状态下"不食人间烟火"的静态观照，而是以身体和心灵的欲求与对象互动的美感生成。消费社会的背景，也使得审美活动产生了更为活跃、更为主动的性质，审美经验的获得，于是不再仅仅是少数具有高度审美修养的人的事情，而成为极为广泛的人群的日常生活的有机因素。比如广义地说，人的身体（尤其是女性）不仅是主体的不可剥离的要素，也是作为美的"图像"的观照客体。波德里亚认为最美的消费品是身体，他曾对此有相当全面的论述："在消费的全套装备中，有一种比其他一切都更美丽、更珍贵、更光彩夺目的物品——它比负载了全部内涵的汽车还要负载了更沉重的内涵。这便是身体。在经历了一千年的清教传统之后，对它作为身体和性解放符号的'重新发现'，它（特别是女性身体应该研究一下这是为什么）在广告、时尚、大众文化中的完全出场——人们给它套上的卫生保健学、营养学、医疗学的光环，时时萦绕心头的对青春、美貌、阳刚/阴柔之气的追求以及附带的护理、饮食制度、健身实践和包裹着它的快感神话——今天的一切都证明身体变成了救赎物品。"② 作为对身体这种美的图像的观赏者和参与者，在当今社会是再普遍不过的了。

① ［苏］列·斯托洛维奇：《审美价值的本质》，凌继尧译，中国社会科学出版社1984年版，第24页。

② ［法］波德里亚：《消费社会》，刘成富译，南京大学出版社2001年版，第139页，第114页。

图像的审美价值考察

美国的美学家舒斯特曼正式地倡导"身体美学"的概念，并将其定义为："对一个人的身体——作为感觉审美欣赏及创造性的自我塑造场所——经验和作用的批判的、改善的研究。"① 试想一下：以身体作为美的图像而进行的观赏和改善活动，又如何可能摆脱快感和欲念的介入而呈现为纯粹的审美观照呢！事实上，在今天的审美实践中，审美的语境是相当的广泛和丰富的，而且，快感和欲念似乎注定成为美感的孪生兄弟。审美经验也渗透在人们的日常生活的不同层面。

图像审美使审美主体的审美感知能力有了时代性的变化与提高。通过大量的图像化的审美活动，当今我们的视觉审美能力和听觉审美能力都产生了深刻的变异。对于人的全面发展这样一个马克思主义美学命题而言，无疑这是一大幸事！马克思说过这样一番具有重要美学价值的话："对私有财产的积极的扬弃，也就是说，通过人并且为了人而对人的本质和人的生活，对对象化了的人和属人的创造物的感性的占有，不应当仅仅被理解为对物的直接的、片面的享受，不应当仅仅被理解为享有、拥有。人以一种全面的方式，也就是说，作为一个完整的人，把自己的全面本质据为己有。人同世界的任何一种属人的关系——视觉、听觉、嗅觉、触觉、思维、直观、感觉、愿望、活动、爱——总之，他的个体的一切官能，正像那些在形式上直接作为社会的器官而存在的器官一样亦即通过自己同对象的关系，是属人的现实的实际上的实现。是人的能动和人的受动。因为按人的含义来理解的受动，是人的一种自我享受。"② 马克思的这段论述和我们的话题最有联系的意思是，人的全面的本质的丰富和占有，最重要的是属人的感官的充分的发展。尤其是视觉和听觉作为人的感官是最具审美性质的。马克思的名言"人的本质的力量的对

① ［美］理查德·舒斯特曼：《实用主义美学》，彭锋译，商务印书馆 2002 年版，第 354 页。

② ［德］马克思：《1844 年经济学哲学手稿》，刘丕坤译，人民出版社 1979 年版，第 77 页。

象化"，并非泛泛之论，而是具体到每一种感官独特的"本质力量"，如他所说"对象如何成为他的对象，这取决于对象的性质以及与其相适应的本质力量的性质；因为正是这种关系的规定性造成了一种特殊的、现实的肯定方式，眼睛对对象的感受和耳朵不同，而眼睛的对象不同于耳朵的对象。"① 图像相对的人的本质力量是视觉的，视觉作为人的审美最主要的方式，具有独特的本质。这使得我们今天善于观赏和把握图像的能力于前有大大的提高。数字技术的运用，使之可以在似乎非常真实的空间中构造出任何的图像，使文学中那种"思接千载"、"视通万里"的超越现实的想象，直观地呈现在人的眼前，而且"真实"得天衣无缝，如好莱坞大片所创造的影像空间。这使我们的视觉不仅止于对外在的客观物象的把握，而且大大发展了眼睛的审美构形能力。其他如在图像的连续转换中直观内涵的能力，对图像的色彩形式的鉴赏能力、对声画配合的感受与评价能力，等等，这就造就了当今时代的图像审美中主体视觉对世界的全方位的穿透力和把握能力。美国著名学者米歇尔教授的这样一段论述应该对我们理解审美视觉发展颇具启发意义的，他说："无论图像转向是什么，我们都应该明白，它不是向幼稚的摹仿论、表征的复制或对应理论的回归，也不是一种关于图像的'在场'的玄学的死灰复燃；它更应该是对图像的一种后语言学、后符号学的再发现，把图像当作视觉性、机器、体制、话语、身体和喻形性（figurality）之间的一种复杂的相互作用。"② 米歇尔从深层的意义上揭示了图像审美对视觉能力全面的提高，从更为积极的角度来肯定了作为审美主体在视觉行为中所展示的能力。

从审美客体的角度来看，图像作为审美对象也产生了前所未有的新

① ［德］马克思：《1844年经济学哲学手稿》，刘丕坤译，人民出版社1979年版，第77页。

② ［美］米歇尔：《图像转向》，见《文化研究》第三辑，天津社会科学院出版社2002年版。

质。图像是以电子技术机械复制的产物，与传统的造型艺术由艺术大师亲手创作的艺术经典作品那种"独一无二"的珍贵性来比，无疑它没有原作和赝品的区别，它都是可以大批量地复制的，无论是电影的拷贝，还是电视剧的光盘，都不具备那种原真性。本雅明于此的论述是切中实质的，他说："即使是最完美的艺术复制品中也会缺少一种成分：艺术品的即时即地性，即它在问世地点的独一无二性。"① 这种即时即地性被本雅明称之为"原真性"，他认为机械复制时代的艺术作品（如摄影、电影和电视剧等）所遗落的是传统造型艺术珍品所具有的"光韵"。但与那些摹仿艺术珍品的手工复制品相比，它则显示出独特的价值所在。本雅明称传统艺术珍品的主要价值是"膜拜价值"，相对来说，机械复制的艺术品的主要价值可称为"展示价值"。当然，本雅明所论和我们所说的问题也许并非全是一回事，但图像作为"机械复制时代的艺术作品"的核心元素，则是无可怀疑的。相比较之下，传统造型艺术中的艺术形象，也是要表现事物的发展过程的，但它只能靠某一时刻的"定格"来表现。莱辛在其美学名著《拉奥孔》中在比较诗画的不同表现形式时指出绘画表现事物动态时有一广为人知的论述："绘画在它的同时并列的构图里，只能运用动作中的某一顷刻，所以就要选择最富于孕育性的那一顷刻，使得前前后后都可以从这一顷刻中得到最清楚的理解。"② 的确，名画《马拉之死》不正是通过马拉的被杀死的画面使人们联想到事件的前前后后吗？当代的影视剧图像则用不着我们去想象推测，而是通过图像的连续呈现而展示事件过程及人物的命运。这种动态的连续的图像叙事，要吸引更多的人的审美兴趣，则需要以画面的强烈的冲击力和事件连续发展中的曲折跌宕及人物情感表现的复杂多变来实现其价值

---

① ［德］瓦尔特·本雅明：《机械复制时代的艺术作品》，王才勇译，中国城市出版社 2002 年版，第 8 页。

② ［德］莱辛：《拉奥孔》，朱光潜译，人民文学出版社 1979 年版，第 83 页。

存在。

　　从现象学的立场上，这类连续不断的图像，每一次呈现给主体，都是主体和客体的意向性交流。但作为一个完整的节目，必然是将这个节目的所有图像都观看之后才能获得整体的美感和意义的。这就形成了一个连续的视域。现象学的开创者胡塞尔曾论述过这样的感知过程："每一个感知，或者从意向相关项方面说，对象的每一个个别角度都指向一种连续性，即可能的新感知的多种连续。"① 从一个视域的过程来看，正在呈现给主体的目光的图像，表现为一种"充盈"，反之，则是处在"空乏"状态。胡塞尔论述说："在从一个符号意向到相应直观的过渡中，我们不仅只体验到一种单纯的上升，就像在从一个苍白的图像或一个单纯的草图向一个完全活生生的绘画过渡中所体验的那样。——表象的充盈则是从属于它本身的那些规定性之总和，借助于这些规定性，它将它的对象以类比的方式当下化，或者将它本身的那些规定性被给予的来把握。因而这是一个实证的组成部分，而在符号表象那里则是一个缺失。表象越是清楚，它的活力越强，它所达到的图像性阶段越高，呈现在眼前的充盈也就越丰富。"② 胡塞尔讲的"表象"，未必和我们说的"图像"是一回事，但是其间仍然有内在的联系，我们可以借鉴这种思路。正在呈现于我们眼前的图像有着"充盈"的特点，这是一种"感性的灿烂"（杜夫海纳语）；而已然过去的图像和尚未到来的图像则是处在一种空乏状态之中。那么，整个视域的审美过程就是在充盈和空乏的转换之间。这在文字作品的审美和传统造型艺术的审美之中都并不明显，却非常适用于连续呈现而形成一个完整视域的图像审美过程。正在眼前的图像，对于主体的感知来说，是一种具有强烈冲击作用的"充盈"状态，

　　① ［德］胡塞尔：《生活世界现象学》，倪良康、张廷国译，上海译文出版社2002年版，第50页。

　　② ［德］胡塞尔：《逻辑研究》，倪良康译，上海译文出版社1999年版，第75页。

但在其间又蕴含了整体的背景。它充满着审美的活力，放射着感性的光彩，却又将理性的精灵融化于整体的理解之中。我们在观赏一些影视剧的经典镜头时尤其深刻地感受到了这点。

从图像来说，主体对于客体的审美活动具有突出的感性直观特征。正如斯托洛维奇所指出的，审美价值的最基本的层面首在于感性现实，"审美价值的感性现实——这是形成对象的外部形式，它的大小、颜色、亮度、表面特征或声响的自然性质。"① 这种感性直观的方式，也是面对以往的造型艺术的审美方式，但我们现在面对图像时却很少有古典化的"澄怀味象"，而是多与日常生活场景杂处中的流观泛览。

价值论中的一个重要问题是评价问题。在审美价值论中的审美评价也是不能回避的。审美评价是审美价值的反映，它是一种主体性的活动，随着主体的审美需要和审美心理结构的不同而不同。在审美评价中，审美趣味、审美标准和审美理想，都融化于审美主体的情感体验中发挥着作用。在对图像的审美过程中，审美评价当然是存在的，而且应该得到强化，只不过是更具备着即时直观的特点，对一般的观赏者而言，更少一些理性反思的环节。对某类电视节目的喜爱或反感，被某类广告所吸引，而对另一类广告无动于衷，等等，都是审美评价的表现。在对图像的审美活动中，审美评价一般是以即时直观的形式进行的，图像以快捷的变化呈现其感性的形式和理性的内涵，我们对它们的评价很少有反思的时间，而是在对图像的当下观照中即刻做出判断。审美趣味在这里就承担着审美评价的职能。斯托洛维奇指出："审美趣味——这是根据快感或不快感（'喜欢'—'不喜欢'）而以有区别的评价感知各种审美属性的能力。"② 如果说，我们在阅读文学作品时要通过对文字描述的艺术形

---

① ［苏］列·斯托洛维奇：《审美价值的本质》，凌继尧译，中国社会科学出版社 1984 年版，第 61 页。

② 同上书，第 146 页。

象进行整体的内视性构形，在我们面对传统造型艺术时会对艺术家的形式技巧的个性因素进行理解和欣赏，而在面对目不暇接、疾驰而过的图像时，我们会在瞬间不由自主地由审美趣味表达出对这样的图像喜欢与否。审美评价也就蕴含其中了。当然，审美评价还有多种形式，乃至于理性的反思等等，但对图像最直接、最基本的审美评价在此决定了后面的取向。

我们从美学的维度来理解图像，这其实只是其中的一维，图像作为视觉文化时代的主要角色，所担负的文化使命是多维的。有相当多的图像，制作者的初衷不在于给人以艺术的、审美的享受，而在于或经济、或政治、或伦理，或其他。审美的价值只是附加的，可有可无的。我们这里只是以审美价值的维度来诠解图像，但是，即便从审美价值的角度来考察，消费社会的图像制作也是相当驳杂的，除了那些能够体现出时代特征的积极价值之外，也还有着现在看来是消极的或者说是负面的价值。很多图像带着消费时代无法规避的商业气息，因为它们是资本运营的产物。尽管这与图像本身并非一回事，但又不能不深刻地影响着图像制作的格调品味。那些与作品主旨无关的感官刺激的图像，无非是借图像的直接冲击人们眼球的特点来达到商业的目的。比如影视剧中游离于情节的床上戏，还有那些和产品的性质无关的美女图像，等等，都通过欲望的刺激而达到其目的。波德里亚曾揭示出消费社会文化的"媚俗"倾向："当代物品中的一个主要的、带有摆设的范畴，便是媚俗。——媚俗随处可见，不管是在人造花朵中还是在浪漫摄影中。它自己宁愿把自己定义为伪物品，即定义为模拟、复制、仿制品，定义为真实的含义的缺乏和符号、寓物参照、不协调内涵的过剩，定义为对细节的歌颂并被细节填满。"① 在消费文化中，媚俗是一个最主要的痼疾所在。它对图像

① ［法］波德里亚：《消费社会》，刘成富译，南京大学出版社 2001 年版，第114 页。

的制作所起的消极作用是最为普遍的，也是最为降低其美学品格的因素。由电子技术所大量复制生产出来的图像，广泛而快捷地被人们消费着。无数的图像匆匆来去地呈现给观赏者的眼睛，对图像的大众化的需求促使了图像的粗制滥造，现在的图像制作多数都是快速运作的结果，艺术家的那种苦心孤诣的创作精神能够见到的已然不多。图像在很多场合下显现它的平面性、无深度。詹明信指出："一种崭新的平面而无深度的感觉，正是后现代文化的第一个、也是最明显的特征。说穿了这种全新的表面感，也就是给人以那样的感觉——表面、缺乏内涵、无深度。"① 历史感、深层意蕴的匮乏，是以图像为审美对象的消费文化的普遍感觉。日常生活中到处都有图像的存在与呈现，因此，无论你是否情愿，"日常生活审美化"都成了当今的审美现实的普遍化特征，这个命题的倡行，一方面是得自于西方思想家的灵感，一方面也是当前社会的文化现象的概括，也算是"春江水暖鸭先知"吧。但是，我们不妨仔细想想，似乎是在生活充满了艺术和审美的气氛，实际上却由于深度感、历史感和整体感的缺乏，而导致了审美经验的浅表化和审美知觉的"缺席"。由于图像的缺少深度和碎片化，也由于审美过程的短促性，大大减少了主体的审美体验的机会。在当前这种消费社会的语境中，审美活动中的体验性被大大打了折扣。关键是在这一代与图像共生的青少年的审美感知中，审美体验这个重要环节很多时候是付之阙如的。

与此相关的是，审美过程中意义的弱化和审美判断的缺乏。审美自然应该采取感性的方式，但在这种感性的方式里并不排除理性的内涵和力量。进一步来看，也许理性的作用恰恰是应该作为图像的灵魂而涵融于其中的，只不过不是采取逻辑思维的路径而是化在感性的愉悦之中而已。要对审美对象作出正确的审美评价和判断，没有理性的力量是不行

---

① ［美］詹明信：《晚期资本主义文化逻辑》，张旭东译，三联书店 1997 年版，第 440 页。

的。而在对图像的审美评价中，高尚的审美理想考察是十分必要的。目前这种普遍化的图像文化，一个重要的问题是意义的弱化。其实，我们这个国度的图像制作的艺术层面，应该是以中华传统文化作为根基，图像与文字的姻缘是相当深厚的。很多优秀的影视剧作品，都是根据文学经典改编而成，其间多有图像的创造因素，但其内在的精魂还在经典之中。而新一代的青少年可说是与图像共生，通读文学经典者甚少。在他们对图像的理解中，意义的弱化，就是不可避免的了。

图像（影像、视像）在很大程度上成了我们这个时代的文化标志，也是"日常生活审美化"的表征。它们是无处不在的，对于图像的审美，在当代的审美生活中是最为普遍的。要对这个现象视而不见，我们的美学研究岂不是落入"刻舟求剑"的尴尬境地？我们对于图像审美也应该充分重视其时代意义，通过学理性的研究真正认识其对美学的推进作用；同样，我们的关注和研究也不能一味迎合，理性的态度是非常必要的。审美的泛化不妨视为文化的时代演进，但在"飞入寻常百姓家"的同时，美学是否有点浅表化的危险？我们应该葆有美学的批判权利，以思想的深度来把握我们这个时代的审美现实。

（载《文学评论》2006 年第 4 期）

第四重证据：比较图像学的视觉说服力

——以猫头鹰象征的跨文化解读为例

叶舒宪[*]

一 "图像人类学"或"比较图像学"的方法

"道可道，非常道。名可名，非常名。""言所不追，笔故知止。"这些话语是古人的智慧早已经意识到语言表达的有限性和遮蔽性的明证。对语言工具的不信任感肇始于道家圣人们早期的修道体悟经验。这种清楚的意识也催生出古代文论中一些著名的高论，什么"述而不作"，"尽信书则不如无书"，什么"得意忘言"；什么"不着一字，尽得风流"；直至今人依然津津乐道"一切尽在不言中"。好在人类的符号意指系统除了最常用的语言之外，还有更加古老的视觉符号系统。视觉符号以具体可感的形象、意象、画面、造型和象征来传达意义，恰好成为弥补"道可道，非常道"的语言缺陷的替代性选择。当我们说"图像的蕴涵远远大于语言和文字"时，也就相当接近了对图像特有的视觉说服力的认识。而当我们在对图像的视觉说服力充分自觉的基础上，开始运用跨文化的图像资料作为人文学科研究中的"第四重证据"时，那也许会有"柳暗花明又一村"的惊叹效果，从语言的贫乏和书写的局限所导致的

---

* 叶舒宪，男，北京人，中国社会科学院文学研究所研究员。

盲视，转向生动而直观的洞见。

　　知识全球化时代的比较文学研究在理论上最大也是最实在的贡献，就在于真正打破了过去被形形色色的学科本位主义者奉为"雷池"和"天堑"的种种学科的和知识的壁垒界限。文字文本的理解和解读，从来也没有像今天这样和与非文字的"文化文本"（culture as text）的概念及其解读方式联系在一起。而图像作为非文字文本所特有的认知意义，也逐渐为越来越多的学人所关注和重视。那绝不是什么关于"读图时代"到来的判断就能够说明的。关于"图像人类学"一词，听起来有些抽象难懂。如果我们了解到文化人类学又素有"比较文化"的别称，那就不难理解了。笔者在《千面女神——性别神话的象征史》中，也曾经用过"比较图像学"和"原型图像学"的说法。由于该书要阐明女神形象是艺术史上最悠久的人像造型的原型，所以用了"千面"一词来暗示千变万化的变体形象背后那不变的母神原型。该书自序云：

　　　　所谓比较图像学的方法，又可称为原型图像学的方法，力求从最古老的表现传统根源上入手，把握基本的原型，从而洞悉不同文化中各种女神形象的源流演变，做到查源而知流，克服见木不见林的短视，培育一种整体性的系统关照的文化眼光。①

该书引言"女神五问"中又说：

　　　　比较图像学的方法特征有二：即横向比较与纵向比较。横向比较指的是不同文化的图像之比较，希望能够达到异中求同的"打通"效果；或者从同中见异，更明确地把握不同文化的艺术形象特

　　① 叶舒宪：《千面女神——性别神话的象征史》，上海社会科学院出版社2004年版，第1页。

色。纵向比较指的是某一个原型图像与其后代的各种变形图像之间关联的认识。这种原型与变体的关系有时是一目了然的，相似度十分明显，有时却是较为隐晦的，甚至在色彩、构图诸方面有相反的特征。①

这里需要补充说明的是，比较图像学或图像人类学的方法是否能够有效地给文史研究者提供"第四重证据"？如果能够，那又该如何操作此种方法呢？

20 世纪初，受到西学视野熏陶的国学大家王国维先生曾经在他的清华讲稿《古史新证》中，根据地下新发掘出的甲骨文记录材料（地下材料），提出在传世文献（纸上材料）的一重证据之外的第二重证据，给古代文史研究领域带来巨大的方法论震动②。笔者在上个世纪 90 年代也曾倡导人类学的"三重证据法"③，希望在非常有限的地下发掘资料以外，寻求更加广阔的跨文化视野的旁证材料的有效途径，给路子越走越狭窄的传统考据学提供一种在知识全球化基础上自我再造和更新的契机。让具有悠久历史和充分中国特色的"国学"方法论在同西学的对话与互动之中得到新视野的拓展。④这里，我将比较文化视野中"物质文化"（material culture）及其图像资料作为人文学研究中的第四重证据，提示其所拥有的证明优势。希望能够说明，即使是那些来自时空差距巨大的不同语境中的图像，为什么对我们研究本土的文学和古文化真相也还会

---

① 叶舒宪：《千面女神——性别神话的象征史》，上海社会科学院出版社 2004 年版，第 5 页。

② 王国维：《古史新证》，清华大学出版社 1994 年版，第 2—3 页。

③ 叶舒宪：《诗经的文化阐释》，自序"人类学三重证据法与考据学的更新"，湖北人民出版社 1994 年版；西安：陕西人民出版社 2005 年新版。叶舒宪《三重证据法与跨文化阐释》，《原型与跨文化阐释》，暨南大学出版社 2002 年版，第 51—62 页。

④ 关于三重证据法的讨论，参看笔者的《两种旅行的足迹》下篇"三重证据法阅读笔记"，上海文艺出版社 2000 年版，第 143—210 页。

有很大的帮助作用。在某种意义上，这种作用类似于现象学所主张的那种"直面事物本身"的现象学还原方法之认识效果。

下文将以猫头鹰这样一种自然形象物象为例，揭示其在文化的两种符号系统中如何被建构出相反的象征蕴涵，进而演示图像人类学的比较观照和还原方略，凸现第四重证据所拥有的超越抽象语言的视觉说服力。

二 史前玉鸮陶鸮之谜：视觉符号对猫头鹰的文化建构

陶器时代是和人类文化进化史上的新石器时代几乎同步出现的。由于那个时代还没有产生书写文字系统，所以新石器时代的出土的玉器、陶器艺术造型往往就成了无言的符号密码，对于数千年后发掘和欣赏它们的现代人，发出智力上的和情感上的召唤，遗留下来具有充分的学术挑战性的疑难问题：这些造型形象究竟是装饰性和美学性的呢，还是具有文化意蕴并且有意传达某种特殊的信仰观念和价值的视觉符号呢？

回顾考古学和艺术史这两门学科的学科史，不难看到，面对同一个难题，大部分的主流学者倾向于前一种答案，不去深究这些石器时代的祖先们留下的造型遗物（不少人承认它们是原始艺术品）所包含的文化语义。于是，这些非常古老的人工造型虽然历经千百万年的尘封而重见天日，却依然像永不开口的哑谜一样，沉睡在博物馆的橱窗里，以及考古学、史前学、艺术史教科书纸页里。20世纪80年代在我国辽宁建平牛河梁出土的新石器时代玉鸮及绿松石鸮和更早些时候在西北地区的马家窑文化及齐家文化出土的鸮陶罐就是这样的例子。后者的陶器造型在考古学上又被称为"贴塑鸮面像"，是青海柳湾齐家文化墓葬中的代表性器形，一次出土有十件之多。一般是在灰陶单耳罐的罐口加一半圆形泥板，再在泥板上用泥条贴塑出猫头鹰的面相。标本 M1103：26，在象征鸮眼的两个圆孔中央，贴塑一根表示鼻子的绳状泥条，在周围用锥刺纹装饰出类似于羽毛状的效果。诸如此类的文物如今已经积累相当丰富了，就在青海西宁和甘肃兰州等地的文物市场上也可以经常看到它的真品和复制品，北京的潘家园古玩市场也不乏其例。然而，鸮即猫头鹰为什么会成为5000多年前红山文化和4000多年前的齐家文化先民造型艺术所青睐的形象？

这样的问题却没有多少专业人士愿意费心去解答。我国精研史前艺术的专家吴诗池所给的评语也仅有八个字："造型新颖，形象生动。"①如此而已。远古文化真相连同珍贵文化观念遗产的现代失落，于此可略知一二。

如果牛河梁出土的玉鸮和齐家文化的鸮面罐只是中国史前考古的孤立发现，也就没有太多的研究价值了。好在从中国境内到世界各地的史前文化遗址中发现了大量的猫头鹰造型形象，其广泛和普遍的程度是惊人的。这就足以启发我们，在这样广博的分布现象表明的不只是一种源远流长的造型艺术传统，其背后一定存在过一种同样源远流长而且相对统一的猫头鹰神话信仰和观念。请看如下实例：

辽宁省文物考古研究所编《牛河梁红山文化遗址与玉器精粹》一书于1997年问世，给红山文化玉器最有代表性的动物造型提供了新的证据：玉鸟和玉鸮的形象在其中占据着非常突出的位置。如彩图28绿松石鸮；彩图29玉鸟；彩图30玉鸮；彩图31玉鸮。②。关于红山文化玉器的功能认识，该书认为不是一般装饰用品，而是和神权相关的重要礼器。这是正确的判断，可惜未能根据个别的动物形象给予系统的、比较图像学的解说。近年在东北红山文化出土文物中多有所见，可以直观地呈现出五千年前的先民心目中作为鸟和鸮崇拜偶像的艺术造型。如2004年出版的徐强《红山文化古玉精华》一书，收录的玉鸟、鸟形玉佩和鸟形器

---

① 吴诗池：《中国原始艺术》，紫禁城出版社1996年版，第127页。

② 辽宁省文物考古研究所编：《牛河梁红山文化遗址与玉器精粹》，文物出版社1997年版，第63—66页。

雕像已经多达 70 余件。其中最值得注意的是头顶鸟（鸮）的所谓玉鸟女神、玉鸟龙及鸟兽复合形象，还有人面鸟神。[1] 因为这些非自然或超自然的奇特造形直接暗示着一种史前流行的神话信仰和观念背景。70 多件玉鸟之中明确表现出"鸮"特征的也有约 20 多件，超出了牛河梁一地的发现。

在红山文化和齐家文化以外的新石器时代以来的考古发现中，著名的猫头鹰造型还有很多。比如：陕西华县太平庄出土仰韶文化的陶鸮鼎，以及陶塑猫头鹰；内蒙和东北红山文化出土的各种玉鸮造型；商代出土的制作精美、造型各异的青铜鸮鼎；青铜器上的浮雕鸮形象，类似鸮面的饕餮形象，以及石制或者陶制的鸮，等等[2]。还有山东、河南、陕北的汉代画像石中的鸮形象。这些图像充分表明在 6000 年前的仰韶文化到 3000 多年前的殷商文化，再到汉代之间约 40 个世纪的漫长时间里，猫头鹰的形象都是华夏文明发生期内一脉相承的极重要偶像，非但与龙凤等神话动物不相上下，而且在某些地域还超过它们，具有非常神圣和神秘的特质。

除了以上考古学所提供的非文字的第四重证据，还有来自人类学、民俗学的第三重证据：猫头鹰被供奉为神灵，比如在美洲的印第安文化中，在黑龙江流域的某些少数民族以及日本北方原住民阿伊努人，就用木雕猫头鹰神像以供崇拜。[3]

史前的和早期文明的这些多不胜举的猫头鹰形象，对于当时一代又一代重复地塑造这些形象的初民们来说，究竟意味着什么呢？

① 徐强：《红山文化古玉精华》，蓝天出版社 2004 年版，第 343—346 页。

② 王献唐：《国史金石志稿》第一册，青岛出版社 2004 年版，第 210 页，商代卣；第 279 页，商氏鸮卣；第 205 页，周氏鸮尊。

③ ［日］山川力：《阿伊努民族文化史试论》，未来社，1980 年，卷首图片第四幅。

三 夜猫子又叫了：语言符号对猫头鹰的文化建构

任何一种自然物或自然现象，一旦进入人类的符号表意系统，就不再是纯粹的天然对象了，因为它必然要被人类群体特定的文化价值观所改制和建构。猫头鹰在我们的心目中似乎早就是一种不吉利的动物，原因在于我们的语言符号中对它的编码早已经形成了多种负面的联想：死亡，凶杀，阴间，黑暗，夜幕，凄厉的叫声，等等。民间所说的"夜猫子又叫了"，迷信者往往认为是一种凶兆。

猫头鹰给人的印象好像自古以来就十分可怕，这种昼伏夜出的猛禽被视为勾魂鸟，凶禽，恶鸟，不祥鸟，甚至是不孝鸟。在中国汉族文学中，给猫头鹰形象不祥联想起到最重要作用的一篇作品，是《文选》卷十三所收汉代贾谊的名篇《鵩鸟赋（并序）》。贾谊是洛阳人，十八岁时就以文章高手而闻名于地方。河南太守吴公闻其秀才，召置门下，甚幸爱。后文帝召为博士，为绛灌冯敬之属害之，于是天子疏之，贬为长沙王太傅。居三年，有鵩鸟飞入谊舍，止于坐隅。鵩似鸮，不祥鸟也①。谊既以谪居长沙。长沙卑湿，谊自伤悼，以为寿不得长，乃为赋以自广。其辞曰：

> 单阏之岁兮，四月孟夏。庚子日斜兮，鵩集予舍。止于坐隅兮，貌甚闲暇。异物来萃兮，私怪其故。发书占之兮，谶言其度。曰：野鸟入室兮，主人将去。请问于鵩兮，予去何之？吉乎告我，凶言其灾。淹速之度兮，语予其期。鵩乃叹息，举首奋翼。口不能言，请对以臆：万物变化兮，固无休息。斡流而迁兮，或推而还。形气

---

① 《文选》李善注云：《晋灼》曰：《巴蜀异物志》曰：有鸟，小如鸡，体有文色，上俗因形名之曰鵩。不能远飞，行不出域。

转续兮，变化而蟺。沕穆无穷兮，胡可胜言。祸兮福所倚，福兮祸所伏。忧喜聚门兮，吉凶同域。彼吴强大兮，夫差以败。越栖会稽兮，勾践霸世。…且夫天地为炉兮，造化为工。阴阳为炭兮，万物为铜。合散消息兮，安有常则？千变万化兮，未始有极？忽然为人兮，何足控抟？化为异物兮，又何足患？小智自私兮，贱彼贵我。贪夫殉财兮，烈士殉名。夸者死权兮，品庶每生。怵迫之徒兮，或趋东西。愚士系俗兮，窘若囚拘。至人遗物兮，独与道俱。众人惑惑兮，好恶积亿。真人恬漠兮，独与道息。释智遗形兮，超然自丧。寥廓忽荒兮，与道翱翔。乘流则逝兮，得坎则止。纵躯委命兮，不私与己。其生兮若浮，其死兮若休。澹乎若深泉之静，泛乎若不系之舟。不以生故自宝兮，养空而浮。德人无累，知命不忧，细故蒂芥，何足以疑。①

　　贾生此赋中充满了关于道家的生命变化哲理的阐发，许多语句和用词明显源出于《庄子》。不过，这一切都是借鵩鸟对主人公教导的形式表达的，并没有对鵩鸟表示厌恶和丝毫的不尊敬。这就和后世所传的恶鸟形象有很大距离，让我们不得不思索：史前时代至殷商时代的神圣猫头鹰造型，与汉代以生死哲理教导者身份呈现出的文学形象鵩鸟之间，是否有着一脉相承的关系呢？更加值得思索的问题是，为什么明明是发挥道家生死哲理的鵩鸟形象，在贾谊以后的文学传统却被完全彻底地妖魔化、丑化了呢？

四　《鵩鸟赋》的文化误读

　　钱钟书先生《管锥编》注《全汉文》时，注意到贾谊《鵩鸟赋》的

"谶言"写法对后代文学的巨大影响，提及的作品从嵇康《明胆论》的"忌鵩作赋"说，到《旧唐书·高骈传》的"野鸟入室，军府将空"说，总之都是不吉利的预兆。再引用后世小说《醒世姻缘传》第六四回白姑子曰："鸱鹰入人房，流水抬灵床，不出三十日，就去见阎王"；皆与此"谶"如依样画葫芦也。① 不过，钱先生所引用的这些例子虽然可以说明"谶言"的写作手法有继承性，但是都和《鵩鸟赋》从鵩鸟那里接受生死变易哲理的教化之旨截然不同。只是表明在后人心目中，猫头鹰和鸱鹰一类猛禽进入人的房屋，是将要死人的可怕恶兆。猫头鹰何以有如此的预兆作用呢？

象征学家汉斯·比德曼指出："猫头鹰夜间活动的习性（'鬼祟'）、独来独往的生活方式、悄没无声的飞行以及它绝望痛苦的叫声（'胆怯'、'死亡的前兆'）使它久而久之成为拒绝精神之光，甚至是耶稣基督身处'炼狱般的死亡之夜'的象征。"② 原来，猫头鹰就是来到人间的死神或者阴间使者。难怪生人见到它就要感到恐怖呢！

> 犹太教中的女魔莉丽丝（Lilith）以猫头鹰为伴，印度教中可怕的黑暗女神德格（Durga）则以猫头鹰为坐骑，而玛雅人的死神哈恩汉（Hunhan）的面目酷似猫头鹰。在中国，猫头鹰作为厄运之象征是象征吉祥的凤凰的死对头，显然，这源于它那魔鬼般的眼光和一个关于它的童话，相传猫头鹰只有在残忍地啄出双亲的眼珠后才学习飞行，这是一种相当大逆不道的行为。③

由于世界上各个民族所见猫头鹰都是昼伏夜出的习性，所以各文化

---

① 钱钟书：《管锥编》第三册，中华书局1979年版，第883—884页。

② ［德］汉斯·比德曼：《世界文化象征辞典》，刘玉红等译，漓江出版社2000年版，第213页。

③ 同上书，第214页。

中赋予这种夜间猛禽的负面价值也就大同小异。不过传闻中猫头鹰会啄出双亲之眼的母题在以孝治国的中国文化中尤其无法容忍。而它超凡的夜视之眼也能够在个别文化中催生出智慧女神的联想。如象征学家詹姆斯·霍尔说：

> 中国人和日本人认为猫头鹰预示死亡，从它啄瞎生母的眼睛这一说法，又象征子女的不孝。它象征印度地府之神阎魔王。在西方，伊特鲁里亚人曾把奴隶和俘虏献给一枭神。它如何与雅典娜米涅瓦联系起来不得而知，但猫头鹰通过她获得了智慧的美名。在文艺复兴寓言中，它象征拟人化的夜晚和睡眠。①

猫头鹰既然在大多数文化中充当死亡女神的象征，为什么又能够在个别文化中成为智慧女神的象征呢？它的神圣性究竟是怎样分化开来的呢？下面对此展开比较神话学的溯源性解释。

五　神圣的还原：猫头鹰的比较神话学解读

从现存人类最早的传世神话文本看，猫头鹰是苏美尔的阴间女神莉丽丝（Lilith）的象征。这位死亡女神的基本造型特征是人身鸟爪。在号称世界第一部史诗的巴比伦作品《吉尔伽美什》里，我们可以找到对这种形象特征的文字叙述说明：该史诗第七块泥板讲到恩启都重病后在一场梦中被死神带入阴间：

那爪如同鹫爪……

---

① ［英］詹姆斯·霍尔：《西方图形艺术象征词典》，韩巍等译，中国青年出版社2000年版，第65页。

它把我（压倒）……

……它扑上了身，

……它要使我下沉。

在……他将我变形，

……于是我的手就和飞鸟仿佛……

他见了我，就领到"黑暗之家"，伊鲁卡鲁拉（阴间女王）的住处。

领到那个家，有进无出，

领上那步行者有去无回的路，

领进那住人的家，光亮全无。

那里，尘埃是他们的美味，粘土是他们的食物，

穿上有翼如鸟的衣服，

就在那见不到光的黑暗中居住。①

我们已经清楚了猫头鹰的象征蕴涵，对于死亡女神为什么要被塑造为人身鸟爪的特征，也就容易理解了。更重要的是，许多其他文化中具有同样造型特征的类似形象，也可以通过比较图像学的关照，并结合具体情况给出合理的解释。比如，我国的三星堆文化出土的青铜礼器中，就在一件神坛的上方中央出现了异常神秘的人首鸟身鸟爪雕像。对此，一般都承认是神的形象。但这究竟是什么神，为什么要用如此造型，却迄今还没有公认的解释。如果联系到新石器时代的欧亚大陆上曾经普遍崇拜鸟女神（Bird Goddess）的深远传统，对照图像人类学所能够提供的参证素材，我们至少可以推测三星堆出土的这种人首鸟身鸟爪雕像，以及同时出土的众多铜鸟和铜鸟头造型，显而易见可以视为史前女神崇拜

---

① 《吉尔伽美什》，赵乐珄译，辽宁人民出版社 1981 年版，第 65 页。

传统的延续。2003年新发表的湖北石家河文化考古报告，让我们在一个5000年前古城遗址的宗教仪式场所中居然看到成百上千的陶塑鸟类形象，其中当然也包括有着鲜明造型特征的猫头鹰形象。[①] 可见史前中国南方也有将包括猫头鹰在内的鸟类圣化的情况。三星堆的青铜鸟人形象要比石家河文化的时间晚2000多年，当是圣化神鸟传统的一种延续形态。就如同5000年前的良渚文化玉琮出现在3000年前成都金沙遗址中的情况那样。

国际上久负盛名的立陶宛裔美国考古学家金芭塔斯认为：鸟类形象在新石器时代艺术中反复出现的频率甚高，以至于使其他的动物形象都黯然失色。世界各地的许多神话都讲述到世界如何开始于一只卵。显而易见，鸟卵作为一种生命之源，肯定传达着强烈的象征意义。候鸟迁徙的季节性消失与回归，还有小鸟从卵壳之中谜一般的出现，都使鸟成为新生命与营养之源，这也许构成了史前鸟崇拜的主要因素。鸟神观念的产生还有如下的神话思维类比因素：鸟类能够在空中自由飞行，介乎天界与大地之间，就这样获得与天界沟通的特权，也许因此才被认同为住在天界的诸神。关于鸟女神造型为什么会有半人半鸟特征，金芭塔斯的看法是：

> 大多数的鸟女神形象都组合了人类的女性形式与某一特殊种类的鸟：如水鸟（鸭子、鹅、苍鹭），春鸟（布谷鸟）或食肉类的猛禽（大鸦、猫头鹰、秃鹫）。鸟类形象大量出现在仪式用容器上，该类容器储存的是给予生命的能量的液体，用途乃是祭献给神灵。鸟女神经常被艺人们表现为这样一种形象：戴着鸟喙的或鸭嘴式的面具；身体为人类的女性。当她摘下面具时，她的脸上

---

① 湖北省文物考古研究所、北京雕像考古学系等石家河考古队：《邓家湾》（天门石家河考古报告之二），文物出版社2003年版，第5页。

呈现出一种鸟喙式的大鼻子。在没有明晰的鸟形面孔的情况下，鸟女神形象也采用一种隆起肉团式的形状。她们短粗的类似羽翼的手臂和夸张的臀部都暗示出鸟的身躯。在人像的肩膀上和面具上的小孔是为了用来插上鸟羽毛，这个习俗通过现代的民间民俗而保留下来。①

我们从日常经验中得知，鸟类之中有两种食肉的猛禽，一是白昼出没的鹰—秃鹫；二是夜间出没的猫头鹰。从金芭塔斯归纳出的史前造型的象征规则看，这两种猛禽至少在古欧洲的史前形象谱中都充当着重要的象征作用。20世纪后期在土耳其著名的新石器时代遗址卡托·胡玉克，考古学家就发掘出一座"秃鹫神庙"（The Vulture shrine）。在这神庙的墙上描绘着几只秃鹫，用伸开的翅膀向下面扑打着一些无头的尸体。有的秃鹫形象还被描绘出人的双脚，这就更加鲜明地暗示出其象征性蕴涵。在这个七八千年以前留下的珍贵图像中透露出如下的信息：秃鹫充当着女神的象征，她们所扮演的是死亡与再生女神的职能。而猫头鹰则在西欧的猛禽形象谱中占据着超过秃鹫的主导地位。早自旧石器时代晚期洞穴岩壁上，就出现了刻画的猫头鹰形象。如法国南部"三兄弟洞穴"（Les Trois Freres cave）中的"三只白鸮"（three snowy owls），距今已经有了一万三千年之久。到了新石器时代的巨石坟墓中，当时的女神宗教的信徒们在纪念碑石柱上和骨头上都刻画出类似猫头鹰的形象，特别突出的特征就是它的大眼睛。至于这种猛禽同女神联系的迹象也很明确：比如表现出半人半禽的特点。有的巨石墓的石雕猫头鹰被刻画成人形的胸部。还有的猫头鹰造型还干脆被刻画上人类的女性生殖器。② 看

① M. Gimbutas, *The Living Goddesses*, Berkeley: University of California Press, 1999, p. 14.

② *The Living Goddesses*, p. 19.

来石器时代的神话想象同样是把猫头鹰作为死亡与再生女神使者的。只是死亡与再生这样看上去截然相反的职能原来就能够统一在一种象征动物身上，这是神话思维不同于理论思维的特点所在，也是《鹏鸟赋》中的鹏鸟主人公能够以神意代言人身份大谈特谈生死变易无常道理的话语渊源。

这些猫头鹰形象的超人品质和近似人的外观——高高在上的栖息处，像人一样的凝视，奇幻般的视力，还有夜间的尖叫声，都足以激发起人的神秘感与敬畏感。这种鸟的魅力肯定在新石器时代以前就引起人类的关注。在历史资料和图像学材料都把猫头鹰同重要的女神相联系，比如希腊的知识与智慧女神雅典娜，苏美尔—阿卡德的女神莉丽丝，她的名字也出现在希伯来人的《旧约》中。有学者提出一种假说，认为莉丽丝这个名字意指"尖叫的猫头鹰"。这种夜间之猛禽自然而然地充当了死亡与阴间的统治者。人类学家还提供出更加明确的第三重证据，表明在所谓原始社会中，就存在着非常类似的关于猫头鹰体现引魂巫师功能的神话观念：下到阴间的死者是由谁来引领呢？有资料表明，猫头鹰充当了责无旁贷的类似于巫师的义务。德国人类学者利普斯在《事物的起源》中说："一个人死后灵魂永远地离开身体，时常是因为有邪恶的巫师把它赶走。因此，农业社会中经常要寻找出造成死亡的罪犯。死者灵魂仍然在身体附近徘徊，特别在埋葬之前是这样，仅仅在第二次埋葬即肉已朽烂时举行的最后一次埋葬之后，灵魂才旅行到神为死者而设的地方去。常常有从外界来的灵魂，像'接待委员会'那样，把新来的居住者安全地引入未来之地。如阿佩切人死者会遇到猫头鹰，由它携带亡灵到快乐的狩猎地带。"[1]引魂巫师或者导魂之神的这种神圣职能也可以通过面具图像来表现。面具图像中出现带有狰狞形象特征的老鹰或猫头鹰

---

① ［德］利普斯：《事物的起源》，汪宁生译，四川民族出版社1983年版，第399页。

的造型因素，即可以传达由女神和巫师所操控的那种巫术力量。由此，我们多少可以窥见中国古代最神秘难测的饕餮形象的来源之一了（具体证明将另文展开）。

史前神话想象的猫头鹰象征系统是怎样体现出将死亡与生命再生结合为一种二元对立的统一体呢？语言与文字的材料在此类问题面前显然是无能为力的。我们不得不再求助于图像造型的材料所含有的启迪。如考古学家所揭示出的，在布列塔尼和爱尔兰发现的墓葬和雕像上，猫头鹰造型的中央都有一个女阴。爱琴海北部发现的鸟形陶罐也展示一个女阴或盘蛇形象。葡萄牙出土的多尔门巨石则在鸟女神的特征之上添加了再生性的阳物造型。可见，生殖器意象同猫头鹰形象的同时出现，就是体现史前神话信仰中死亡与再生因果关联的。其符号组合原理很像汉字六书中的"会意字"。

在金芭塔斯《活的女神》引用的图像资料中，我们看到这样一个例子：

死亡女神的再生象征，包括猫头鹰眼和喙，图形组合中还有女阴和男根。这个阳物造型包含着鸟喙和眉毛的母题，被雕刻在一个多尔门石柱上。新石器时代的葡萄牙，公元前3000年（卡散伯斯，里斯本以北）。

鸮类或者鹰类猛禽作为史前鸟女神的化身，还可以帮助理解神话中常常出现的一个惨烈场景：主人公因犯下罪过而受到天神惩罚，被绑在裸露的山崖之上，让猛禽啄食剥离肉体。比如因盗火而被宙斯惩罚的普罗米修斯，就是如此。

欧洲的考古学家对于猛禽剥食尸肉的行为，近来有了深入的看法，这有助于我们弄清新石器时代女神宗教中为什么由猛禽来发挥主导的作用。尤其是解释了史前丧葬习俗中常见的"二次埋葬"现象的信仰背景。"人们并不马上埋葬死去的人，而是将死者放置在露天的平台上。而猛禽们会来平台上撕去尸肉，只剩下骨头。剥去尸身原肉体被认为是完成死亡过程所必需的。当尸身只剩下骨头时，那死者才被埋葬，而下一次的生命循环也才能够开始。就这样，我们在古欧洲的停尸处象征系统中看到两种猛禽占据着主导地位，每一种在一个不同的区域里，秃鹫只存在于近东地区和南欧；猫头鹰则遍布欧洲大部分地区。虽然剥肉活动并不是普遍实施的习俗，但是在整修欧洲和近东地区，秃鹫和（或）猫头鹰的象征代表着给人类带来死亡的女神，同时还主宰着生命、确保生育"。① 死亡女神同时也是再生女神的这种认识，是我们反思中国境内史前文化玉鸮与陶鸮造型大多出现于墓葬遗址的重要借鉴。被后代人当成凶鸟和不祥鸟的鸮，原来在史前人类心目中也是主宰生命和确保生育的神！

在三星堆二号坑内还出土至少10枚以上的呈菱形的约莫二三十厘米长的铜器，上面模压如眼球的纹饰，似人或动物的眼睛。还有比纵目人面像上那凸起呈柱状的眼球略短的大小青铜眼珠二三十件。这些铜眼睛和眼珠看来不像是诸多铜面像上的配件。因为它们与铜面像上的眼睛形状不一样，应是单独存在的器物。与此相应的是，三星堆遗址所出的一种陶器——封口器上，有的也在封口部分捏出眼睛；而在三星堆遗址的出土陶器上，现已公布的唯一刻画符号就是眼睛的象形。如此众多而怪异的眼睛造型，在三星堆文化中到底象征什么呢？②

自从1957年克劳福德（O. G. Scrawford）发表《眼睛女神》（The Eye Goddess）一书以来，这个术语就开始流行考古学界。起源于中东地区的这个象征，广泛传播到整个西部欧洲。惊人相似性，可能体现着"神圣之眼"的观念。金芭塔斯《女神的语言》一书中专门探讨了西欧史前的"眼睛女神"③ 同鸟女神的联系，对比了猫头鹰的圆眼与所谓眼睛女神造型的相似性。非常可惜的是，在这位欧洲史前考古学专家的知识视野中尚未接触到东方古文明的考古资料和民间图像资料，不能完成关于欧亚

---

① *The Living Goddesses*, pp. 20—21.

② 屈小强等主编：《三星堆文化》，四川人民出版社1993年版，第179页。

③ M. Gimbutas, *The Language of the Goddess*, San Francisco：Haper & Row, 1989, pp. 55—57.

大陆乃至美洲大陆的猫头鹰女神神话象征的完整分布图。

六 从三重证据到四重证据：文化解读的方法论意义

了解到史前猫头鹰形象与女神神话信仰之间的普遍联系，就不难理解：为什么国宝级文物珍品——中国殷商时代最精美的猫头鹰造型之一——青铜鸮鼎，是在一位商代的女将军妇好的墓葬中发现的。这种用死亡与再生女神的动物化身或象征来看顾墓葬中死者的传统，当然可以追溯到商代乃至夏代之前的新石器社会的各种玉鸮与陶鸮的偶像造型传统。那是在文字的文明出现以前，我国北起辽河流域，南至长江流域的广大地区中非常普遍的神话观念所支持着的造型艺术传统，居然延续了数千年之久，几乎和我们的文明史本身一样长久。书写文明发展到汉代，女神宗教时代早已经随着父权制社会的发展而烟消云散了，猫头鹰的守护神职能与神圣价值也被逐渐淡忘，于是一部作品《鵩鸟赋》的文化误读，则成为重新开启厌恶和回避这种夜间猛禽的新观念传统之文学契机。

对于猫头鹰女神信仰的重新认识，还可以给那些古代的史学家、今日的美学家和收藏家们百思不得其解的带有阴间神秘气息的饕餮形象与突出一双大圆眼睛为特征各种所谓"兽面"形象的由来之谜，提供新的思考空间。

将语言文学现象还原到文化大语境之中去重新理解和阐释，可以说是20世纪后期人文学研究方法论的一个重要发展趋向。本文所特别提示的第四重证据，也只有提高到方法论自觉的意义上才能得到充分理解并释放出巨大的潜在能量。代表20世纪文化人类学与文化研究方法转向的重要学者吉尔兹在《文化的阐释》中给文化概念的重新定义，是我们进入"文化文本"及其解读方法的一块基石：吉尔兹则受韦伯社会学的影响，要将文化视为一张由人自己编织的"意义之网"，于是，文化的研究"不是寻求规律的经验科学"，而是"一门寻求意义的阐释学科"。① 于是乎，人类学者的工作可以不再具有动物学家或地质学家那种实验室的性质，而倒像文学批评家那样专注于文本分析和意义诠释了。这一转向的重要标志是文化文本（culture as text）概念的流行，不光是象征性明显的仪式、典礼等活动可以作为文本来解析，就连人类的一般行为也可以作为意义的载体来解释。有人说吉尔兹的学术目标是建立他自己的"文化的符号学理论"（semiotic theory of culture），也许并不为过。

如果文化文本如同文学文本那样具有可解读的召唤性质，那么图像作为第四重证据的自觉运用，还可以引发如下的方法问题：如何给原有的第一、二、三重证据更好的发挥空间，如何使他们彼此之间相互结合和相互发明印证？比如天女神与鸟女神观念的深远传统，在借助于石器时代形象的宏观透视作用下，语义学的层面的创新认识也就顺理成章了。例如：日本学者津田元一郎对《古事记》高天原神话的解读指出："高天原"作为天神观念的象征物，从语音上就暗含着同鹰类和鸟类的特殊关联。② 可惜这一认识远远没有获得学界的采纳。现在有了来自考古图像材料支持的鹰类女神神话背景的复原，不仅高天原的象征语义容易理解了，就连高天原上作为天神之主的女性太阳神天照大御神（后来的神道教之主神）也可以和石器时代的女神崇拜传统联系起来考察了。

综上所述，图像作为"第四重证据"在比较文学和文化研究中的视觉说服力，是一个关系到人文研究视野和方法创新的问题。本文只是一个粗浅的初步的探讨，希望理论工作者给予关注。

（载《文学评论》2006 年第 5 期）

---

① C. Geertz, *The Interpretation of Culture*, Basic Books, New York, 1973, p. 5.

② ［日］津田元一郎：《日本文化的源流——日本的灵性和语源的研究》，国书刊行会，1987 年，第 3 页。

图像与文学

图像社会与文学的未来

彭亚非[*]

现代社会是个为大众消费文化所覆盖的社会，而图像社会的出现，既为大众文化的消费提供了一个最基本的途径，同时也是这一文化消费景观的表征和必然结果之一，它使我们的文化生存模式与文化运作模式发生了根本性的改变，其中受冲击最大的也许要算文学。在"潮来天地青"的视觉文化洪流中，传统文学长期以来形成的从意识形态话语到大众审美文化中的中心地位和权威身份已被颠覆，整个文学界由此而普遍滋生强烈的挫败感和生存危机感。尤其是那些所谓纯文学的写作，由于迅速的边缘化而弥漫着浓郁的怀疑论与悲观论情绪，以至于文学正在走向终结与消亡的观点再次甚嚣尘上。而实际上，这样的情绪和观点的风行，与对图像社会和文学的本性都缺乏足够清晰的理解是分不开的，故而具有某种过甚其辞的虚幻性。因此，在所有的可能性尚未充分展开之前，我们也许有必要首先澄清其中的一些认识。

一

图像社会是对我们生活于其中的这个后现代社会的文化生产、传播、

---

* 彭亚非，男，湖南岳阳人，中国社会科学院文学研究所研究员。

接受与消费模式的一个命名，说得简单直白一点，就是说我们现在的文化运作方式与文化生活形态主要是由图像的呈示与观看来构成。这与一个世纪以来图像符码与图像信息在我们文化生活中大密集度地涌现是分不开的，这样的人文场景甚至被一些人描述为图像爆炸。而大体说来，我们可以将这些图像现象分为两个大的部分：一为视像部分，即包括摄影、摄像、电影、电视以及由真实影像所拍摄而成的各种广告等等；一为图画部分，即由人绘制的各种图像，主要包括漫画、动漫、卡通制品、电子游戏等等。它们包围着我们，并构成了当今的图像文化统治。

真正的视像文化时代也许起源于1839年照相术的发明，它使得人类几乎是突然获得了超越时空进行不在场的临场观看的途径。在这之前，一切美术作品都是超客观真实性的。对美和造型性的追求，加上美术家的主观体验和创造性想象，使得任何美术作品都与真实物象拉开了很大的距离。无论你是否以审美的眼光去看待这样的作品，从感官到心理，这样的距离都是无法逾越的。可是照片就不同了，它可以不加掩饰地暴露现实中的一切真实细节。因此，照相术第一次使人类的生存全面视像化有了可能。今天，照相的普及已经毋庸赘言。

照相术发明后半个世纪，法国的卢米埃尔兄弟发明了电影摄影机。这以后不久，电影首先是在美国，然后是在全世界建立了它作为一门在当时来说是最大众化的艺术的首要地位。按照巴拉兹的说法，电影的诞生正好赶上了文化艺术开始大规模企业化的时代，因此得以迅速普及于全世界。电影的出现使人类拥有了全新的视觉体验和视觉模式，巴拉兹由此提出了"视觉文化"的概念。① 而根据美国电影理论家玛尔薇的观点，进入20世纪80年代以来，电影再次经历了某种深刻的转变。这种转变主要体现为电影中叙事因素的日益弱化与减少，和视觉因素的日益

---

① 参阅［匈］贝拉·巴拉兹著《电影美学》，何力译，中国电影出版社1982年版。

强化与增多。① 一个有代表性的现象就是，近几年出现了对老电影和旧题材的重拍热潮，其着眼点显然就是视觉性的再创造。更为典型的当然是好莱坞这些年所热衷的大片制作。这些在巨额投资支撑下的电影巨无霸，带来了视觉冲击、声像效应、电脑制作、电脑特技、三维动画等等新的电影理念，并使得电影的观看日益走向强烈的感官刺激追求。电影模式的转变是一个象征：它标志着视觉之维在我们的文化生活中所占有的支配性和主导性地位的确立。

最能说明视像文化在今天生活中所具统治地位的媒介则要数电视。20世纪20年代电视的出现，是人类技术文明的一个重大进步，它全面地改变了人类的文化生存状态，使人类真正由主动审美的时代进入了被动观看的时代。今天，电视已经成为大众文化消费的日用品，每天只要打开电视，人们就不得不接受各个频道纷至沓来的图像轰炸。我们知道，光是中国，现在每年就要生产一万余集电视剧，其他的电视节目与广告量当可想而知。因此今天我们几乎可以说，人类创造了影像文化，也就创造了被影像所包围的生活。

构成这个图像世界的另一个基本景观则是所谓的读图文化的兴盛。以日本的情况为例。据有关报道，整个日本的出版物中有40%是漫画作品，每个月出版发行的漫画杂志达350种，每月还有近500种漫画单行本问世。

中国目前的书籍出版也已经到了几乎无书不图的地步，而各式各样的漫画和卡通读物，也早已占据了大半个图书市场。据最近上海的一次中学生课外阅读调查，在各类书籍中，卡通漫画类受欢迎程度最高，达57.6%。而且据说中国办杂志的人现在都信奉这样一种说法："无图片则无杂志，得图片者得天下"，可见图像阅读已经覆盖到一切阅读活动之中。

---

① 参阅周宪《视觉文化语境中的电影》，《电影艺术》2001年第2期。

影视、广告、MTV、卡通漫画、网上 flash……种种动态非动态的图像在我们的生活中蜂拥而至，几乎要将我们淹没。有人做过一项调查，证明我们今天所掌握的社会信息，有 60% 到 70% 是通过图像的方式获得的。英国学者约翰·伯杰在《视觉艺术鉴赏》一书中写道："历史上也没有任何一种形态的社会，曾经出现过这么集中的影像、这么密集的视觉信息。"① 确实如此。这就是我们今天不得不面对的所谓图像社会的真实情况。这些围绕着我们的影像和视觉信息，构成了我们今天的视觉化生存，也构成了后现代的所谓"眼球经济"和图像文化模式。

二

当然，我们不能说在电子技术出现之前人类社会没有图像文化，恰恰相反，人类的文化生存一直是与图像文化相伴随而演化而发展的。在人类的思维发展史上，图像式的思维也要早于抽象性的思维。人们一开始就是试图通过集体表象来共同把握他们所面对的世界的，在这个表象世界中缺乏逻辑的特征，却有着某种现代人难以理解的空间实在性。② 因此我们不难理解，为什么人类留存下来的最古老的文化符码——比如说遍布世界各地的新石器时代的岩画——就都是图像性的。而且有证据表明，在人类文明的发展史上，有过一段图像膜拜的历史。这段历史无疑构成了人类原始记忆的一部分，并且一直沉积于后世人类的集体无意识之中。因此，人类实际上一直没有放弃过通过图像来感受和理解我们所面对的世界的努力。公元 6 世纪，教皇格利高里曾这样说："图像对于无知的人来说，恰如基督教《圣经》对于受过教育的人一样，无知之人从图像中来理解他们必须接受的东西；他们能在图像中读到其在书中读

---

① 戴行钺译，商务印书馆 1999 年版，153 页。
② 参阅［法］列维－布留尔：《原始思维》第 1 章，商务印书馆 1986 年版。

不到的东西。"① 而在中国古代，先秦巫书《山海经》大概从晋时起就有了图画本。这一切都说明人们将想象的世界空间化、将文本的世界图像化的努力从很早就开始了。这可以看作是一种文化基因。只是这个基因需要一个契机才能被全面激活。这个契机应该就是现代公民社会的出现。

我们所谓的现代公民社会指的是西方产业革命以来得到迅速发展的资本主义社会。资产阶级革命的成功结束了西方世袭贵族的封建统治，以现代资产阶级民主法制为基础的现代公民社会得以逐渐建立起来。我们知道，现代性社会正是伴随着大众社会参与意识与文化分享意识的不断普及与不断强化而兴起的，西方中世纪之后市民文化的兴起，正是这种现代大众意识形态的基本表征之一，它与人类社会的民主化进程有着密切的关系，是现代性文化的一个有机组成部分，而我们从早期的"读图文化"——漫画——兴起的简单历史中便可以看出，图像文化正是所谓的市民文化的典型代表。

17 世纪，漫画首先兴盛于英国，那正是资产阶级产业革命方兴未艾之际。漫画从一开始就有别于依附于贵族与皇权的传统绘画，而与资产阶级民主运动结合在一起，成为当时反封建的一项大众化武器。同样，日本漫画也兴盛于明治维新时期。当时，欧洲的讽刺漫画传到了日本，和当时席卷日本的西化之风一起，催生了日本的现代大众漫画。我国现代漫画的兴起也是在清末民初，资产阶级民主革命的曙光乍现于远东地平线之际。当时现代意义上的大城市开始形成，市民阶层迅速发展，报刊等大众化传媒大量出现，开辟出前所未有的公共话语空间。漫画很快便成为这种公共话语的一种最受欢迎的形式。比如当时不少报纸都随报奉送一种石印的画页，所画内容大都为时事新闻，给当时不识字的广大民众了解时局和世态带来了很大便利。可见，在资产阶级民主革命时期，

① 参见［斯洛文尼亚］阿莱斯·艾尔雅维茨：《图像时代》第二章，吉林人民出版社 2003 年版。

漫画的兴盛，成了广大平民阶层争取民主权利、建立平民文化和拓展公共空间的一种有效手段和最佳途径。

现代图像社会在其公众性和平民性方面与上述文化精神应该说是一脉相承的。20 世纪电子媒介的出现和广泛应用，为信息的公共化和图像消费的全面普及提供了技术上的可能性。而文化传播方式的视像化，显然使得更为广大的民众有了了解、享受和掌握人文信息的更为有利的条件。可以说，以电视为代表的图像社会的出现使得最广大的受众不需要克服什么障碍就能轻松融入现代社会的文化生存之中去，因此，它也促进了大众的公共事物与公共文化参与意识。而另一方面，图像传播既然面对的是如此广大的受众，当然它在运作中也就必须考虑到这些最广大的受众的意愿和需要。因此，至少表面地看，图像正是大众话语最合适的传媒与载体，图像化为大众化的意识形态表达提供了一个最有效的途径，因此，图像霸权也是对传统精英性的话语霸权的一种解构和颠覆。1936 年，本雅明发表了他影响深远的论文《机械复制时代的艺术作品》，这篇作品就是基于平民主义立场，看到了现代视像时代艺术的生产与消费方式对传统的艺术精英主义的冲击，看到了艺术的大众文化趋向的民主意义。就此而言，图像社会可以说是现代公众社会的文化表征之一，同时也是现代大众文化消费兴起和发展的必然的历史结果之一。

公众文化，公众参与，公共话语空间，这些公共化社会场域的现代拓展，应该说在很大程度上有赖现代媒介之功。而其中尤以报刊、影视和互联网为三个拓展阶段的标志性媒介。不用说，现代传播媒介也因此而成为了所谓新的"权力核心"。也正因为如此，对它的掌控与监督，才成为现代社会最重要的意识形态问题之一。任何统治阶层都不会不意识到现代传媒的意识形态询唤能力，任何金钱大佬都不会不加入到对视像话语权的购买与争夺的行列之中去，而任何图像文化的生产都不会不迎合大众消费的平均水准与日常趣味，正是在这些隐藏于画面背后的种种支配性因素中，图像文化表现出巨大的人文局限性与负面性。

我们已经知道，摄影技术的出现，第一次打破了形象复制与现实观看之间的（审美性）心理距离，使得图像的客观真实性一下子敞开在观看的眼睛之前。这种零距离的图像观看，最容易使观看者误入"眼见为实"的陷阱——关于世界的影像被认为就是世界本身。然而实际上，情况可能恰恰相反：我们只是被规定性地、单向度地、单视角地而且毫无选择地漂浮在世界的表层真实上，而存在的真相却被这种片面的客观真实性所掩盖了。图像在客观实在性所指上的无条件锁定，使得现代图像文化彻底否定和颠覆了古典图像文化的能指本性，而成为片面真实性的障眼法，使观阅者无从设防地成为单一的表层现实性的俘虏。这种距离感的消失导致了杰姆逊所谓的"主体的消失"。电视出现后，这种情况尤甚：虽然我们看到的往往不过是被给定的有限视角和画面，但是因为它强化了我们的视觉印象，所以在不知不觉中增加了可信度。人们被动地不加分析地通过自己的眼睛全盘照收这一切"真实"的图像信息，而不会想到自己也许正在被某种强权意识形态所蒙骗所强暴。因此，图像社会的视觉专制往往助长了公众权利与利益被消解乃至被剥夺的可能性，而这正是所谓"电视暴力"或"电视霸权"的典型文化特征。

另一方面，现代图像文化的消费性也使之具有将一切图像信息泛审美化的特性。尼古拉·米尔佐夫显然注意到了这一特性。他指出："视觉文化关注到的是视觉事件，消费者借助视觉技术从中寻求信息、意义或快乐。"[①] 狂轰滥炸而又瞬息万变的图像文化消费培养了一种文化惰性，使得人们惯于以休闲的消遣性的心态和眼光来对待一切纷至沓来的图像信息。这样，即使是世界性的、社会性的重大事件，也往往在人们的视

[①] 《什么是视觉文化?》，《文化研究》第三辑，天津社会科学出版社2002年版。

觉性消费中变质为一种泛审美的娱乐活动，或者一次廉价的煽情表演。丹尼尔·贝尔说："电视新闻强调灾难和人类悲剧时，引起的不是净化和理解，而是滥情和怜悯，即很快就被耗尽的感情和一种假冒身临其境的虚假仪式。"① 而这，正是最容易被各种媒体权力所利用的地方。越南战争结束后有一种说法在美国很流行，其大意是说整个越南战争不过是一个电视事件——经由电视收看，这场战争已经变质为一系列"滥情和怜悯"的视觉消遣。可见，图像叙事停留于表面印象和表现为即时消费的特点，使人们满足于对事件的直观把握和瞬时移情，因此往往不容易将人们引入对事件本身的沉思、分析乃至怀疑，反而会使人们忽视隐藏在事件背后的深刻本质。

大众消费文化的另一个特点则是其低质性趋向。现代视觉文化表现出对其图像作品进行无穷复制的特点，这点早已为本雅明所指明。而现代图像艺术的复制性特点，使艺术成为普通的、廉价的、快速的消费品，这在本质上是有别于古典意义上的所谓视觉艺术的。大众消费以即时的娱乐价值为其文化指归，倾向于将任何艺术产品处理为文化消费生活中的"日常用品"，现代图像作品的制作也不得不服从这种即时性与快餐化。同样，大众消费必然追求消费的规模效应。收视率就是视像生产的指挥棒。而为了追求最大规模的消费，现代图像文化不得不迎合大众文化素养和文化趣味中的低水平群体，不得不以感官层次的愉悦诉求来争取最大范围的消费指数。

最后，后现代社会也是个为商业逻辑所制约的社会，在对利润的追逐中，一切可能的市场策略和营销手段都会被充分调动起来。而为了诱导消费，大肆张扬物质主义和享乐主义就成为一切策略与手段的基本主题。而图像文化——尤其是图像文化中的广告文化，往往便成了这一富人意识形态表达的主要途径。约翰·伯杰说："广告是消费社会的文化，

---

① 《资本主义的文化矛盾》，三联书店 1992 年版，第 157 页。

通过影像传播当时社会对自身的信仰。"① 广告基于诱导消费的目的倾向于营造太平盛世的虚幻景象，它的意识形态和审美趣味本质上是属于富豪阶层的，虽然它有时尽量不表现得那么露骨。而另一方面，"唯一能相对地摆脱广告的地方是豪门富户"②，因为他们的消费行为无须受广告的左右。所以广告在道德上是有负面性的，并且有着将一切景观肤浅化的倾向。广告虚构着生活，掩盖了生活中的不完善之处，并且使我们的眼光在这种虚幻表象无所不在的诱导下迷失了对生活本真面貌的认识与探询。因此，所有的广告都有可能与这个社会的权力话语共谋并成为强势阶层利益的代言人。

因此，在图像社会的视觉大餐面前，我们有必要对视像文化有可能一味成为权力话语、金钱话语与大众消费性话语的共谋这一图像社会的负面性保持足够清醒的警惕性和批判意识，而这一意识对于我们理解文学的当代命运与未来使命则有着重要的启示意义。

三

一般而言，我们可以将前图像社会看作是一个由语言—文本的活动与运作占主导地位的文化形态。就是说，数千年来人类社会中基本的文化内容：知识、历史、意识形态内涵、社会生活信息以及主要的审美意象的传播，主要都是由言说与文本来实现的，言说与倾听、书写与阅读构成了我们文化运作的基本模式。这个基本模式使得话语（包括言说与文本）成为最主要的人文资源与人文场域，成为人类精神生活和文化活动中最主要的支配者和掌控者。而文学正是这个基本模式中最主要的构成，其话语活动渗透和覆盖了整个文化领域。

---

① ［英］约翰·伯杰：《视觉艺术鉴赏》，商务印书馆 1999 年版，第 165 页。
② 同上书，第 171 页。

当然，文学在传统文化模式中的主导地位主要表现在一般文化生活与审美活动之中。从"洛阳纸贵"到"开谈不说《红楼梦》，纵读诗书也枉然"，人类文化史上，书籍的普及曾经促进了教育的普及，而教育的普及又进一步促进了书籍出版与阅读的普及，文学活动由此也成为最受大众欢迎的一种审美方式。因此，在前图像社会中，文学活动的舞台不仅给社会精英话语提供了足够宽广的空间，而且也正是大众审美消费最重要最基本的方式。正如尼古拉·米尔佐夫所言，在传统社会中人们对世界的理解靠的是文本模式："在那时，世界被理解为一部书。"① 现在，这本书显然已经被束之高阁了，取而代之的是视觉文化的图像叙事：世界正在被呈现为一部没完没了的肥皂剧。文学曾经拥有的"世袭领地"，已经被铺天盖地蜂拥而至的图像大军大面积地蚕食和鲸吞。文化运作的模式发生了根本性的转变，话语霸权已经让位给图像霸权或电视霸权，因此，从精英话语到大众文化消费，文学遭受到的是双重的颠覆。

应该承认，文学在后现代社会的边缘化有文化传播媒介与运作方式的原因：在一个大众化的、人文普及的社会，由最便利、最具普及性的媒介物所提供的文化消费必然要占据着文化活动的中心。当纸张和书籍被发明出来后，由于其便利和廉价，文学阅读就成了最容易普及也最容易进行的文化活动。而在今天，最便捷、最直接、最普及同时也最具有即时消费性的审美媒介就是电视了——将来也许就是互联网——它取代文学而成为社会文化消费的宠儿显然也具有先进媒介的必然性。

还有主体接受能力的因素。有实验证明，观看是人类获取外部世界信息的最佳方式，也是最主要的方式。而图像正是最具视觉直观性和同步性的一种信息呈示方式——尤其是视像作品，由于其与客观真

① 《什么是视觉文化?》，《文化研究》第三辑，天津社会科学出版社2002年版。

实性的天然联系而使观看者有身临其境的当下感与参与感，这使得人对视像的观看几乎能够做到不假思索地接受。因此，视像在争取受众方面具有先天的优势。它甚至可以使观看者超越语言的障碍而与画面进行直接的交流。相比较而言，文本的阅读对于主体接受能力的后天训练的要求则要高得多。因此，在视像文化主导的时代，消费大众会对视像观看形成一种消极接收的惰性依赖。不仅如此，视像文化还会创造慵懒：观看甚至成了观看者最好的休息方式。在这种情况下，谁还会去阅读文学呢？

事实上，在人类文化的社会化运作中，文本形态本来就是最"不自然"的信息传播方式。因此，即使是作为大众审美消费的对象，文学由于其纯粹的文本传播方式，在接受难度上历来也就是最大的——传统的美术、音乐、戏剧艺术都要更容易为非文化阶层所接受。因此，在一个电视霸权的时代，文学的这一固有的接受障碍便会由于视觉文化的主导与图像消费的泛滥而显得越发突出。而根据米歇尔的"图像理论"，图像文化对语言文化的取代，是对图像的一种后语言学、后符号学的再发现。在这样的再发现中，对世界的理解也将因此而重新为图像运动方式和图像作用机制的逻辑所支配。这就从根本上改变了由传统的文本传播方式所给定的文化接受与文化理解模式。[①] 因此，文学文本的创作与阅读，在图像社会中必然会受到更大的排挤，它的传统影响也必然会被大大削弱和消解。

因此，在视觉文化的围困之下，文学与图像的此消彼长不仅表现为对文学的排斥与放逐，而且也表现为迫使文学本身走向图像化。尼古拉·米尔佐夫说："新的视觉文化的最显著特点之一是把本身非视觉性的

---

① 参阅 W. J. T. 米歇尔《图像转向》，《文化研究》第三辑，天津社会科学出版社 2002 年版。

东西视像化。"① 这是图像社会视觉中心主义的必然表现。我们看到文学目前所走的正是这样一个路子：它正在将自己全面"图说"化。

已经图说的文学名著可说不胜枚举。如书海出版社出版有《中学生必读文学名著图说》，新华出版社出版了《鲁迅小说全编绘图本》，有的出版社更是准备将世界文学名著全部"图说"一遍……与之相关的图说化现象则有所谓诗配画（或配摄影作品）、摄影小说、电视散文，等等。

文学图像化的另一种方式就是自觉成为电影、电视摄制的前脚本。文学的这种服务自有影视以来就有了：所有的叙事文学经典几乎都已有过影视改编作品，而且影视剧本的写作也早已成为一项专门的职业。应该说，这一切都无可厚非。但真正的变化是在影像霸权的制约下，文学写作本身已经失去了自主性。一个流传甚广的说法就是，现在当一个小说家拿起笔开始构思的时候，他首先要考虑的就是如何使他的新作品能符合影视改编的要求。你可以将这看作是商业逻辑在起作用，但这个商业逻辑却确实是建立在视像文化的基础上的。

如果说文学在图像社会的边缘化是一种迫不得已的溃退的话，那么文学本身的图像化自然只能看作是文学向新的文化掌门的归顺与投诚，二者构成的正是当今图像社会中文学的真实景观。

四

图像社会的来临重建了人类社会的文化秩序：人们的生活方式以及人们在生活中接受信息、进入想象世界和精神世界的方式逐渐被各种图像所充斥、所包围。这一切对于文学的神话性无疑是一个有力的、具有本体意义的冲击，因而给文学的生存带来了巨大的压力，并迫使文学重新审视自身的存在价值。

---

① 《什么是视觉文化?》，《文化研究》第三辑，天津社会科学出版社 2002 年版。

构成这一审视的基本语境的是文学正在走向消亡或终结的种种说法，而支撑这一审视的潜在共识则是，今天的文学已不可能再坚守它固有的人文形态，而必须完成所谓的后现代转换。

我们知道，文学的消亡其实是一个陈旧的话题。老黑格尔在两个世纪以前就预言了艺术的终结。按照他的想法，人类认识最高真理的历史是始于艺术，经由宗教，而最后终结于哲学，因此，当人的心灵可以直接地自由地观照与思考所谓的绝对理念时，艺术存在的必要性也就失去了。① 文学正是他的艺术观中的最高形式。而这一论断自他提出以来就一直不绝如缕，在20世纪的"终结"之风中更是屡屡为现代艺术研究者们所青睐，比如美国哲学家阿瑟·丹托就在他讨论现代艺术的专著《艺术的终结》中重复了老黑格尔的这一命题，认为艺术已终结于现代而不复有历史。② 只不过，在"图像霸权"开始君临我们文化生活领域的一切方面时，文学似乎更加强烈地感受到了这种走向终结的紧迫性——文学的终结似乎已经不再是一种哲学假说，而成了一种在现实图景中无从规避的宿命。因此，在压力面前，一些变通的观点开始出现，根据这些观点，文学的所谓消亡不过是假象，究其实则是在后现代的文化模式中完成了形态转换。

有一种现象可以部分地说明这种"新生态"说法的信心所在，那就是文学本身的大众化与平民化。精英文学或者所谓的纯文学也许确实衰落了，但消费性的大众文学却实际上有了长足的发展。比如据统计资料显示，2001年，全国期刊总数达8725种，总印数为29.42亿册，全国人均2册多——这个人均数大约是刚建国时的50倍。近几年，网络文学更是大幅度促进了大众消费性文学的多角度多层面拓展，虽然不可避免地受到种种低质化、低俗化、低幼化现象的困扰，但它确实已经是文学在

① ［德］黑格尔：《美学》第1卷，商务印书馆1982年版。
② ［美］阿瑟·丹托：《艺术的终结》，欧阳英译，江苏人民出版社2001年版。

信息时代曙光初现的新的文学存在形态之一。

因此，有一种观点认为文学现象性的"缺席"并不影响它实质性的"在场"：文学依然在后现代的文化运作中以一种"隐蔽形态"处于支配性的乃至统治性的地位，这样一种存在形态可以直白地描述为"大文化领域内人文活动的文学性体现"。余虹就在一篇文章中具体分析了文学向后现代社会各个文化层面渗透以获得新的存在形态的几种代表性现象。按他引用的 J. 卡勒的话来说就是："文学可能失去了其作为特殊研究对象的中心性，但文学模式已经获得胜利；在人文学术和人文社会科学中，所有的一切都是文学性的。"① 陈晓明则将这种现象表述为："文学对社会生活进行多方面的渗透，起到潜在的隐蔽的支配作用。"② 除此之外，陈晓明还提出了所谓"大文学"或"泛文学"的概念以说明文学实际上也并未消亡。他的意思是说，在某种意义上今天的文学不过是已经"化整为零"，"变异"为了大众文化消费中一种日用化或应用化的文字产品，比如说以广告词、新闻叙事等等文体方式存在于我们的种种文化活动之中。③

这样的现象确实存在。大众化的审美消费在商业逻辑的支配下对文学日用品的多方面需求，确实也可看作是带来了文学地盘的某种新拓展。可是这是否就是文学存在的后现代形态，这样的存在形态是否足以支撑起文学的本体价值和意义，却是令人怀疑的。一个简单的事实就是，这种所谓文学性或文学因素渗透于一切文化领域的现象，至少对于一个中国人来说其实并不陌生——甚至也并不后现代：在中国古代，文学因素对其他文化形态、文化活动和文化生活的渗透，远比现代乃至后现代还要广泛得多。所以，为了抗拒终结论而欣然于这样的"文学性"景观，

---

① 参阅余虹文《文学的终结与文学性统治》，《问题》第 1 期，中央编译出版社2003 年版。

② 《文学的消失或幽灵化?》，《问题》第 1 期，中央编译出版社 2003 年版。

③ 同上。

对于我们理解图像社会中文学的归宿与未来命运，对于我们认清文学将永存于人类文明中的必然性与必要性，还是远远不够的。

<h1 style="text-align:center">五</h1>

后现代图像文化的消费性狂潮确实在很大程度上挤压了文学的空间和取代了文本言说的文化逻辑，但是文学永存的理由和它不可抗拒的未来，事实上依然牢牢掌握在它自己的手中——因为决定文学命运的终究是它固有的、特定的人文本性和人文价值。有个我们习焉不察的现象可以帮助我们接近文学最基本的美学本性：经典文学作品的影视改编似乎永远都是不能令人满意的——假如我们事先已经熟悉这部文学作品的话。事实上没有一部影视改编作品能真正呈现出优秀文学作品文字背后那些深刻的意味与涵义。我们观看到的总是不如文学经典已经让我们在想象中体验过的，这正是文学辉映下的影像的宿命。

虽然说，"每一影像都体现一种观看方法。"① 但事实上任何一个影像或任何一系列影像，都只是对原始景观的复制或再现。它被从它出现时的时间与空间中分离了出来，并在相当大的程度上被割断了使它得以出现的各种因果链，而有些因果链是决定性的、本质性的。因此，这虽然使得影像总是具有独立的、独自的说明性，却也失去了更多更丰富的意义再生或意义深化的可能。所以对具有客观实在性的影像的观看，总会使我们的审美收获受到很大的限定。因为完全真实的形象具有存在的不容置疑的个别性，而且它的感觉实在性使它的全部意义和意味都集中在完全为它自身所限定的所指上，而不大可能形成更大的审美能指空间。所以一般来说，影视演员表演得再好，充其量也只能展示他个人所可能具有的和可能表现出来的魅力，而更多的审

---

① ［英］约翰·伯杰：《视觉艺术鉴赏》，商务印书馆1999年版，第4页。

美可能性却消失了——而这种可能性总是在文学的阅读中存在于千百万个读者的想象之中的。因此，如果我们只是将自己限定于一个可观看的世界之中，我们实际上也就会被观看所规定、所决定。我们不可能自己来决定观看对象的主观合目的性。而内视性的想象就不是这样了。因为想象总是内在地伴随着人的感情倾向与心理体验，并且潜在地为这种倾向与体验所引导，从而在想象活动中省略掉与希望得到的想象结果不相符的因而是不必要的细节，因此它总是可以无限个性化和理想化的。而文学的内视形象本身就已经超出了现实形象的客观实在性，它已经是对可能的审美形象的更为理想的再创造，以使审美对象的存在意义与意蕴更为有效地呈现出来，所以，文学的内视审美总是给审美想象的可能性留下了更为宽广的空间。

另一方面，与文学的阅读所获得的内视美感相比，影像的观看使我们外在于自己的内心世界，使我们消极被动地在感觉诱导的满足中，与审美对象建立起一种轻率的同时又并不牢固的现实联系。因此，观看虽然能更直接、更当下、也更轻易地获得感性的愉悦，但它也必然要付出深刻性、丰富性和恒久性的代价。比如电视画面一闪而过的瞬间流动特征就受到人类记忆的限制，它迫使你迅速而感性地接收它的每一个画面，而无法深入体验对象的美感底蕴。长期这样被动的浅层次观看会使人形成一种惰性的信息接纳方式，从而丧失深度的审美感悟能力和内心生活的丰富性。相比较而言，文学活动中的内视审美却使我们在精神上拥有整个影像。阅读会逼迫我们自己去创造出、去建构起内视的对象，使心灵"观看"到的一切充分内化于我们的精神世界与情感世界，从而使我们更为积极主动地同时也更为深入地领悟文学意象的内涵和意义。因此，文学总是能使我们达到更为深刻的历史深度和人性深度。

现在，我们可以看到文学与其他审美活动的本质区别所在了：所有的艺术样式——美术、音乐、戏剧，更不用说今天的影视文化了——都是诉诸视听感官的物性形象。它们都必须借助于审美者生理上的、感官上的直接愉悦性来达到心理上和精神上的审美收获。但文学就不同了，它实际上并不提供任何物质性的视听愉悦感受——它提供的只有通过想象建立起来的心理形象，我们可以将它叫做内视形象。我们是在自己的内心世界来审视这些审美对象的。因此，文学为我们创造的是一个内视化的世界。这个世界看起来由语词符号组成，其实它只能由我们每一个读者在自己的内心深处创造出来。它就像梦境，像幻觉，像我们内心深处的回忆与想象，是一个无法外现为物质性的视听世界的所在。就此而言，即使我们有心用某种艺术样式或某种生理性的感性满足来取代文学所提供的审美世界，它作为一个永远不可能为感官所感知的精神性的存在，又如何能被取代呢？因此，无论图像社会怎样扩张，无论图像的消费如何呈爆炸性地增长，它对文学生存的所谓威胁其实就人文诉求方式而言并不存在。文学是唯一不具有生理实在性的内视性艺术和内视性审美活动，因此与其他任何审美方式都毫无共同之处。这是文学永远无法被其他审美方式所取代的根本原因之一。

应该说，文学内视审美的优越性是由人的本性所决定的。当我们回首往事或想象未来时，总不免为它带来的美好体验所感动，虽然身历其境时往往并不觉得——文学的内视审美和我们生活中的回忆与想象有某些类似之处，或者毋宁说它本来就建立于我们生活中的这些回忆与想象的心理能力之上。"在希腊人心目中，记忆女神摩涅莫绪是掌管叙事艺术的缪斯。"① 这一神话实际上说明了记忆是文学——尤其是叙事性文学——生成的根基。

人类最早的叙事文学是神话与传说。在人类具备真正的历史观念之前，神话与传说是人类拥有历史、拥有过去、从而拥有时间、拥有

---

① 陈永国、马海良编：《本雅明文选》，中国社会科学出版社1999年版，第304页。

独立于自然界的人本身的唯一方式。说到底，所有的神话与传说都只是被人类特有的想象力所加工过的、因而具有极大的虚构性和能指性的历史文本，而它的心理基础便是人类的生存记忆。本雅明说："记忆造就了把事件代代相传的传说的链条。"① 记忆也使人将自身的生存通过自我意识而升华为本体性的存在——它使人类不得不面对这样的问题：我们从何而来？我们向何处去？人类正是在这样的思考和想象中进入时间，从而进入主体性类本质的体认过程，而这正是文学的本质之所在。因此，正是建立于生存记忆之上的最早的文学想象使人类得以直达自身存在的主体性，同时也正是这样的记忆内省与存在追问构建了文学存在的必要性。

更为重要的是，人类通过创作神话和传说创造了一个不可感知的非实存的世界，虽然在原始人类那里，这个虚幻的世界与现实的世界也许是融为一体并同样真实的，但它最终却确实提供了一个现实生存之外的超现实的世界，一个精神性的、心理性的内视世界。所以，使人类得以获得时间性生存的最初的记忆和想象，不是保存在历史之中，而是最生动地复活于文学性的内视世界之中。人类永远需要这样一个可以共享的纯内视化的世界，因为人类的生存只有进入这样一个世界之后，其存在的诗意才能得到普遍的呈现与揭示。或者说，人类的诗意生存只有在文学性的内视中才能得到最深刻、最本真、最丰富也最全面的观照与共享。是文学使人类同时拥有了两个"存在性的"具象世界，而这第二个具象世界已经成为人类的存在方式中不可或缺的组成部分，成为了物性生存之外，人类唯一能真切地生活于其中——诗意地栖居于其中的精神乐园。

说到诗意的栖居，文学中的诗歌则是人类共享诗意情感和诗意心灵

---

① 陈永国、马海良编：《本雅明文选》，中国社会科学出版社 1999 年版，第 305 页。

的最内在、因而也最具精神魅力的方式。人类将情感的表达诗歌化，是因为在感性生存之外，人类需要通过欣赏和共享人类的情感和精神生活的美好内涵，真正具有彼岸性地和纯心理性地认知、感受和共享其生存的诗意与心灵世界的诗意。因为只有这样，人类心理世界的存在本质才能得以揭示。诗歌一向被看作是艺术的最高形式，因为它是人类生存诗意的高度浓缩。也许，对于今天的生活来说，生存的诗意已经是个非常奢侈的字眼。但是人类心灵和精神中的诗意追求，人类将世界的诗意内化为心灵之境的努力，要说因为今天这种感性狂欢的泛滥，或因为现有的人类悲剧中暴露出的黑暗本性，便会归于寂灭，我也断难相信。毕竟说到底，我们所拥有的全部艺术和所有的美，都不过是对人类生存诗意的呈现与揭示。人类是唯一具有主体性的生物，个体的意志和个体的存在要为主体性的意义之光所照亮，人类就会永远需要共享诗意化的心灵和内在世界。

文学的内视性想象和对存在诗意的内在体验使人类超越了物质性空间生存的制约而进入了时间性的存在之中。因为，就存在的本质而言，真正的时间性只能被意识所把握，因此其表现形态也只能是在意识中展开的纯粹的精神状态。文学就是只能以精神状态存在于意识之中的内视世界，所以它也是所有艺术门类中唯一只以时间状态存在的艺术。

文学的审美是没有现实性的。它没有空间片断，不由空间实在性组成。它只存在于过去、未来或任何没有空间实在性的时间流程之中而不能被人感性地把握。尽管由于人性本身的双重性，在文学的精神审美中心理暗示会作用于生理感受，但那与文学的存在状态并无直接关系。也就是说，文学并不因此而进入空间。所以，文学完全脱离了实存而进入了本质。文学是关于人类生存本质的艺术。是人类生存的过程与时间的艺术。这种时间与空间完全分隔的审美，有时会造成审美者空间—生理需要的失落，和时间—精神体验的满足的巨大反差，从而导致存在与本质不能统一的强烈精神痛苦，而这也正是文学魅力和文学存在的必要性之所在。"卢卡契认为，小说同时也是把时间作为其基本原则之一的唯一一种艺术形式。他在《小说理论》中说道：'只有当超验意义上的家园失去联系的时候，时间才能是基本的。只有在小说中，意义和生活才是割裂的，从而根本的和暂时的也才是割裂的；我们甚至可以说，一部小说的全部内部情节不外就是同时间的力量的抗争……由此产生了对时间的真正的史诗性的体验：希望和记忆……只有在小说中才会出现把目标固定下来加以改造的创造性记忆……只有当主体从过去的生活之流中看到他的统一的整个生活的时候，内心和外部世界的二重性才能得到消除……'"① 在文学中，人们完全是时间性的精神遨游，并以此来完善自己的心智和情感，提高自我生存的精神境界。同时，在文学中，人们也不得不把美交还给美，把实存交还给实存。在文学的阅读过程中，人因为获得时间性而得以进入本质性存在，人也由此而获得对人本身的信仰和超越现实生存的精神力量。

就此我们也可以进一步认识到文学与视觉文化不可通约的本质差异：包括图像在内的所有审美活动都是具有空间形态的，因而被牢牢地绑缚在现实感性的层面上。只有文学是个例外。它超越了感性空间的束缚，因此它也远离了其他审美活动的空间角逐，在纯时间性的内视世界中开拓着完全属于它自己的审美疆域。不用说，只要人类还需要在生存意识中体验纯粹的时间本质，那么即使是图像社会的完美风暴，也不足以使文学丧失掉只存在于人类意识中的这块世袭领地。

当然，这也正是文学世界与视觉文化之间的张力所在：人类从来就没有满足过只是在内视的时间性中体验生存的诗意，因此从通过文学想象把握住自己的生存诗意的那一刻起，人类也就开始了将自己的时间性生存转化为空间性拥有的不懈努力。从原始的绘画到今天普遍的图像化

---

① 陈永国、马海良编：《本雅明文选》，中国社会科学出版社1999年版，第306页。

和日常审美化，都不过是这种空间化努力的一个历史性的、也是逻辑性的表达而已。但是，这种努力在后现代的视觉狂欢中由于其感性消费的过度泛滥，正在变成或者已经变成空间化对时间性的挤压与取消。当下共时的和密集的空间性呈现成了时间的唯一存在形态，存在的历史真相和时间本质因而被遮蔽、被阻断了，通往精神求索的道路在视像片断光怪陆离的闪烁中消失得无影无踪。因此，文学与视觉文化之间的这种张力在今天的图像社会不仅已经变得愈加微妙，而且也已经变得愈加重要起来——它也许就是后现代文学的希望之所在。

事实上，后现代视觉文化在精神救赎价值上的缺失已经开始引起知识界广泛的关注，而文学由于其高度思维性的语言建构，深刻的内心体验，和对人类生存真相的不断追问，天然地具有理性认知的深度和精神升华的品格，因此被认为正好有利于对视觉文化一味的感性铺张形成有力的反拨。

文学是语言的艺术，它只能以心理的、思维的、精神内省的方式展开的审美活动本性，使它成为人类理性可以不懈坚守的有利阵地。言说永远是人类更逼近问题和意义的方式，而任何文本阅读都会导致潜在的对话。诚如海德格尔所说，语言是存在的边界。我们存在的真实性、或者说我们存在的真相，其实正好是通过语言（基本上可以说是通过文学作品）揭示出来的。约翰·伯杰说："我们见到的与我们知道的，从未出现一致。"① 他的意思是说，观看实际上不足以解释或理解我们所面临的世界。如何将看到的世界与我们应该真正理解和正确认知的世界统一起来，这应该是思想和语言的任务——当然也应该是文学的任务。文学虽然提供的是一个内视幻象的世界，但它由于其阅读活动的思维性而不再具有感官的被动接收性质，内视审美中所有的感觉信息都在意识中转化成了经过心理处理和心理过滤后的精神信息。这无疑有助于人的精神

① ［英］约翰·伯杰：《视觉艺术鉴赏》，商务印书馆1999年版，第1页。

内省和深度审美，有助于人摆脱感性的沉沦而体验到生命的意义。人类社会在任何时代都需要精神升华的向度，后现代社会中信仰崩解的现实，使精神的救赎和心灵的引领显得尤为重要。文学的精神优势和对现实感性的相对疏离，可以在一定程度上帮助我们超越这种存在迷失，超越这种空洞的转瞬即逝的共时性空间，而在时间性的生存体验中重建有益的精神生活。

因此，说到底，没有什么文学终结的问题。文学的未来将为它自己优越而深刻的本性所指引。在图像文化成为历史新宠的后现代社会，它仍将持之以恒地将我们带往时间的深处，在尽显语言和内视世界的能指之美的同时，通过深刻的内心体验开掘存在的诗意，共享人类灵魂探险的无穷可能性，并以此构成人性的全面而立体的交流，使失去家园的人类精神在新的信念的询唤下，在灵与肉的主体性升华中，重获救赎，直达彼岸。

（载《文学评论》2003 年第 5 期）

图像增殖与文学的当前危机

金惠敏*

自从 2001 年美国批评家希利斯·米勒在《文学评论》上发表《全球化时代文学研究会继续存在吗》一文以来，文学在电子媒介时代能否继续存在下去就成了中国文论界所关心和争论的一个新话题。在中国，虽然像德里达那样直接就宣布电信时代文学死亡的观点尚不多见于文字，但街谈巷议之间已算不得什么新鲜之论了。与此相反，更为强大的立场则是毫不妥协地坚持文学和美学的永恒性和神圣不可侵犯——针对米勒的几篇批评文章就是明证。

仿佛是为了回应于此，米勒 2003 年 9 月再访北京，带来了他的新作《论文学》，该书一开篇即暗示了其辩证的答案："文学的终结就在眼前。文学的时代几近尾声。该是时候了。这就是说，该是不同媒介的不同纪元了。文学尽管在趋近它的终点，但它绵延不绝且无处不在。它将于历史和技术的巨变中幸存下来。文学是任何时间、地点之任何人类文化的标志。今日所有关于'文学'的严肃的思考都必须以此相互矛盾的两个假定为基点。"① 言下之意，偏执于哪一极端都将是不"严肃"的态度，都可能造成对文学的亵渎和伤害，只是方式不同而已。

---

* 金惠敏，男，河南南阳人，中国社会科学院文学研究所研究员。

① J. Hillis Miller, *On Literature*, London and New York：Routledge, 2002, p. 1.

下面的文字虽然是在读到这段话之前就已完成，但其写作原则与米勒此处的提示不谋而合。这个原则就是，既不把当前的文学终结论视同"狼来了"一类的儿戏，也不把坚持文学的存在看作顽固保守，而是历史地和具体地论析电子媒介将会怎样影响乃至改造文学的形态和本质，并且文学是否可能突破新技术的围追堵截而劫后余生，乃至生生不息。本文侧重于前一方面，即我们这里所关切的是，文学与电子媒介的相遇究竟会发生哪些故事、哪些悲喜剧，尤其在文学这一边。

一　图像增殖对文学的审美重组

麦克卢汉那极具说服力的命题"媒介即信息"，特别是当今媒介对我们日常生活的无所不及的覆盖与渗透，使我们无需再纠缠于电子媒介"是否"可能重新塑造文学的本质，而是可以长驱直入和专注于进一步的"如何"之问题。本文将提出和论证：第一，新媒介通过改变文学所赖以存在的外部条件而间接地改变了文学；第二，新媒介直接地就重新组织了文学的诸种审美要素。我们相信，只有"如何"的问题解决了，"是否"才能最终地坚定不"疑"。现在让我们先来考察这第二个方面，看文学是如何被新媒介直接地从内部重新塑造了其审美之构成。

这首先要勉强我们去解决一个由来已久的疑难问题，即什么是文学的审美构成。就像回答美的本质问题一样，我们只能说某一具体之物如陶器、习俗、美女是美的，但无法说出什么是美本身。对于文学由哪些审美要素构成这样一个既让人左右为难又可能述说不尽的问题，我们只能小而化之，简单道来：一是纯形式性的语言美，二是语言所传达的内容性的美，在这类美的要素中，形象之美可能居于首位。以电影、电视为例，当文学进入这类新媒介之后，其形象之美被放大、强化，而语言之美不是被取消就是被边缘化，成了可有可无的点缀。影视以图像说话，以图像为其语言，以图像为其本质存在；没有语言仍可以是影视，没有图像则不成其为影视。在文学文本中语言和形象本就是统一和凝结于语言的一个东西，语言蕴涵着图像，舍语言便无以求形象，尽管严格来说语言不可能穷形尽相，即文学文本之内也存在着语言与图像的张力，但既然在语言文本之内，它们就无从分开；而在影视之中，其关系之极端者则已呈分裂状态，已超出矛盾和对抗的意义，即如果说在文学文本内语言与形象的关系是辩证的对立和统一，既矛盾又相互依存，那么影视则能够彻底清除这种二元对立关系，而仅以图像立身。文学若是仍然愿意进入影视媒介的话，那么它就必须臣服于图像。这都是当今的常识了，我们无须就此赘述。应当深入探索的是，图像对语言的傲视、挤压、收编、霸权或者甚至不屑一顾、耻于为伍对文学的审美构成可能意味着什么。而为了解决这一问题，我们至少仍须在形式上回到语言与图像的关联上来，以便在比较、对照中揭示其各自的本质、特性，并从而认识它们之间在哪些方面相互对峙、抵制和抵消。我们的思路是：首先指出图像是什么，而后说明它对语言，对以语言为媒介、为"信息"的文学意味着什么。

关于图像的性质，阿莱斯·艾尔雅维茨在其新近出版的中文著作《图像时代》里援引了米切尔（W. J. T. Mitchell）的一个悖论性界定："图像就是符号，但它假称不是符号，装扮成（或者对于那迷信者来说，它的确能够取得）自然的直接和在场。而语词则是它的'他者'，是人为的产品，是人类随心所欲的独断专行的产品，这类产品将非自然的元素例如时间、意识、历史以及符号中介的间离性干预等等引入世界，从而瓦解了自然的在场。"① 在此米切尔将语言与图像的对立以尖锐的形式凸显出来：图像就其本性而言是符号性的，因而也就是语言性的，它是

---

① W. J. T. Mitchell, *Iconology. Image, Text, Ideology*, Chicago: The University of Chicage Press, 1986, p. 43. 见阿莱斯·艾尔雅维茨：《图像时代》，胡菊兰、张云鹏译，吉林人民出版社 2003 年版，第 26 页。引文据艾尔雅维茨原稿有改动，下同。

图像语言，被其使用者用作对现实及现实之主观关联物的表述，但同时它也总是被当作直接的现实或现实本身，而非如语言那样自认是现实的模仿、中介或有所不及的替代品，——由此在图像与语词之间，仿佛就是一条真实与虚构的鸿沟。

图像的直观性和自然在场性，进一步说，图像所包含的更多的现实性和反解释性，将构成对诗或语言间接性和抽象性的逼视和质难。利奥塔认定，话语就是逻辑、概念、形式，就是符号的王国，而形象性则是将不透明性注入话语领域，它反对语言意义的自给自足，把不可同化的异质性引入一般被假定为同质的话语。因此，形象性与其说是话语性的单纯对立面，意义的一个替代性秩序，毋宁说它是拆解的法则，阻止任何秩序具形化为完全的一致性。①

毫无疑问，利奥塔关于话语与形象的比较是后现代指向的，即试图以图像来解构话语所代表的理性；但是由于其所谓形象的感性丰富性、不透明性和多义性等等，其后现代指向则又是对于文学及其文学性的肯定和张扬，如贝斯特和凯尔纳在原则上认定图像的后现代性质之后指出："利奥塔希望使形象进入话语并改造话语，以及发展一种形象化的写作模式，即'以言词作画，在言词中作画'（1971：53）。因此，他推崇想象的和一词多义的诗歌转义，推崇写作中的暧昧，将诗歌标榜为一切写作类型的楷模。其目的是想以图像的话语瓦解抽象的理论话语，以那种采用越界性文学策略的新话语颠覆霸权话语。"② 在利奥塔，文学、图像和后现代性不过就是同一事物的不同表述而已。

"图像转向"诚然以利奥塔关于话语与形象的区别为其概念基础，

---

① 见 Martin Jay, Downcast Eyes: *The Denigration of Vision in Twentieth-Century French Thought*, Berkley: The University of California Press, 1993, p. 564。参见艾尔雅维茨：《图像时代》，第 89 页。

② Steven Best and Douglas Kellner, *Postmodern Theory*, *Critical Interrogations*, New York: The Guilford Press, 1991, p. 152.

因为它是作为"语言学转向"的对立面而出现的，但是后现代的"图像社会"对待以语言为媒介的文学可不像利奥塔那样充满耐心和敬意；相反，其第一种情况是如前文所说的影视对文学的整编，它们挑挑拣拣，只选取语言中能够转换出形象的那些部分。由于前文引述所展示的语言与图像的不相容性，影视对文学的整编、重组本质上并非在语言与图像之间建立一种新的张力关系，即图像从语言的压迫下解放出来并反过来统治语言，如此文学尚可卑微地奔走效劳于图像之前，而是文学在被榨取之后便不再是原先意义上的文学，在影视仅留下文学的残迹。因此从一个方面说，影视的诞生将就是文学的死亡。名著的被改编，还有为影视而写作，只是意味着文学选择了一种安乐死的新形式。

图像对文学的扼杀还不只是发生于文学进入影视即在图像与语言所构成的二元对立关系的范围之内，其第二种情况是图像在文学之外独立地创造出一种新的视觉审美文化。艾尔雅维茨看到："在后现代主义中，文学迅速游移至后台，而中心舞台则被视觉文学的靓丽辉光所普照。"请注意，他紧接着就指出："进一步说，这个中心舞台变得不仅仅是个舞台，而是整个世界：在公共空间，这种审美化无处不在。"① 对于艾尔雅维茨来说，图像或视觉文化的审美性是不证自明或不言而喻的。我们前边也说过，形象性是文学重要的审美因素之一，即形象本身就是审美的，这当然也早有亚里士多德在《诗学》中论模仿快感时的经典论断，似不必重复论述。但是，后现代的图像可全然不同于前现代或现代的图像。

现代性图像本质上是表意的，通过有限的形式传达无穷的意味，就如海德格尔对凡·高《农鞋》的著名解读：一双普通的农鞋对他来说却凝聚着大地的每一次隐蔽或敞开，或者它就是整个的世界，全部的真理，

---

① ［斯洛文尼亚］艾尔雅维茨：《图像时代》，第34页。

包含着我们能够得到和不能得到的一切。此中永远有"诗—意",永远有说不尽道不完的对"诗—意"的生命体验和精神游历。即使有以形式为主导者,那也肯定是"有意味的形式"①和形象。

现代解释学正是在这样一个信念基础上建立起自己的现代性的。杰姆逊在其著名论文《后现代主义,或晚期资本主义的文化逻辑》中将解释学称作"深度模式",除此之外还有辩证法、弗洛伊德精神分析、存在主义以及符号学等等。其中对我们理解图像的后现代性来说,最有帮助的可能是符号学的深度模式。这一模式规定语言即符号,而符号又是由能指和所指构成;尽管能指与所指之间的关系可能是任意的,但一般地说能指指谓所指,换言之,能指不是单纯的无意义的能指,在其深处是所指,即所指就是它的深度。海德格尔解读凡·高的《农鞋》所依循的就是解释学的也是符号学的深度模式。对此,杰姆逊没有异议,因为凡·高的《农鞋》是现代主义在视觉艺术方面的典范之作。而对于后现代主义作品,如安迪·瓦侯的《钻石灰尘鞋》,杰姆逊认为,就不能继续使用解释学或符号学的深度模式了。它"似乎什么也没有表现,'表述'这一概念并不适用于这类画"②,"它真的什么也没有对我们说"③。因而您尽可以对着它作阐释的狂思漫想,如说这像被人丢弃的一堆萝卜,或者说它们来自奥斯维辛营,再或者一场火灾后的残迹,但是您无法自圆其说,"无法在瓦侯这儿完成解释学的示意动作(hermeneutic gesture),无法将这些残剩之物恢复到那一完整的、包涵着它们的和曾经存在过的语境中去,如舞厅和舞会,如乘喷气式飞机的旅行时尚或光艳杂志之类

---

① 这是英国艺术批评家克莱夫·贝尔从现代艺术经验(如塞尚)出发对艺术本质的概括。

② [美]杰姆逊:《后现代主义与文化理论》(精校本),唐小兵译,北京大学出版社 1997 年版,第 186 页。

③ Fredric Jameson, *Postmodernisin or the Cultural Logic of Late Capitalism*, London and New York: Verso, 1991, p. 8.

的世界"①；即使您对瓦侯的艺术生涯耳熟能详，如他为鞋子做过广告、设计过橱窗展览等等，对眼前的作品您仍会觉得左右为难，不得而知。杰姆逊不想在此解释学方向上枉费心机，而是思路一转，将不可索解的《钻石灰尘鞋》当作后现代主义文化的表征，与意味无穷的凡·高的《农鞋》划出新旧两个时代或世界。"在盛期现代主义运动与后现代主义运动之间，在凡高的鞋子与安迪·瓦侯的鞋子之间存在着……重要的区别。其中首要的和最显著的是出现了一个新的平面感或无深度感（flatness or depthlessness），一种新的在最严格字面意义上的浅表化（superficiality），这或许是所有后现代主义流派决定性的形式特征"②。所谓"最严格字面意义上的浅表化"就是纯粹的表面性，不能去设想"在它的下面或者背后"，也就是说不能存有表象与真实、现象与本质二元对立的形而上学观念。"浅表化"即"无深度感"，而"无深度"则造成了"平面感"。杰姆逊的论断是对一切后现代主义的特征的指认和概括，当然更包括了此类视觉文化最核心的部分即图像以及"图像转向"。

在此意义上，电影之所以能够被称为"艺术"，乃是由于它仍然最低限度地认图像为符号，为有"所指"的"能指"，自觉地皈依于语言学的法则。但是我们已经知道，图像自身具有对于语言的叛逆性；言不尽意，图像更是鼓励各种阅读或者就是反对阅读；而且一当时机成熟，图像便由局限于艺术内部的躁动、反抗喷薄而为一独立的力量、独立的体系、独立的法则，持续地无限远去地寻找和开辟自己的世界。这个时机，就是电视时代的到来，就是电视图像时代的到来，——波德里亚描述说：

① Fredric Jameson, *Postmodernisin or the Cultural Logic of Late Capitalism*, London and New York: Verso, 1991, pp. 8—9.

② Ibid. , p. 9.

　　电视屏幕在我看来似乎是一个形象（images）消逝的处所，这就是说，每一形象都是无差别的，以至于前后相继的形象都成了可综览的东西。内容，情感，伟大而有烈度的事件，全都发生在没有深度而只有纯粹浅表的屏幕上。电影当然也是一种屏幕，可它有深度，假如它是奇异的、想象的或是其他的什么。①

　　从电影"形象"到电视"图像"，这实质上就是一场图像学的独立运动，即从语言学的"意义"殖民的统治和压迫中独立出来，或者就是"画"对于海德格尔所意谓的"诗"的独立，以达到一种绝对的画面性。

　　电视图像对于语言的这一独立性，首先表现在它与语言的不相关性。音乐电视常常在这一意义上被提起和讨论："有人认为，MTV 千变万化的形象所组成的连续之流，使得人们难以将不同形象连缀为一条有意义的信息；高强度、高饱和的能指符号，公然对抗着系统化及其叙事性。"② 这里图像之间不相关联，更遑论其与音乐、与歌词相关？这就是说，它不再认同一个自成体系的表意符号系统；因为它自我指涉，我们甚或可以断言，它就不再是符号或能指。费瑟斯通就此提出问题："这些形象如何表征与自己相关的意义？难道 MTV 超越了索绪尔意义上结构语言所形成的记号系统吗？"③ 显然音乐电视不在乎表意问题，它在语言学的天边外，索绪尔法则因而也不再对它发生任何作用。

　　这种能指与所指的分裂亦同样呈现于广告作品，但与音乐电视有所不同的是，能指与所指在形式上被暴力性地扭结在一起而凸现了其内在

---

　　① Baudrillard Live: Selected Interviews, ed. Mike Gane, London & New York: Routledge, 1993, p. 69. 这里，波德里亚是在古典的意义上使用"形象"一词的。

　　② ［英］迈克·费瑟斯通：《消费文化与后现代主义》，刘精明译，译林出版社2000 年版，第101 页。

　　③ 同上。

的分裂，波德里亚以及马克·波斯特尔给出的例子有地板蜡与浪漫、腋臭净与革命等。这些在日常生活中风马牛不相及的东西被强行地拉扯在一起，"广告构造了一种新的语言，一套新的意义组合（地板蜡/浪漫），每个人都在讲说这种语言，或者更准确地说，这种语言讲说着每一个人。"① 如果考虑到广告的无处不在而令我们无处躲避，那么它倒真是创造了新的语言现实或符号交换方式。观众不再注意地板蜡或腋臭净的使用价值，而是跟随广告的指示，将它们想象为"浪漫"或"革命"。地板蜡或腋臭净出现在广告中的形象不再指示某类具体之物，而是成为与具体之物无关的幻象。

在这个意义上电视广告之能指与所指的分裂最终便创造出"无物之词"的能指，它是对现实的美化、替代和抛弃，是波德里亚所谓的一种"拟像"（simulacrum）形式："拟像"原本上说是对现实的复制，但它逐渐脱离现实而取得自立的位置。如贝斯特和凯尔纳所理解的，"拟像"的"真实是按照一个模型而生产出来的。此时真实不再单纯是一些现成之物（如风景或海洋），而是人为地（再）生产出来的（例如模拟环境），它不是变得不真实或荒诞了，而是变得比真实更真实"②；"拟像"由此而建构了所谓的"超现实"（hyperreality）。

电视图像之演变为"拟像"或"超现实"，其对于语言的独立性于是又表现为它不像语言那样以信息即现实内容的交流为目的，而是完全与指涉物，与所指涉的现实无缘，自成一体，并行于现实之外；进一步它不把自己当成虚构的，而是融入现实和日常生活，甚而成为现实的灵魂和主宰，本来现实的倒成了非现实，而它这个人工"拟像"则变为真正的现实，即能够发生作用的现实。诚然，语言和语言的文学也会创造

① Mark Poster, *The Mode of Information*, *Poststructuralism and Social Context*, Cambridge: Polity Press, 1996, p. 58.

② Steven Best and Douglas Kellner, *Postmodern Theory*, Critical Interrogations, p. 119.

出语言的现实例如想象的世界，但那是建立在现实与想象的二元对立之上，唐·吉诃德的疯癫突出了理想与现实的对立，而在拟像的超现实世界里，想象界不满足于与现实界的并行、对立，而是试图将现实纳入其拟像的序列，将现实本身变成超现实的一个部分。我们被淹没在一个仿真的世界，波德里亚非常肯定地断言："今日现实本身正就是超现实主义的。……今日全部的日常现实——政治的、社会的、历史的和经济的——都开始融进超现实主义的仿真维度。我们已经生活在一个无处不有的对现实的'审美'幻觉之中。"① 在仿真的世界里没有什么是真实的，就连我们的消费欲望都不是真实的，即不是出自于我们的内在本性，而是由广告拟像从外部挑起和建构的。我们已经与我们自己绝缘，我们不再可能认识自己，不仅是因为我们为拟像所笼罩，一个无法穿透的"天似穹庐"，而且因为它就是整个的世界，就是世界的一切，我们是其中的一个部分，即我们本身就是拟像。我们不再拥有"自我"，不再拥有"现实"，它们不再存在。

这种状态就是"泛美学"（transaesthetics），就是"审美泛化"（aestheticization）："我们的社会生产出一个普遍的审美泛化：所有的文化形式，也不排除那些反文化的形式，都被提升了，所有的再现模型和反再现模型都被带入其中。"② 在如此的"审美泛化"中，文学所依赖的现实与审美的界限和张力被彻底地内爆了，谈论再现或者反再现、现实或者虚构、真理或者表象，等等，不会有任何的意义，也不再有任何的可能。毫不夸张，"审美泛化"将就是文学的灭顶之灾，灭顶在一个审美的汪洋大海，如果人类仅剩一个世界，仅剩一个"泛美学"的或者"拟像化"的世界。

---

① Jean Baudrillard, Simulations, trans. Paul Foss, Paul Patton and Philip Beitchman, New York: Semiotext (e), 1983, pp. 147—148.

② Jean Baudrillard, *The Transparency of Evil: Essays on Extreme Phenomena*, trans. James Benedict, London and New York: Verso, 1993, p. 16.

二 在拟像逻辑中的主体

由于形象美在文学中的重要性，前文将讨论集中在图像及图像的扩张怎样从审美上重构但愿不是解构了文学（如前所示，至少在利奥塔那儿还不是），现在我们将转向电子媒介又是怎样通过改变文学的外部存在条件而改变了文学的性质的。这样的"外部条件"可能是多种多样的且连锁反应式的，如电话的介入，如电子写作方式，如互联网及其所创造的民主形式，等等，但其中对于文学最直接、最能发挥作用的则是电子媒介所塑造的主体，因为文学是由主体写并写给主体的；同样电子媒介亦非一一单一的形式，我们这里拟将论题选定在电子媒介的图像生产出怎样的主体，而这样的主体又可能对文学构成怎样的影响。

问题将我们再次推向对语言的考察，具体说，与语言相应的主体是什么？或者，语言会创造出什么样的主体？这当然先要回到语言本身的性质，不过前文我们已有较多的引述，这里只需做一简要的归纳：第一，语言即理性；第二，即对世界（包括意识世界）的理性概括，这就是说作为符号它总有所指；因而第三，它假定了一个二分的即有主客体之分、内外部之分的世界。古代的巫术咒语和当代的标语口号都内涵有这样的语言实体论，因而才有力量、有作用。用杰姆逊的术语说，是语言保证了文本的深度模式。反之若语言失序，在拉康则意味着精神分裂。因此当我们理解到语言的符号性，那么马克·波斯特尔关于语言主体即理性主体的命题当就是自然而然的了：

　　　　根据波德里亚我们能够说，古典资本主义时期的指意方式是再现性符号。社会世界按照"实在论"的图式经由符号被建构起来，这些符号的稳定指涉物是物质性客体。将能指与所指联结在一起的交换媒介是理性。而最能例证再现性符号的交往行为是对书写文字的阅读。书写文字的稳定性和直线排列有助于建构理性的主体，一个自信的、讲话逻辑的主体，它借助符号说着实在论的语言，这类语言的极致就是自然科学的话语。①

在现代阶段，波斯特尔认为，古典资本主义以再现符号为主导的指意方式并无实质性改变，尽管能指与所指的关系变得抽象起来，但"理性的元叙述支持着这种指意方式；通过阅读行为，通过意识之眼对印刷文字单向流动的持续跟踪，这种指意方式被一再地证实给每一个体。资产阶级曾经生活在，而今许多人仍然生活在再现性指意方式的云雾之中，浑然而无所觉察。庞大工业帝国的建设正是被这样一些人所指导，他们毫不怀疑词与物一致并再现客体，就如砖头同砂浆结合便形成墙体一样。当面对晨报或账簿，主体便被语词按照理性的方式构造成为工具主体。这一成年白人男性主体站在一个自由超越的位置上俯视社会的世界，但也只能局限在他已经被再现性意指方式所建构这一范围之内。"② 波斯特尔的叙述充满了时代感和阶级意识，但是我们完全可以从中抽象出凡接受语言之再现法则的主体均为理性主体这样一个一般性命题。

对此，或许可视为一个有益增补的是普林斯顿大学文学教授阿尔文·柯南（Alvin Kernan）关于阅读和谈话如何构造不同主体的论述："在谈话中，参预者是面对面的，互动的，为确保理解彼此间不断地进行调整。在公众场合，每一听众的理解都被演讲者以及其他听众所牵引，这种情况往往排斥离心性的和个人性的反应，而接纳较为规范的回应。但是阅读就其本性来说，则有利于形成私人性的和内向性的自我，形成那些构成现代社会之'孤独人群'的独立个体。口语性强化社会的和公共的生活，偏爱友好的性格，促进社群之协同。口语生活是部落的生活，

---

① Mark Poster, *The Mode of Information*, p. 61.
② Ibid. , pp. 61—62.

而阅读则推动由独立个体所组成的现代社会"①。这虽然是于语言内部（书面的与口头的）的比较，而且不可否认，口语也可以滋养理性主体，因为它同样遵循语言的再现法则，但阅读印刷文字，阅读那无声的文字，面对着作为对象的符号，则无疑更加突出了语言与现实之间的距离，迫切化了在从语言到现实过程中对于理性主体的需要。不用说，波斯特尔所谓的那创造理性主体的"语言"之主要形态就是印刷文字；也正是在对这印刷文字的指谓上，德里达包括米勒才将印刷术、文学与现代民主形式联系起来，对他们印刷术的纸媒为电子媒介所取代当然就可能是文学在体制上的末日。这在发明了印刷术但未发展出现代民主的中国语境是不大容易体会到的（民主的形成应该有多方面的原因）。

由（书面）文字阅读转向图像阅览，势必要求主体之相应改变。从前文引述的关于文字与图像的对立性质上看，这里我们完全可以做出推论说，如果文字是理性的，因而与它相应的就是理性的和工具性的主体，那么感性的或非理性的图像则就暗示了一个感性的或非理性的主体；如果前者是深度主体，那么后者则是平面主体，再简单地说，如果前者是现代性主体，那么后者就是后现代性主体，一种不同涵义的主体。我们说过，图像尽管可能具有符号的性质，可能被用于表达深度思想，如古往今来的各种造型"艺术"，如影视"艺术"，但图像本身内在地就蕴涵着对意义的抵制和销蚀，再者即便从形式上看，诗画之于图像的关系也呈现出一定的级差：绘画本身即是图像，而文字图像则在文字与图像之间隔出一道中介屏障，文字图像因而是间接图像，正是这样的"中介"或"间接性"将文字给予"哲"学家，将"图像"给予"美"学家，"哲"学家的理想在文字之外，而图像则是"美"学家的全部世界。第三，文字在"时间"中给出图像，而绘画在平面"空间"上展开图像，

---

① Alvin Kernan, *The Death of Literature*, New Haven & London: Yale University Press, 1990, p. 131.

文字当然变得富于深度和哲学意味了。今天如果我们有耐心回读一下18世纪莱辛的美学名著《拉奥孔》，那么对于其扬诗而抑画的良苦用心就可能获得新的体知了，这就是诗所依赖的文字在其本性上更宜于承担启蒙或现代性的重任，这就是现代性信仰中的"文字中心主义"，在此意义上，德里达的"文字学"应当是或应当改写为"图画学"，因为没有什么不是歧义的，比较而言，图画的歧义性要远甚于文字。

波德里亚所谓的"拟像"将图像本身所具有的后现代指向发挥至极端，因而"拟像主体"将可能是纯粹的或者最大程度上的后现代性的。在波德里亚虽然"拟像"主要是由媒介和信息所创造出来的，这也就是说例如在广播中语言文字也参预了"拟像"的制造，即"拟像"是所有大众媒介的产物，但图像"拟像"如在电视中则无疑是主导性的。而且，基于前文关于图像与文字的区别，图像"拟像"将比文字"拟像"更能产生真实的幻觉，即更能被相信是真实的，它常常被当作现实本身，这就是电视新闻、图片新闻制造的幻觉。就此而言，图像"拟像"将更拟像，即更能发挥"拟像"的功能。对于波德里亚来说，当其描述"拟像"生产出怎样的主体时，这种辨别可能是无关宏旨的，但对这里以图像为主题的论述来说，我们将更有理由视其描述就是针对于图像的，或者，更适用于图像"拟像"，因为我们认为"拟像"是图像最可能的或就是最合理的结果：

在以主体哲学之传统范畴如意愿、再现、选择、自由、解放、知识和欲望等等来对媒介和整个信息领域时进行分析时，存在着或总是要碰到重大的难题。因为非常显然的是，这些范畴与媒介势不两立；主体在行使其主权时绝对是要被疏远化的。一个原则性的扭曲，出现于信息领域与那至今仍支配着我们的道德律之间，这一道德律的规定是：你必须知道你自己，你必须知道你的意愿、你的欲望是什么。对此，媒介甚至是技术和科学根本不能告诉我们任何东西；相反，它们划定意愿和再现的界线，它们混淆视听，剥夺一切主体对于其自己身体、意愿和自由的支配权。[①]

媒介创造了我们的生活世界，不是真实的生活世界或其再现，而是其拟像，即主体生活于虚幻的与现实不相关联的"超现实"之中。于是主体便不再是传统认识论哲学意义上的自由自觉的主体，不再是"纯粹理性"、"世界之眼"或"先验自我"，他对自己、对自己的真实需求一无所知，其关于自身的全部知识均来自于拟像，是"广告、信息、技术和整个知识的和政治的阶级在那儿告诉我们什么是我们的需求，告诉大众什么是他们的渴望"[②]。最后当其习惯于拟像的统治之后，主体竟不欲求知道自己欲求什么以至于究竟有无真实的欲求。"大众知道它自己什么也不知道，它不想去知道什么。大众知道它什么也不能做，它不想去做成什么。"[③] 反过来，大众的懒惰、麻木不仁又放纵了媒介的为所欲为，波德里亚发现，"甚至广告都找到了充足理由来放弃那没有多少说服力的对个人意愿和欲望的假设"[④]；这时大众就如一张柔韧的白纸，媒介可以纵情涂写自己的蓝图，因为它是"沉默的大多数"，说它是什么它就是什么，乖乖地成为什么。想一想，当今的排行榜、流行色、新款式、波波族、明星、可口可乐，等等，有哪个不是好为人师的媒介教诲我们大众的？果若此，那我们可真的就不再是消费商品、消费其使用价值，而是消费符号、消费拟像、消费他人的欲望了[⑤]。

也许波德里亚的叙述有些夸张或者他就是在故作惊人之语，但如果

---

① Jean Baudrillard, *Selected Writings*, *ed. & introduced by Mark Poster*, Stanford: Stanford University Press, 1996, p. 214.

② Ibid., pp. 215—216.

③ Ibid., p. 216.

④ Ibid.

⑤ 波德里亚可能借鉴了柯耶夫（Alexandre Kojève）欲望就是对他人欲望的欲望的观点。

说媒介及其拟像有此潜在之力量则是可以立论无碍的。主体在拟像中被解构，波德里亚由此所表达的不过是主体在媒介社会的新境遇，与其他后结构主义者关于主体在文字中被延搁或在谱系学中压根儿就不存在，与马克思主义者关于主体是意识形态的幻构，与法兰克福从启蒙主体出发对大众媒介的批判，一脉相承而异曲同工。现在媒介可不止是信息，媒介还更是意识形态。

　　对于文学的存在，图像的增殖及其对于主体的解构可能是一致命的打击。一方面当大众满足于图像的轻松观览，语言或者语言的文学就会因其消费难度而被冷落；另一方面更严重的是，图像或拟像解除了语言依其本性所造就的主体的深度阅读、反思能力和批判精神。杰姆逊对"拟像"多有涉论，其有关于文学且最使人震悚者就是对于这样两种可能性的揭示，换用他的语言说，第一，一个"后文字"时代的来临："懂得掌握晚期资本主义社会文化逻辑的人，实在无须（或许是不能）再透过语言的媒介来传达他们的讯息了；晚期资本主义已经迈进到阅读和书写以后的全新境界了。"① "晚期资本主义世界的后文字（postliteracy）反映的不仅是任何大型集体计划的缺席，而且从前国家语言本身之不再适用。"② 这里第二，"后文字"即预示了主体的改变，这种改变主要表现在"审美距离"（aesthetic distance）作为"批判距离"（critical distance）的丧失，主体因而便不复为主体了。杰姆逊认为，文化政治的诸多概念如否定、对立、反思等均依赖于一个"批判距离"的存在，"如果没有这样或那样一种最低限度的审美距离观念，如果没有这样或那样地设想将文化行动置于资本的大众性存在之外的可能性，并由此而最终对资本的大众性存在进行抨击，那么，流行于今日左派的任何文化政

---

　　① ［美］詹明信：《晚期资本主义的文化逻辑》，张旭东编，三联书店、牛津大学出版社 1997 年版，第 453 页。

　　② Fredric Jameson, *Postmodernisin or the Cultural Logic of Late Capitalism*, p. 17.

治学理论都不能有所作为。……但是，在后现代主义新空间，一般而言的距离（特别是其中的'批判距离'）被非常严格地净除掉了。"① 这里拟像即使不是最有力地也是极富成效地执行了对晚期资本主义文化逻辑的构型。关于这两者之间的关系，杰姆逊有比较清晰的说明："毫无疑问，拟像的逻辑（the logic of the simulacrum）通过将过去的现实转换成电视形象远不止是复制了晚期资本主义逻辑；它充实并且加剧了它。"② 如果我们不考虑杰姆逊思维中的形而上学语汇如"复制"，那么他的意思应该是说，拟像的逻辑不是"复制"而是构成或者其本身就是晚期资本主义文化逻辑。其实，在其关于"后现代之构成性特征"（constitutive features of the postmodern）的描述中，他就是将拟像作为"无深度性"、作为后现代之第一个构成性特征的："一种新的无深度性，其延伸（pro-langation）既可以在当代'理论'也能够在一个全新的形象文化或拟像文化中找到。"③ "延伸"不是对本源的"复制"，而是一以贯之的一个组成部分。

在此，杰姆逊"形象文化或拟像文化"之措辞还透露出这样一个信息，即在晚期资本主义社会，拟像业已弥漫成一种"文化"氛围、一种社会的"景观"（居伊·德博语）。据此我们可以继续为波德里亚展开辩护，其拟像效果论之真实性不惟奔突于理论的潜在层次，且为今日媒介爆炸之广度和深度所充分显现。以美国为例，大多数人为媒介视像所包围、所阻击，在街道，在购物中心，在高速公路，在工作场所，在酒吧，在家庭……目之所遇，无处不"景观"，"它不只是日常生活的一部分，它就是日常生活。"④ 凯尔纳发现："媒介景观已侵入到经验的每一领域，

① Fredric Jameson, *Postmodernisin or the Cultural Logic of Late Capitalism*, p. 48.
② Ibid., p. 46.
③ Ibid., p. 6.
④ Nicholas Mirzoeff, *An Introduction to Visual Culture*, London & New York: Routledge, 1999, p. 1.

从经济到文化，从日常生活到政治和战争。进一步，景观文化还深入新的赛博空间领域，这些新领域将促发出未来世界的多媒体景观和网络连接的娱信社会（infotainment societies）。"① 不是隔岸观火，我们看见，此情此景正日渐燎原为我们中国自己的当前现实。

当然，并非一切视像都是德博的"景观"或波德里亚的拟像，但是第一，当视像扩大为我们最日常的生活图景，衍变成我们唯一之现实，即非经此中介我们便无以进入真实时，真实的世界就已经远我们而去了。而且第二，视像制造者并不以再现真实为其所鹜，其目的只是培养那些能够消费视像及其所指物的柔性大众。达此目的，将视像转变为拟像可能就是其最最便捷的策略了，因为视像只需在量上的持续增加即可引起其质性的改变。就后果言之，景观化其实就是德博所称的"一场永恒的鸦片战争"②，它旨在如凯尔纳所读出的"麻痹社会主体，使他们移离其现实生活之紧迫任务"③。简单地说，主体之被景观化的过程同时即是一个去主体化的过程。

无须更多的援引或者拐弯抹角的分析，拟像对文字的排斥，即对作为文字之特征的深度感的取消，并由此而来的对作为主体之本的"批判距离"的抹杀，这总而言之就是对主体的解构，在杰姆逊乃一不言而喻的文化逻辑，且已为当今之媒介社会或"景观社会"所实现并日益加剧。

三、审美泛化与最终的商品语法

前文曾浅及图像增殖或拟像所导致的当前的审美泛化（aestheticization，或 aesthetization）问题。这种草粗的论述或者有时还仅止于暗示，

① Douglas Kellner, *Media Spectacle*, London & New York：Routledge, 2003, p. 10.

② Guy Debord, *Society of the Spectacle*, Detroit：Black & Red, 1983, p. 44.

③ Douglas Kellner, *Media Spectacle*, p. 3.

可能给不明就里者就已经留下了满腹的狐疑：此"审美泛化"不正是传统美学家以及以审美为务的文人骚客的"大同社会"吗？难道它不是功利主义沙漠世界里的一片心灵绿洲吗？审美教育的目的不就是推动审美情感或趣味在全社会的普及或"泛化"吗？例如说，这不就是在中国现代化的早期蔡元培先生提出的"以美育代宗教"所指谓的以美的理念而化育人生社会的改良方案吗？或者消极言之，这不就是传统文人所津津乐道的如"渊明把菊"、"雪夜访戴"一类的情趣化人生吗？如果单纯地看待这些疑问，它们应该就是我们何以坚持美学、文学，坚持美学和文学的不可剥夺性，坚持其与我们人性本身的不可分割性，坚持它对于社会的责任之最深层的根据。

但是如果将"审美泛化"放在"图像转向"，放在作为"超现实"或者作为晚期资本主义文化逻辑的"拟像"，放在"景观社会"等理论语境中，那么其对于美学和文学的侵蚀和瓦解则就是一目了然的了。

第一，所谓"审美泛化"不是指形象在一个社会所占份额之增加的问题，而是由份额之增加所引起的质变问题，即是说，现代性的"有意味"的"形象"在消费社会蜕变为后现代性的"拟像"或"景观"。与"形象"不同，"拟像"无视虚构与现实在"形象"那里的传统界划，而是蓄意地以其虚构充任全部的现实。在文学时代，我们拥有审美的诗，我们同时也在现实中生活，诗与现实构成了相互矛盾也相互滋润的两个世界；而在当今之媒介时代，我们和我们的生活被媒介所拟像化，必须强调，被媒介以史无前例的全面和彻底所拟像化。如果说在文学时代，我们也会遭遇"拟像"即歪曲现实的伪审美形象，但它并非就是一切，我们与现实的通道不会被一一封死，我们总有回到现实的各种路径，我们的现实感仍足以将虚假与真实区别开来；而在媒介社会，拟像是我们的全部生活，社会"景观"膨胀为"景观社会"。德博指出："一旦真实的世界转变为单纯的形象，那么单纯的形象就成了真实的存在物和实施催眠行动的有成效的动力。作为一种趋势，景观让人们观看世界时要经过各种各样的被限定的中介物（这一世界不再能够用直接的方式来把握了）……它是对话的死敌。"① 或许经由中介认识世界并不特别可怕，间接知识从来就是我们了解世界的一大途径，可怕的是除此之外我们别无其他中介，"单纯的形象"或拟像塞满了我们走向世界的一切通道。作为客体的现实被拟像化了，其必然的结果就是，作为主体的我们也将被拟像化，因为是客体构造了主体。我们被拟像催眠了、麻醉了，我们乖乖地将我们自己的主体意识缴械给了拟像。于是文学的危机就在于，如果拒绝进入"拟像的逻辑"，它就将被隔绝在我们的世界之外。反过来说，文学除非参与拟像生产，否则就别无生路。文学在流行文化中苟延残喘。

第二，从哲学上说，审美泛化也是对真理、知识和主体性的挑战，是对美学和文学在现代意义上所赖以成熟的前提条件的釜底抽薪，就如德国哲学家沃尔夫冈·韦尔施所描述的，尽管这一描述显然不怀好意：

> 的确，许多知识分子是以真理的名义，进入反对审美化的战场的。他们说，一个无所不及的审美化，将会导致真理解体，导致科学、启蒙和理性的分崩离析。倘若修辞的光彩比起判断的公正尤要夺目，那么科学势必就会受到损害。倘若虚构的审美法则取代真理，多元性取代义务，那么启蒙将会失去目标，摇摇欲坠。最后，倘若基本问题成为趣味的问题，那么理性将被一种丑陋的方式所篡改。
>
> 但这些警告反反复复在不断出现。在它们之中，真理和美、存在和外观、基本的义务和虚构的自由之间的古老对抗再次得到复兴。②

---

① Guy Debord, *Society of the Spectacle*, p. 18.

② ［德］沃尔夫冈·韦尔施：《重构美学》，陆扬、张岩冰译，上海译文出版社2002年版，第32—33页。

消除审美泛化与传统价值或现代价值（西方的现代价值是对古代传统如希腊文化的复活，如文艺复兴）的对立，韦尔施建议，应该将真理、知识、现实等等全部变成审美的范畴，"通过这一过程，所谓反对审美化的那些'理性'辩护，在它们自己的领域里亦早就失却根基了。"① 但是，这一美好的设想不会解决而是将加剧审美泛化与现代意义上的美学和文学的矛盾和对抗，因为它不仅为日常生活的审美泛化进行辩护，而且在现实的审美泛化之外又添加了一种理论型态的审美泛化。这就是杰姆逊所说的，无深度感既存在于拟像（即审美泛化）之中，也存在于当代"理论"之中，——我愿意就此发挥说，当代"理论"如韦尔施的审美泛化论本身也是一种拟像或审美泛化现象；这就是德里达所预言的情书、文学、精神分析与哲学一道的消亡，即例如在审美泛化中，文学所面临的威胁和灾难也同样是来自于哲学的，——后现代主义的韦尔施再次提请我们注意这一事实。

但是，我们自己还注意到的另外一个足以使人醍醐灌顶的事实是，那站在理论的后现代主义对面的现代性逻辑似乎并不因为后现代主义的理论批判而实际地羞愤自毙；从"有意味的形式"或有意味的"形象"（这应当是"形象"一词的基本定义）到无意义、无深度和平面感的"拟像"的跃迁，并未根本上抛弃资本主义商品语法的再现冲动：表象与本质，内容与形式，美观与真实，效果与动机，言辞与意义……这一系列古老的至现代社会更被激化的二元对立关系，仍在主宰着我们的真实生活。

以商业广告为例，尽管它可能创造出一套新的意义组合，一条新的符指链，一番新的文化天地，资本主义世界似乎由物质生产进入符号生产，由消费使用价值转向消费符号价值的新境界，但是广告之最隐蔽、

① ［德］沃尔夫冈·韦尔施：《重构美学》，陆扬、张岩冰译，上海译文出版社2002 年版，第 33 页。

最深层的动机则永无改变地就是推销商品。迷迷离离地徜徉在氤氲着美色和花香的意义幻境，无论这幻境将持续多久（目前似乎有无限延长的趋势），那等待着您的总是劝购这最后的一招，准确地说，它在一开始就盯上了你的钱袋。随手翻开一本时尚杂志，我们碰到的都是这样的招式："任何一个被冠以时尚标签的人或物都可以代表一种生活状态，而在这状态的背后却是对挖掘人性崭新本能的深切渴望。送您一个小小的玻璃瓶，里面清澄的液体便是承载着自由和个性的法宝。它的名字，叫做 Lacoste。"① 这是一则香水广告，Lacoste 被等于自由和个性，但作为商品的 Lacoste 最终还是跳出这个临时的意义组合，赤裸裸地向你叫卖。当然，任何商品都代表着某种人文状态，因为商品早在被实际地生产出来之前就已经给予了某一消费群体，它将是这一群体之欲望、之价值观的物化形式。商品广告有理由宣讲商品的人文意义，但在广告中，商品的意义通常是超载的，总会有意义冗余，这冗余部分与商品构成一种意义扭曲、一种似乎是崭新的意义组合，不过究其实这剩余却早被处心积虑地用作为对商品使用价值及其适度人文价值的渲染、夸张，目的一直就在意义，能指与所指的基本关系一直就未被真正地颠覆过。

形象是美的，跃迁为拟像的形象也仍然是美的，对此我们前面未作深究。现在，在认清了深藏于广告拟像内部的商品语法之后，我们对形象之美、拟像之美即是说它何以能够仍然葆有美才可能真正地明白：广告拟像虽然抽掉了其作为"形象"的通常的现实指涉，但是这一"抽掉"毋宁说只是以一种新的所指"置换"了原先的指涉物，例如当 Lacoste 不再是一种具有使用价值的香水时，它却是"自由与个性"的符号，能指—所指的原则性模式并未被抛弃。因此，"拟像"又是有所指涉的；既有堂皇之形式，又有内容之充溢，"拟像"从而就依然如"形

---

① 《Lacoste：让迷人成为一种本能》，《嘉人 marie claire》（北京）2003 年 12 月号，第 161 页。

象"一般是美的。

同样是有所指涉，但"形象"所指涉的是真正的现实，而在"拟像"则是虚拟现实，指涉物的置换虽然没有改写索绪尔语言学的法则，而人们的现实感却被置换为以虚拟为现实的错觉。这是审美的幻觉。进而，这幻觉将作用于消费者的欲望和无意识，引发非理性的消费行为，——这就是"似像"的最终的商品语法，扩大而言，这就是"拟像"的商品意识形态。套用阿尔都塞对"意识形态"的描述，"拟像""代表着个体同其真实的存在状况的想像性关系"①，更简洁地说，"拟像"就是一种意识形态，一种"审美的意识形态"②，但同时它又"具有一个物质性的存在"③；当个体接受此"拟像"/"意识形态"④，他就会将它付诸物质性的实践，而这正是商品语法求之不得的修辞现实。由此形式上是后现代性的"拟像"，最终便落入了看不见的商品现代性的魔掌。历史终结了，历史终结于严酷的资本主义"现代性"。

面对"拟像"，面对它对现实、对历史的真空化，面对资本主义对它的暗中操纵和榨用，文学被置于双重的死地，因而其对自身的坚持和伸张也应该是双重性的：第一，恢复"形象"，也就是恢复"形象"的现实指涉，使它有负载、有深度而意味隽永；第二，揭露商品语法对"拟像"的阴谋篡用，以纯粹之审美追求对抗资本主义无孔不入的商业

---

① Louis Althusser, "Ideology and Ideological State Apparatuses," in *Lenin and Philosophy and Other Essays*, trans. Ben Brewster. New York and London: Monthly Review Press, 1971, p. 162.

② Ibid., p. 177.

③ Ibid., p. 165.

④ 阿尔都塞对"意识形态"特征的每一描述，在我看来说的都是"拟像"，例如，"意识形态被认为是一种纯粹的幻觉，纯粹的幻梦，即是说，它就是无。它所有的现实都在它之外。"（同上书，第159页）；再如，"意识形态没有历史……因为它的历史在它之外"（同上书，第160页）；复如，在意识形态中"没有主体，而只有经由和为了其服从的主体"（同上书，第182页）据此，我们完全可以将"拟像"称作"意识形态"，或合并称为"拟像意识形态"。

化。一句话，戳穿拟像/意识形态的欺骗性将是文学及其理论一项伟大而庄严的社会使命和审美使命。我们不会对文学失去信心，不仅是因为我们人是语言的动物，语言是我们的生命，而且更重要的是，文学总是通过虚构帮助我们找回我们丢失了的真实。

（载《中国社会科学》2004 年第 5 期）

文学与图像的对立与共生

高建平[*]

近年来，文学理论界盛行"图像转向"和我们正在走向"图像时代"的说法。对于人类社会来说，图像并不是一件新东西，图像的作用受追捧也不是第一次。实际上，在人类诸感官中，视觉被认为具有优先地位已经几千年了。但谈论"图像时代"的人努力要说出的一个意思是："这一次真的与以前不一样了！"那么，究竟怎么不一样？我们会走向一个什么样的时代？这些提法背后的理论预设是什么？这些问题带给我们的，有欣喜，有焦虑，更有思考。

一 图与词之争在希腊

图像的优先地位，本来可以指在思考人的行动、思想以及世间事实本身与它们的外在表现之间关系时的一种观念。如果这样的话，那么，行动、思想与事实才是优先的，而不是作为它们的外在表现的图像。受欧洲历史上形而上学传统影响，这种关系被转化为图与词的关系。于是，我们所讨论的问题，被放在一个独特的语境之中展开，这是我们在读西方有关图像论述时感到晦涩难解的原因。

---

* 高建平，男，江苏扬州人，中国社会科学院文学研究所研究员。

我们在柏拉图的哲学中，看到了理念的世界要比现实的世界更为真实的思想。对于他来说，现实的世界只是理念世界的镜像，就像我们在洞穴中所看到的透过火光而投射到墙壁上的影子。真实的马并不是我们看到的这匹或那匹马，而是理念的马，真实的床也不是木匠所打造的床，而是理念的床。① 因此，这种观念具有一种反视觉的特点：眼见不为实。柏拉图的逻辑是：有一种真正的视觉，即走出洞穴以后在阳光下的视觉。但是，他没有说明怎样才能走出洞穴，因此，这种阳光下的视觉只是一种虚幻的许诺而已。正是由于这个原因，亚里士多德才努力给予视觉以认识论上的证明，从而确认人的感觉是通向真理的途径。在《形而上学》的一开始，亚里士多德就写道："无论我们将有所作为，或竟是无所作为，较之其他感觉，我们都特爱观看。理由是：能使我们识知事物，并显明事物之间的许多差别，此于五官之中，以得于视觉者为多。"② 类似观点，特别是知觉本身能给人提供认识的快感的观点，在《诗学》中也体现了出来。他写道："人们乐于观看艺术形象，因为通过对作品的观察，他们可以学到东西，并可就每个具体形象进行推论，比如认出作品中的某个人物是某某人。"③ 哲学家们的这种论述和论争，与希腊人当时的艺术状况有着对应关系。在当时，希腊艺术正在完成一种向视觉中心主义的转变。

如果曾经去过大英博物馆，你可能不会忘记从埃及厅走进希腊厅的那几步之遥带给你的震惊感。埃及雕塑的面容僵硬刻板，仿佛这些人像的脸上罩着面具，而到了希腊厅，这个面具被一下子揭开了。希腊雕像的面容、体态、衣褶，一切都向人们宣示，这是一个视觉的盛宴。在博

---

① 参见［古希腊］柏拉图《理想国》和《巴门尼德篇》。

② ［古希腊］亚里士多德：《形而上学》，吴寿彭译，商务印书馆1983年版，第1页。

③ ［古希腊］亚里士多德：《诗学》，陈中梅译，商务印书馆1999年版，第47页。亦可参见罗念生译（亚里士多德《诗学》和贺拉斯《诗艺》合订本），人民文学出版社1982年版，第11页。

物馆里，从埃及厅到希腊厅只有几步的距离，而在历史上，这种艺术风格的变化也是在很短的时间里发生的。埃及艺术保持其风格有几千年之久，在希腊艺术的古风时期，埃及影响仍保存着。只是到了希腊艺术的古典时期，在短短的几十年时间里，造像的风格有了彻底的改变。英国艺术史家冈布里奇将这种变化说成是希腊艺术革命。他曾这样概括：埃及人所再现的是他们所"知道"（know）的世界，希腊人所再现的是他们所"看到"（see）的世界。冈布里奇所做的对比简洁而清晰，一下子说出了两种艺术的基本特征：在埃及人那里，图指向了关于对象的知识，而在希腊人那里，图再现了对象的外观。当然，冈布里奇并不是说希腊人取消知识。他所要说的是，希腊人不仅具有关于对象的知识，而且具有怎样将对象的外观再现出来的知识，也就是说，希腊人学到了征服对象的外观的本领。具体说就是，本来，人们总是根据习惯或惯例而造成模式化的图像，以此作为关于对象的知识的符号（"制作"）。只是在希腊人那里，才出现了对图式化再现的不满足，从而试图使这种图式再次经受视觉的检验和修正（"匹配"）。①

二　希伯莱精神进入图与词之争

在欧洲，影响图与词之争的另一条思想线索是犹太—基督教传统。在《圣经·旧约》的《创世纪》中，神说要有光，神说水要聚在一处，神说要有草木果实，神说要有飞鸟鱼兽，神说要造人，于是，这一切先后就都有了。② 这段话本来可能是对从神的意愿到这个意愿的实现所作的

① 参见冈布里奇的著作《艺术与错觉》和《艺术的故事》，特别是《艺术与错觉》一书中的"论希腊艺术革命"一章。Emest Gombrich, *Art and Illution* (London: Phaidon Press, 1962).

② 这里关于《圣经》中观点的引述来自中国基督教三自爱国运动委员会印发的神版《新旧约全书》（上海 1981 年）和 *The Holy Bible* (London: The British and Foreign Bible Society, 1937).

描述，并不排斥神的创造活动。否则的话，就很难解释神为什么要分六天说，而不是一天就说完；很难解释神为什么每做完一天的事，就要作个评价，说这是好的（美的）；也很难说，到了第七天，他就要休息。很有可能，这都是暗示神在劳作，而不是动口不动手。但是，这段话后来却被普遍解读为神只是用词在造物。泰初是"有词"，"有道"，"有思"，还是"有为"，这个问题本来并不能从《圣经》的词句中找到唯一的答案，"有词"只是在后来的哲学思维，特别是柏拉图以后的希腊哲学影响下形成的诸多可能的解读中的一种而已，它并不排斥其他解读。然而，在有了从词到物的解读以后，围绕着这里的所谓的词，却又有着新一轮的解释。词代表着什么？是万物的本源，是万物背后的本质，万物存在的理由？这些疑问后来在哲学史，特别在经院哲学的历史上起过非常重要的作用，这就是著名的所谓上帝存在的诸种证明。

在《出埃及记》中，以色列人铸金牛受到了神的谴责，在《利末记》中明令禁止作虚无的神像，包括偶像、柱像、石像。这些记载成了以后很多世纪犹太—基督教传统中反偶像崇拜的来源。这种观念在宗教发展史上具有重要意义。早期的人类相信图像与实物具有神秘的联系，因而造像与巫术和原始多神教的观念结合在一起。对图像的排斥，代表着新生的一神教与原始多神教的决裂。然而，一神教的胜利并不表示"词"一劳永逸地战胜了"图"。历史上，图像不断地，以不同的理由出现。偶像崇拜与反偶像崇拜观念间的斗争曾出现过多次。在犹太教中，在早期的基督教中，在东正教中，以及在后来的新教的历史上，这种斗争一再重复。[①] 甚至在伊斯兰教中，反偶像崇拜也成为一项重要的教义。这是由于《古兰经》中有与《圣经》类似的谴责以色列人"认犊为神"，因而是"不义"的词

---

① 关于偶像崇拜与反偶像崇拜的斗争在不同文化中的反映的情况，请参见波兰著名美学家 Wladyslaw Tatarkiewicz 所著的 *History of Aesthetics* 一书。

句。① 由于斗争出现在不同的时代，有着不同的文化语境，从而使不同时代的艺术呈现出不同的面貌。

反对铸金牛，只信奉一个其形象并不向普通人显现的神，这是一种在摩西领导下的宗教的变革，一种意识形态上的改变，一种当时的以色列人在出埃及后割断与埃及传统关联的努力，其中也包括与埃及人造像传统的决裂。如果是这样的话，我们会看到后来的一个有趣的发展：希腊人从另一方向与埃及造像传统决裂。最后到了中世纪时，希腊与希伯莱这所谓的"二希"文明的造像传统又形成了某种形式的结合。

希腊人的视觉世界被罗马人继承，却在罗马帝国后期随着东方思想影响的增强和基督教的兴起而受到挑战。冈布里奇没有说以色列人再现什么，根据《圣经》的记载，似乎他们要再现一种"不知道"的世界；然而，冈布里奇对在《圣经》思想影响下的中世纪人的造像观念作了评价，他说，中世纪的人所再现的是他们所感到（feel）的世界。确实，我们从中世纪的圣像上可以看到这样的特点。模式化人的面部表情，无肉体感觉的身体，突出的眼睛，神秘符号的巧妙安排，显示出视觉本身只是一种中介，这些作品指向着图像背后的东西。希腊雕塑重视身体，而中世纪圣像则指向内心。从某种意义上讲，这是图与词的钟摆向词的一方所作的新一轮摆动。希腊人的视觉世界，被中世纪心灵的世界所取代。当然，这种心灵的世界仍有其外在的表现，因为希腊艺术毕竟不可逆转地训练了人的眼睛，从而使图与词的争斗盘旋向上发展了一个层次，图成了词的意义的显示。

三　中国人的"书画同源"说

关于图与词的关系，中国古代艺术史给我们讲述了一个与西方不完

① 见马坚译《古兰经》，中国社会科学出版社 1981 年版，第 5 页。

全相同的故事。中国古代也有重文字而轻图画的观念。老子书中讲"五色令人目盲"（《老子·十二章》）和"大象无形"（《老子·四十一章》），王充讲"古贤之遗文，竹帛之所载粲然，岂徒墙壁之画哉?"①这些都对图像持否定态度。但更多的人还是承认图像的作用。《周易·系辞》中有"圣人立象以尽意"的词句，说的是卦象。后来有人提出三种符号说，即图理的卦象，图识的文字和图形的绘画。②更为著名的是"书画同源"说，认为书画在最早的时候曾有一段"同体未分"的状态，即使后来被区分开来以后，也有着密切的联系。③

这种"书画同源"说，显示出绘画向文字的双重攀附。第一次攀附是论证绘画也像文字一样，具有"成教化、助人伦、穷神变、测幽微"之功，从而通过肯定绘画的伦理和认识的功能而强调绘画及画家的社会地位；第二次攀附是论证绘画须接受书法的笔法，从而规定绘画的本质不等于物象的再现，而是人的活动的痕迹。④在这"双重攀附"中，如果说前一个攀附是为视觉艺术的存在作辩护的话，后一个攀附则是对视觉优先性的挑战。我们从前一个攀附中看到了像格里高里大帝所说的那样，"愚人从图像中所接受的，是受过教育的人从《圣经》中所接受的东西。愚人从图像中看到他们必须接受的东西，从中读到他们不能从书本上读到的内容。"⑤也就是说，绘画成为道德教化的载体，协助文字完

---

① 王充《论衡·别通篇》，录自叶朗主编《历代美学文库·秦汉卷》，高等教育出版社 2003 年版，第 364 页。

② 颜延之语，转引自张彦远《历代名画记》卷一。

③ "书画同源"说古代中国画家和绘画史家普遍具有的一种说法，有关这方面的论述，出现在大量的古代画论著作中，其中最主要的代表是张彦远的《历代名画记》。

④ 对这里所说的"双重攀附"的详细论证，请参见拙作《"书画同源"之源》一文，载《中国学术》，商务印书馆 2002 年秋季号。

⑤ 转引自阿列西·艾尔雅维克《眼睛所遇到的……》，高建平译，《文艺研究》2000 年第 3 期。该文原本是作者在中国社会科学院文学研究所讲演的讲稿，后来被作者收进《图像时代》一书，由胡菊兰和张云鹏翻译，吉林人民出版社 2003 年版。

成宗教、思想、政治和社会教化的功能。但我们从后一个攀附中看到了诺尔曼·布莱森（Norman Bryson）所谓的绘画中的看不见的身体（invisible body），即人的身体运动留下的痕迹的观点。[①] 也就是说，绘画成了人的身体姿态和手的动作态势的展现，而这种动作展现之中，显示出人的精神状态。[②]

这双重攀附，说明了两种图像制作理想。前一种理想说的是可以制造与词的意义相匹配的图像。后一种理想说的是图像本身并非是与人相对立的对象的外观，而是制作者活动的产物，对图像的接受也与对这种活动的体验联系在一起。

四　现代性与媒体革命

十多年前，在英国美学学会召开的一次学术会议上，有人发言说，照相机这种机器不可能最早由中国人发明。我不知道此人后来有没有将这个想法写成文章，要是写出来，再有人讨论一番，倒是一件有意思的事。古代中国人有很多的科技发明。他们是恰好没有发明照相机，还是根本不可能发明照相机？这个问题似乎很难一下子说清。历史不能重来一遍，中国人是否能独自发明这种机器问题也只能是假设而已。但是，提出这个问题的人是想用一种特别的方式说明，中国绘画与欧洲绘画在视觉再现的追求上具有重大的差别，这种差别导致欧洲人能够发明照相机，而中国人不能。

在欧洲，照相术的发明的确有着一些历史的准备，与他们的视觉观

---

① 参见 Norman Bryson, *Vision and Painting: The Logic of the Gaze* (London: Macmillan, 1983) 一书，特别是该书的第 163—171 页。

② 参见 Jianping Gao, *The Expressive Act in Chinese Art: From Calligraphy to Painting* (Stockholm: Almqvist & Wiksell International, 1996) 一书，特别是该书的第 41—44 页和第 176—193 页。

念有密切的关系。甚至可以说，是欧洲人的视觉观念发展的自然结果。在 15 世纪，意大利建筑师菲利普·布鲁内斯奇（Filippo Brunelleschi）等人发明了焦点透视，使画家有可能在平面上描绘三维的空间。布鲁内斯奇的这一发现在阿尔贝蒂（Leon Battista Alberti）的名著《论绘画》中得到系统的总结，为欧洲近代绘画打下了基础。① 在这本书中，他叙述了焦点透视法的基本原理。在这本书的一开始，他对绘画作了两条规定：第一，画家只画看得见的东西；第二，数学是自然之根，也是这门艺术之根。②我们从前一条可以看出希腊思想的影响，这一点可与前面所引述的冈布里奇对希腊艺术的评价，以及对希腊艺术与埃及艺术、中世纪艺术的对比联系起来考察。历史经历了一个新的轮回。希腊人走出东方，文艺复兴时的意大利人走出中世纪，所采取的办法都是回到视觉。但是，文艺复兴时期的人又与古希腊人不同，这种不同从其对科学的理解上可以看出。古代希腊人讲"认识"，不讲求精确性。而现代科学则追求精确性。海德格尔曾以我们所熟悉的伽利略在比萨斜塔上抛铁球挑战亚里士多德自由落体理论为例，指出，这不能简单地认定伽利略对了而亚里士多德错了，只能说明不同时代有着不同的存在观。③ 由此我们再来看阿尔贝蒂的第二条规定，即将绘画的基础归结为数学。我们所说的现代性，就是从对这种科学精神的追求开始的。绘画被当成一种几何学，经过数学的计算，运用透视规律展现逼真的现实。到了 16 世纪，一些艺术家使用一个盒状的设备，盒子的一边有一个小孔，另一边有一片玻璃，称为 camera obscura（拉丁语，意思是"黑房间"）。这种盒状设备可以取代计算，画家只要将透过这种装置看到的物象记录下来即可。据记载，

---

① ［意］阿尔贝蒂：《论绘画》（*Della Pittura*）1436 年在意大利用拉丁文出版。英文本见 John R. Spencer 翻译和注释本，1966 年由耶鲁大学出版社出版。

② 分别见该书英文本的第 43 页和 40 页。

③ 见［德］海德格尔《世界图像的时代》。中译本参见孙周兴译《林中路》，上海译文出版社 2004 年版，第 77—115 页；郜元宝译《人，诗意地安居》，广西师范大学出版社 2000 年版，第 131 页。

当时的著名艺术家列奥纳多·达·芬奇和米开朗琪罗都曾使用过这种装置。正是在这种装置的基础上，19世纪初有人发明了照相机（camera）。[①]

致力于在平面上再现三维的对象，运用透视的方法使这种再现显得更加逼真，是照相机发明的前提。英国画家康斯泰伯（John Constable）说，绘画是"自然哲学的一个分支，在其中，图画只是实验而已"。[②] 这种观点在欧洲近代绘画中占据着主流的地位。因此，从这个意义上讲，欧洲近代绘画一直在朝着照相机的方向发展。

照相机与照相术的发展，对于图像技术的发展具有革命性的意义。从照相，到电影、电视，以及目前数码与网络技术的结合，经过了四个阶段。照相使廉价地再现物象成为可能，电影通过迅速转换胶片而实现了对运动着的图像的再现，电视通过另一种技术原理实现了在电影中已实现的动态图像，使之走进千家万户，而网络则以其所提供的互动的可能性而给人以更为浸入性的经验，使人仿佛置身于一个虚拟的世界之中。这种发展还会延续下去，我们会有第五、第六，甚至更多的阶段。然而，我们在考察这些阶段时，不能将照相机出现之前的一个阶段排除在外，这就是焦点透视的视觉观所形成的阶段，而这正是在由文艺复兴时期视觉优先性思想下形成的。

科学技术所制造的图像，是一种廉价而致力于普世性的图像，但它不是唯一的。在视觉艺术领域，它随着这种图像的日益普及而成为挑战的对象。正如前面所说，照相机实现了欧洲近代画家们再现物象的理想，但照相机并没有取代绘画。现代绘画史的实践以及相关的艺术理论研究力图证明，文艺复兴时期以来所形成的视觉观并不是唯一可能的视觉观。

---

① 有关照相的历史，参见《Encarta 电子百科全书》的"History of Photography"词条。

② 康斯泰伯1836年给皇家学院的讲演，转引自《美学百科全书》第4卷，牛津大学出版社1998年版，第411页。

一方面，学术界努力证明，其他的视觉观是可能的。例如，鲁道夫·阿恩海姆就指出，"由文艺复兴时期所创立的西方绘画风格，它所再现的事物的形状，总是局限于从一个固定点所看到的那个局部。而埃及人、美洲土人以及西方现代的立体派画家们，却不理睬这种限制（即从一个固定点只能看到事物的局部）。"[①] 不仅是阿恩海姆所列举的这些地方的艺术，而且中国、日本、韩国等东亚地区的绘画，非洲和大洋洲的艺术，也都没有走向这种焦点透视。世界上众多的民族都各自具有自己的视觉观，从而产生不同的，非常精美的绘画。更进一步说，恰恰是照相以及随之而来的电影和电视方面的成功，造成了视觉艺术方面的反弹，从而成为现代主义艺术的一种重要推动力量。而这种新的绘画意识又进一步促进了人们对于视觉的重新认识。

当然，我们应该承认，在今天，以照相为代表的这种通过技术手段所制造的图像，正在日益占据着越来越重要的地位。由于坐在电视机前的时间越来越多，人们的生活方式已经得到了不可逆转的改变。但我们不要忘记的是，对于这种图像的挑战的力量也越来越强烈。

五　文学与图像

让我们再次回到"图"与"词"之争上来。"图"与"词"之争的一个集中体现，就是文学与图像的关系。这种关系，在古代突出表现为诗与画的关系，而到了现代，文学与电影或电视的关系则成为研究者的主要关注点。这里面是否有某种继承关系，这也许可以成为我们考察的切入点。

关于诗与画的关系，贺拉斯喜欢将两者放在一起，从而对诗歌创作

---

① ［美］鲁道夫·阿恩海姆：《艺术与视知觉》，滕守尧、朱疆源译，中国社会科学出版社 1984 年版，第 57 页。

提出一些要求。① 莱辛在著名的《拉奥孔》中则想说明诗与画之间的界限，说明诗歌是时间艺术，因此需要表现，而画是空间艺术，因此需要美。② 前者是在古罗马时期，带着对希腊留下的伟大的造型艺术作品的崇拜心情，说明诗歌风格方面的道理。而后者则处在启蒙运动中，力图说明诗歌在情感表现方面的力量。一般说来，在历史上的艺术革新中，文学都起着先行者的作用。冈布里奇指出，希腊的造型艺术是在叙事性文学，即史诗和戏剧的影响下才产生了逼真性的要求。文学从再现什么（"what"）到怎么样（"how"）的追求，对于造型艺术逼真性的发展，是一个推动力。③ 罗马帝国后期艺术追求精神性表现，与神学的气氛和抒情诗的兴起有关。在中世纪，《圣经》中的各种描绘，成为造型艺术取之不尽、用之不绝的源泉。文艺复兴中，文学的世俗性引领着艺术的世俗性。在此以后，文学上的古典主义、浪漫主义、现实主义，都是艺术上相应潮流的先河。只是到了 20 世纪，文学上的先锋派与造型艺术上的先锋派，才出现了分离。在中国，诗画一律的说法，一方面成为诗的意境进入绘画，从而对绘画进行改造的根据，另一方面绘画业也通过与诗歌的联系而使画家的社会地位得到了提高。中国的"文人画"在历史上不仅仅是作为一个新画种，而且是一场彻底改变整体绘画风格的艺术运动而出现的。具体说来就是，不是画家上升为诗人，而是诗人兼任画家，进而改变绘画业的发展走向。在绘画上追求诗情，在诗中追求画意，这是古代中国人的艺术理想。但是，在传统社会中，诗总是处于主导地位。

　　《拉奥孔》关注时间艺术与空间艺术之分，指出绘画和雕塑长于描绘，只能在空间并列和陈列动作，用姿态暗示动作，而诗则相反，长于

　　① 见［古罗马］贺拉斯《诗艺》杨周翰译（亚里士多德《诗学》和贺拉斯《诗艺》合订本，人民文学出版社1982年版，第137、156页。
　　② 见［德］莱辛《拉奥孔》，朱光潜译，人民文学出版社1979年版。
　　③ 见［英］冈布里奇《艺术与错觉》中"论希腊艺术革命"一章。

记述动作，只能通过动作用暗示的方式来描绘物体。① 他没有也不可能说到一种情况，这就是当图像也成为时间艺术时，情况会是怎样。这种情况在莱辛时代不可能出现，而到了 20 世纪，这已经成为事实。随着电影和电视的出现，过去的时间与空间艺术的分野就受到了挑战。人们将之说成是综合艺术，这种说法具有一种并不完全正确的暗示，仿佛这些新的艺术在结合不同的艺术门类的特点，特别是文学与造型艺术的特点。实际上，新的艺术并不是传统艺术因素的叠加。随着时间性的加入，原有的静态造型艺术的一些规则早就得到了彻底的改变，成为全新的艺术门类，有着自己独有的规律。影视艺术与文学形成新的关系，从而使"图"与"词"之争呈现出新的面貌。

在新一个层次的"图"与"词"之争中，影视艺术与文学作品的改编是一个富有理论意味的现象。大体说来，这种改编有这样几种情况。第一种是文学名著的改编，所改编的作品由于原著而闻名。中国古典文学名著，如《红楼梦》、《三国演义》、《水浒传》、《西游记》，被多次搬上银幕和荧屏，一些外国文学名著，则多次被影视艺术所演绎。这些改编对社会的影响力，常常依赖于原作的权威地位。对于这种改编，我们可能会有改得好与不好的评价。所谓改得好与不好，是否体现原作精神是一个重要的标准。因此，作为文学作品的原作仍起着主导的地位。第二种是影视艺术创作者选取文学作品作为素材进行再创作。原作可能是不太知名，或者是只在文学圈子里知名，由于影视艺术家的改编而为一般大众所接受。从建立广泛影响方面看，影视艺术家显然在起主导作用，然而在创作方面，仍遵循着从原作到剧本到拍摄这样一个路子。也就是说，这仍是一条从词到图之路。除此之外，还有种种对原作的戏说，这种脱离原作的自由创造，常常借助一种与原作格调的对比和张力关系。

更为重要且值得我们注意的是这样一种挑战：一些影视艺术努力冲

---

① 见《拉奥孔》第 16 和第 17 章。

击当代技术条件所能提供的视觉效果极限，向观众提供目不暇接的视觉大餐，并有意无意地压抑其中的文学性因素。这一现象作为一种艺术尝试，在倡导多样化的今天，当然可以成为多样中的一样。但是，如果由此而对这种现象在理论上进行无限引申和扩展，证明图像性在取代文学性，则根据并不充分。图像艺术的成功并因此而具有更大的独立性，形成与文学关系的疏离，作为一种新艺术风格创造的尝试是有意义的，然而，这并不能说明图像时代的到来或文学的终结。至于那种违背自己的感受，用图像转向的说辞来为一些只提供视觉效果而在审美上不成功的作品辩护，则更不足取了。

六　图像、语言和声音

在中国学术界流行着一种说法，图像代表感性，语词代表理性。于是，图像时代的到来代表着感性的胜利。这种说法只是一种印象性的描述而已，不能当作学术术语来对待。我们有时也说男人长于理性思维，女人长于感性体验，但这并非学术语言，不可认真对待。

一方面，正如我们前面所论证的，图像，特别是那种运用透视的理论构筑起来的图像观，是建筑在数学和科学观念基础上的。另一方面，那种将语言归结为理性的观点也不符合实际。语言的起源恰恰是建立在人与人感性交往的经验基础之上的。

一些德国哲学家做过一个推测，说人是理性的动物。这种推测受到了许多人的批判。如果换一种说法，说人是会使用语言的动物，虽然也流于表面，但却比"理性说"更接近真理。据人类学家们推测，语言可能是十多万年前产生的。这时，有了所谓的智人，即现代人的直系祖先。但是，最早的语言，可能并不是名词、动词、形容词，而是感叹词。一些现代心理学家们有一种看法，人们最初用语言传达感情，只是后来，才转向知识和信息的记录。至于语言与任何可以被称为理性的观念的联系，则都是非常晚近的现象。"语言 = 理性；图像 = 感性"这样的等式显然是不能令人满意的。即使在今天，语言也不能等同于理性。在现实生活中，到处存在着对语言的"非理性"的使用，例如运用语言表示情感和影响人的情感，等等。

图像带给现代社会的，恰恰是另外一种东西。图像（image）来源于拉丁文的 imāgō，意思是像某物。人类社会从相信图像与实物间有神秘联系，利用图像施行巫术，发展到认定图像只是实物的摹仿，在摹仿说的引导下迎来造型艺术的繁荣时期，这是"理性"的第一次胜利。图像包围人类，使他们不再过问图像背后的实物，这既与科学技术的发展，又与视觉优先性的意识联系在一起，从某种意义上讲，这是"理性"的第二次胜利。从照相到电影、电影和数码技术和互联网所代表的恰恰就是这种方向。这时，图像与世界的分离，人们生活在一种错觉的世界之中。

人们在谈论图像转向时，喜欢引用海德格尔关于世界图画的论述。本来，海德格尔的意思是要区分"世界图画"和"关于世界的图画"。①后者是古希腊罗马和中世纪时期都具有的图画。当古代中国人讲"宣物莫大于言，存形莫善于画"② 之时，说的都是这种图画。这种图画只是世界的再现，我们通过这种图画生活在世界之中。现代社会的一个根本特点，是由于人的主体性与科学技术的共同发展，人越来越生活在一种所谓的"世界图画"之中。这种图画只是一种幻觉而已，它们并不一定指向外在真实的世界，但却具有逼真的外观。一些主张图像转向的人，如弗里德里希·詹明信和阿列西·艾尔雅维奇等，都对电视带来的这种幻觉的发展忧心忡忡。

面对这滚滚的视觉洪流，沃尔夫冈·韦尔施提出听觉的文化革命的

---

① ［德］海德格尔：《世界图画的时代》。这里的解说参见 William McNeill, *The Glance of the Eye: Heidegger, Aristotle, and the Ends of Theory* (Albany: State University of New York Press, 1999) pp. 166—173.

② 陆机语，转引自张彦远《历代名画记》卷一。

构想。他说："在技术化的现代社会中，视觉的一统天下正将我们无从逃避地赶向灾难，对此，惟有听觉与世界那种接受的、交流的，以及符号的关系，才能扶持我们。堕落还是得救，灾难还是拯救——这就是不同选择的图景，人们正试图以它来搭救我们，打开我们的耳朵。"[1] 尽管怀有这么大的期待，他却同时仍然对听觉保持一种疑虑的态度。他的文章的题目是"走向一种听觉文化？"这个问号说明他的一种试探性立场。在文章的最后，他仍回到一个话题："安静地带"。

看来，这似乎仍符合一个古老的道理，"大音"还是"希声"。感官的轰炸后，人还是需要宁静。[2] 当然，听觉的拯救当然只是假想而已。我们可以生活在视觉的幻觉之中，也可以生活在听觉的幻觉之中，并且，两者都可随着科学技术的进步而变得更逼真，更具虚拟性，产生更具浸入性的经验。听觉的出现，甚至可以与视觉协作，制造更具虚幻性的图像。也就是说，成为制造海德格尔所谓的"世界图画"的工具。但是，韦尔施的意图仍是显而易见的，他的目的不在于听觉，而在于拯救，并将拯救寄希望于视与听的竞争和平衡。

七　什么样的日常生活审美化？

在中国，谈论"图像转向"的人常常将这个话题与"日常生活审美化"联系起来。但是，他们常常忽视对不同的"日常生活审美化"进行辨析，对这种"审美化"应持什么样的立场，中国的研究者们似乎讨论得也不够充分。

众所周知，审美地看待世界与审美地生活并不是一个现代现象。中

---

① ［德］沃尔夫冈·韦尔施：《重构美学》，陆扬、张岩冰译，上海译文出版社2002年版，第209页。

② 同上书，第209、231—232页。

国古代的庄子，也许可以说是最早的日常生活审美化的倡导者。他说
"天地有大美而不言"（《庄子·知北游》），而人则须"虚静恬淡寂漠无
为"（《庄子·天道》），在生活中像解牛时的庖丁那样游刃而有余地
（《庄子·养生主》）。除了庄子之外，一些儒家经典中所讲的诗乐舞的统
一，具有将礼教制度审美化的功效；至于后来的琴棋书画并举，并不致
力于一种艺术概念的寻找和诸高等艺术的组合，而是一种对才子生活方
式的描述和提倡。在西方，古代希腊有大量的对世界美和生活美的论述。
至于中世纪，《圣经·创世纪》中有一句话："神看到所造的一切，凝神
注目，确实是非常美。"① 这句话是"世界是美的"的权威证明，在中世
纪产生了深远的影响。但是，日常生活审美化如果与这些论述有关的话，
那也不是从这些论述中直接生长起来的，而是通过对康德以后的现代美
学批判而实现的向古代人审美观念的回归。因此，日常生活审美化的命
题具有这样一层含义，即挑战康德所描述的对审美无功利和无目的片面
强调，挑战那种艺术成为封闭、自律、精英性活动的美学观。

艺术的自律或独立，艺术自身生长的有机性，艺术为了自身的目的
而存在，或者说，罩在艺术之上某种特殊的、给人以神秘感的光环，随
着一种所谓的"现代性"的发展而得到高度发展。一种本来在法国路易
十四时代发展起来的贵族趣味，在资产阶级新贵们那里达到了新的高度。
20世纪后期，如果就狭义的美学研究圈而言的话则是在20世纪90年代，
日常生活审美化成为一种挑战分析美学的重要思潮。②

当然，有人认为，日常生活审美化在此之前，甚至在19世纪中就有

---

① 这句话中文神版《新旧约全书》译为"神看着一切所造的都甚好。"*The Holy
Bible* (London: The British and Foreign Bible Society, 1937) 译为，"And God saw every
thing that he had made, and , behold, it was very good." Wladyslaw Tatarkiewicz 在他的
History of Aesthetics 一书第二卷中据《圣经》的古希腊文译本径直将这里的 good 译为
beautiful，并指出，这是中世纪人认为世界美的依据。

② 关于这方面的情况，请参见《第14届国际美学大会论文集》（卢布尔雅那，
1998年）和《第15届国际美学大会论文集》（东京，2001年）。

人提出。作为对康德美学的批判,尼采所提出的道德审美化和人生审美化的观点,实际上就是一种日常生活审美化的哲学。① 还有人提出,席勒关于审美教育的思想与杜威的《艺术即经验》有亲缘关系,只是从当时的贵族色彩换成了民主色彩而已,后现代主义美学又从杜威那里汲取力量。② 的确,对于重视教育学研究的杜威来说,艺术对人生具有重要的作用。

在今日世界的美学圈,对日常生活审美化的论述产生最大的影响的还是叙斯特曼和韦尔施。叙斯特曼通过“拉谱”(Rap)音乐的解读和一种“身体美学”(somaesthetics)的思路,从平民的角度对精英性的分析美学提出了挑战。③ 韦尔施则将审美扩大到日常生活的各个领域,特别是在 1998 年在卢布尔雅那召开的第 14 届国际美学大会上,他作了题为《体育——从审美的观点看,甚至作为艺术?》的发言,产生了某种轰动效应。④ 这篇文章的观点本身受到许多人的质疑,但它却以一个突出的姿态向人们宣示美学正在超出传统的,由黑格尔所规定而由分析美学家们所继承的限定——艺术哲学。⑤

当代关于日常生活审美化的讨论,实际上在三个层面展开的:第一是它的治疗性,第二是它的政治性,第三是它的审美性。

从治疗性方面看,现代消费文化为快感的满足提供了极大的可能性。但是,什么是对人有益的快感,这个问题仍然会提出来。欲望的压抑会造成不健康的身体和心理,因此,身体的解放和心理的解放是有益的。

① 参见 Alexander Nehamas, *Nietzche*, *Life as Literature* (Cambridge: Harvard University Press, 1985),尤其是这本书的《导言》部分。

② Joseph Margolis, “All the Turns in ‘Aestheticizing’ Life”, *Philozofski Vestnik* (Filozofski inštitut, ZRC SAZU) 2/1999, p. 200.

③ 参见理查德·叙斯特曼《实用主义美学》,彭锋译,商务印书馆 2002 年版。叙斯特曼早年曾编辑过《分析美学》一书,常被人误解为是分析美学家,他的《实用主义美学》和近年来的一些其他著作,都表现出他与“分析美学”决裂。

④ 见 *Philozofski Vestnik* (Filozofski inštitut, ZRC SAZU) 2/1999 第 213—236 页。

⑤ 参见高建平《走出唐人街》,中国文联出版社 2000 年版,第 214—216 页。

这种思路中也许有弗洛伊德思想的影子。但是，过度的放纵也会有害健康。如果说甜蜜的生活就像糖一样的话，对于营养不良者，糖的确是一个好东西，而对于营养充足的人，吃糖太多不是好事，糖甚至被一些人看成是毒药。什么样的享受才是健康的享受，这既是一个道德和文化问题，也是一个生理学和医学问题。

从政治性来看，我们可提出这样的问题：是倡导平民的文化权利还是赞美富豪们的穷奢极欲？显然，很多当代国外美学家谈论的都是前者。无论是英国的文化研究学派，倡导通俗文化的新实用主义者叙斯特曼，还是其他一些学派的美学家，如马丁·杰、詹明信、本雅明、阿列西·艾尔雅维奇等人都是如此。与他们相反，一些中国学者说的是后者，他们将日常审美化等同于富人对高档次享受的追逐和不能获得这种享受时的艳羡之情。尽管上面的这两种情况都可以冠以日常生活审美化之名，两者都是对传统艺术概念的挑战，但却有着根本的性质上的不同。当然，对于西方学者来说，倡导平民的文化权利是一种政治上的正确。这种做法甚至被一些人批评为政治上的左翼机会主义者。但是，这种从《圣经》直到现代社会长期而深厚的为平民服务的观念，这种政治上正确的意识本身，对于社会的健康发展起着有益的制约作用。然而，一个在革命时代曾长期倡导平民意识的中国，由于政治上的钟摆现象却抛弃了这种"政治上正确"的观念。中国社会发展到今天，公平和正义已经成为强烈的社会要求，希望它们也能早日进入人文学术的视野。随着社会和技术的发展，生活在发生变化，日常生活审美化成为一种潮流。然而，承认这一潮流与站在什么立场上对待它，却是两回事。资本与技术合在一起，可以产生种种新的可能性，艺术与美学的存在环境也在不断地改变。但是，万变不离其宗的仍是人文知识分子的社会责任。

最后，我们再归结到审美性上来。韦尔施指出，"处处皆美，则无处有美，持续的兴奋导致的是麻木不仁"，"在日常生活审美化已经如此成功之时，艺术不应再提供悦目的盛宴，反之它必须准备提供烦恼、引起不快。如果今天的艺术品不能引起震惊，那它多半表明，艺术品成了多余的东西。"① 当我们有了美的广告招贴画，美的手机，美的居室之时，艺术的作用改变了。它不再需要给人以甜美，而需要给人以力量。在审美疲劳之际，人们期待一些有阳刚之气的东西出现。

八　视觉、听觉与活动着的人

维特根斯坦在他的后期代表作《哲学研究》中提出要对语言和逻辑背后的生活的予以关注。他指出，"为真和为假乃是人类所说的东西；而他们互相一致的则是他们所使用的语言。这不是意见上的一致而是生活形式的一致。"（§241）② 维特根斯坦思想曾为分析美学的建立提供了基础，他的著作是分析美学家的"圣经"，但是，正是上述对"生活形式"的重视，为走出分析美学提供了思想依据。

正像神创造世界不能最终归结为"词"创造世界一样，无论是图的世界，还是词的世界，都不可能是最终的世界。最终的世界是活动着的人的世界。德里达批评语音中心主义，强调书写的重要性，可以被看成是视觉向听觉的挑战。③ 许慎所描述的那种汉字从结绳到书契的过程，暗示着一种书写具有语音之外的独立起源的含义。文字活动与语音是一种相遇并逐渐相互配合的，而不是依附于语音的"符号的符号"。通过对文字意义的重视，我们可以发现一种可能性，这就是，文字符号系统与语音符号系统的相互独立，在相互作用的过程中实现对理性主义毒素的消解。④ 梅洛－庞蒂从肉体的活动出发，也是一种走出认识论之后所

---

① ［德］韦尔施：《重构美学》，第168页。
② ［英］维特根斯坦：《哲学研究》，商务印书馆1996年版，第132页。
③ 请参见德里达的《论文字学》，汪堂家译，上海译文出版社1999年版、《书写与差异》，张宁译，北京三联书店2001年版。
④ 有关这方面的详细论述，请参见拙作《"书画同源"之源》，载《中国学术》，商务印书馆2002年版，秋季号。

进行的意义的探寻。① 对于这种倾向，W. J. T. 米歇尔强调其重视书写痕迹，从而归结到视觉的一面，② 实际上，当我们将之放置在图与词关系的语境中进行讨论时，就可以看出，这是对视觉的挑战。中国古代的文人画，致力于超越形似的气韵和用笔，起的就是这种作用。

从以上所有这些论述中，我们都看到了一种对人的活动的重视。在讨论这些观点之时，我还是坚持回到马克思的观点上来，强调社会生活在本质上是实践的。世界不处在我们的对立面，而处在我们的周围。"图像世界"离我们越来越近之时，真实的世界就会离我们越来越远。回到真实的世界，这才是人类永恒的追求。视觉与听觉，图像与语言，是我们生活所借助的符号，人被这些符号所包围，但归根结蒂，人仍然会成为这些符号的主人。视不可能一劳永逸地取代听，视与听的平衡基于人性的冲动，但是，处于这种冲动背后的，还是人的活动，人的实践。尽管科技与市场这两大驱动力会使艺术产生种种变化，我们却只可能有这样一种后现代：文学与艺术的发展会使自身与生活的结合日益紧密，而不是制造一个幻觉的世界诱使人们远离生活。

（载《文学评论》2005 年第 6 期）

---

① 分别参见梅洛 - 庞蒂的《眼与心》，杨大春译，商务印书馆 2007 年版、《知觉现象学》，姜志辉译，商务印书馆 2003 年版。

② 参见 W. J. T. 米歇尔（W. J. T. Mitchell）、陈永国、胡征文《图像理论》一书，北京大学出版社 2006 年版。

"读图时代"的图文"战争"

周　宪[*]

"读图时代"的图像"霸权"

2004 年，《一个人的战争》刊行了"新视像读本"，在读书界引起了一些反响。照作者的说法："现在是第八个版本……这一次是诗人叶匡政的设计。他在电话里告诉我每一页都作了设计，封面是上层烫银的，画是李津的。……叶匡政说，李津的画似乎是专门为《一个人的战争》画的；《一个人的战争》也好像是为李津而写作，这话我并不相信。但是看到最后，发现此言实在有几分道理。"[①]　其实，这种图配文的格式古已有之，诸如古代"绣像本"小说。但这一新版本标示为"新视像读本"，它与古代绣像本有何不同？"新视像"又新在何处？这不禁使人联想到时下流行的一个关键词——"读图时代"。

这本"新视像读本"全文 238 页，配有图画 212 幅（有少许重复）。用策划者叶匡政的话来说："几乎每一页都作了设计"。如此之多的图出现在文本中，单从图像数量上就已不同于传统的绣像小说了。历史地看，传统的图文书（包括绣像本）中，图配文从数量比例上总是文字为主，

---

* 周宪,男,江苏南京人,南京大学中文系教授。
① 林白:《一个人的战争》,北京十月文艺出版社 2004 年版,第 1 页。

图像为辅。插图只是一些点缀性的，用于说明关键段落或文字。图文数量上的差距，表明了传统书中图文孰轻孰重的格局。今天流行的图文书却形成了图片上与文字数量上势均力敌。图文关系的变化不但体现在数量比例上，更重要的是反映了图书出版理念的变化。我们应追问的是，《一个人的战争》在刊行了7版之后，为何又隆重推出第8版"新视像读本"，这一版与以前各版差异何在？显然，第8版文字依旧，唯一新元素就是画家李津画的那200多幅图画。新版吸引读者的正是这些图像。假如这一判断可以成立的话，那么可以推论说，"读图时代"图文书的真正"卖点"不再是原有的书面文字，而在于那些新奇、精美、富有视觉冲击力的图片。在这些新版图文书中，图像似乎逐渐占据了主导地位，文字反倒沦为配角。这种状况不仅反映在图书中，在杂志、报纸、手册，甚至各种教学资料中，图片的数量倍增似乎标示着传统的文字占据主导地位的文化已发生了深刻变化。任何读物，倘使缺少图像，便会失去了对读者的诱惑力和视觉冲击力。这正是"读图时代"的新法则，图像对眼球注意力形成了一种独特的"眼球经济"。进一步深入思考这一现象，或许可以推断，当代人的阅读方式已经发生了某种转变，已从专注于文字理解转向热衷于图像直观。

从美学角度来说，文字和图像本来各具特色，图像以其直观性和具体性见长，而文字以其抽象性和联想性著称。文字读物可以唤起读者更加丰富的联想和多义性的体验，在解析现象的深刻内涵和思想的深度方面，有着独特的表意功能。图像化的结果将文字的深义感性化和直观化，这无疑给阅读增添了新的意趣和快感。抽象的文字和直观的图像互为阐发，无疑使得阅读带有游戏性，从文字到图像，再从图像到文字，来回的转换把阅读理解转变成视觉直观。正像林白所言："绝妙之处在于，无论是先看图再看文，还是先看文再看图，都会发现一种有趣的吻合。"①

① 林白：《一个人的战争》，北京十月文艺出版社2004年版，第1页。

林白的解释道出了文与图之间"有趣的吻合"的"互文性"阐发，但这种阐发隐含着某种"危机"，因为图像与文字之间复杂的关系造成了某种张力。一方面存在着图像对文字的有效阐发，另一方面又存在着图像对文字的曲解和转义。从前一方面来看，图文书把书籍"通俗化"和"大众化"了，因而扩大读者范围。但从后一方面来看，图与文之间的紧张有可能影响人们对文字的理解，尤其一些漫画书，将一些经典"连环画化"或"漫画化"。本来，这些经典著作多以思想深刻见长，特定的古汉语不但是其独特的表述手段，同时也是读者进入这些经典深刻思想的必要条件和路径。然而，在"读图时代"，此类读物被大量的"通俗化"，改造成"图画本"，独特的语言表述被转换为"平面化"甚至"庸俗化"的图解。比如蔡志忠漫画系列，将诸子经典中的精深思想，图解为一种漫画形式，虽然这也许有助于读者理解这些古代经典，但同时又存在将古代思想家博大精深的思想漫画化和简单化的可能性。假如读者对古代智慧和思想的了解只限于这些漫画式的理解和解释，留在他们心中的只有这些平面化的漫画图像，这是否会导致古代经典中的深义的变形以致丧失呢？而唐诗宋词这样纯粹的语言艺术作品，被转化为漫画时，文字独特的魅力及其所引发的丰富联想已被刻板地僵固于特定画面，这是否会剥夺读者对文学作品诗意语言的体验呢？

"读图"时尚的流行，也许正在悄悄地改变人们的阅读习性，其潜在的后果之一是重图轻文的阅读指向。我以为，"读图时代"的读图隐忧乃图像对文字的"霸权"；因此造成了对文字的挤压。在"读图时代"，从文化活动的对象上说，文字有可能沦为图像的配角和辅助说明，图像则取得文化主因（the dominant）的地位；从文化活动的主体上说，公众更倾向于读图的快感，从而冷落了文字阅读的爱好和乐趣。尤其是太多插图进入文字著作中，搅乱了文字原有的叙事格局和逻辑，中断了文章的内在文脉，将读者的注意力从文字引向图像本身，也暗藏着破坏了读者对文字沉思默想式的感悟方式的可能性。

一言以蔽之，"读图时代"存在着一场不见硝烟的图像对文字的"战争"。这场"战争"还广泛地延伸到越来越多的文化领域。

文学作品不断被影视"殖民化"，也是这场"战争"的一个侧面。"读图时代"由于形象工业的空前扩张和膨胀，越来越多的非图像文化资源被图像化地开发利用，许多古典的和现代的文学名著被搬上影视银屏，或被改编成漫画和连环画。这本来无可厚非。但问题在于，大量的甚至粗制滥造的图像化和影视化，这在助长和强化公众以图像来理解文学名著的偏爱的同时，不可避免地冷落了文学文本。因为看电影和电视显然比读小说更轻松、更快感，因而也就更具吸引力。尤其在一些青少年读者中，"读图"的偏好似乎取代了读书的乐趣。从对文字读物的偏爱，到热衷于各种图像读物，这表明读者的眼睛所追求的东西发生了微妙的变化。面对空前发达和市场化的影视业，文学不得不改变着自己的"生态"，涌现出来越来越多的专为影视而生存的作家，以成就影视为目标的"文学作品"，甚至是由影视"定制"的作家、作品。其结果是，一方面影视业的视觉需要和市场行情制约着文字，迫使文学屈就于影视的典型视觉性要求；另一方面，各类专为影视写作的文人，其文学创作的独立自主性逐渐丧失，渐渐蜕变为附庸于影视的"寄生者"。更有甚者，影视作品成功的巨大诱惑，也改变了作家成名的方式，刺激了他们"功夫在诗外"的冲动，即借影视强势影响来扩大自己的文化资本。一些影视知名导演选择作家及其作品为作家们提供了非文学的"成名"路径。更有趣的是，文学作品也会随着影视的成功获得更大的市场和读者，这在《哈里·波特》那种电影与文学"双赢"的策略中体现得最为明晰。这个局面目前尚难判断，究竟是有利于文学自身的发展，给文学带来新的生存空间？还是潜藏着文学愈加边缘化的危机，迫使文学"沦为"影视强势文化的"奴仆"？

不仅影视与文学之间存在着图像对语言的"霸权"，就是在大众媒体中，视觉媒体对文字媒体同样构成了巨大的威胁，诸如电视对报纸的压制和诱惑。布尔迪厄注意到电视对报纸这类传统文字媒介的挑战。他指出，电视在新闻场的经济实力和象征力上渐渐地占据了统治地位，因此报业面临着新的危机，不少报纸在电视的挤压面前销声匿迹了。① 他特别分析了电视与报纸之间的竞争，说穿了也就是图像与文字之间的紧张关系。这种关系尤其明显地体现在文字记者对电视的崇拜和对文字的失望，因为电视的影响远远超过了报纸。② 电视的魅力、强力和吸引力，说到底就是图像的力量，换言之，图像凌越文字在当代文化中是一个不争的事实。

　　至此，我想提出的问题是，"读图时代"的来临，是否意味着文字主因的文化已经被图像主因的文化所代替？是否可以说今天图像比文字更具魔力和吸引力？是否可以断言今天确实存在着图像对文字的霸权？巴尔特如下陈述给这些问题提供了肯定的说明：这是一个历史性的转变，形象不再用来阐述词语，如今是词语成为结构上依附于图像的信息。这一转变是有代价的，在传统的阐述模式中，其图像的作用只是附属性的，所以它回到了依据基本信息（本文）来表意，文本的基本信息是作为文本暗示的东西加以理解的，因为确切地说，它需要一种阐释。……过去，图像阐释文本（使其变得更明晰）。今天，文本则充实着图像，因而承载着一种文化、道德和想象的重负。过去是从文本到图像的涵义递减，今天存在的却是从文本到图像的涵义递增。③

　　巴尔特所表述的现象可以是当代视觉文化的一个显著发展趋向，文字和形象，或文本与图像的传统支配关系现在被颠倒了，不再是文字或文本支配图像，而是相反，图像获得了前所未有的"霸权"。其结果是，图像的"霸权"不但对文字或文本构成威胁，使之成为依附性和边缘化的媒体。

　　① 布尔迪厄：《关于电视》，辽宁教育出版社 2000 年版，第 48 页。
　　② 同上书，第 57—58 页。
　　③ Rolangd Barthes, "The Photographic Message," in Su-san Sontag, ed., A Barthes Reader（New York：Hill and Wang, 1982），pp. 204—205.

图像拜物教

"读图时代"的标志是确立了图像的霸权，它昭示了一个从语言主因型文化向图像主因型文化的深刻转型。那么，如何来看待这一历史转型呢？拉什提供了一种符号政治经济学的分析路径。他认为当代社会视觉性凸现的发展趋势，可以从"表意体制"角度来解析。而"表意体制"又包含两个层面：一是"文化经济"，包括特定文化产品的生产关系、接受条件和消费结构；二是意义模式，亦即符号学所规定的文化符号的能指、所指和指涉物的复杂关系。① 这对我们探究"读图时代"具有启发意义。

从"文化经济"的角度看，当代"读图时代"的图像霸权，具体反映在当代文化的符号生产、流通和消费均呈现出一种图像中心的模式。德波概括为"景象社会"（thesociety of the spectacle）的到来，"景象既是现存的生产方式的筹划，也是其结果。景象不是现实世界的补充或额外的装饰，它是现实社会非现实主义的核心。景象以它特有的形式，诸如信息或宣传资料，广告或直接娱乐消费，成为占据主导地位的社会生活现存模式。景象是对在生产或必然的消费中已做出的选择普遍肯定。景象的内容与形式同样都是现存状况与目标的总的正当性理由，景象也是这正当性理由的永久在场，因为它占用了现代生产以外的大部分时间。"② 即是说，景象不仅成为生产结构中的核心元素，而且成为生产之外的人类活动的主导因素。从前一方面看，商品的生产从事伴随着各种形态的图像生产，从产品的外观设计到品牌标识再到广告策划等等，以

---

① Rolangd Barthes, "The Photographic Message," in Su-san Sontag, ed., A Barthes Reader（New York：Hill and Wang, 1982），pp. 4—5.

② Guy Debord, *Society of the Spectacle*（New York：Zone, 1994），# 6, # 15.〈WWW. nothingness. org〉.

至于商品的市场实现在相当程度上需要依赖于自身品质之外的图像性策划、传播和公众认可度。所以说，商品即形象。由此我们不难理解在"读图时代"，为什么图像会成为重要的非物质性生产资源；不难理解为什么商品拜物教会演变为新的图像拜物教，而越来越多的商业竞争已转变为图像资源的争夺。这里需要特别讨论一下图像本身的生产性。

当代社会的生产在相当程度上是围绕着图像来结构的，图像是一个具有巨大潜能的生产性要素，所谓生产性在这里不仅是指图像在生产过程中作为对象被生产出来，同时还指图像本身也在生产出更多的这一生产本身所需要的条件和资源。正像马克思谈到生产与消费的关系时指出的那样，生产直接是消费，消费直接是生产，每一方直接是它的对方，可是同时在两者之间存在着一种媒介运动。这是因为，一方面在消费中产品成为现实的产品，消费创造出新的生产需要；另一方面，生产为消费提供了材料和对象。决定了消费方式，创造对产品的需要。① 用这种观点来看，图像的生产性为不断发展的消费创造出新的方式和需求，为消费提供新材料和对象的可视的可能性。于是，图像本身就不只是一个可有可无的元素，而是极为重要、极具潜力的生产要素之一。图像既是被生产的对象，同时又是生产出更多对特定生产的需求和欲望的对象。图像不但使得商品成为现实的商品，同时也创造了对商品的现实需求和更多的欲望。在德波看来，景象已然成为"社会现实的总体性"，社会生产的最终目标就是景象符号。因为"景象社会"的法则是，看得见的才是好东西，好东西必须看得见。眼下流行的术语所谓"注意力经济"说的就是这个道理，图像（景象）就是生产出消费者"注意力"的基本手段。所以德波的结论是，景象作为一个自主的目标，作为一个直接塑

① ［德］马克思：《政治经济学批判导言》，《马克思恩格斯选集》第 2 卷，人民出版社 1972 年版，第 93—96 页。

造不断增长的形象物品的发达经济部门，已经成为当今社会的主要生产。① 由此来看，传统上以语言文字为主的印刷文化，不可避免地导向了新的图文并存势均力敌的新格局。前面说到的种种"读图"趋势便应运而生，图像的霸权或优势也由此合乎逻辑地确立起来了。加之电子媒介本身在技术上保证了图像生产和传播的高效便捷，而消费文化塑造了一种快感主义的意识形态，闲暇生活与消费模式也就成了图像中心化的结构。

进一步说，解读"读图时代"图像"霸权"的特征，需要特别关注图像"霸权"的文化政治意味，这可以概括为新的"图像拜物教"倾向。马克思对古典资本主义的分析，指出了资本主义的商品生产使得商品具有某种神秘性，商品交换的物的关系遮蔽了生产者之间的社会关系。商品交换价值的实现使人误以为商品自身具有某种魔力，因而导致了对商品魔力的崇拜。假如说当代社会发展有一个从商品向形象的转变，那么，我们有理由认为，传统的"商品拜物教"在"读图时代"已演变为新的"图像拜物教"。

拜物教本是原始社会普遍存在的一种宗教性活动。从概念上说，拜物教就是对物质性的、无生命的对象的崇拜，把它当作具有普遍神奇魔力的东西，当作可以给人带来好运的东西。在当代文化研究中，拜物教的概念被广泛运用于不同领域。在马克思的政治经济学分析中，拜物教既有意识形态的特征，又有遮蔽性和虚假性。② 在弗洛伊德的精神分析学说中，这个概念通常被解释为恋物癖，它是由匮乏所引起的某种误置及其所带来的替代性满足。大体上说，拜物教具有如下两个特征：第一，拜物倾向总是将物质性的、无生命的事物神秘化，赋予这样的事物以超

---

① Guy Debord, *Society of the Spectacle* (New York：Zone, 1994)，# 6，# 15.〈WWW. nothingness. org〉.

② See W. J. T. Michell, *Iconology：Image，Text，Ideology* (Chicago：University of Chicago Press, 1986)，p. 185ff.

然的神奇魔力；第二，拜物教总是带有某种宗教性的崇拜，它构成了对上述具有神奇魔力事物的顶礼膜拜。我以为，从商品拜物教到图像拜物教，这些特征不但存在，而且愈加显著。

"读图时代"的图像流行的同时，它不可避免地被"魅化"了。在"注意力经济"的新法则下，图像似乎具备了种种神奇功能，它可以决定特定商品的市场份额，它可以左右人们对一个品牌的认知和接纳程度，它甚至可以让某些人塑造或确认自我身份，以及民族的、阶级的、种族的和性别的认同，它还可以仿拟一个虚拟现实的世界，它可以提供这个时代特有的感性的、快乐主义的生活方式，等等。最重要的是，当商品转变为形象时，商品拜物教也就转化为图像拜物教，人们在商品上误置的许多神奇魔力，便合乎逻辑地误置到图像上来；对商品魔力的膜拜也就自然地转向了对图像魔力的崇拜。各类"读图时代"的印刷物所以流行，正是把"卖点"维系于图像之上，把吸引眼球作为书籍营销的新策略。在商业竞争中，商品自身的品质也许大致相当，但其图像的公众认可程度不同却使得该商品成为现实商品的可能性大相径庭。商品图像的魔力就是它的生产性。从消费者方面看，拥有名牌商品最终不过是一种对商品图像的幻觉，一种在其图像中实现了的符号价值或象征价值（商标、广告、明星生活方式、时尚、社会地位等）。在这个意义上说，图像的象征价值也许比商品本身的使用价值更为重要。

显然，图像拜物教夸大了图像功能并把它"魅化"。图像对文字的"霸权"说到底正是这种拜物倾向的体现。图像所以具有这样的魔力，乃是由于图像作为文化"主因"正适合于消费社会的快乐主义意识形态。"商品即形象"这一表述本身标明了形象具有消费特性，形象作为消费对象不但提供了物质性的商品的使用价值，而且提供了更多的符号或象征价值。

从"语言学转向"到"图像转向"

从学理上说，"读图时代"的到来，可以采用一种转型的表述，那就是我们当下的文化正在经历一个告别"语言学转向"，进入到一个"图像转向"的新的时期。

依据美国哲学家罗蒂的看法，古代和中世纪哲学关系到人们的观念问题，而当代哲学则更多地关注语言问题。他写道："哲学问题乃是这样的问题，要么借助改良语言来解决，要么通过更多地理解我们现在使用的语言来解决。"① 在这一表述中，罗蒂强调了一个重要的问题，哲学上所讨论的诸多问题其实并无超验的根据，正像维特根斯坦所断言的那样，"全部哲学就是语言批判"②。这个转变就是所谓的"语言学转向"。有人认为，"语言学转向"早在 18 世纪启蒙运动时代就已开始了。③

"语言学转向"抛弃了传统的主客二分的认识论模式，有力地颠覆了精神与现实之间朴素的对应关系，质疑那种认为语言是自然的、中立的、透明的和工具性的传统观念，因而凸显出人的认识和知识经由语言来塑型的重要观念。换言之，"语言学转向"的核心问题乃是强调语言和意义是生产性、建构性和创造性的。我们的知识、认识和观念甚至实在世界都与语言建构密切相关。社会学家伯格（Peter L. Berger）和卢克曼（Thomas Luckmann）写道：

---

① Richard Rorty, *The Linguistic Turn* (Chicago: The University of Chicago Press, 1967), p. 3.

② ［英］维特根斯坦：《逻辑哲学论》，商务印书馆 1985 年版，第 38 页。

③ 有学者提出，"语言学转向"发生在 18 世纪的德国，海曼、赫尔德尔、洪堡就是这一转向的先驱。20 世纪又经历了海德格尔、伽达默尔等人的发展，一直到阿佩尔、哈贝马斯等人，形成了一条线索明晰的语言学转向。这个转向的核心在于强调语言的世界开启层面，强调语言的交往功能而非认知功能。参见 Cristina Lafont & JoséMedina, *The Linguistic Turn in Hermeneutic Philosophy* (Cambridge: MIT, 1999)。

一般而言，说话、交谈可透过各种经验的因素维持实在，并且落实于真实世界中。这种经由交谈而产生实在的能力，是语言的客观化效果。在前面的讨论中，我们可以了解语言是如何地将世界客观化，并且将各种经验转化为一个一致的秩序。是以，在这种秩序的建立中，语言就是从理解和创造秩序的双重意义下将世界实现了。而交谈正是人们面对面情境中语言的实现能力。因此，在交谈中语言所客观化的事物，会成为个人意识的对象。所谓实在维持的实意，事实上是指持续用相同的语言，将个人所经历的事物客观化。①

这就是说，我们关于实在世界的经验不过是由社会所决定的语言的功能而已。"语言学转向"彰显了语言在社会生活中的这种重要作用，在这一转向的支配下，种种与语言学及符号学关系密切的思想急速发展起来，语言、话语、本文、意义、表意、叙事、词汇、语法、句法等本来属于语言学研究的概念，被广泛地运用于其他领域。语言学模式和方法被扩张为 20 世纪人文科学和社会科学研究的普遍模式和方法。

随着上世纪 60 年代"后现代转向"，"图像转向"被提上了议事日程。1994 年，欧美两位学者同时提出了"图像转向"（the pictorial turn or the iconic turn）②，后来又被学者们更加广泛地概括为"视觉转向"（the visual turn）③。率先提出这一转向的美国学者米歇尔甚至认为，在"语言学转向"就已经隐含了某种"图像转向"的思想渊源，即是说，"语言学转向"中实际上隐含着"图像转向"的潜能。他写道：

---

① ［美］伯格和卢克曼：《社会实体的建构》，台湾巨流图书公司 1991 年版，第 169 页。

② 美国学者米歇尔（W. J. T. Mitchell）和瑞士学者博姆（Gottfried Boehm）同时提出了"图像转向"的概念。前者所用的概念是"the pictorial turn"；后者所用的概念是"ikonische Wendung"。

③ 参见 Martin Jay, *Downcast Eyes: The Denigration of Vision in Twentieth-Century French Thought* (Berkeley: University Press of California, 1994); Nicholas Mirzoeff, *An Introduction to Visual Culture* (London: Routledge, 1999)。

　　我想把这一转变称之为"图像转向"。在英美哲学中，这一转向的种种形式早期可追溯到皮尔斯的符号学，后期可追溯到古德曼（Nelson Goodman）的"艺术语言"，两者都探讨了构成非语言符号系统之基础的惯例和符码。更为重要的是，它们并不从如下假定出发，即语言乃是意义的范式。在欧洲，人们可以把这一变化和现象学关于想象和视觉经验的研究等同起来，或把它与德里达的"语法学"等同起来，后者通过把注意力转向书写可见的物质性痕迹而将语言的"语音中心论"模式去中心化了；或者，还可以把这一转变与法兰克福学派对现代性、大众文化以及视觉媒介的研究等同起来，或者与福柯所坚持的权力／知识历史和理论等同起来，这一历史和理论揭示了话语的和"视觉的"、可见的和可说的东西之间存在的裂隙，这种裂隙乃是现代性的"视觉政体"中的关键所在。①

　　米歇尔的论述指出了西方文化的一个传统，那就是历来把语言活动视为心智活动的最高形式，是理性的活动；相反，视觉图像和视觉感知则是一种对观念进行阐释的次等形式，是低一等和靠不住的。因此，"图像转向"实际上就是在向"语言学转向"提出挑战，它深刻地动摇了语言（尤其是言语）的霸权地位。

　　回到"读图时代"的问题上来。假如说"读图时代"的到来意味着语言主因的文化让位于图像主因的文化这个判断可以成立，那么，从"语言学转向"到"图像转向"则是这一转变逻辑上更加明确的描述。在我看来，"图像转向"至少含有两个层面的意义。

　　首先，它标明了当代文化越来越围绕着图像来结构和运转。当代社

---

① W. J. T. Mitchell, *Picture Theory* (Chicago: University of Chicago Press, 1994), pp. 11—12.

会和文化的许多领域正在经历广泛的视觉化，电影、电视、摄影、广告、时尚、美容、健身、卡通、电子游戏、因特网、主题公园、城市规划……无数新涌现出来的视觉形式和视觉技术，广泛地影响着当代人关于他们的生活世界之意义的理解和解释。这里我想特别指出"语言学转向"的一个发现对于探讨"图像转向"仍具有重要意义。那就是：假如说语言是建构我们社会现实的重要通道的话，那么，在同样的意义上也可以说，在当代文化中图像同样是建构我们社会现实的重要路径。比较而言，图像比语言更有效和更有力地塑造了我们对现实世界的看法。当代视觉文化中各种复杂的图像或影像形式的爆炸性发展，必然对当代人的主体性、意识形态和认知方式产生着越来越深刻的影响。伊拉克战争期间，战事的计算机模拟和卫星电视转播，深刻地改变了人们对战争性质、进展、人道灾难、世界格局的看法。恐怖主义问题的电视报道，也在相当程度上塑造了舆论和公共反应。电子游戏所提供的不仅是表层的视觉快感，更有复杂的意识形态。今天，在"读图时代"，很难想象在没有大众媒介的视觉图像条件下去理解现实世界上所发生的各种事件和进程。所以法国社会学家波德里亚极端地认为，海湾战争根本就是一个"电视事件"。全世界公众都是从电视上（尤其是西方电视媒体）去了解和认识这场战争的。看看当代广告对人们日常生活及其意识形态的深刻影响，图像的作用便一目了然。海德格尔早在上世纪30年代就预言"世界图像时代"的到来："从本质上看来，世界图像并非意指一幅关于世界的图像，而是指世界被把握为图像了。……世界图像并非从一个以前的中世纪的世界图像演变为一个现代的世界图像；毋宁说，根本上世界成为图像，这样一回事情标志着现代之本质。"[①]

其次，从"语言学转向"到"图像转向"，不但标志着文化的深刻

---

① ［德］海德格尔：《世界图像时代》，孙国兴编：《海德格尔选集》，上海三联书店1996年版，第899页。

变迁，同时也标志着语言中心的思维模式和研究方法论受到了严峻挑战。我们看到，20 世纪在"语言学转向"的深刻影响下，人文科学和社会科学的各个领域普遍采用了语言学模式作为研究方法，甚至对图像的研究也受到了语言学霸权的制约。词语、句子、语法、句法关系、修辞比喻等本来属于语言学领域的概念，被广泛地运用于从艺术史到电影研究的各个领域。这正是米歇尔深感忧虑的问题。因此，视觉文化研究显然需要建构新的适合于视觉和图像的方法和观念。米歇尔指出："种种看的状态（观看、注视、瞥见、发现的实践、监视和视觉快感），也许是和种种阅读形式（解读、解码、解释等）同样深刻的问题。'视觉体验'或'视觉修养'并没有在文本形式中得到充分的解释。"① 这就是说，语言学的思维方式或方法论并不适合于视觉现象的研究，观看图像有许多不同于阅读文字的特征，它们需要在新的视觉文化的范式内加以解析，而不能简单地套用语言学模式来说明。从这个意义上说，视觉文化的兴起不仅是一种新的文化形态的出现，而且要求一种新的思维范式。从前一方面来看，语言主因的文化让位于图像主因的文化，这一转化与当代社会的发展变化关系密切；从后一方面来看，适合于视觉文化研究的独特思维范式和方法应运而生，它也导致了研究范式从"语言学模式"向"视觉模式"的转变。"现在视觉文化作为一个课题的出现乃是对这一霸权的挑战，已经发展出了米歇尔所说'图像理论'。西方哲学和科学如今也使用图像而非文本的解释世界的模式，这就显现出对世界就是一个写下的文本这一观念的有力挑战，这种观念在诸如解构主义和后结构主义那样的以语言学为基础的思想运动中支配了大多数思想论争。"②

至此我们可以得出两个初步结论：第一，就当代社会生产、流通和

---

① W. J. T. Mitchell, *Picture Theory* (Chicago: University of Chicago Press, 1994), p. 16.

② Nicholas Mirzoeff. ed., *the Visual Reader* (London: Rout-ledge, 1998), p. 5.

消费而言，图像本身获得了至高无上的"霸权"地位，形成了对语言的挤压；第二，就图像自身的发展来说，其内在结构也发生了深刻的变化。当代"读图时代"的图像符号，已不再是传统相似性符号范式，它越来越趋向于能指自我指涉的仿像（simulacrum）的新结构。社会学家拉什比较了"话语（语言）的文化"与"图像的文化"的诸多差异，从这些差异我们不难瞥见"图像转向"的文化意义：

话语的文化意味着：1）认为词语比形象具有优先性；2）注重文化对象的形式特质；3）宣传理性主义的文化观；4）赋予文本以极端的重要性；5）一种自我而非本我的感性；6）通过观众和文化对象的距离来运作。"图像的"文化则相反：1）是视觉的而非词语的感性；2）贬低形式主义，将来自日常生活中常见之物的能指并置起来；3）反对理性主义的或"教化的"文化观；4）不去询问文化文本表达了什么，而是询问它做了什么；5）用弗洛伊德的术语来说，"原初过程"扩张进文化领域；6）通过观众沉浸其中来运作，即借助与一种将人们的欲望相对说来无中介地进入文化对象的运作。①

这一比较强调几个重要区别。首先是媒介差异性，话语文化以语言为核心，语言或文本具有至高无上的有限性；而图像文化中，图像压倒了语言转而成为主导因素。其次，话语文化是一种理性主义的文化，它注重形式，宣传理性主义价值观，尤其是用精神分析的概念来表述，这种文化依据的理性原则也就是弗洛伊德所说的"现实原则"。较之于话语文化，图像文化则明显趋向于感性，它摒弃了理性主义的说教，转向感性快乐，排除了形式主义原则，并把符号与日常生活现成物等同起来。这样一种文化必然导向精神分析所说的"本我"，用"快乐原则"取代了话语文化的"现实原则"。最后，正是由于以上两个差异，所以话语文化必然是一种"静观型"的文化，文化活动的主体与对象之间保持着

---

① Scott Lash, *Sociologv of Postmodernism* (London：Routeldge, 1990)，p. 175.

一定的审美距离；而图像文化正好相反，它排除了对象的"韵味"，转向"震惊"（本雅明），于是主体与对象之间的距离便消失了。① 正像一些学者所发现的，在当代视觉占据主导地位的文化中，感性的、快感的、当下即时的、无距离的体验成为主导形态。② 最典型的形态差异就是读书与看电影的不同。阅读是"静观"的典型形式，它允许读者不断地体验作品的深刻涵义，反复地吟咏和停下来沉思，因而审美主体与对象保持一定的距离；看电影则不同，观众完全沉浸在电影情境中，主体与对象之间的距离消失了，片刻的、当下的快感使主体忘却了自身现实存在，主体的欲望直接进入对象情境。

至此，我们从一个新的角度理解了"读图时代"新的文化政治，它不仅标志着一种新的意识形态，而且标志着交往主体性的变化。关于这一点，波斯特在比较电视与文字这两种交往形态时说得好：

> 电视语言/实践同化了文化的多种功能，其程度比面对面交谈或印刷文字来得更深刻，而它的话语效果也是为了从不同于言语或印刷文字的角度建构主体。言语通过加强人们之间的纽带，把主体建构为一个群体的成员。印刷文字则把主体建构为理性的自主自我，构建成文化的可靠阐释者，他们在彼此隔绝的情形下能在线性象征符号之中找到合乎逻辑的联系。媒体语言代替了说话人群体，并从根本上瓦解了理性自我所必须的话语的自指性。媒体语言，由于是无语境、独白式、自指性的，便诱使接受者对自我构建过程抱游戏态度，在话语方式不同的会话中，不断地重塑自己。③

---

① 参阅［德］本雅明《机械复制时代的艺术作品》，浙江摄影出版社 1993 年版。

② 参阅［美］贝尔《资本主义文化矛盾》，三联书店 1989 年版。

③ ［美］波斯特：《信息方式》，商务印书馆 2000 年版，第 65—66 页。

尽管波斯特的比较显得有点机械和绝对，但却也道出了两种文化的差异所在。我们有理由相信，"读图时代"的到来深刻地改变了我们的文化，改变了文学原有的格局，也改变了我们的文化价值观。重要的不仅是看到这种变化，而且是理解这一变化根源，进而从容地面对这一变化。

（载《文学评论》2005 年第 6 期）

艺术何以会终结

——关于视觉艺术本质主义的思考

常宁生 *

自20世纪70年代以来我们曾一再听到西方学者关于"艺术的死亡"和"艺术史的终结"的惊呼。这些令人不安的辞令既有来自当代哲学家（阿瑟·丹托）的思辨性的结论，也有来自当代先锋派艺术（莱因哈特、D. 贾德、H. 菲舍尔）具体艺术实践所产生的经验之谈。当纯观念艺术出现后，当代艺术确实宣称艺术的历史已不再向前发展了；同样，艺术史学科也不再能提出解决历史问题的有效途径。德国当代艺术史家汉斯·贝尔廷考察了自16世纪意大利文艺复兴时代瓦萨利以来所提出的不断进步的艺术史观及其发展模式和19世纪德国哲学家黑格尔的艺术史发展观。瓦萨利根据文艺复兴发展的不同阶段总结出艺术向着某种预先假定的古典理想美的规范的不断趋进，因而艺术史可以被认为是一个进步的历程。而黑格尔的历史哲学观只是将艺术看作人类精神进程中的一个短暂的历史阶段。艺术的发展从象征型到古典型，再到浪漫型，并最终向纯精神状态演化，于是乎，艺术的死亡和艺术史的终结就成为人类历史发展的一个必然逻辑。然而，人类的科学发展是一个不断进步的历程，而人类的艺术也同样是一个不断进步的发展历程吗？

* 常宁生，男，江苏南京人，南京艺术学院美术学院教授。

一 艺术的进步观与线形发展模式

在论述艺术的终结时，我们首先要提的一个问题是，艺术的历史是一个发展的进程吗？1550 年意大利艺术家及理论家瓦萨利在他的《大艺术家传》中按照生物学意义的发展观认为文艺复兴时期的艺术经历了诞生、成长、成熟与衰亡的几个阶段，他的《大艺术家传》被分为三个部分，分别对应于现代艺术的三个阶段。在这个艺术发展的三部曲中，每一个艺术家都明确地处在某个预先设定的位置上：即在乔托的时代或艺术的童年时代，在马萨乔的时代或具有潜能和接受教育的时代，以及在莱奥纳多和米开朗琪罗的时代，或成熟与完成的时代。经过这些阶段，艺术向着某种预先假定的古典理想美的规范不断趋进，因而艺术史可以被认为是一个进步的历程。到 16 世纪中期，瓦萨利确信朝向古典理想美的规范的发展已经达到了它的目标。这种发展已经达到了一个饱和的程度。接着出现的只能是衰落和死亡。16 世纪后期风格主义（Mannerism）的出现正是这种所谓艺术衰亡的表现。按照瓦萨利的观点所有的艺术家都参与了对"艺术的完美和终结"（il fine e la perfezoine dell'arte）的探索。如此美丽的、艰难的和辉煌的艺术的困难性即是客观的目标，同时也是进步的冲动。"米开朗基罗和他的同时代人撕开了这些在艺术中能够被表述和完成的困难的面纱。但是这种进步在其向完成规范的运动中却是不可动摇的；它自发性地实现了自身，而且总是超越了个体参与者的控制"。①

自 17 世纪至 19 世纪从普桑到安格尔，欧洲艺术先后出现了数次古典主义的复兴。从而将古典的完美理想推进到了极致。而这种状况在 19 世纪中期出现了根本性的变化。19 世纪 30 年代自摄影术发明以来，以写实

---

① Hans Belting, "Vasari and Hislegacy, The History of Art ofasaProcess?" The Endf the History of Art? University of Chicago Press, pp. 75—76.

和再现为主导的西方绘画艺术的发展经历了多次挑战和危机。1839 年法国画家保罗·德拉罗什（Paul Delaroche）第一次看到一幅达盖尔用银版法（daguerreotype）拍摄的照片，即我们现在称为最早的摄影照片，于是感慨地宣称，"从今天起，绘画死亡了！"实际上，他的意思并不是说绘画不再有可能发展了，而是指绘画作为一种精确地记录和再现外部现实世界的手段已被摄影所取代。在西方自 15 世纪架上绘画出现以来，绘画被认为不仅是视觉艺术中最高雅的一个分支，而且也是模仿现实世界的一种最忠实的方法。摄影术的发明导致了五百年来西方绘画艺术发展方向的改变，19 世纪中后期出现的印象派、后印象派，20 世纪的野兽主义、立体主义、未来主义、表现主义与超现实主义实际上都是对摄影发展和挑战的一种回应。现代抽象绘画就是寻求表现那些不可见的，无法表达的主观感受和精神理念。因此抽象艺术呈现为一种非象征性的形式，并且缺乏与现实对应的具体物象。自康定斯基的抽象绘画、蒙德里安的构成主义、马列维奇的至上主义，到莱因哈特、巴尼特·纽曼的极少主义等，直至科苏斯的概念艺术，绘画面临着第二次死亡。这是绘画从再现三维的现实客体向绘画自身的平面性，简化、纯化的方向发展的自身逻辑所导致的必然结果。

1913 年俄罗斯前卫艺术家卡西米尔·马列维奇（Kazimir Malevich）展出了他著名的抽象绘画《黑色方块》（*The Black Square*），并撰写他的至上主义艺术论文，在文中马列维奇指出："1913 年，我竭尽全力使艺术从客观事物的重压之下解放出来。当我求助于正方形，并且展出了一幅在白底上画了一个黑色方块的绘画作品时，评论界和公众皆喘息道，我们所喜爱的一切都被丢失了。我们现在置身于一片沙漠之中！在批评家和公众的眼中，这个黑色的方块显得既难以理解，又十分危险。当然这一切都应该是在预料之中的事"①。此后的荷兰画家蒙德里安（Piet

---

① ［俄］卡西米尔·马列维奇：《"至上主义"，现代艺术大师论艺术》，中国人民大学出版社 2005 年版，第 152 页。

Mondrian），意大利艺术家鲁西奥·丰塔纳（Lucio Fontana），美国艺术家巴尼特·纽曼（Barnett Newman）以及马克·罗斯科（Mark Rothko）的绘画都将绘画艺术推向了极少主义的境地。

二 艺术的进步观与先锋理念

正是根据这种先验的历史决定论的理念和艺术进化论的发展模式，19世纪中叶以后西方艺术家开创了一条在观念和形式上不断求新的现代艺术发展之路。艺术中的先锋思想是在19世纪欧洲资产阶级及其自由信仰的兴起中产生出来的，同时也受到达尔文进化论思潮的影响。法国空想社会主义者圣西门在1825年首次将"先锋"（Avant-garde）这个术语运用在文化上。圣西门在他的《关于对文艺的意见》中指出，"正是我们艺术家将为你们充当先锋"。在现代主义时代，艺术家是一个文化上的先驱，他们的作品代表着未来社会发展的方向。"艺术家们也不再回首向古代前辈大师的杰作来寻求指导，而转向认同一种自我约定的前卫使命。"当艺术家的创作实践活动由无历史感的状态转变为按照先验给定的发展模式有意识的不断求新求变向前推进后，艺术的不断发展就必然会使自身走向一个历史的终点。在前卫思潮持续了一百多年之后，企图通过文化挑战来促进社会进步的理想今天正在发生着根本性的变化。法国艺术家艾尔韦·菲舍尔（Herve Fischer）在20世纪70年代就清醒地指出，先锋艺术的发展现在已经走到了它的终点，"如果艺术的活动必须保持生机，那么就必须放弃追求不切实际的新奇，艺术本身并没有死亡。结束的只是一种作为不断求新的进步过程的艺术史。"艺术批评家罗伯特·休斯（Robert Hughes）也指出，自20世纪70年代中期以来，人们似乎已经意识到现代主义已经结束。我们显然已经处于"后现代主义"的文化之中。到1979年，"先锋"的概念已被西方文化圈所放弃。许多人甚至对艺术评论中的这个术语突然变成了一个"废词"而感到惊讶，实际上在 70 年代中期"先锋"和"前卫"一类的概念就开始失效。当然现代主义的结束并不是指一个突然的历史终点。现代主义的终结和后现代的到来也是如此，现代主义的成就对文化的影响至少还会持续一个世纪，但是它的动力已经消失，我们同现代主义的关系开始变成一种考古学意义上的关系。对当代艺术演化的哲学思考也引发出这样一个问题，艺术究竟是否有一个发展的历史？如果有，那它究竟是什么样子？贝尔廷正是以这个哲学命题为基础开始了他对艺术史自身的反思。在他的著作《艺术史的终结?》（1984 年）中贝尔廷对已被确立为真理的"宏大"叙述的理论话语提出质疑，他指出，艺术史在今天最大的问题是对艺术史传统意义上的"艺术作品"不应该被简单地用来证实某种再现系统（艺术的历史）的存在，而艺术史的基本任务只能是根据艺术家所关心的不同问题来揭示艺术作品自身的事实和相关信息。同时还应该将艺术置于公众反应的态度情景上加以审视，而不应仅仅是依据传统给定的正统结论。[1]

英国当代著名艺术史家贡布里希在他的《艺术史话》（*The Story of Art*）一书中认为，20 世纪西方先锋艺术的最主要特征就在于它们的实验性。就绘画和雕塑而言，则是在多方位和多层次上自由地试验各种各样的观念、技法和材料运用的可能性。从野兽派和立体派到构成主义和超现实主义，从抽象表现主义和波普艺术到极少主义艺术和观念艺术，一个接一个的艺术运动和流派的相继出现，探讨和尝试了诸如绘画艺术的纯形式语言、绘画与雕塑以及表演艺术的界限、艺术与非艺术的界限、绘画与其他视觉媒体（摄影、录像、传真、电脑）的关系、绘画形象与象征图像及语言符号的关系、艺术品与现成物品的关系等问题。此后出现的电影、电视、数码影像技术更加强烈地冲击着传统的绘画形式，并

---

① Hans Belting, *The Endf the History of Art*? University of Chicago Press, 1987, pp. 53—54.

不断挤压绘画在当代视觉艺术中的比重，使之趋于边缘化。

20世纪60年代中期西方艺术实践和探索的结果产生了极少艺术（Minimal Art）。极简主义艺术家似乎认识到了艺术自身的极限就是艺术自身完结的边缘，认识到了艺术最远的极限通常总是位于艺术与非艺术的交界线上。艺术表现中的创新的实质就是把某种已经存在的观念推向极致。英国艺术史家爱德华·路西-史密斯（E. Lucie-Smith）指出，"在过去的一百年间最具有首创性的同时也就是延伸得最边远的艺术总是达到这样一种地步，以致叫人看来它们仿佛与那些原先被认为是艺术的东西似乎毫不相干似的"①。沿着极少艺术的方向发展下去，观念艺术的产生则是一种必然的结果。观念艺术的出现标志绘画艺术实验已经走到了终点。观念艺术家们已经把自己的注意力从画面的有形的体现，转移到艺术的"意念"上了。他们往往认为画面的有形体现本身已不再是重要的了。因为在纸上写几个句子已经和用传统方法和材料创作的作品具有同样的功能。这样，观念艺术不仅取消了画面的有形图像、色彩、结构等传统的绘画因素，而且也同时取消了绘画本身。

三　从绘画的死亡到艺术的终结

极少艺术之后出现的观念艺术，从而把绘画艺术推到极端。观念艺术不仅取消画面形象、色彩结构等传统因素，而且也取消了绘画本身。美国画家莱因哈特（Ad Reinhardt）和法国画家克莱因（Ives Kline）就曾坚信他们是在创作最后的物质性绘画作品，此后绘画艺术必将演化成为纯精神的产物。1965年以后许多西方艺术家纷纷放弃了绘画艺术创作，而企图在其他领域内寻找出路。美国极少主义雕塑家贾德（Donald Judd）

①　Edward Lucie-Smith, *Late Modern the Visual Arts Since 1945*, Praeger Publishers, New York, 1976.

宣布绘画已经死亡，绘画及其一切传统艺术似乎已山穷水尽。艺术要反映社会就必须参与电视、电影、表演和其他活动。观念艺术家伯尔金（Victor Burgin）的一段话很可以代表当时许多人的观点，他说，"我于1965 年被迫放弃了绘画因为它是一种陈旧过时的技巧，这真是一个十分残酷的原因。既然世界上的绘画作品已经多得足以塞满所有的博物馆的地下室，我们为什么还要继续画下去呢？从生态学的意义上绘画已经成为一种污染的形式。"这一时期在德国出现了"激浪派"（Fluxes）和"零派"（Zero Group）在意大利出现了"贫乏艺术"（Art Povera），在英国有"事件艺术"（Event）。70 年代在美国又出现了"地景艺术"（Land Art）、"偶发艺术"（Happenings）、"电脑艺术"（Computer Art）和"高科技艺术"（High-tech Art）等。所有这些运动和流派的实验最终都突破了艺术的传统界限，暗示或公开指出绘画的二维平面传统形式已经丧失了生命力。例如，20 世纪 70 年代在意大利艺坛占统治地位的贫乏艺术就主张采用"偶发"和"装置"等表现方法，反对传统的绘画方法和主题，甚至诅咒和禁止画家用颜料在画布上作画，这实际上等于取消了绘画这一传统的艺术类型。面对这一局面艺术理论界也发出了"艺术的终结"和"艺术死亡了"的惊呼。美国的艺术哲学家，哥伦比亚大学教授阿瑟·丹托（Arthur C. Danto）指出："最近的艺术产品的一个特征就是关于艺术作品的理论接近无穷，而作品的客体接近于零，结果在终点存在着纯粹形态的理论。那么我们就可以说，艺术快要终结了。"艺术批评家沃尔夫（T. Wolfe）也说过："到了这样一个艺术理论代替艺术客体的阶段，艺术进入了最后的航程，它在一个精细的螺旋里一步步上升着，它现在只剩下最后一个字格的自由，只剩下一个神经元的树状凸，最后便消失于它自己占有的微小的孔眼之中，终于变成了一种纯粹的艺术理论。"[①]

从绘画终结到观念艺术、装置艺术与现成品艺术的出现很快又引发

---

① 杨身源、张弘昕：《西方画论辑要》，江苏美术出版社 1990 年版，第 595 页。

出了艺术与非艺术界限问题。1964 年美国艺术家安迪·沃霍尔在纽约的一家重要的画廊中展出了一堆包装大众消费商品的肥皂箱子（布里罗盒子/Brillo Box）。这些人造的木板箱子与工厂里生产并运送和堆放在超市中的商品包装箱在外观上完全一模一样。一般人很难分辨出它们之间有何区别？这些在画廊中展出的商品包装箱由此提出了一个深刻的艺术哲学问题。即这些物品何以被称之为艺术品，而那些在外表上完全无法分辨的商品包装箱却不是艺术品。1964 年阿瑟·丹托亲历并观看了这个展览，并由此而受到了巨大的精神震撼。他认为沃霍尔的这件作品是用一种新的方式提出了一个关于艺术本质的问题，从此他开始了对这一问题进行长期深入的哲学思考。1984 年丹托发表了影响巨大而深远的论文《艺术的终结》（*The End of Art*）并由此引起了整个艺术界和理论界对"艺术终结"的命题和当代艺术发展方向问题的思索和探讨。

　　阿瑟·丹托认为作为艺术放在画廊与博物馆中展示的箱子与真实的商品包装箱子在视觉上已看不出有何差异。那么我们将如何来界定艺术与非艺术的界限。类似的文化现象不仅出现了视觉造型艺术中。20 世纪中期在文学、音乐和表演艺术中也有所体现。作曲家约翰·凯奇（John Cage）早在 1952 年编制的音乐作品《4 分 33 秒》。这个作品没有任何音符，表演者在指定的时间里没有演奏任何音符，而听众在这段时间里无论听到什么，无论是外界偶然发出的声响，还是自己的错觉，都是凯奇所要表现的"音乐"。1962 年凯奇又创作了他的《4 分 33 秒/第 2 号》（或《0′00″》）。这个作品包括了由一系列行为发出的声响，如切果菜、搅拌机，以及喝果汁的声音，并通过扩音机加以变声播放。凯奇艺术观念是把音乐声音的范围加以扩大，把普通生活的音响也包括进来。这样凯奇的作品在取消传统意义的作品的同时，也取消了社会生活与音乐艺术之间的界限，而使自然与现实生活中的音响成为音乐，让自然和生活本身也成为了艺术。在舞蹈表演中，前卫艺术开始表演一种在外表上与简单的身体动作完全相同的舞蹈动作，行走与表演一段只有行走动作的舞蹈动作之间有什么不同？英国艺术家吉尔伯特和乔治（Gilbert and George）表演的谈话和争论与现实生活中谈话和争吵又有何不同？1964年德国艺术家约瑟夫·波依斯（Josef Beuys）在亚森工业大学艺术节上表演行为艺术时被一个激怒的学生打的满脸是血。波依斯此时并没有表现出愤怒，而是取出随身携带的象征耶稣受难的圣灵十字架高高举起，并伸出右手向在场的人们表示敬意，感谢他们协助自己完成了他的行为艺术。1980年美国艺术家詹姆斯·特勒尔（James Turrell）在亚利桑那州沙漠边缘发现并"建构"的《罗登火山口》（Roden Crater Project）工程，这个地景艺术只是尽量保持这个火山口的千百年来原始自然的地貌特征，而不轻易改变它。正是由于特勒尔并没有对罗登火山口的自然景观做过多人为的改造和修饰，而只是发现了它并加以修饰和命名，那么这件几乎不能发现作者创作痕迹的作品与其他的自然景观又有何区别？这些文化现象的出现，以及问题的提出都引发了对艺术终结问题的哲学思考。

四　艺术发展的设定：建构与转型

要讨论艺术的终结问题必须从艺术的生成与建构开始。任何事物和文化现象都有一个形成、发展、与变化，以及对其进行界定与建构的过程。艺术的形成与发展也不例外。一个未被充分认识的事实就是作为抽象的艺术概念是西方文化的一种建构，只是在18世纪晚期——在启蒙时代的德国和法国，艺术这个自觉的概念才得以确认、发展，并加以传播，因此在这个意义上说，艺术的形成至今也才两个世纪。而今天所谓的艺术（Art）已不再受德语的"艺术"（Kunst）或法语的"美的艺术"（beaux-arts）体系所支配，当代艺术的观念与体系已经发生了根本性的转化。

其实，所谓绘画的死亡与艺术的终结只是一种人为的设定的艺术发展模式与目标的必然结果。现代艺术的主流缓缓地一步一步向前推进，并使自身不断地简约化和概念化，直到发展到废弃了艺术的基本要素。

但是人们终于对这种极端的、冷冰冰的纯洁无瑕感到厌烦和不满。现代主义艺术已经过时。人们甚至觉得风格本身已经山穷水尽了。然而，风格（那种在形式上）的创新只是现代主义的一种偏见，对独创性要求也是如此。美国艺术批评家哈罗德·罗森伯格（Harold Rosenberg）已将现代艺术称之为西方文化的一种"新的传统"（the Tradition of the New）。在20世纪70年代初，一些现代艺术批评家和艺术家发出了有关艺术的死亡这种可怕的预言。实际上，当时走向终结的并非艺术本身而只是一个时代结束。

20世纪70年代使人感到好像是在等待某种事情发生的十年。历史的车轮似乎戛然而止。新事物伪装成旧事物的复兴。随着艺术再次变成装饰用的或道德教育的、夸张的或微型化的艺术，变成有关人类学的、考古学的、生态学的、自传性的或虚构的艺术，模仿的问题、抽象表现主义用动作进行表达的外观，以及我们至今仍然记忆犹新的所有遭到猛烈攻击和谩骂的词语（引起错觉的、戏剧性的、装饰性的、文学性的）全都复活了。它公然反抗现代主义的纯粹性对所有这一切的排斥和禁止。然而，就在这种乐观主义精神达到巅峰的时候，现代主义突然土崩瓦解了。1968年也许是最严酷的一年，在这一年中我们不愿再看到以往所熟悉的艺术，甚至连最单纯的形式也开始显得复杂多余，而且认为这是在技巧上还不够创新的结果。很多艺术家的作品发生了根本的变化。极简主义作为现代主义的最后一种风格也瓦解了；观念主义登上历史舞台，艺术变成了文献记录。从某种意义上说，这是现代主义最后一个神奇的行动：创作一件艺术品无需任何物质材料，即可以做无米之炊。从另一种意义上说，这显然是某种事物的终结。[1]

在《普通物品的转化》（*The Transfiguration of the Commonplac*/1964）

---

① ［美］金·莱文：《告别现代主义，后现代的转型》，江苏教育出版社2006年版，第12页。

一书中，阿瑟·丹托提出了关于现成品可以被称为艺术品的几个基本条件。一是一件物品客体应当是涉及某物的，二是这件物品表达了它指涉的意义。这两个基本条件应该具有一定的普遍性，因而可以适用于历史上任何时代的艺术品。然而，对"何为艺术"这个问题只能提供一个描述性答案，而很难有一个具体可行的并被普遍认可的方案。关键的问题是如何以某种方式制作艺术作品并使其具有文化价值。正是文化价值将艺术与非艺术区分开来。①

20世纪80年代中期以来，一切艺术流派都消失了。艺术史也不再受到某种内在必然性的驱动。人们感觉不到任何明确的叙事方向。人们也不再争论艺术创作的正确方式和发展方向。艺术已经进入了一种"后历史"状态。长期以来艺术一直以审美作为其主导价值，但今天的艺术（当代艺术）已经发生了根本性的价值转换。由追求美转向了追求真。即表达我们时代社会与文化的价值和意义。艺术家们也正是有意通过视觉的形象和符号来揭示文化意义。早在1948年美国艺术家巴尼特·纽曼就指出，"现代艺术的冲动就是要毁掉表现美的欲望，这是通过彻底否定艺术与美的问题有任何关系来进行的"②。

2004年阿瑟·丹托在他发表的新著《美的滥用》（*The Abuse of Beauty*）中指出，"今天审美已经不再是艺术家的核心关注点，因为今天的艺术并不是仅仅以审美的方式向我们呈现。在某种程度上艺术中的真可能比美更为重要。它之所以重要，是因为社会文化意义的重要。今天的艺术批评更关注一件艺术作品的意义，以及这些意义是否同时具有真实性，而不是仅仅关注艺术作品的视觉愉悦"③。从这个意义上说，所谓艺术的

---

① Boris Groys, *Uber das Neus Carl hanser Verlag*, Mü nchen, 1992.

② ［美］阿瑟·丹托：《哲学对艺术的剥夺，艺术的终结》，江苏人民出版 2005 年版，第 12 页。

③ ［美］阿瑟·丹托：《丹托艺术哲学自述》，《艺术地图》2006 年版，第 136 页。

终结其实是指传统的美的艺术的终结。艺术批评家过去曾为他们具有好眼力（a good eye）而感到自豪，凭借这种好眼力，他们可以准确地判断一件作品的优劣，以及是否是一件伟大的杰作。而今天艺术批评家的主要任务是阐释、解释作品，帮助观众理解艺术作品所试图表达的东西。阐释包括将作品的意义与传达意义的对象联系起来。今天，艺术发展本身已失去了历史的方向，艺术是否还会重新踏上历史之路，或者这种破坏的状态就是它的未来：一种文化之熵。由于艺术的概念从内部耗尽，即将出现的任何现象都不会有意义。当多元主义时代到来时，无论你选择什么风格，什么形式，做什么都可以。在多元主义时代每一个方向都一样好时，历史发展的方向和目标就不再适用了。①

五 艺术终结之后与全球艺术生态

人类社会进入 21 世纪，由于科技和经济的飞速发展，国际互联网和电子媒体的出现，全球化时代已经到来。在全球化的过程中，不同的国家、不同的民族和不同的文化都将面临着许多人类共同关注的问题，如世界和平与经济发展，不同种族与文化之间的冲突与交流，高科技与人性化之间的矛盾与协调关系，人与自然的关系所引发的环境与生态，生物工程和生命科学引发的生命伦理问题等等。全球化的过程一方面出现了全球性（globality）的特征与趋势，另一方面则同时激发出了各个不同文化认同的地域性（locality）和民族文化传统的传承和发展的问题。正是在这一双重互动的作用下，世界当代艺术才表现出全球/地域同在性（glocalizaion/glocalism），这是全球化时代当代性与地域性的一种辩证的动态关系。世界各国的艺术家既深受自身文化传统的浸染和影响而表现

① ［美］阿瑟·丹托：《艺术的终结之后：当代艺术与历史的界限》，江苏人民出版社 2007 年版，第 5—6 页。

出自身强烈的地域性特色，同时也处在国际文化大背景交互作用的当代性之中。因此，优秀的艺术作品也就是在深厚的文化传统基础之上，同时体现了我们时代的文化特征，以及个人独特的艺术语言的创新之作。

20世纪以来由于西方国家政治、经济、科技和军事上的领先地位，西方国家的文化和艺术也受到世界的普遍关注。似乎形成一种西方艺术也处于领导国际艺术发展潮流的错觉。亚洲、非洲、拉美第三世界国家的艺术只能尾随其后，亦步亦趋地模仿或照搬。然而，西方社会在前卫思潮持续了100多年之后的今天，企图通过文化挑战来促进社会进步的理想正在发生着根本性的变化。在考虑到艺术演变的时代（时间）因素时，我们同时还应该考虑艺术生产的地域（空间）因素。应该指出，西方中心的前卫艺术发展观绝不是人类艺术发展的共同范例和普遍规律。西方自文艺复兴以来的艺术和现代艺术的发展只是西方的教育和文化环境的偶然结果，而不同的地域文化环境也都有着自己的文化传统和艺术范例。即使是在日趋全球化的今天，不同国家、不同地区和不同民族的艺术也都会有着各自独特的风格样式和不同的发展轨迹。因此，世界艺术的发展和艺术家的不断创新并不是简单按照进化论模式所描述的线性发展的轨迹前进，更不是以西方艺术的发展模式为指向不断趋向统一。而是在不同的文化传统基础之上艺术家自身对当代文化语境的独特体验和感受的表述。

在去中心（decentralization）的国际当代社会，绘画和雕塑作为人类表达情感和观念的艺术样式，其存在和发展的前景和价值如何一直是理论界关注的核心问题。实际的情况是在当代艺术中绘画作为人类表达自身情感和认识的一种视觉艺术形式一天也没有消失过。美国学者杰里·塞尔茨（Jeri Serze）曾指出，每一个认为绘画已经死亡的人都犯了一个极大的错误，即认为"媒体"就是信息。实际上媒体绝不等于信息，媒体就是媒体，信息就是信息。绘画在20世纪的每一个年代几乎都被宣布过"死亡"。早在摄影出现时，人们就认为绘画将被摄影所取代；人们还设想用电影和电视来代替绘画。虽然绘画曾几度陷入危机和低谷，然而在现代社会，无论是在绘画备受欢迎的年代，还是随之而来遭受到攻击的日子里，绘画一直都是人们关注的艺术形式。在当代高科技和发达的传媒影响作用下，当代艺术与媒体文化的互动关系变得更加复杂。当代艺术既可以借助媒体进行广泛和快捷的传播，艺术家也可以运用新媒体直接进行创作，当代艺术与新媒体的互动关系是历史发展的必然，但每一种新媒体和新艺术形式的出现并不能降低或取代传统艺术形式的价值和功能。

当代美学家阿莱斯·艾尔雅维茨（Ale Erjavec）认为，今天英语中的"艺术"（Art）概念不仅支配了其他文化和语言框架内的艺术指称，而且还支配了整个视觉艺术。尽管如此，从全球范围来看，当代艺术在不同的文化背景中所具有明显的不同和差异，因此从艺术生态上考察，艺术的终结只是西方文化的特殊现象，而并不具有全球性的普遍意义。由于文化背景的差异，第三世界和非西方国家的艺术常常扮演了与西方文化不同的角色。因此艺术的终结只是西方现代艺术发展的终结与转型。在今天不同的民族，不同的国家，不同的文化中艺术的形式与功能以及状况并不完全相同。因为文化的多元性和艺术形式的多样性才是符合人类社会发展和艺术发展的本质和规律的。

（载《南京艺术学院学报》（美术与设计版）2007 年第 3 期）

互文与创造

毛凌滢[*]

一 引言

在人类漫长而丰富的叙事活动中，从口头言语到文字书写，从固定画面到活动画面的演变，从单中介静态语言艺术到以图像叙事为主的多中介动态影视艺术，叙事活动经历了由低级到高级、由简单到复杂的过程。文字的产生，使人类的叙事媒介发生了较大转变，由口头言语变成书面文字，文字叙述就成为人类最重要和最主要的叙述方式。由于语言和文字是同质媒介，因而它们之间的转换几乎不存在问题。

虽从古希腊开始，视觉和图像就成为西方文明的关键问题，但囿于"图像"叙事功能的有限和书面叙事的发达与成熟，有关图像叙事的研究没有得到重视。亚里士多德就认为具有"图像"特征的"戏景"是悲剧中相对次要的成分，与诗艺的关系最为疏远。[①] 但是，随着社会发展，现代工业和科学技术日新月异的进步催生出电影、电视剧等新的艺术和叙事样式，人类的叙述活动进入了一个新的时代——视觉文化时代。以

———

　* 毛凌滢，女，四川西昌人，重庆大学外国语学院副教授。
　① ［古希腊］亚里士多德：《诗学》，陈中梅译注，商务印书馆1996年版，第63—65页。

运动的画面和语音进行叙事的现代电影的诞生，第一次发展了以图像为主的叙事艺术，"图像化"成为当代社会叙事的主导型叙事思维模式。由于当前从文学叙事到影像叙事的媒介转换几乎成为影视艺术发展的主流态势，从影像叙事再到文学创作的现象也初露端倪，因此，异质叙事媒介之间的转换问题就显得日益突出。

由于传统的积淀、知识结构、社会语境的局限等原因，研究叙事的科学——叙事学的研究对象，主要集中在文字叙事上，而且主要是艺术性文字叙事，即小说和叙事诗。对于不同叙事媒体的比较研究，特别是不同叙事艺术的媒体转换研究，成为经典叙事理论的一大缺失。在符号学基础上发展起来的电影叙事学虽然进步很快，但往往也只关注影像媒介的叙事语法、叙事结构和功能，亦未涉及媒介转换的问题。针对当下的现实语境，著名学者米克·巴尔就敏锐而恰当地指出："除了电影叙述学而外，我认为有三个特殊的领域可以有益地接受视觉叙述学。第一，对于叙事当中以及叙事本身的视觉形象的分析，可以适当地处理形象层面及其效果，这是无论肖像画法还是艺术史实践都难以明确表达的。第二，基于文学叙事与电影的比较可以发展为一种文化批评形式，这种形式并不赋予文学'资源'以特权。第三，可能最意料不到的是，对视觉性的注意将会极大地丰富对于文学叙事的分析。"[①] 介于当今文学叙事与影视叙事之间的密切互动，对文字到影像的不同媒介之间的叙事转换研究，不仅具有实践的意义，也具有理论的价值。

二 文字叙事与影像叙事：汇通与差异

毋庸置疑，世界上没有哪两种艺术之间的关系有如文学与影视之间

① ［荷兰］米克·巴尔：《叙述学：叙事理论导论》，谭君强译，中国社会科学出版社，第193页。

那样既密切又对抗。所谓密切是指两者之间的相互依赖、相互吸收与相互借鉴，从广义的角度来看，它们有着叙事文学的普遍规则和共同的叙事原则，自诞生至今，影视艺术对文学作品长盛不衰的大量改编，不仅成就、提升了影视作为艺术的品格与内涵，也深刻地改变着文学作品的面貌，改变着文学作品传统的阅读接受方式、传播方式甚至创作模式，使文学作品的纯文字阅读和接受多了一个影像视听阅读的维度，以致形成了当今对同一作品进行文字与影像共读的局面。而文学作品中的影视因素，尤其是近年来小说创作中明显的影视化倾向更加证明了两者之间的包容与互动。所谓对抗，一是指文学与影视作为独立的艺术，二者所使用的叙事媒介的差异导致二者在语言、叙事、传播、接受等方面的无法兼容，二是指文学与影视之间为了争夺彼此的生存发展空间和话语权在艺术外部所产生的纠葛与抵牾。后者虽然不涉及艺术本体与媒介的转换，但它却影响着人们的研究视角、价值判断以及判断的公正性和客观性。

作为当今两大叙事艺术，文学与影视的共同目的都是讲述故事，是故事的讲述者通过文本、影像与受众之间形成的一种动态的双向交流活动。叙事，正是文字和影像这两种不同的表意媒介在艺术形式上最根本的结合点，叙事性是连接小说与影视剧的坚固桥梁，是从文字叙事向影像叙事转换得以实现的主要基础。柯恩认为："叙事性是连结小说和电影最有力的环节，是文字语言和视觉语言最具渗透性的特征。对小说和电影来说，作为文学的和视觉的符号群，总是通过时间顺序地被理解的。"① 换句话说，文字与影像都是在同一个时间顺序系列上组织起来的表意符号，旨在通过符号的使用，无论是文字、图像、声音还是诸多符号要素的混合，借助叙事手段来构建一个不同于现实的艺术世界，达到模仿、再现生活的目的，或者表达对世界的理解与认知。影视剧把这个

---

① 陈犀禾编：《电影改编理论问题》，中国电影出版社 1988 年版，第 69 页。

世界的片断通过影像这一物质化的符号组织成有机整体的过程，正如小说把一种特殊语言的片断组织成有机整体的过程一样。在这一文本建构过程中，转喻与隐喻成为文字与影像的共同叙事原则，而尤以前者最为根本。就文字叙事而言，转喻体现在必须保持语言链的横向组合关系和理性逻辑的最低限度的连接性，就影视剧而言，转喻体现的则是基本的场景连续性。如果不遵循转喻的原则，就会造成小说的消亡和影视剧艺术形式本身的解体。尤其是日常化、生活化的电视剧叙事，更不能使隐喻完全取代转喻，即以某些自以为是的象征性造型来取代传统的情节纠葛。

从符号学的视角来看，艺术的世界更是一个由符号组合、构建的世界，文字和影像无疑都是符号帝国中的两大核心符号系统。美国学者杜德莱·安德鲁说："语言和电影符号分享了一个共同的使命：被注定用于表达涵义。在把它们用于虚构时尤其如此，在那里每一个能指（材料）表达了一个'所指'，这引发了一种连锁反应，它使得一个虚构的世界能够被精心构筑而！"① 文字和影像作为符号有着共同的叙事功能和目的，即通过符号的表层能指而达至多重所指建构的"意境"来完成意义的传达，表达某种审美理念和意识形态。文学与影视剧在叙事和语言（广义上的）符号两个层面的相通，是文字叙事得以向影像叙事转换的基础。但作为独立的文本和艺术样态，书面文字和视觉影像之间的差别又使二者存在着本质的区别与对立：从语言叙事到影像叙事是从文字到图像，从抽象到直观的转变。小说叙事是借助抽象的语言文字，"立象"以"尽意"，通过语言符号的"语象"使读者产生"心象"，即通过词语等的'破译'使读者生发联想、想象，并创造性地在脑子里唤起形象的记忆。小说凭借文字的方便、自由、受限制最少的优势以及不受写作和

① ［美］杜德莱·安德鲁：《电影理论中的概念》，中国电影出版社 1989 年版，第 338 页。

阅读的时空限制，可以从容不迫、细致入微地深入到人物的内心世界和灵魂中去。并可以摆脱表面字符的局限，表达深层或隐藏的东西，传达言外之意、意外之旨。作为视觉叙事，影视是通过物理图像的时间性和空间性张力，以直观的"像"来抒情表意，不需要由符号到形象的转换。对"意"的把握是凭借人的视知觉及想象力来实现。它通过使用具体可感的画面语言，以及摄像机的推、拉、摇、移所造成的镜头运动，还有画面的象征、隐喻、暗示、色彩的对比、光线的变化等等来揭示人物的心理，表现人物的情绪，并通过这些手段的运用，引导观众通过那看得见的画面，去寻找那看不见的"思想"。"受制于一种现象学美学，只能从外部描绘主观行为的客观效果的电影，则必须多少是直接或象征地尽力表现或暗示最隐秘的精神内容，最微妙的心理状态。"① 与文学的"看"有所不同，人物复杂而微妙的心理世界、内心活动不是直接可以从银幕语言中"看到"，只能通过分析画面语言的各种元素，通过画面的象征、隐喻意义的探求而获得。与文学叙事媒介的单纯相比，影视的多中介符号运用使它的叙事手法更为丰富。其视听表意手段的多样性是文字叙事难以达到的，而文字叙事的诸多便利也是影像叙事所难以企及的。

三 媒介叙事的转换：互文与对话

文字叙事向影像叙事的转换，首先涉及到两个文本之间叙事媒介、叙事话语、叙事思维、故事情节、叙事时空以及视听造型等的转换，这些转换属于文本内部的可见因素转换，是改编得以实现的物质条件。但一部改编作品的最终完成，不仅是这些可见的因素在技术层面的转换操

---

① ［法］马塞尔·马尔丹：《电影作为语言》，吴岳添、赵家鹤译，中国社会科学出版社 1988 年版，第 69—70 页。

作这么简单，还受到影像的阐释主体即编导等的主观视界和期待视野以及时空、方法、目的、受众等多种外部因素的制约。如果文字到影像叙事的转换研究只停留在技术层面，而全然不顾及影像阐释的独特性和外部文化因素的作用，那么，对文字的影像阐释和叙事研究就是片面的。从本质上看，作品的叙事结构、叙事语法是由所产生的社会文化背景（语境）来决定的，是社会文化的一种编码。由于文字和影像艺术诞生的背景和内在的追求等方面不同，文字到影像的异质媒介的转换就不像口头叙事到书面叙事的转换那么简单。内在叙事转换的规律和外在的文化因素的制约，影响着叙事话语、叙事策略、叙事聚焦、叙事人称、叙事时空、情节等方面，使之呈现出与小说原著不同的面貌。米克·巴尔认为："叙事话语中，聚焦是语言能指所直接包含的，而在视觉艺术中，它可以为诸如线、点、光、色、构图等视觉能指所包含。在两种情况下，就像在文学故事中一样，聚焦已经是一种包含着主体性的阐释。我们所看到的，是呈现在我们心灵之眼面前的东西，它已经被加以解释。"① 这样，同样的对象或事件可以根据不同的聚焦者而作不同的解释，这种使读者想到不同阐释的方式是与其媒介相关联的。②

从文字到图像，不是对原作简单的亦步亦趋或照单全收的客观图解，在转换的过程中，已不可避免地打上了异质媒介叙事的特征。它犹如两种语言间的生成转换或翻译，译文要达到各个层面的完全等值是不可能的。原著的全部线索、全部场面、全部主题以及叙事和文体特征永远不可能通过影像叙事一览无余地再现，"缺失"在所难免。但正是这种"缺失"给了影视剧导演创作的自由空间。然而，由于种种原因，从小说叙事到影视叙事，人们首先自觉到的往往是情节人物的取舍，是场景

---

① ［荷兰］米克·巴尔：《叙述学：叙事理论导论》，谭君强译，中国社会科学出版社，第 194 页。

② 同上。

与对白的风格化向情景化的转换，因此，往往不自觉地要将它与原著进行比较，从形式到内容，从形象到主题，甚至某一个细节某一段心理描写，而忽略了从小说到影视，远不仅是内容元素的取舍或浓缩。一些评论家在评论由小说改编的影视作品时，总是用小说的尺度和标准对改编作品进行艺术价值判断，忽略了文字和影像作为两种不同的叙事媒介的区别和它们各自面对的"阅读"语境、文本与读者之间的不同的"对话"环境以及各自不完全相同的"先在理解"（preconception）和"期待视野"（horizon）。影像叙事对原作的"忠实"（faithfulness）和"不忠实"（unfaithfulness）、"接近"（closeness）与"疏离"（distance）往往不自觉地成为判别一部改编作品成功与否的标准。在文学的精英立场和文字优越感的影响下，得出的结论往往是影视不如小说，改编不如原作。这似乎已成了中外改编作品的宿命。例如，美国黑人女作家艾丽丝·沃克接连获得美国三大奖的长篇书信体小说《紫色》，被美国著名导演斯皮尔伯格改编成同名电影，该片大受欢迎，一度获得88项奥斯卡金像奖提名。电影的改编不仅获得了巨大的票房收入，也扩大了小说超越国界的传播和影响范围。小说的魅力不仅在于其叙事内容关涉!世纪最为关注和敏感的话题之一：性别、种族、宗教，塑造了一个美国文学史上全新的黑人女性形象，更在于它的文体特征和叙事技巧。全书由主人公茜莉写给上帝和妹妹以及妹妹写给她的92封信构成，通过两位叙述者的书信叙述，表现了主人公从幼稚麻木到觉醒抗争的成长过程以及姐妹二人完全不同的精神世界。在语言上，作者从十四岁女孩充满稚气的话语的使用渐渐过渡到成熟女性的叙事话语，通过语言的变化表现主人公的成长和觉醒。自然，电影的影像叙事不可能完全把小说的这一突出的文体特色和诸多的细节一一移植到电影中来。但电影却通过它特有的方式来再现原作的风貌和主题。影片在开头采用画外音的形式保留了小说的第一人称主人公叙事，并广泛自由地运用小说中所没有的第三人称非个人化的全知视角，较客观地展现了黑人群体内部关于妇女身份、宗教信仰和家庭关系的普遍状况。在影像叙事中，主人公从自卑、麻木、压抑到反抗与女性意识的觉醒，是通过演员的令人难忘的眼神、表情和神态令人信服地表现出来的，原小说中语言变化所反映的成长变为影像叙事中直观、生动、可感的外在形象的变化。影像叙事以明丽的色彩、逆光、柔和细腻的镜头、风景如画的背景将原作的"感伤"加以视觉化，并通过画面的象征造型传达了直观影像背后的诸多隐喻，带给观众一种别样的感受和感动。具有视觉感染力的色彩呈现给人留下了深刻而清晰的印象，这是抽象的文字办不到的。但米克·巴尔在谈到视觉叙事学时把影片《紫色》看作是思想意识和艺术上的失败之作，认为视觉效果抵消了小说潜在的批判立场，未能表现出人物肖像斗志旺盛的思想意识，简化并变更了小说中"批判性地平衡并交织着现代通俗文化话语、黑人妇女受双重压迫的背景，以及此前极为有效的'感伤'社会小说的诸种关联"①。国内一些学者又纯粹从叙事学的角度对影片加以否定，认为电影不过是对小说的一种情节的简单再现，因为电影不能采用与书信体小说完全一致的叙事视角和技巧，不能体现原著独特的文体特征所产生的阅读效果，其潜在的含义是视觉叙事无论如何努力都注定低于文字叙事。上述判断显然忽视了银幕叙事和小说叙事的区别以及文字阅读所产生的形象和银幕形象的差异。米克·巴尔是从人物形象和叙事内容的广度深度上去评价电影，国内学者又纯粹用小说叙事的标准去看待不同的叙事模式。两者用文字叙事的标准去看待不同媒介的创作，其结论的客观公正性值得怀疑。

　　针对小说的影像叙事转换，弗兰西斯哥·凯塞迪有一个精彩新颖的观点，他认为影像叙事不再是小说的"重读"或"重写"而是一个元素（情节、主题、人物）在另一个话语场域的重现。他说："重现是处于社

---

①　［荷兰］米克·巴尔：《叙述学：叙事理论导论》，谭君强译，中国社会科学出版社，第 198 页。

互文与创造

会时空中的一个新的话语事件，同时它也承载着早前话语事件的记忆。在重现中重要的是交际环境的发展而不是后一个事件与前一个事件之间的相似与相异之处，换句话说，关键的是后一个事件在新的话语场域中所具有的新的地位和作用而不是所谓的对原作的抽象的忠实。事实上，文本的身份是由它的作用和地位而不是一系列形式上的元素来定义的。"[1] 在此基础上，他还认为文学与电影都是场景的生产和话语的循环，即它们是一系列被社会认可的合法的符号建构，改编就是把一个交际环境转换成另一个交际环境，它涉及到一个故事、主题、人物等的再度编序，文本的第二生命与接受的第二生命相一致。尽管我们面对的是同一文本，但它们的阅读已发生改变。电影为我们呈现了一个完全不同的交际情景。因此，有必要把原作和改编影片与它们各自的读者的"对话"、"阅读"看作场域和情景不同的交际或话语事件，不同的话语和交际场景会带来不同的交际效果、阅读效果以及新的意义的生成和阐释。而这种对话与意义的生成在各自的交际环境中是有效的，被社会和读者（受众）认可的。

无论是文字还是影像叙事，其最终目的都是为了读者\受众，都欲达到与读者\受众的双向交流，按照接受美学的观点，没有读者\受众的阅读\观看，作品的意义就没法实现。文字叙事和影像叙事有各自不可替代的生产、传播和接受的特征，这是必须面对和考虑的问题。

四　结束语

综合以上分析，本文认为从文字叙事到影像叙事的转换，不是对文

---

[1] Casetti. Francesco. "Adaptation and Mis-adaptations-Film, Literature, and Social Discourses", in Robert Stam et el. (ed.) *A Companion to Literature and Film*, Peking Univerity Press, 2006, p. 81.

学原著的故事情节的简单的浓缩，或一对一式的、从故事要素向形象的机械转换，或叙事模式的简单移植。它是在共同叙事原则的基础上，自成一体地融文学性与文化性为一身的有别于小说的视觉叙事。在转换中，它必然要兼顾自身媒介的本体特征，必然会融入导演对原著的创造性阐释和新的文化内涵。每一次的叙事转换，不仅意味着一次再创造，而且意味着一次后结构主义意义上的"重述"。影像叙事为文字文本提供了不同的叙事方式、审美趣味与社会意涵，相对于文学叙事内在的"看不见"的形象重构，它是一种"可见形式"重述和阐释。从这一点来说，影像叙事最为重要的不是"忠实原著"与否，或者在多大程度上"忠实"，而是展现了它与文字文本之间多重互文与对话关系。作为有着自己独特的媒介性质的叙事艺术，它的叙事价值既不低于也不高于文字。平等地看待、研究文字叙事与影像叙事两种艺术，加强二者之间的叙事转换研究，不仅有助于深入认识文字和影像叙事各自的特征，还能在比较与交叉的研究中极大地丰富叙事学的研究，有利于文学与影像彼此的借鉴和发展。

（载《江西社会科学》2007 年第 4 期）

视觉文化研究

影像的大众生产与意义解读

韩　鸿*

数字 DV（Digital Video）即采用数码成像技术的摄录像器材。21 世纪初，当数字 DV 家用摄像机屈尊纡贵以普通家电身份进入中国寻常百姓家开始，一场对中国电视业发展具有深远影响的革命也正在萌动。随着家用数字摄像机的普及，以影像为主要媒介手段的个人创作，也将打破中国影视封闭保守的贵族化倾向，重新确认其大众传媒的本质属性，并解放受众的被动地位，赋予其互动传受者的双重身份，进而推动中国影视业步入真正的后平民时代，无疑也将带来一场真正意义上的视觉思维的启蒙。

一　中国大众影像生产现状

当代传媒的每一次革命都可以找到技术的诱因。随着摄像机的逐步小型化，尤其是 1995 年 SONY 公司世界上第一台数字摄像机的问世，影像生产中一场新的革命也开始萌动。DV 家用摄像机因其经济性、操作便利和高清晰度，正迅速实现家庭化。

从广义理解，影像生产包括电影制片厂、电视台等专业机构制作、

---

* 韩鸿，男，电子科技大学政治与公共管理学院副教授。

独立制片人制作、业余爱好者拍摄制作的影像产品。影像的大众生产则是与专业影视生产机构相区别的独立制片人的个人影像作品及个人业余影像创作。中国的现代影像生产始于 1905 年。在此后的七十多年里，由于经济、政治及技术因素，中国大陆的个人化影像生产近乎一张白纸。20 世纪 90 年代末，从 VHS 到数字 DV，中国的小康之家才终于与价格 5000—10000 元左右的数字摄像机有了"第一次亲密接触"。人们终于可以以把玩的心态来审视这一新潮的"话语机器"，来体验影像书写的快感。

从 20 世纪 80 年代初开始，中国的业余影像创作便在一些后来被称为"第五代"的影视学院学生圈子里潜滋暗长。从 90 年代中期开始，中国民间影像创作逐步自觉。一些小规模的民间映像团体开始浮出水面，如贾樟柯、王宏伟、顾峥等五人成立的"青年电影实验小组"（1994 年 5 月）①、潘剑林、孙志强、毛然组成的"DV 纪录小组"（2000 年 8 月）②。2001 年 9 月，由《南方周末》首倡，北京电影学院导演系及众多民间影像团体响应的中国首届独立影像展在北京举行，该影像展征集到 1996 年以来，中国各地民间影像的代表作品约 110 部，其中剧情短片 54 部，实验短片 21 部，纪录片 35 部，被认为是"目前为止中国最大型的一次独立映像集体展映活动，也是中国独立映像队伍的一次集体亮相"③，本次影展标举"民间"、"独立"的旗帜，倡导"用自己的映像方式，书写身边的电影"④。表现出与主导意识形态不同的另类"镜头书写方式"，确实给中国的影视界吹进了一股新空气。有乐观者因此预言："DV 创作的

① 《今日先锋》第十二辑，天津社会科学出版社，第 23 页。
② 吴文光：《纪录片与人——镜头像自己的眼睛一样》，上海文艺出版社 2001 年版，第 187 页。
③ 《南方周末》2001 年 9 月 27 日，《反对歧视 DV——面对民间影像的尴尬与宽容》。
④ 同上。

'业余电影时代'就要来临了"。①

2002 年 2 月 1 日成都电视台经济频道率先在新闻栏目《每日报道》中推出"DV 新闻大赛",征集大众用 DV 摄像机拍摄的新闻报道,截至 2002 年 7 月 1 日共播出 273 期。2002 年春节期间,中央电视台《东方时空》栏目在"春节特别节目"中推出《百姓自拍》版块,分别收集北京、上海、成都等全国各地观众自拍的家庭成员喜迎新春、合家团圆的镜头片断重新组接,以百姓的视角真实记录马年新春普通人家的幸福生活。从 2002 年 1 月 7 日起,凤凰卫视联合北京大学、清华大学、北京广播学院、北京师范大学、北京电影学院、中央戏剧学院以及中国人民大学等 7 所高校,推出《DV 新世代:中华青年影像大展》,以"中华青年纪录影像大展"的方式,吸引拥有制作能力的大学生拿起摄像机,用自己独特的方式拍摄社会现象。《DV 新世代——中华青年影像大展》计划全年播出 260 期节目,其中大陆 180 期,港台 40 期,独立作者 40 期,其规模、水准、构想都堪称 DV 节目的新锐。② 在大众自拍电视栏目愈来愈热的同时,不少平面媒体、网站如《视觉 21》、《今日先锋》、《电影世界》、北大新青年电影夜航船(movie. new youth. beida-online. com)、视觉中国(chinavisul. com)、网易(163. com)、激动网(megajoy. com)等纷纷开办类似专栏。上海 mmchina. com 网络公司也于 2001 年 12 月份率先在网络上放映独立影像作品,这无疑会对大众影像真正走向大众起到推波助澜的作用。③

数字 DV 家用摄像机的普及,极大地延伸了影视的社会触角,并导致影像生产的无限可能性。但是对 DV 影像过分技术主义的乐观和精英

① 《南方周末》2001 年 9 月 27 日,《反对歧视 DV——面对民间影像的尴尬与宽容》。

② 《凤凰卫视即将推出〈DV 新世代——中华青年影像大展〉》,〈视觉中国〉,http://www. chinavisual. com。

③ 《以普通人的视角看中国独立电影人》,http://arts. tom. com/Archive。

主义的拒斥均不足取。在当下大众影像生产的热潮中，似乎还存在诸多认识上的误区。首先，从制作流程上讲，影像生产包括两个阶段，即前期拍摄和后期编辑制作，如果说 DV 有其革命意义的话也仅在于前期提供了影像记录新的可能性，后期制作则还将仰仗非线性编辑系统的家庭化。相对而言，前期拍摄重在对影像的感受力，后期制作则更赖于影像创造力及视觉思维尤其是蒙太奇思维的能力。前者类似于文字的写法，而后者则更像是遣词造句的语法。影视是时间的艺术，大众影像生产水平要有质的提升，二者不可偏废，而 DV 追捧者往往厚此薄彼，对影像产品的二度创作缺乏较深体认。如果在观念和实践中不能完成这种调整，将在相当程度上影响大众影像生产整体水平的提高（据调查，许多自拍电视节目的后期制作仍由电视台来完成）。其次，从技术上讲，DV 家用机只是一种比此前的模拟机更清晰便宜的摄像工具，它在低照度下仍然存在成像效果差、层次感不尽人意、大景虚焦等缺陷。客观地讲，DV 最终只是一种技术语境，正如钢笔的普及并不意味着大众识文断字及写作水平的提高一样。再次，如何看待"DV 精神"也是一个值得关注的问题。DV 的精神在于颠覆性还是建设性，是大众化还是个人化，是自由还是束缚，是解构电影霸权还是重塑新的影像神话，恐怕需要在热潮中静心思考。已经有人指责时下流行的"DV 电影"在"先锋"的过程中有精英化、贵族化的倾向，进而"成为一种做秀的方式"[1]。不少作者醉心于所谓"地下"状态，刻意表现出对边缘题材的嗜好，呈现"伪民间化"的取向[2]，恐怕是一个值得注意的倾向。我们认为，DV 的意义并不在于"让写诗的人学会作画"而在于"让大众学会用影像写作（并不一定是创作）"，影像的民粹主义恐怕才是真正的"DV 精神"。

---

① xzfd（张勇）：《当 DV 成为一种做秀的方式》，网易娱乐频道，http://ent.163.com。

② 《伪"民间"、伪"独立"的一天》，网易娱乐频道，http://ent.163.com。

在现阶段，经过短期的喧哗与躁动之后，大众影像生产呈现出两条较为清晰的发展路数：一类以表现个人体验及关注社会边缘题材为主的个人艺术创作，即所谓"DV电影"、"个人电影"；另一类将摄像机作为记录工具，从个人视角进行个人及社会生活的真实叙事。前者奉电影为圭臬，并自觉向电影观念靠拢，主要通过酒吧、爱好者群体、观影者协会及网络传播；后者重在生活纪实，除了上述渠道外还借助电视等大众传媒传播。由于电视等大众传媒的介入，目前大众DV影像与大众传媒之间呈现既分流又合流的趋势，两者之间仍将保持既合作又独立的姿态，其中进入大众传媒的大众影像根据栏目的不同风格定位开始进入类型细分时期。但应该看到，"电视是一种团体意识形态的载体"①，电视台、电影制片厂从事的是一种专业化和大众化影像生产，重在社会效益与经济效益，而影像的个人化生产则更倾向于个人表现，更强调自我体验，更关注个人视觉中的独特发现，因此也更具私密性。从传播学的角度来讲，影像的个人化生产更多地属于内向传播和人际传播的范畴，而专业影视机构的生产则集中于大众传播领域，因此将个人化的影像产品投放大众传媒，难免产生两种生产的错位。尤其当我们用新闻价值、社教价值、娱乐价值、导向性等尺度来对大众影像生产加以评判的时候，影像生产中的矛盾就愈尖锐。两种生产的悖论曾经造成了一些电视台早期的大众自拍栏目开办不久便偃旗息鼓。在大众影像已逐渐取得社会认同的今天，新辟的大众自拍栏目若要长久保有生存空间，大众影像作品若想更多地进入大众传媒领域，如何处理两种生产的矛盾恐怕是值得关注的问题。在大众影像生产的个人价值与传播价值、个人视角与社会意义、公共性与私密性之间如何确立取舍的标准，如何从大众影像中开掘出大众通路，恐怕也是值

---

① ［法］阿芒·马特拉：《世界传播与文化霸权》，中央编译出版社2001年版，第294页。

得业内人士与理论界进一步探讨的话题。

二 影像大众生产的意义解读

影视语言是一种以运动画面所组成的影像语言系统，摄像机则是影视艺术创作的核心要素和影视语言表述的一个中心环节。当影像从一种权力话语下移为一种大众化的抒情言志的工具，语言的功能性作用便得以强化，作为思想的直接现实，影像生产的大众化所产生的影响将是前所未有的。

（一）视觉思维的启蒙

在中国文化史中，从《老子》、《庄子》到《易传》，"言"—"象"—"意"三者之关系一直是个经典命题。《老子》第二十一章"道之为物，惟恍惟惚。惚兮恍兮，其中有象"，对"象"作出了初步规定，"象"为"道"所包含。三国魏王弼："尽意莫若象，尽象莫若言"。"故言者所以明象，得象而忘言；象者所以存意，得意而忘象"①，成为中国古代对言、象、意三者关系的经典论述：一是道的本体地位及形象与语言的工具性，二是形象在表情达意上对语言的优先性。但是，在此后中国文化的实际发展中，言与象的工具地位却颠倒了。随着儒家思想的经典化，语言与形象的实际地位经过漫长的封建社会的重新整合，此消彼长，语言的霸权得以确立。莘莘学子"从事于语言之末"，以至"图谱之学不传"②。直至五四新文化运动，在崇尚理性、追求真理、宣传民主和科学的过程中，语言也仍然扮演了传播新知、普及教育的功能（扫除

---

① 王弼：《周易略例·明象》。
② 美查：《点石斋画报缘起》，转引自陈平原《以图像为中心——关于点石斋画报》，见《二十一世纪》2001 年 6 月号。

文盲、推广白话文和普通话)。普通中国人的视觉思维能力长期未能得到有效开发。对此，宋人郑樵在其《通志·图谱略》中，就对于"离图即书、尚辞务说"的"后之学者"及"见书不见图"的阅读现状进行了批评。20世纪初，英国人、《申报》的创办者美查（Ernest Major）面对当时的中国出版现状，惊讶于中国报纸盛行而画报独缺，并对此现象作了如下解读：中国人相对重视文字而忽略图像，"仅以文字传之而不能曲达其委折纤悉之致，则有不得已于画"，而并非以图像作为另一种重要的叙事手段，中国人"以图叙事"的传统始终没有真正确立。即便让人赞叹不已的绣像小说戏曲，其中的图像仍然是文字的附庸，而不曾独立承担书写历史或讲述故事的责任。[①]

我们正处于一个从语言文化主导的时代进入视觉文化主导的时代，丹尼尔·贝尔的断言大家早已耳熟能详："当代文化正在变成一种视觉文化，而不是印刷文化，这是千真万确的事实"[②]。形象符号的接受理解、书写和表达正日益成为个人必要的生存手段与生活方式，如何创造视觉文化，怎样培养我们在形象符号环境中的生存力、竞争力与创造力，是这个视觉符号时代的根本命题。前述一百年前英国人美查的发现依然如故，纵观中国现阶段的视觉文化，电影、电视、广告、电脑动画、摄影、造型艺术等影像产业全面落后，尤其是中国的电视电影，本质上仍然承袭以文字为中心的思维方式和表现手段，而大众影像创作更是有过之而无不及——首届民间影像展上观众普遍反映作者"影像叙事技巧粗糙和稚嫩"，"没有想象力"，"不少玩DV的网友看过一些失败作品后才意识到自己以前对镜头语言的麻木和无知"[③]。

---

① 美查：《点石斋画报缘起》，转引自陈平原《以图像为中心——关于点石斋画报》，见《二十一世纪》2001年6月号。

② ［美］丹尼尔·贝尔：《资本主义文化矛盾》，三联书店1989年版，第156、154页。

③ 《南方周末》2001年9月27日，《反对歧视DV——面对民间影像的尴尬与宽容》。

视觉思维，即人们对视觉形象的观察力、感受力、发现力和表现力，以及对视觉符号的想象、联想、分析、综合、判断、推理等认识活动和创造活动。我们在使用形象符号的感受力，想象力、创造力的贫弱，则在某种程度上影响了中国视觉文化的发展。按照卡西尔的观念，想象力不仅是"一种虚构的力量"，更主要的是"给他的感情以外形"（赋形），在艺术品中，"正是这些形式的结构，平衡和秩序感染了我们"①，正是包括想象力在内的视觉思维能力的贫弱制约了我们。那么，如何提高视觉思维中给思想感情"赋形"的能力，怎样给想象插上飞翔的翅膀呢？与摄像机的普及相伴生的影像生产的大众化无疑将是其中的有效方式。

现代社会，随着技术的专业化，专门化的能力培养越来越依赖于专业工具的可获取性，工具则逐渐被赋予了本体性的意义。电视也不例外，没有摄像机、电视机，一切电视思维能力的培养均无从谈起，所以阿恩海姆认为，"媒介本身实际上也是灵感的一种丰富源泉，它经常提供许多形式因素，这种形式因素到头来都会成为表现经验的极有用的东西"②。媒介不仅是信息，没有媒介，就没有思维。利用某种媒介的长期训练，人的特定能力就可以激发、催生出来，就像印染工人能分辨出三四十种黑色色度，而一般人只能分辨出两三种色度一样，活动的专门性，实践的专业性培养出不同的感知能力。苏珊·朗格曾言："每一种艺术都能引出或招致一种特殊的经验领域"③。道进乎技，庖丁解数千牛然后才达到游刃有余，"以神遇而不以目视"的境界，摄像机的可获取性，及在经常性拍摄实践中的锻炼、培养、积累和提高，将有助于把视觉思维训练成为一种潜意识的本能反应，积淀为一种以感知为基础的直觉思维，即黑格尔所称的"实践性的感觉力"。

---

① ［德］卡西尔：《人论》，上海译文出版社 1985 年版，第 196—211 页。

② ［美］鲁道夫·阿恩海姆：《视觉思维》，光明日报出版社 1986 年版，第 229 页。

③ ［美］苏珊·朗格：《艺术问题》，中国社会科学出版社 1983 年版，第 76 页。

（二）大众话语权与民间意识形态

DV 的出现被赋予了过多的意识形态意义，DV 作为大众化的影像书写工具，具有某种颠覆性的力量。"DV 最让我们充满信心的，是它给了我们一个找回权利的机会"①。DV 的出现让许多人突然有了打开天窗的感觉，在长期的压抑和失语之后突然获得了说话的权利和倾吐方式，很多人都会不约而同地产生"立象以尽意"的冲动，不过，与影像生产的主导意识形态不同的是，这些个人化生产选取了"从最低的地方开始拍摄"（首届独立影像展的主题词）。

在 DV 民间创作者中，普遍表现出对身边熟悉题材的关注。杜海滨纪录宝鸡火车站沿线盲流的《铁路沿线》，季丹讲述西藏农民平凡生活态度的《老人》，汪建伟纪录生活在城市边缘农民的《生活在别处》，朱传明的《北京弹匠》等等，都表现出一种平民化的意识，一种不受约束和干扰的个人化创作方式，呈现出一种与正统意识形态迥然异质的真实。盲流、市井老人、弹匠、流浪艺人、父母、小偷、同性恋……这种把视角对准社会底层和生活中另一面的民间影像方式，像"贴在墙壁上的苍蝇"一样零距离全景呈现市井百态，不虚美、不隐恶，率性而为，这种个人化、私密化的自我体验式的日记，直觉反应式的记录，距离感的消失，无主题、边缘化、去中心，置而不评，无限呈现现实的方式，与倡导主旋律、注重舆论导向、反映重大题材等宏大叙事是相背离的。这种带有后现代特征的影像方式，打开被遮蔽的平民历史，对人性的弱点、生活的琐事、阴暗、灰色的关注，体现出一种与《生活空间》等"平民化"不同的另一种民间意识。

作为意识形态的国家机器，中国的影像生产一直都掌握在电影与电

---

① 吴文光：《纪录片与人——镜头像自己的眼睛一样》，上海文艺出版社 2001年版，第 196 页。

视工作者手中，百姓自我生产的话语，往往是在被指定场合、被限定的言说（《实话实说》、《生活空间》），被选择性地吸收，选择性地传播（如大众自拍节目）。DV 影像作为一种具有无限可能性的个人化生产方式，被充分赋予了自由言说的权利，被认为是影像的民本主义（populism）时代的到来。这些民间影像，可以通过因特网、爱好者团体、影视俱乐部、人际交流实现小众化传播，其中符合主导意识形态的部分经认可，还可以通过大众传媒实现大众传播。这种影像民间生产的方式，其意义与影响将是不可估量的。在《南方周末》与新浪网联合举办的网上问卷调查中，36% 的被调查者认为拍 DV 的主要动机是自我表达并与他人交流，至于 DV 在目前的最大意义，选择"打破电影话语权的垄断"和"为时尚媒体提供新鲜素材"的各占三分之一，体现出 DV 时代民众强烈的个体关怀和自我表现欲，以及强烈的话语意识与参与意识。① 过去影像传播中那种被动的受众角色已经由传受者互动的主动角色取代，DV 带来的话语权的下移与影像生产的平民化，无疑具有某种革命性的意义。

三　节目类型的拓展与双向传播型态的确立

数字 DV 家用摄像机的普及，极大地延伸了电视媒体的社会触角，并导致电视生产的无限可能性。在西方传媒中，从 20 世纪 50 年代德鲁工作小组开创非电视机构的作品进入 ABC 全国联播节目起，家用摄像机以它无所不在的便利性、纤毫毕现的真实性，成为捕捉新闻的眼睛和监督社会的哨兵，受到支配性传媒机器的吸纳，被视作一支不可或缺的重要节目源和民间制作力量。从美国洛杉矶警察殴打黑人青年、法国"协和号"飞机起火爆炸、"9·11"撞击事件中都可以看到业余摄像的

---

① 《南方周末》，2001 年 10 月 4 日。

影子。

早在 1972 年，美国联邦通讯委员会就颁布有线电视法规，要求排名前 100 位的大城市有线电视系统空出某些频道让公众使用，从此"公众可进入有线电视"成了一个分享民主制的大试验场，业余爱好者的作品纷纷在其中登台亮相，政策激励与良好的媒介环境使大众自拍运动空前高涨，并最终促成了一种新的节目类型——真实节目（Reality show）的诞生，80 年代 NBC《真实的人》、《这些奇妙的动物》、《真是不可置信》等大获成功，成为电视节目中"新民粹主义"的代表。1989 年《美国家庭滑稽录像》的播出揭开了真实节目的新篇章，接着大量涉及司法和警察题材的节目《警察》、《美国头号通缉犯》、《911 急救》等纷纷登场，近年以真实、刺激、竞技为卖点的真实节目《幸存者》更是火爆全球。在其他西方国家如英国《你被拍了》（You Been Framed）、荷兰《生活录像》（Life on Tape）、日本《你的演播室》等节目由于贴近生活、贴近民众也备受关注，在中国台湾也开展了一场声势浩大的"民众纪录片运动"。受国际上影像民粹主义的影响及 DV 家用摄像机的普及，近年国内电视传媒也逐步意识到民间影像生产的潜能，大众自拍节目方兴未艾，陆续推出的自拍节目显示出中国电视传媒对大众影像创作的日益重视，随着家用摄像机的普及，具有中国特色的真实节目已经显示出极大的开掘空间，但如何正确处理前述个人影像生产与大众传媒定位的矛盾，求同存异，开创出具有中国特色的大众自拍节目，是今后值得思考的问题。

1948 年，阿司特吕克在其《新先锋派的诞生：摄影笔》中曾说："我把今天这个新的电影时代叫做'摄影笔时代'，运用摄影机写作的时代"①——当时不少法国知识青年在这种理念的启发下，投身于电影写作中，促成了世界电影史上影响深远的新浪潮运动，在 1959 年和 1962 年之间，法国大约有一百五十多位青年拍摄了他们的第一批故事片，开

---

① 《电影世界》，1987 年 6 月号。

创出"直接电影"等在世界影像史上独树一帜的电影创作风格，奠定了法国影像工业抵抗好莱坞商业片入侵的文化资本，如今我们同样站在"摄影笔时代"的门前，加入WTO之后，而对潮水般涌入的西方视觉文化，如何在我们的影像产业体系中给予相应的制度设计，调动电视传媒的传受互动属性，因势利导，未雨绸缪，积累我们的文化资本，迎接这个影像民本主义时代的到来，的确是当下业内人士应该考虑的问题。

（载《文艺研究》2002年第5期）

视觉文化的创世纪

——新媒体艺术及其对影像文化的促动

段运冬[*]

如果仅从整个艺术材质的自然流变来看，以高科技为支点的新媒体艺术的出现并不是一件重大的事件，它只是艺术表现媒介发展的许多环节中的一个步骤和阶段而已。然而正如油画颜料对西方艺术产生的巨大影响和推动一样，这种新型的媒介能否在今后艺术的发展过程中发挥决定性的作用还是未知数。即使如此，在新媒体艺术半个世纪的兴起与发展历程中，我们依然可以感受到这种新型艺术样式的咄咄逼人之势。在一定意义上，信息化社会里以计算机为代表的高科技媒体艺术正逐渐成为这个社会里普泛的艺术样式，人们无法离开数字影像正如无法离开电脑一样。

一 新媒体艺术的语言品格

自诞生以来，新媒体艺术就因其媒介的多样性而显得模糊与多义。新媒体艺术到底是剔除传统艺术中以油画颜料和雕塑材料为代表的传统媒介之外的所有艺术样式呢，还是另有所指另有涵盖？这是对新媒体艺

---

[*] 段运冬，男，西南师范大学美术学院副教授。

术的语言特性进行考察的必要前提。从文字的意义来看，新媒体艺术（New Media Art）是与媒体艺术（Media Art）相对的一个词，如果媒体艺术是指艺术家在工业社会中"用传统绘画、雕塑以外的一切工业、商业和技术材料所从事的艺术创作和探索"，① 那么新媒体艺术"主要指的是那些利用录像、计算机、网络、数字技术等最新科技成果作为创作媒介的艺术作品"。② 当然，也有的学者持有文化上的泛化性观念，认为"新媒体中的媒介，不仅仅指艺术表现的物质载体或手段，而且指当代艺术作为文化活动面向社会、进入社会公共空间的方式"。③ 从文化的当下性视角反观新媒体艺术也无可厚非，但是就新媒体艺术本身而言，无视新媒体艺术自身媒介的特殊性（即高科技技术的支撑，而这种高科技技术支撑本身与当下信息社会存在着一种互动式的勾连）的做法就是有害的。真正还原到艺术形态自身来看，新媒体艺术对应着的是由成像技术所主控与传播的图像文化之社会语境，它更多地聚焦于了激浪艺术、前卫电影、视频艺术（包括观念性视频作品、视频装置、专注于自我认同的视频艺术，④ 数码艺术、网络艺术等艺术样式。这样，由于对新媒体艺术内涵的明确界定和分类的圈定，其语言品性的解析就自然与容易得多。

新媒体艺术的第一个与众不同的语言品性就是对高科技的依靠。从激浪艺术、前卫电影、视频艺术到数码艺术和网络艺术，新媒体艺术的发展无不彰示着它对高科技的亲密关系。激浪艺术最初肇始于先锋音乐领域，它把形而下的四处可见的噪音和宗教理念融合起来，在美国青年迪克·黑根斯（Dick Higgins）"互动媒体"（intermedia）创作观念的推

---

① 张朝晖：《什么是新媒体艺术?》，《美术观察》2001 年第 10 期。

② 王端廷：《〈域外观——什么是新媒体艺术?〉主持人语》，《美术观察》2001 年第 10 期。

③ 范迪安：《从媒体变革到文化视线——在中国当代艺术研讨会开幕式上的讲话》，《美术研究》2002 年第 3 期。

④ 张朝晖：《西方当代新媒体艺术》（二、三），《江苏画刊》2001 年 7、8 期。

动下，激浪艺术发生了质的变化，整合了行为舞台、电影、摄影机以及其他的影像媒介，不仅形成了蔚为壮观的艺术思潮，而且还根据各个媒介本身使用上的不同操作制造了大量的特殊的艺术效果。随后，电视机和摄像机的逐渐普及，开始摆脱胶片的昂贵费用所带来的创作局限，大量使用视频和录像技术，带动与兴起了艺术中的另一场媒介革命，形成了以电视等为展示工具的视频艺术。这种新的艺术样式从横向上吸纳了装置艺术和行为艺术的表现方式，加入了诸如身体、电视机等新的媒介材质混合构成视频装置艺术；从纵向上它注重创作主体自身主体性的挖掘，在对主体性的展示过程中拓展为观念性和自我认同性的两类视频艺术。随着信息社会的纵深化化发展，基于计算机技术的普及，很快又演变成了数码艺术和网络艺术，从而创造出人类的一种新型的虚拟性的审美体验。

仅仅从材质上看新媒体艺术是不够的，它在形态上还呈现为对现有图像资源的移借和拼贴，并且通过这种特殊的艺术创作手段形成一种混同的文本形态。"拼贴，像戏仿一样，是对一种特殊或独特风格的模仿，带着文体的面具，说着已死的语言；但是它是一种中性的模仿方式，没有戏仿的隐秘动机，没有讽刺的冲动……拼贴是空洞的戏仿，是失去了幽默感的戏仿：拼贴就是戏仿那些古怪的东西，一种空洞反讽的现代实践"。① 作为一种艺术手段，拼贴和移借是后现代艺术家津津乐道的独创之举，它通过文本之间的"隐喻、模仿、偷换、假借"② 直接削平原有的价值中心，并和已有文本形成了互文本关系，"充分利用大众传播媒介，照片、报纸、杂志拼贴、录像招贴"③ 等各种影像资源，抛开图式的绘制性风格，整合原有的图像形成文本自身的表现

① ［美］弗雷德里克·詹姆逊：《文化转向》，胡亚敏等译，中国社会科学出版社2000年版，第5页。

② 高名潞：《中国前卫艺术》，江苏美术出版社1997年版，第183页。

③ 同上。

力与互文本之间的映衬张力，当然这种移借和拼贴并不是毫无目的性的，而是统领在艺术家的艺术观念之中的形态整合。被誉为反叛性文本的代表之作《女巫布莱尔》（很多电影理论家把它视为美国"独立电影"的典范性文本，但我们更愿意把它看成新媒体艺术的代表）在拍摄方式、叙事组织等多方面为新媒体艺术树立了全新的艺术书写观念，彻底洗刷了人们业已存在的新媒体艺术理念，达成了文本认识途径的革新。在整个影像叙述中，出现了电视摄像机（专用）、家用摄像机、老式 16 毫米电影摄影机等多种书写工具的杂合，通过对新闻报道式的镜语系统的采纳和连缀，形成了影像风格的差异性组接，造成了屏幕显示的影像跳跃，连串了人类目前的最落后与最先进的影像工具。另外，文本所有的影像段落都是在户外随机交互拍摄、拼贴和组接而成，这种后果直接改变了传统文本中的影像肌理，漫溢出新媒体艺术形态的松散性和民间化特征，展露出影像形态的多样性与丰富性，契合了新媒体艺术之先锋性形态特征。所以，"要使艺术品成为艺术品，必须超越语法和句法"，[①] 巴尼特·纽曼便为新媒体艺术在语法范式方面的不断超越与升华中完成艺术本身形态的修缮与增补做出了充分而必要的肯定，它"超越了诗、小说等先前艺术形式的局限。在许多领域内，艺术家开始混同各种媒介手段，并把庸俗作品和大众文化融入到他们的美学创作当中"。[②]

新媒体艺术的语言品格还体现在影像与图式风格的奇观化本性上，奇观呈现是"复合的，被想象与放大的影像化场景……是真正属于电影的世界，它炫目的视听价值没有替代性"，[③] "融合了宇宙太空、宗教经

① ［美］阿瑟·丹托：《艺术的终结》，欧阳英译，江苏人民出版社 2001 年版，第 62 页。

② ［美］道格拉斯·凯尔纳、斯蒂文·贝斯特：《后现代理论：批判性的质疑》，张志斌译，中央编译出版社 1999 年版，第 13 页。

③ 虞吉：《电影的奇观本性——从梅里爱到美国科幻电影的理论启示》，《当代电影》1998 年第 5 期。

典、历史隐秘、域外传奇、童话演绎、考古发现等多种内容的影像奇观"。① 当然，并不是所有的新媒体艺术都具有宏大的叙事功能，但是从电影中汲取营养却是许多新媒体艺术的共同征兆。虽然早期的激浪艺术用非常简略甚至没有影像的胶片来玩味人们的审美体验，但是随着新媒体艺术的不断发展，许多艺术作品开始运用声、光、色、人体等媒介来重新构置艺术创作，以表达当下人类业已存在的焦虑和不安。美籍韩裔艺术家白南准在1993年完成的《电子高速公路：比尔·克林顿偷了我的想法》一共用了313台电视机，使之排成一面墙壁，充分调用闪烁不定的霓虹灯和管线，展示"当代生活图形的数据库，从政客到街景、流水线、时装展示、明星作秀、交通堵塞、环境污染甚至原子弹爆炸时的蘑菇云……将电视媒介文化的各种碎片无序地编织在一起，似乎作者叙说的不是媒介泛滥的社会现实，而是面临生存的危机和社会灾难"，② 新媒体艺术的奇观化体现至此已经非常清楚地展露无遗。另一个新媒体艺术家比尔·维奥拉在1996年完成的作品《水·火·呼吸》由三组投影设备组成。所有场景都设置在英国德哈姆大教堂的天顶上，在哥特式艺术的形式张力下表现一个男人和三种基本生存元素的碰撞，以强化作为力量之代表的男人与毫无差别之自然元素的共生关系，一组是呈现火焰中的男人，而另外的则是这个男人淹没于大水之中。三组视像艺术文本通过对动作的强化来展现男人在水、火与求生欲望之中的奇观场面，充分调动形体、声响等新型的艺术元素以制造强烈的艺术感染力和震撼力。

与成熟的影像艺术相比，新媒体艺术的艺术语言特性还表现为鲜活的原创性。从激浪艺术、前卫电影到视频艺术，新媒体艺术都是以对现有影像艺术的反叛姿态出现的，他们用先锋电影反抗电影艺术，用无差

① 虞吉：《电影的奇观本性——从梅里爱到美国科幻电影的理论启示》，《当代电影》1998年第5期。

② 张朝晖：《西方当代新媒体艺术》（三），《江苏画刊》2001年第8期。

别的原始性拍摄的录像资料反抗电视里的新闻报道等等，这些无不渗透着艺术创作朝始发性形态的回归趋势。比如《女巫布莱尔》，文本给人一种明显的感觉除了移借和拼贴外就是对传统叙事方式的叛离与背弃。艺术家在故事的讲述过程中，只彰显一条主线，聚焦于寻找事件本身，而寻找过程本身则是生活化十分强烈的影像记录，无法避免会造成一种叙事意义上的影像空白。这些空白只有借用各种影像书写工具造成的叙述细节来填充与更新，从而造成了对传统影像叙述的背离，完成文本在叙事组织方式、影像营造、成像依据的裂变和突破。在激浪艺术运动中，新媒体艺术家安迪·沃霍尔（Andy Warhol）则以实际行动反叛好莱坞，他创作的《睡觉》（1963 年）、《亲吻》（1963 年）便消解了现实生活细节和电影处理的鸿沟，使摄影机无选择地记录事情的发展，也许这种事情根本不具备故事的潜质。这种对体制化的好莱坞进行反叛的结果便是影像形态自身的原初与鲜活性。

另外，虽然数码艺术与网络艺术的起源也可以溯源到 20 世纪 60 年代，但是作为新媒体艺术勃兴态势的代表性艺术样式则是 20 世纪 90 年代的产物，乍一看起来和其他新媒体艺术有着巨大的差异性，但是新媒体艺术透射出来的对高科技技术的依赖、移借拼贴、奇观本性、原创与鲜活四个品性依然具有强大的涵盖与包容能力。在数码艺术的视觉品格中，幻想、规则、虚拟、复合之特性①都可以在新媒体艺术的语言品格中找到对应的位置，特别是在网络游戏与网络动画中，这种品格尤显突出，甚至成为新媒体艺术语言品格的典型特征。

众所周知，理论的显现都是经验的升华，虽然新媒体艺术本身的发育并不充分，要进行准确全面的概括也是不可能的，但是经过半个多世纪的发展与探索，新媒体艺术这种基本的语言品格还是非常明晰地凸现出来。

---

① 关于数码艺术的视觉品格见林韬《数码艺术》，重庆出版社 2002 年版，第 2—9 页。

二 新媒体艺术对传统艺术的冲击

作为刚刚兴起近半个世纪的新型艺术形态，新媒体艺术是在承续行为艺术、装置艺术、观念艺术、音乐以及电影艺术的品格之后逐渐形成自己独特的艺术资质。虽然在渊源上吸纳了各种艺术的构成要素，但是又由于它对新型媒介的依赖和所吸纳的艺术样式（更多聚焦于现代派艺术）之间所存在的巨大的裂痕，因而也造成了新媒体艺术和传统艺术的深刻沟痕，而且这种沟痕应和了后现代的社会语境，更显示出明显的反叛性和分裂感。

新媒体艺术对传统艺术的第一个冲击就是打破"精英艺术"的神话，消解了"精英艺术"与大众艺术的距离感。传统艺术一直是高贵的精英分子把玩的"器具"，可是在世纪末人类文化总体呈现出多元化态势的前提下，处在文化锋面上的后现代主义实际上是人类再度树立的以平民话语替代经典话语的一场文化运动。这种带有革命性质的文化运动从观念上提供了打破旧有权威拟定秩序的可能性，是影像文化走向"边缘化"的开端，而且人类所有文化成果在后现代的文化观念中演变为碎片式的资源，这些资源就为影像文化的掂转提供原创话语的资源配置与叙述表现，构成了对已有影像文化成果采取的处置态度，即新媒体艺术书写。那么，我们称之为"新媒体艺术"的书写方式究竟应该具有一种什么样的品格呢？难道仅仅是文本自身鲜活的原创性吗？当然，这也是其中的表征之一，但是这种新型的文化书写方式以一种民间化的方式普泛地存在却是一个重要的提示。作为实施个体话语的自然表述和流露的前提，它可以做到真实倾听人类发自内心的声音，所以它至少意味着单纯主体性的获得。专业影像则是面具化了的影像书写，是影像历史语境赋予精英们的某些操控权力，大多数时间内它昭示着一种话语表述的隐喻特征，因而不论是主流话语的霸权还是"精英艺术"的强加，它都是各类意识形态过滤后的影像景观，是逐渐弱化了的主体获得强大权力的体现。这种新媒体艺术与专业影像有着的本质不同，这种不同体现在新媒体艺术表述的自由与灵活性是任何专业影像无法比拟的，它可以超越了意识形态的束缚与制约，真正实现了主体性存在的自由显现，成为了一种人类自身本性化存在方式的改良与进步的表征。所以，"首先以观念为重，再结合表演艺术、身体艺术、声音艺术和激浪派艺术的其他方面，多媒体装置艺术成长起来，它反映了艺术领域里的多种事物和思想，又挑战了以电视广告为基础的媒体系统的发展"。① 尽管我们无法精确预测新媒体艺术的形态走向，但是经过新媒体艺术的实证，至少体现为新世纪的一种良性开端，明示出新媒体艺术发展的一个向度。

在传统艺术的形态组合中，"构成形式的元素主要有媒介、线、面、明暗、肌理、空间和色彩"，② 囿于材质的局限，它的主要功能是在二维与三维（雕塑）空间来完成物象的造型与展示。在新媒体艺术中，造型与展示能力得以大大拓展和丰富，它不仅承续着传统艺术对空间的占有欲望，而且还吸纳了影像艺术中运动和声音两个构成要素，也就是说在表现力上增加了听觉感知与时间流动两个新型的审美维度，"使用视像作为一种纯粹视觉媒材的观念，看来对我而言是错的，简单的理由在于视像发生于时间中。对处理空间训练有素的视觉艺术家，常常对时间有种很不确定的把握，并对时间艺术如戏剧的重要性把握不定……视像艺术要求这样的集权：我们被期待热衷于绘画与雕塑，但它也要我们把时间奉献给它"。③ 显然，新媒体艺术本身的形态构成已经超越了传统艺术而

① 秦蘅:《视像装置艺术》,《世界美术》2001 年第 2 期, 编译于 [英] 迈克尔·拉什:《20 世纪后期艺术中的新媒体》, 伦敦: Thames & Hudson 出版社 1999 年版。

② Otto G. Ocvirk Robert Bone Robert Stinson Philip Wigg, *Art Foundamentals*: *Theory and Practice*, WM. C. Brown Company Publisher, 1962, p. 11.

③ [美] 汤姆金斯:《观看与不观看》, 转引自 [英] 爱德华·卢西-史密斯:《新达达、观念艺术与装置》, 西美正译,《世界美术》1998 年第 3 期。

发生了质变，完全拓展与颠覆了传统艺术的表现形式，新型的艺术表现方式充分满足了后现代艺术中追求视觉快感的文化企图和社会语境。

新媒体艺术对传统艺术的冲击与更改还表现在多渠道地进行着艺术现代性的探索。新媒体艺术走出了传统艺术聚焦于形态本身的藩篱，适应新的文化语境并关注艺术形态以外的东西。传统艺术，特别是"从16世纪中叶到19世纪中叶，西方的审美意向就是要围绕对空间和时间的理性组织建立起某种正式的艺术原则。和谐一致的审美理想，作为一项调整原则而起作用，它的焦点就集中在相关的整体和形式的统一上"，① 西方古典艺术一直恪守着欧几里德以来的空间观念和古希腊先辈们划定的模仿理论，但是历经非理性思潮的冲击后，严密理性的空间观念已经荡然无存，而流派纷呈的现代派艺术开始在形态构成上发生对单一元素地强烈突出与夸张。20世纪60年代后，在新文化情绪的夹击之下，继抽象派艺术之后"画布对于一个又一个的美国画家来说开始像一个行动的场所——而不是一个赖于再现、重新设计、分析和'表现'一个真实和想象的物体的空间"②，因而作为20世纪50年代后期兴起的新媒体艺术便以张扬这种反叛情绪为乐，直接用自己的实际行动来构成对传统艺术的解构，以实现对艺术现代化的追求。当然，也不免显露出抹杀艺术与生活界限的弱点，关注艺术本体以外的存在物，使得艺术在本质上就是"真理进入存在亦即成为历史性的真理的一种特殊方式"，是"一个民族历史此在的一个本源"，③ 彻底颠覆了"集焦点于人，以人的经验作为人

① ［美］丹尼尔·贝尔：《资本主义文化矛盾》，赵一凡、蒲隆、任晓晋译，三联书店1989年版，第157页。
② ［美］罗森堡，引自丹尼尔·贝尔《资本主义文化矛盾》，赵一凡、蒲隆、任晓晋译，三联书店1989年版，第173页。
③ ［德］海德格尔：《人'诗意地安居》，邬元宝译，广西师范大学出版社2000年版，第93页。

对自己，对上帝，对自然的了解"① 的知识传统。因而，由于注视着文本外部的"观念"世界，对松散性形态的不屑一顾，新媒体艺术不仅成为当下艺术的主流模式，而且为艺术的现代性做出了探索与实践，形成了多种图式混杂的艺术存在态势。

三　新媒体艺术对当下影像文化的促动

正如前面所述，新媒体艺术出现的超文本意义远远大于文本自身的发育。这种意义就是自身文本品格的独特性使它在多方面为人们树立了一种全新艺术书写的观念，从而厘清人们业已存在的影像文化与视觉文化理念，革新了文本的认知途径。

新媒体艺术首先强化与凸现了人类自身的主体性，特别是在科技的推动下影像文化逐渐下嫁到民众阶层，撕破了原来只由影像精英们把玩的禁闭性的高贵面纱，促使影像文化与视觉文化的转揬，而这种影像文化的揬转直接告示着新媒体艺术对叙述话语权利的扩散。随着影像界域的扩充和对人类的生活介入，影像的制作手段成为了普通百姓与一切社会机构所能操控的常规手段，家用录像机、家用摄像机、编播系统的大量攀升以及各种数字化影像软件的大量开发与简易化发展，为普通人获得影像叙述权提供了直接的可能性。话语权利的获得，影像系统的多渠道展示，特别是家庭直播、单位内部直播、微波传送、有线传输、卫星传送、联网播映等播映渠道的多样性，为个人影像叙述提供了支撑平台，形成一套完整的拍、编、播的影像循环流程，更有甚者还可以赋予一种经济化的运行与销售渠道，在各个方面共同保证了个人影像叙述的良性循环。

---

① ［英］阿伦·布洛克：《西方人文主义传统》，董乐山译，三联书店 1997 年版，第 12 页。

此外，新媒体艺术增强了影像文化与人类艺术体验的互动性。视觉文化在人类整个文明层面上早已不再是一个狭窄的存在体，而是一个不断扩张的文化面，尤其是在网络为中心的当下，形成了由美术、电视、电影、网络等共构而成的图像时代，加之在全世界方兴未艾的专业与非专业的艺术教育活动的催化下，视觉文化已经和人类自身的生活休戚相关，并成为人类的自身生存的一种依附方式，尤其最近出现的被国人称之为新新人类的年轻一代就更真切地体现出来。他们从小浸泡在影像文化里，动画与卡通成为了他们幼年时期属于自己的一块自足的精神"乐园"，自小形成的这种观看习惯烙下了图像化生存方式的印记。显然，影像文化已经不是存在于学院派理论家的舞文弄墨之中，它早已楔入并成为人们的一种生活方式，可能这就是新新人类与众不同的真正要旨，成为了影像发展与人类生存互动的例证。新媒体艺术还彰示着影像文化的另一重要维度——游戏功能，把观影的体验功能与新媒体艺术特别是网络艺术的播映功能结合在一起，让网站与文本形成互动，促使访客产生"融入、代理、转变"的新型美学体验，即"融入"到"浸入本文世界的体验"，"代理"慢慢演化为"我们参与本文的能力"，"转变"成为"电子本文赋予我们的在一个始终充满变化的世界中转变立场、改变身份、扮演角色或成为变形人的能力"。[①] 所以，这种影像文本与新媒体艺术共同提供了观影或游戏体验时的数字魔力，使得这种共生关系上升成为新世纪电影营销策略不能忽视的重要方式，迫使人们不得不去考虑新媒体艺术文本透射形成的这种近乎互文本关系的存在态势与营销效果。

新媒体艺术对影像文化的另一个促动是表现在于一种艺术书写的形成。书写本质上是思维模式的体现，文字文明主控的社会中，语言是思维运转的工具，而在由图像主控的文化形态中，图式知觉与图式转化理

① ［美］J. P. 特洛特：《〈女巫布莱尔计划〉的策划》，《世界电影》2002年第2期。

应成为这种书写的载体。当然，书写与阅读是密不可分的，既然存在于图像的书写，那么图像的阅读自然而然地成为书写思维中的重要组成部分。依靠高科技媒介的新媒体艺术，特别是在高科技媒介逐渐走向民间后，主体的书写愿望就非常强烈地满溢出来，甚至这种图式思维模式将会影响人们对世界的查看，形成用图式来构建、反观和替代世界的真实图景，慢慢演化与建构一种新的观看方式。图式符号开始构造现实世界，所以"形象或类象与真实之间的界限已经内爆，与此相伴，人们从前对'真实'的那种体验以及真实的基础也均告消失"。①

（载《美术研究》2004 年第 4 期）

---

① ［美］道格拉斯·凯尔纳、斯蒂文·贝斯特：《后现代理论：批判性的质疑》，张志斌译，中央编译出版社 1999 年版，第 154 页。

多媒体视觉艺术的文化特征

唐　骅*

　　20 世纪以来电子传媒的飞速发展，新的媒介传播技术为艺术的表达和接受提供了新的手段，催生出一系列新兴艺术的诞生，如电影、电视、动漫、游戏等。传媒生产出的潮水般的视觉符号构成了我们的生活空间视觉传播日益成为人类传播中占主导地位的传播方式而以影像与形象为主的视觉艺术已成为当今艺术的主潮。正如美国学者丹尼尔·贝尔所指出的："当代文化正在变成一种视觉文化而不是一种印刷文化，这是千真万确的事实。"① 所以学者们惊呼继 20 世纪哲学界"语言转向"之后，又发生了"视觉转向"。"无论我们喜欢与否我们自身在当今都已处于视觉成为社会现实主导形式的社会"②。视觉转向乃是由通过语言把握世界到通过图像把握世界，其实质是从语言范式向图像范式的转变，其核心是视觉化。数字化网络特别是宽带网技术带来的网上看电影、看戏、参加网上音乐会、网上参观画展等，更是把视觉转向推向电子网络，从而进一步加剧了文字传播的式微和视听图像的媒体霸权。

* 唐骅，男，外交学院基础教学部副教授。

　　① ［美］丹尼尔·贝尔：《资本主义文化矛盾》，赵一凡等译，三联书店 1989 年版，第 156 页。

　　② ［斯洛文尼亚］阿莱斯·艾尔雅维茨：《图像时代》，胡菊兰、张云鹏译，吉林人民出版社 2003 年版，第 25 页。

当我们置身于视觉艺术的洪流之中时，如何正确地认识和看待视觉艺术，坚持较高的文化品格和正确的价值取向把握视觉艺术的鉴赏规律，就成为一个值得关注的话题。

以影像为主要范式的视觉艺术是一种全新的艺术形态。它有自己鲜明的文化特征，主要表现在以下几点。

一 艺术受众的普泛化

在印刷文化时代，人类主要将文字作为表达情感和相互交流的工具，因而语言艺术是主要的艺术形式。但是语言是某种间接的形式，而不是客观事物的具体存在形式。用语言塑造的艺术形象不能像视觉艺术形象那样直接作用于人们的感官，而只有当读者了解了某种语言所代表的意义时，他才能感受和认识用这种语言塑造的艺术形象。因而要能够欣赏语言艺术，必须具备一定的文字阅读能力，而这种能力并不是人自然形成的，而是后天学习的结果。相当多的大众没有条件学文化，造成这种能力的缺失。他们对语言艺术只能敬而远之。所以语言艺术的受众是有限的。而视觉艺术是以图像和声音的形式传播信息，排除了书面文字对大众的限制。它无须将经验、体验加以翻译，无须借助于任何中介，而是以直接的视觉经验、体验为内容，以直接观照的方式呈现于人类面前。它去除了语言文字中介可能引起的误解歧义，强调直观地把握视觉艺术现象、反思视觉艺术现象。所以视觉艺术是一种典型的"直观"艺术。而人的"看"和"听"的能力是天生具备的，只要智力和视力正常人们凭借生活经验和简单的教育就能看懂和听懂影音图像。人类认识世界、把握世界的基础是感知，人类通过眼、耳、鼻、舌、身等感觉器官来感受这个世界，而在人的整个感觉器官中居于主导和基础地位的则是人的视觉。人类的视觉经验发挥了强大的作用，影像的通俗易懂使人们在影像出现的"短短二十年内就懂得了画面的纵深、隐喻和象征"①。

在当代视觉艺术中，由于电视、电脑以及网络技术的大量使用，视觉艺术在内容和形式上更加通俗化；快节奏的生活使人们对视觉形象不可能作更深入的分析和研究，而更多地讲究视觉冲击力，讲究符号化和平面化。另外，当代视觉艺术常常表现为感觉的直觉性。人们不仅拆除了认知艺术的桥梁，而且也突破了内容与形式的界限。人们不再追求画面形象的逼真性，而更加注重作品给人带来的感觉和体验。由于每天都要接受大量的视觉信息，审美疲劳使人们的审美趣味变得求新求异。传统的审美观受到了挑战，一些具有强烈视觉冲击力的作品例如 CG 艺术受到当代特别是青少年的欢迎。作为艺术家包括平面设计师们，对于社会受众审美心理和审美趋向表现得极其敏感。

影像的可批量复制为视觉艺术的大众化、普泛化提供了物质技术条件。伴随着科学技术的发展，影像的生成由静态的照相术发展到连续的电影摄像和电视摄像。商业化的推波助澜使得我们生活的世界充斥着各种技术工具生成的影像，这些视觉产品夹杂着各种意义和意识形态涌向人们的眼前，技术影像时代颠覆了传统影像时代对世界的视觉表达，表达变为呈现。技术影像还通过大量复制来解构传统影像，而这种机械复制方式的出现使艺术的受众呈几何级数增加。艺术鉴赏不再是少数文化精英的专利，而成为全民性的、大众化的群体消费行为，大众实现了对艺术的向往和实践。本雅明认为欣赏复制品要比欣赏原作容易得多，这是因为"技术复制比手工复制更独立于原作"，"技术复制能把原作的摹本带到原作本身无法到达的地方"②。原因很简单，传统艺术品囿于其时间和空间的限制，以及原作存在的独一无二性，其传播受到了许多客观

① ［匈］贝拉·巴拉兹：《电影美学》，中国电影出版社 1986 年版，第 20 页。
② ［德］本雅明：《机械复制时代的艺术作品》，浙江摄影出版社 1993 年版，第 6 页。

限制。而以光电信道传送的影像可轻而易举地对母本进行无限复制，对影像进行批量生产。尤其是对于网络化电子艺术来说，不仅复制的手段更为便捷，拼贴的方式更为多样，而且复制与拼贴已经成为电子文本的一种生成方式。在计算机创作中，经典的摄影、绘画、音乐、影视作品的复制酷似原作。影像的批量复制使影像传播的范围广阔而成本低廉，人们可以不受特定的时空限制而随时欣赏到大量的视觉艺术作品。比如柴可夫斯基的交响乐或达·芬奇的绘画作品，本来是人们难以接近的对象，但是由于复制品，或是 CD，或是印刷物，其传播范围大大地拓展了。影像打破了印刷文化时代的文化等级的界限，甚至打破了国界。作为视觉艺术的影像是一种淡化了文化等级、淡化了国家区域的全民的甚至世界的共同语言。

二 艺术媒介的综合性

传统视觉艺术形态的主要功能是在二维与三维（雕塑）空间里来完成物象的造型与展示。人们常说"绘画是化动为静的艺术"，传统视觉艺术的一个基本特征是信息简单单一。为了扩大作品的信息量艺术家必须一以当十，选择对象的典型瞬间来表现，才能使作品具有强烈的感染力。这一特点既是传统视觉艺术的不足，也是其重要的审美特征。无论绘画、摄影还是雕塑其艺术目标都是为了触发人的想象力，使艺术形象在人的头脑中动起来。同时，它也需要受众具备一定的美学修养和艺术想象力才能欣赏其艺术。比如古希腊雕塑《掷铁饼者》通过一个典型的姿势使这位蓄势待发的运动员在人们头脑里呈现一幅急速旋转的动态形象从而增强了其艺术感染力；中国著名画家齐白石的《蛙声十里出山泉》仅靠几只蝌蚪和一注清泉就把"稻香阵阵说丰年听得蛙声一片"的意境塑造得惟妙惟肖。

在新型的视觉艺术中，造型与展示能力得以大大拓展和丰富，它不仅承续着传统视觉艺术对空间的占有欲望，而且还融合了影像艺术中运动与声音等多种传播媒介，同时作用于人的听觉和视觉，也就是说，在表现力上增加了听觉感知与时间流动两个新的审美维度。新型视觉艺术是对多种艺术媒介的综合运用，是一种交融性的综合艺术。媒介符号的多元使视觉影像可将造型最基本的六个元素——人、光、声、色、景、物有机地结合，可以兼容音乐、舞蹈、戏剧、文学、绘画、摄影等艺术形态。视觉影像可以兼容和侵入一切艺术领域，调动和运用一切艺术表现手法，为我所用。在新的社会语境下，艺术本身的形态构成已经超越了传统艺术而发生了质变，完全拓展与颠覆了传统艺术的表现形式。新型视觉艺术的表现方式充分满足了后现代艺术中追求视觉快感的文化企图和社会语境。当代艺术家对各种材料、媒介的综合运用已经操作得相当熟练了。1998 年夏天北京炎黄艺术馆举办了一个"图像艺术展"，从平面效果看参展作品类似于绘画作品，但每幅图像都是摄影、计算机绘图、喷涂等多种艺术手段的结合。如此大拼盘艺术在网络中更为流行。可见多媒体技术造就的新型视觉艺术已经消弭了艺术门类间的界限，使艺术的传播、保存发生了质的变化。同时数码多媒体艺术把人的文化体验的个性化因素降到最低点，并使艺术的大众化成为一种潮流。此外，电脑技术打破了原作和复制的区别，使利用他人的艺术作品变得如此的容易，以至使版权的保护越来越成为法律关注的焦点。

三 艺术接受的投入式

传统语言艺术的韵味在于文字的耐人寻味性和间接造型的丰富想象性，它没有能直接作用于人的感官的色彩、线条、屏幕等物质媒介，只有作用于人的想象的抽象的文字符号。人们展开想象的翅膀，让心灵和微妙的情感与现实世界发生审美关系，才能感悟到作品的韵味和诗意。而视觉艺术较之语言艺术则更贴近人们的感应性，图像摒弃了语言概念中介，越过这一中介，直接地诉诸人的感性。视觉艺术在表现方式上是"物于物"，它泯灭了深邃的思致和含蓄，不需以想象为中介便能直观、简单、快捷地完成艺术接受，艺术欣赏凸现出感官诱惑和视像消费的特点。由于"视觉"观念更加注重对于视、听等感官欲望的开发与满足，并进一步拉近了艺术与人的本能欲望之间的距离，满足当代人的心理诉求，因而，它比语言艺术的理性模式更能彰显人性和人文精神。文学名著的荧屏化、漫画化在当代进一步扩大了文学名著的影响便是一个不争的事实。而图像的增多又"造成了图像与文字的互文性"，"给传统的阅读增添了意趣和快感"①，并有效地弥补了话语表达的不足。影视剧中鲜活的人物影像使得阅读文学作品变得更为生动、更具有亲和力。

在激烈竞争的市场经济社会，人们的心理变得更加敏感、焦虑，人们的生活节奏正在加快，那种田园牧歌式的慢节奏再也无法适应现代人的心理诉求，人们需要更多快节奏的艺术形式。在音乐上出现了如迪斯科、摇滚等，在视觉艺术上则突出速度和新颖的画面，讲究平面化讲究视觉冲击力。如美国动画片《海底总动员》不仅色彩鲜艳，形象造型生动有趣，而且突出表现了母爱和友谊的主题，所以深受儿童以至成年人的喜欢。近些年，在电影制作过程中，制片人常常不惜工本大量使用电脑特技，突出大场面新、奇、特的视觉画面，获得了不菲的票房价值。视觉艺术带给人们的充满视觉冲击力的画面和影像造型以及和谐的音乐所构成的观影空间，使人们消失了审美距离感由"沉思式"审美向"投入式"审美转变。如时尚的青春偶像剧所构建的"仿真世界"，投射着青年和女性亚文化群体的欲望，是一种欲望化的展示。这种戏剧通过对梦幻的追逐和欲望的宣泄，为青年亚文化和女性亚文化提供了逃避世界的途径，并成为一些与之共鸣的青年人狂欢的"娱乐场所"。

---

① 周宪：《读图、身体、意识形态》，《文化研究》第 3 辑，天津社会科学出版社 2002 年版，第 76 页。

四　欣赏过程的互动性

新媒体视觉艺术与传统艺术的区别还体现在有无互动性上，它的参与者通过与作品联结，使其如身临其境，融入其中，从而与系统和他人产生互动。如在 Flash 互动音乐电视中，观众可以根据喜好，对画面中的女主角进行从头到脚的重新造型，不同的选择将会使女主角的音乐电视表演以完全不同的形象出现在观众面前，演出符合不同受众审美需求的、充满个性特征的音乐作品。这种视觉元素的可变性是传统艺术形式望尘莫及的。

新媒体视觉艺术的互动性还体现在以视觉语言的丰富多变来迎合大众的欣赏需求。与绘画艺术相比，多数互动视觉艺术作品虽然也是呈现于一个二维的平面，但是它用变化的影像极大地突破了二维空间的限制。其影像多呈嵌套形式，受众从一点可以进入无数可变的空间。这不仅是对传统绘画艺术的大幅度突破，也是在影视艺术基础上实现的创新。"如果说影视艺术对绘画艺术的突破在于利用其动态的影像突破了传统绘画的静态画面，那么互动艺术则用多变的影像突破了传统影视单一的影像内容，用多变的视觉语言突破了传统绘画的固定空间。可以说处处思'变'是互动艺术语言鲜明的特征之一。"[①] 由于视觉语言的生动、丰富、多变，因而新型视觉艺术赢得了广泛的受众。

网络游戏是最典型的在影视艺术的基础上发展起来的互动艺术形态之一。它继承了传统影视利用声音和画面结合叙述事件、传递信息的表达方式，同时，又对传统影视艺术进行了脱胎换骨的改造，使网络游戏中的角色形象、人物行为、故事情节、现场背景等均是可变的，使受众拥有丰富的选择机会、开放的故事结构和难能可贵的参与创作的实践，

---

① 权英卓、王迟：《互动艺术新视听》，中国轻工业出版社 2007 年版，第 24 页。

受众可以无所顾忌地发挥自己独特的想象力和创造力。这种互动艺术能使平民大众在轻松愉快的游戏中争得自身的文化权利，获得享受文化快餐的机遇，并能够在与虚拟对象的互动中，由被动的文化接受者一变而为主动的参与者，体验到文化创造的愉悦。因此网络游戏深受大众的青睐。

1992 年至 1996 年，中国网络互动游戏逐渐兴起，以《侠客行》为代表的文字网络游戏开始盛行。2003 年，网络游戏正式被列入国家 863 计划，政府投入 500 万元支持原创网络游戏开发。作为一项新兴的文化产业，我国网络游戏发展很快，目前已经形成益智休闲类、社区式和大型网络游戏三大细分市场。根据中国出版工作者协会游戏出版物工作委员会（GBC）与国际数据公司（IDC）联合发布的《2007 年中国游戏产业报告》显示，中国网游市场 2007 年实际销售收入为 105.7 亿元人民币，国产原创游戏企业总收入 68.8 亿元，占网游市场总收入的 65.1%。2007 年中国网络游戏用户数已达到 4017 万人。这些数据说明"中国创造"的网络游戏已经成为民族游戏产业的支柱。目前国内几家知名的网游企业，如盛大、网易、腾讯、金山、网龙等，都在努力打造中国创造的响亮品牌，大力发展绿色网游力求使网络游戏变成主流文化的重要组成部分。

五　艺术体验的真实性

虚拟现实技术不仅仅作为一项科技成就，它目前已经开始应用于很多现代艺术创作。虚拟现实，就是采用以计算机技术为核心的现代高科技生成逼真的视觉、听觉、触觉一体化的特定范围的虚拟环境，体验者借助必要的设备以自然的方式与虚拟环境中的对象进行交互作用、相互影响从而产生身临其境的感受和体验。

借助于数字仿真技术，电脑网络建构了一个与以往经验世界迥然不同的虚拟世界。正如卡斯特尔在《网络社会的崛起》一书中指出的：当代文化是一种基于符号互动的"虚拟文化"，新的电子媒介不仅产生了虚拟现实（virtual reality），更建构了一种"真实虚拟"（real virtuali-ty）①。事实上，虚拟现实不只是像电视那样进行视觉仿真、听觉仿真，而且将触觉仿真以至味觉仿真、嗅觉仿真都作为自己的目标。有了灵境（虚拟现实的另一译名）技术，"人们也不必通过计算机屏幕的窗口观看电子游戏，而是可以进入虚拟环境中和里面的人物一起游戏玩耍了。电影是通过演员们的表演，间接获得进入其他世界的体验，而灵境可以使我们自己获得亲身的体验。"②

在虚拟的游戏世界中还原现实中的真实，冲破传统网络游戏制作思想的束缚，已是网络游戏的发展趋势。网络游戏构建的"仿真世界"，其逼真性令许多青少年投入其中而难以自拔。如网络赛车游戏《飙车》中的"城市模式"，将城市里的实景街道完全搬上了游戏舞台。《飙车》中的城市模式演示的是韩国首都首尔，该场景是完全模拟首尔的真实街景来制作的，从比例到实景都是100%完全拷贝。你可以驾驶属于自己的汽车畅游其中。在这个高楼林立、灯火通明的城市中穿行，路边的建筑不但漂亮，而且丰富多彩：鲜花店、时尚装饰品店、电子产品店，甚至路边的小摊，大排档都真实可见。大厦上的广告牌上还清楚地用韩文写着："真露清酒400CT，乌冬面8000CT"。加上开着各种车辆穿梭在大街小巷的玩家们，使得整个虚拟的首尔显得既鲜活又热闹。它的吸引人之处在于，在游戏中与你一起比赛的不是电脑模拟出来的对手，而是一个个活生生的玩家，大家可以在游戏之中交流技巧，竞速比赛，结成车队招摇过市。由于网络游戏互动性强且情节吸引人，青少年很容易进入角色而混淆现实与虚拟世界，加上平时学业压力大，孩子为排解压力易沉

① 卡斯特尔：《网络社会的崛起》，社会科学文献出版社2001年版，第463页。
② 汪成为、祁颂平：《灵境漫话》，清华大学出版社1996年版，第76页。

多媒体视觉艺术的文化特征

迷其中。中山大学公共卫生学院副教授郭丽估计内地青少年网民中，多达50%的人上网成瘾，即约244万青少年对"电子海洛因"上瘾。网瘾与酒瘾、毒瘾一样属于病态患者心理都存在不同程度的抑郁、自闭、焦虑、强迫、偏执等症状。由于"网瘾"使不少青少年耽误了学业葬送了前程。此外网络游戏、动画片中过分渲染的暴力影像，对青少年的负面影响更是不可低估。心理学家认为，长期观看暴力影像对孩子的成长尤为不利，其负面效果主要表现在三个方面：一是孩子们或许会变得对他者的疼痛和感受越来越麻木；二是孩子们或许会对周遭世界更加害怕；三是孩子们或许会更倾向于对他者采取攻击性的行为。① 这种可怕的影响呼唤着全社会对影像暴力问题的关注与重视。

在发展当代视觉艺术的过程中我们应该怎样坚持正确的价值取向，使其与培育现代人文精神相统一，当今科学技术的神奇为我们带来了绚烂多姿的视觉艺术和丰富奇特的影像艺术的神奇、信息的便捷、物质的丰赡容易使人忽略了美德的修养、理性的崇高和精神的健康。那么，如何实现发展当代视觉艺术与培育现代人文精神的统一，是艺术家不容忽视的问题，亦可说是艺术家应该承担起来的神圣职责。由于高尚的精神追求在现实世界中不断被淡化，艺术家面对着物欲的浸染、享乐的放纵，为了追求最大的经济效益，千方百计地迎合受众，致使媚俗的舶来品、赝品、拼接品、复制品增多出现了大量的视觉垃圾使艺术的百花园受到了严重的污染。毋庸置疑，了解受众，明确他们的特殊需求，进行准确的受众定位，以保证有效地实现作品接受面的最大化，这是艺术创作者应该重视的问题。但是，迎合受众并不能简单地投其所好。我们必须明白，在大众文化背景中，受众的需求和趣味常常带有庸俗的成分，如何将受众引导到积极、健康的方向上，是每位艺术家进行创作时都应理性地加以思考的问题。我们只能迎合受众积极的、健康的审美趣味和娱乐

---

① 郑贞铭：《电视暴力对儿童的影响》，《荧屏世界》1994年第3期。

需求，绝不能对他们的低级趣味、奢靡要求和陈腐欲望不加分析地迎合。要把受众定位与正确引导结合起来，创造出更多的内容健康美好、形式新鲜生动的新视觉艺术作品，通过其画面和细节把真善美广泛地传播给民众。对于由国外引进的视觉艺术品，有关部门不能只顾经济效益而不讲社会效益。应该严格坚持准入准则，把好审查关。要引进一些诸如《铁臂阿童木》、《一休》、《蓝精灵》、《天线宝宝》、《米菲》等这样的精品。对于渲染黄色、暴力、血腥的视觉影像决不能打开闸门，以免对广大受众产生不良的影响，造成潜移默化的精神污染。有关部门应努力将国内外优秀、健康的动画作品呈现给观众。只有这样，我国当代视觉艺术才能沿着正确的道路健康地发展。

（载《美与时代》2008 年第 4 期）

多媒体视觉艺术的文化特征

反思"读图时代"语境下的视觉设计

林玉凤*

"读图时代"的概念大约是 20 世纪末期由新闻界、出版界提出的，特别是在今天电子技术和资本经济的推动下，"读图"已成为我们时代的一种文化表征。"读图时代"使视觉文化在某种程度上成为一种强势文化，但也给视觉文化带来了负面的影响。许多令人担忧的问题，使我们不免要对这一时代的主因——视觉设计进行反思。从视觉设计的主体、视觉设计教育、视觉设计所处的市场、行业环境几个方面反思"读图时代"语境下视觉设计的责任问题，是构建一个更加健全的视觉设计的价值体系的关键，也是一个重要的视觉文化生态课题。

一 "读图时代"的来临给视觉文化带来的负面影响

（一）审美品味的消遣化和娱乐化

"读图时代"的来临消解了精英文化和大众文化之间的隔阂，模糊了纯艺术与大众艺术之间的界限，使得审美活动从精致的、贵族式的、高雅的以及先锋性的，由少数人拥有的活动蜕变为一种平民式的、日常性的群体文化消费行为，使得稍具视觉感知能力的芸芸众生都能参与到

---

* 林玉凤，女，福建工程学院文化传播系副教授。

审美活动中去，而无须太多地受限于知识文化水平和艺术修养的高低。这无疑在最大程度上扩展了审美主体的范围。人们的日常生活被审美化，审美也被生活化，这不能说不是视觉文化的一种划时代的变革，但这种审美的泛化发展到了一定的程度，审美趣味便逐渐走向消遣化和娱乐化，大量通俗浅白、娱乐性的视觉符号强烈冲击的结果，使审美从"凝神专注式"转向了"消遣式"。人们在对图像的阅读过程中，注意力被引向视觉可以直接感知的图像细节，视觉感知更多地局限在当时的情景乃至自身的感知经验上，难以建立起整体的观感。对对象的审美沉浸与欲望投射的强调，代替了与对象之间保持的审美距离，审美更多地是诉诸观众当下的即时反应和体验，一种能体现文化与思想能力和修养的"视觉素养"逐渐退化①。

（二）视觉文化越来越趋向感性化

由于审美趣味的消遣化和娱乐化，使审美摆脱了传统经验中的无目的、无功利的静观，以及在对客体的审美观照下的细细品味，实现情感从感性到理性的升华。今天的视觉文化却像脱缰的野马滑向了感性化的边缘。视觉文化中感性的过分张扬和理性精神的萎缩，使其渐渐失去了文化内核。②

毫无疑问，图像满足了视觉最直接的感观快感，今天的消费时代也愈发膨胀了这种感性的需要。视觉生产无法脱离商业消费的制约，由此带来视觉设计师们趋时尚新，以新为进步，而忽略艺术内涵和自我艺术深化完善的可能。设计作品中主体性缺失的现象屡见不鲜，现代商业和传媒的新异趋变时尚的浸淫，视觉文化对传统的崇高理想价值追求的抛

---

① 张舒予：《视觉文化概论》，江苏人民出版社 2003 年版。
② 叶碧：《趋势、偏向、超越——关于审美文化的思考》，《美与时代》2005 年第 9 期。

弃，对公众低级趣味的逢迎，使传统文化与民族精神、与我们的日常生活和精神理念逐渐的疏离。虽然图像是感性的，图像占中心的视觉文化所建构的主体趋向于感性的经验是必然的，但是，"读图"并不意味着对内涵的放弃，只求感观愉悦。如果那样，"读图"将流于肤浅和庸俗，传播也将失去意义。因此，"读图"不可能是对图的简单识别，图像应该着力表现文字所不能或不能充分表达的内容，图像需要思想来依托。只有这样，视觉文化才能不失去理性精神的光芒，才能造就出更多高品质、有思想的受众。

（三）过度的技术性使视觉虚幻化

科学技术的发展是视觉艺术发展的基础，是视觉表现形式多样化的催化剂，它大大丰富了视觉语言，造就了"读图时代"的来临。但当代电子视像技术的广泛应用，却又在为我们创造着一个人工的视觉环境。它是一种客观性缺失的主观创造物，使人类越来越远离真实的自然，对真实的自然失去审美的判断能力，并将我们的视觉引向了虚幻化。今天电脑和数字技术为视觉设计提供了前所未有的技术支撑，使得虚拟现实已经成为了可能。电脑图像设计软件和程序，为视觉创新创造了契机。人的视觉想象力和空间探索范围极大地拓展了，视觉图像可随意地进行组合和变异，图像变得越来越符号化和人为化，图像的复制越来越简单了，传播也变得越来越便捷了。这种图像的泛滥意味着导致各种人为形象的蜂拥而至，形象对人的包围已成为一种不可遏制的趋势和日常生活景观。[①] 在高度人为化的视觉文化中，这些充斥在生活中的人为形象所带来的视幻觉遮挡了我们对自然形态的视觉观照。我们被围困在一个刻意追求人为视觉效果的符号世界里，"当人的意欲完全对象化为技术世界

---

① 孟建、刘成付、路云：《视觉文化传播的理论诠释》，复旦大学出版社 2005年版，第 74—78 页。

时，这个世界只体现建立在逻辑性关系基础上的现象界的规律，而不是传统的作为绝对真理的自然本体。"①

（四）过度的图像消费使人产生视觉的匮乏

在过度的视觉消费面前，为了赢得眼球，视觉设计必须不断地推陈出新，求新求异，今天相当一部分的视觉设计也因此误入了歧途。尽管各种新奇的视觉形象被不断制造出来，但展现在人们面前的一方面是许多需要断想、猜测的形象。设计在创意中过分地玩味着隐喻和象征的手法，使视觉情景困惑迷离，出现解读的困难。这种视觉形象的刻意策划和人为化在加剧视觉富裕的同时却强化了视觉上的"匠气"。另一方面是一些充斥着畸趣、俗趣和劣趣的形象，使视觉体验失去了自然天成、平实清晰的愉悦感，以至于生活在如此文化中的人们，在视觉消费过剩的同时又感到某种视觉要求的匮乏。

二　"读图时代"语境下视觉设计责任探析

"读图时代"过分地追求感官刺激，片面地强调视觉冲击力，使人们的视觉不堪重负；过分的视觉符号化，使人们离真实的世界越来越遥远，陶醉在审美化的虚幻中，在不自觉中丧失了对于真实的体验能力；大量的设计作品中存在着文明智慧和艺术品格的"缺席"等等，都不能不促使我们对"读图时代"语境下视觉设计的责任问题进行思考。

（一）视觉设计的具体实践者（设计师）职业素养的差强人意

1. 专业素养的浅表

今天的视觉设计已由传统的二维向多维的空间扩展，由静态视觉传

---

① 李鸿祥：《视觉文化研究》，中国出版集团东方出版中心 2005 年版，第 199页。

反思「读图时代」语境下的视觉设计

279

达向动态的多媒体信息传播延伸，除了具有多元化、边缘性的特点之外，还具有特定的社会文化和个性鲜明的人文文化特性，因此要求视觉设计人才应具有与多学科交叉、多层面复合相对应的扎实的基本功。单一的专业能力往往不足以解决其多学科交叉、多层面复合的综合性问题，但是，今天技术使人们摆脱了繁重的设计技能劳动的同时，也导致了一些设计人员只将设计停留在电脑辅助设计和媒介技术应用的层面上，仅限于运用电脑便捷的手段来进行拼凑、特技处理。专业能力局限在显性的技术表层，缺乏隐性层面的观念思想，设计出现了思想性薄弱、流于形式的倾向，设计意味的蕴含被抛弃，设计成为电脑操作下的一种固定僵化的模式，制造出一批设计思想内涵上言而无物、华而不实、肤浅无力、重复雷同、千人一面的"视觉垃圾"。

尤其在商品经济的驱使下，一些所谓的"设计师"为了赢得"眼球"，片面地追求创意，置设计的终极目的于不顾，为了加大视觉刺激，依仗着越来越先进的媒介技术手段不断地创造出位之思，不断地违背形象自身的逻辑和人的认知思维逻辑，导致受众想象力和理解力的混乱，使人们在承载视觉负荷的同时迷失了正确的判断。例如贝纳通的服装广告创意用与服装没有任何瓜葛的色彩各异的安全套来吸引眼球，并更进一步发展到创意出牧师和修女接吻的广告。这种利用离经叛道来达到哗众取宠的宣传方式在今天已愈演愈烈，更为可怕的是这种只要赢得"眼球"可以不择手段的做法却被越来越多的设计师所推崇。

2. 道德伦理观念的淡薄

人们对设计经济作用的重视，远胜于对其社会学方面功能意义及影响的重视。虽然我们已经在全球化的视野下提出了"绿色设计"、"健康设计"和"生态设计"的概念，但将此概念转化为真正意义上的设计行为却是那样的行路艰难。设计师们往往以身陷投资方与消费者之间处境尴尬，无法实现对设计价值的独立判断为由，推卸了所应承担的社会责任。在资本利益、个人利益和公众利益之间煞费苦心地寻找着平衡时，最终往往被个人利益所掌控，获利成了他们良心所在。因此，设计师常常用文化、时尚和先锋的名义，甚至用猥琐的视觉形象诱发人内心深处的劣根性以推动消费，因为只有存在不理智的消费，才会获得超值的价值回报。在这样的情况下，投资方和设计师找到了利益的共同点，设计便成了他们的合谋，消费者在这种欲望极度膨胀下炮制出来的必须被伦理、道德拷问的视觉形象的浸淫和唆使下成了牺牲品。今天，"软色情"广告的猖獗肆虐，便可见此一斑。

3. 人文精神的丧失

设计师人文精神丧失的根源在于中国传统审美文化在当代的失落，在于今天经典缺乏、快餐文化、技术至上所形成的大众文化的背景，在于资本膨胀下现代消费文化的土壤。这些因素都在塑造着当代注重感官、喜新厌旧的文化性格与文化心理，传统文化所讲究的内心的宁静与心灵的对话已逐渐消失了。"当代文化在使人们失去与内心世界联系的同时，也丧失了对待外在世界的那份耐心。如果说，在传统的世界中，世界总是在人们的审美活动中不断地呈现其新意，那么在今天，世界的意义就只是存在于人们当下的视觉直觉之中"①，这使得本应具有宽泛人文内涵的视觉设计，也无力对世界进行精神的把握，而沦为某些文化修养肤浅、缺乏历史责任感、心智浅薄的所谓设计师手中实现个人利益最大化的工具。设计领域充斥着低俗或追求感官的现象，甚至已形成了某种趋势。设计虽源于熟练的技艺，却是力求使我们超越物限，达到一种自由的精神境界。只有这样，设计中消费意识的取向才能上升到设计文化的高度，才能真正设计出人类文明和未来。但是，现实中有不少设计师，却满足于不断制造各种"视觉冲击力"，使我们局限于物欲，沦为感官的奴隶，设计似乎远离了人文的坐标，陷入了文化无根的状态。

---

① 李鸿祥：《视觉文化研究》，中国出版集团东方出版中心 2005 年版，第 207 页。

（二）视觉设计教育缺乏前瞻性

1. 设计教育的短视现象

教育是人类文明传承的主要载体，是推动人类社会全面进步和可持续发展的不竭动力，也是视觉设计健康发展的重要保证。教育应具有前瞻性，具有积极的导向作用。设计并不局限在满足人的需求，甚至是刺激人的需求，更有在一定程度上规范和约束人类行为的教化作用，只有这样视觉设计才能引导人类形成积极健康的生活方式。但是"读图时代"语境下的视觉设计教育却存在着短视现象，在总体教育观念中呈现出一种导向性的错误。我们的设计教育强调"以人为本"，当然强调对人的尊重和关爱是应该值得肯定的理念，只是随着人类自身的强大，"以人为本"实质上已经滑向了"人类中心论"的危险境地。我们的教育没有告诉学生如何尊重自然，"适度设计"，与自然共生，却在引导学生如何最大限度地满足人性的需求，激起更大的欲望。只要我们看看今天包装设计的过度精美与奢华所造成的极大浪费，就足以证明目前视觉设计教育的缺陷。由于这种错误的导向，教育走向急功近利，重技术轻人文，重能力轻道德，重经济效益轻社会效益。在这样的导向下培养出来的学生，将如何承担起传承人类文明、美化人类生活、陶冶人类心灵并使人类能够可持续发展的重任。

2. 设计伦理教育的空缺

我们的设计教育知识结构，是由大量的专业及专业基础课程以及包括大学生思想品德修养在内的公共基础必修课组成，虽然部分院校开设了与专业有关的法律和法规，但设计伦理教育却往往被忽视，这不能说不是教育知识结构的一种缺憾。"真"、"善"、"美"应该是完整视觉设计理论的 3 个重要的组成部分。如果说"真"是设计方法和过程的科学性的体现，"美"的追求是理想的动机，那么"善"就是对人们行为的规范与约束。三者之间内涵虽然不同，但却相互支撑缺一不可，只有这样的视觉设计理论框架才是平衡的。今天学生思想品德修养课或德育课都属于教化层面上的理想道德教育，并不能解答市场经济条件下的伦理性问题，由此可以透视出视觉设计教育从一开始就缺乏前瞻性，致使培养出来的学生存在着严重的先天不足，因而造成了设计发展轨迹上伦理道德的偏差。

（三）视觉设计行业和市场的价值导向的偏差

由于一个以消费占主导地位并起着动力作用的时代的来临，人类在主观上和客观上都必然以利益的最大化为目标；而且，随着全球时代的到来，市场化是设计实践必须遵循的自然规律。作为人类一种重要实践活动——视觉设计，当然也无法在幻想的"自律"之中洁身自好，必须服从生产和交换的自然逻辑，必然要受到整个视觉设计行业和市场的价值导向的影响和制约。也就是说，设计师设计出来的视觉形象只有被社会认同和选择时，才能实现市场价值，才能被社会接纳并生存下来。今天，也正是利益最大化的驱使，造成视觉设计行业和市场的价值导向出现了偏差。① 为了利益最大化，社会通过各种形式创造、刺激和再生产着人们的消费需要和消费欲望，为了转嫁制造需求带来风险，便通过广告等媒体的宣传将生产者制造出来的需求转化为消费者的需求。正是由于视觉设计行业和市场的价值导向的错误，视觉设计成为过度消费的帮凶和"读图时代"视觉泛滥的罪魁祸首。同时，视觉设计教育也在这巨大的市场压力下，一味地按市场的需求设置人才培养规格，市场需要什么样的人才，我们就培养什么样的学生，这几乎成为每一个学校的办学宗旨，在这看似义正词严的语言背后却透出了教育的无奈。这种巨大的生存压力使教育失去了根本，失去了承载人类未来所赋予的神圣的历史

---

① 王敏、鲁晓播、叶苹等：《设计为人民服务——关于当代设计价值取向的讨论》，《观察家》2004 年第 8 期。

使命。

三 构建一个更加健全的视觉设计的价值体系刻不容缓

"中国能不能在下世纪可持续发展，能不能在世界上占据优势，单靠知识远远不够，主要是提高人的整体素质"，李岚清同志在20世纪末郑重提出了提高国人整体素质的重要性。今天"读图时代"的来临，视觉素养已成为当代国民素质的重要组成部分，它不仅关乎具有"看的能力"还是"看懂能力"的问题，它关系到人的全面发展，以及民族和人类的可持续发展的问题，因此构建一个更加健全的视觉设计的价值体系刻不容缓。只有一个积极健康而又富有科学理性的视觉设计价值体系，才能培养出健康的视觉评价能力，使我们的视觉感知能够培植出对民族文化甚至是人类共有文化的理解与尊重。百年大计，教育为本，要构建一个更加健全的视觉设计的价值体系教育是根本。不但要通过视觉设计教育，更要通过全面的普及性的审美教育，建立起关爱生命、关注人性、关注人与自然和谐共处、抵制低级趣味、富有社会责任感的科学的审美观，以一种与鲜活的社会生活相联系的审美教育代替单一的课堂说教，进行立美造人。其次，建立一种多元的、交互式的主客体的关系，消解传统设计学理论中对主、客体之间二元对立的认识，统筹设计师、消费者、设计产品、投资者等多方面设计要素，充分考虑人与自然、人与产品之间的关系，使主客体之间形成真正的对话交流，以更好地提高视觉设计的创造行为。同时，建立视觉设计、市场与消费者之间的良性的关系。市场经济条件下，设计本身所具有的创造性和未来性决定了它不仅适应市场需求，而且还能创造出市场需求。市场需求从某种意义上说又是消费者需求的体现，所以视觉设计既要满足消费者的需求，又要具有能动的教化与引导作用。因此，建立起三者之间的互动关系，是构建一个更加健全的视觉设计的价值体系的重要保证。

四　结语

反思"读图时代"语境下的视觉设计，并不表明我们应该放弃现在的视觉环境，重返视觉贫乏的时代。我们所强调的是，视觉设计甚至是整个社会都必须正视这种负面的因素，不要一味沉湎于表面上的视觉繁荣，也不要津津乐道并沾沾自喜于视觉设计所带来的高额的经济价值。视觉设计的责任，是一个由多元素构成的复合体，审美、文化、道德、科学、环境形成视觉设计所承载的社会责任，并在今天"读图时代"的语境下以视觉的方式传达这种责任。要切实负起视觉设计的责任，就必须理性地面对激烈的商业竞争，在"以人为本"的同时，强调"以德为本"，扬弃以人类为中心的"反自然"设计观，恢复和保留人与自然的本质关系。构建一个更加健全的视觉设计的价值体系，这是我们今天之所以反思视觉设计需要自省的原因，也是我们要不断探索的一个重要的视觉文化生态课题。

（载《福建工程学院学报》2007年4月第5卷第2期）

货币与图像的意义

——论后现代主义视觉艺术的审美观

杨孝鸿[*]

随着市场经济的深入发展，消费文化显然已成为了人们日常生活的重要文化特征，并逐渐趋于强劲的态势。当下的视觉艺术也随着这个消费文化的汹涌而呈现出一些新的动向，主要表现在以下几个方面：1. 随着大众对艺术的消费需求日益增多，消费意识逐渐嵌入人们看待和评价艺术的标准和价值判断中，表现出明显的世俗化倾向；2. 这种文化的转向对艺术家的艺术观念也存在着影响甚至是支配的作用，以直接或者间接、积极或者消极的方式反映在艺术家的艺术观念和表达方式上，形成新的创作资源和价值取向；3. 美术的价值实现不可避免地遭遇市场机制的检验和传媒的选择，资本意识开始介入艺术作品生产这一链条上的每一环节中，并生成一些宣传策划和推广渠道，货币哲学由此而衍生的各种理念也势必渗透到艺术的品评过程中。就此而言，深入研究当下的视觉艺术、消费文化和货币哲学理念，以及由此而萌发的雅俗观，是我们在研究时所无法逃避的艺术生产的钮链环节和文化语境。

本文从以下三个方面来分别阐述视觉艺术在当代商业社会中的趣味性的转变，以及其背后的哲学理念的不同。货币在当今社会生活中越来

---

* 杨孝鸿，男，江东徐州人，上海财经大学人文学院副教授。

越显示出巨大的中介价值，甚至是起到了支配作用，其也由原来的单一的物品贸易的纽带，转而呈现出人与人之间的利益关系。

一　货币与物化的世界

作为纽带的货币，在现代商业社会生活中越来越突显出重要的作用，马克思在《1844年经济学哲学手稿》中指出："如果货币是把我同人的生活，同社会，同自然界和人联结起来的纽带，那么货币难道不是一切纽带的纽带吗？"再从人与货币的本质关系来说，货币又"是需要和对象之间、人的生活和生活资料之间的牵线人。"①

在生活中人与人之间的关系和纽带，使得一些看似毫不相干的个人，也由于货币的原因而能"互相的和全面的依赖，构成他们的社会联系。这种社会联系表现在交换价值上，因为对于每个个人来说，只有通过交换价值，他自己的活动或产品才成为他的活动或产品；他必须生产一般产品——交换价值，或本身孤立化的，个体化的交换价值，即货币。另一方面，每个个人行使支配别人的活动或支配社会财富的权力，就在于他是交换价值的或货币的所有者。他在衣袋里装着自己的社会权力和自己同社会的联系。"② 尤其是，在商品经济社会，货币进入了社会的各个细胞，牵动着社会每个成员的生存关系和社会交往关系，尽管货币是整个社会的共同创造物，但是对于每一个单个人来说，它仍然是不依赖任何个人意志为转移的客观现实。它的历史进步性表现在：人性的局部解放和个人生存意志、生存价值的确认与张扬。③ 正如西美尔在论述货币的生活风格所说："金钱的权力产生了任何其他文化因素都无法比拟的扩

① 《马克思恩格斯全集》第3卷，人民出版社1995年版，第359、362、359页。
② 《马克思恩格斯全集》第30卷，人民出版社1995年版，第106页。
③ 参看张雄《货币幻象：马克思的历史哲学解读》，《中国社会科学》2004年第4期。

张，这种扩张给生活中最针锋相对的趋势以同等权利。这里我们看到，这种扩张是纯属形式性的文化能量的浓缩反映，这种形式性的文化能量可以附加到任何一种生活内容中，从而使内容沿着自己的方向加强，并获得越来越纯粹的表现。"①

而当货币化生活世界的出现，货币是"一切价值的公分母"似乎就成了不少人心理依附的教条。货币不仅成为经济世界流转的"大风轮"，而且还成为精神世界的流通物，在一些人的世界观、价值观中，物的完美代替了人的完美，人的精神世界被货币这种"绝对目的"导致的物化和客观化占领了。货币的主体化也使得人类对世界理解趋向物欲化和神灵化。人对货币的顶礼膜拜达到了无以复加的地步。货币是神，货币是上帝，货币在商品世界中取得了至上的神的权柄和力量的象征。货币符号被主体化和神灵化后，人类的精神世界便有可能从"观念形态"走向"幻象世界"，货币幻象②便充满着极为丰富的内容。值得提出的是，货币化生活世界直接影响和关联着人的世界观、人生观和价值观，它使得一种纯粹数量的价值不断压倒品质的价值，从而追求生活意义的平等化、量化和客观化，把人生的消费和积累作为唯一至上的终极追求目标。

在当今，随着人们的商业意识的浓郁，消费文化已经成为了人们大众生活的一种生活观念和生活方式，而且还直接影响到人们对艺术品的看法和审美标准的判断，视觉和听觉的享受以感官愉悦为判断打破了传统的审美准则。这种观念又反而以积极或者是消极的方式反映在艺术家的创作和设计上。同时，随着物质生活的充裕、现代传媒的更迭和现代化进程的加快，文化和艺术消费渐渐成为了人们基本生活消费之外的另

---

① ［德］西美尔：《金钱、性别与现代生活风格》，刘小枫编，顾仁明译，学林出版社2000年版，第34页。

② 参看张雄《货币幻象：马克思的历史哲学解读》，《中国社会科学》2004年第4期。货币幻象主要指货币在观念中所彰显出的过溢的权力张力，或指各种未能把货币量值符号同真实量值区别开来的现象。它是人的主观感觉、意念、联想和想象的产物。

外一项重要的消费内容。人们往往为快乐和消遣而大量寻求快餐式的文化品，这种趋势的后果便是精英艺术的大众化和通俗化。

所谓的"消费文化"其实质就是一种不折不扣的"浪费文化"，完全是以人为的方式在持续着。人们以浪费为职责，以浪费为光荣。商品制造商大搞"浪费战略"，而消费者则大振"消费精神"，拼命地消费。消费是我们该时代的一大特征。现代社会在追求着享乐，现代人在享受着富裕的快乐，表现出骄奢淫逸的生活方式。对于现代人的这种消费观，丹尼尔·贝尔在《资本主义的文化矛盾》一书中将之斥为"享乐主义"。可以看出现代社会乃至文化过度关注物质，偏重物质价值，而无视精神和宗教的价值。现代主义文化的困境，乃是一种"物质主义"的困境。[1]现代人的纵情享乐，使文化成为了一个空洞和到处可用的字眼。"在消费的逻辑中，自由和文化被定义为欲望的满足……"于是乎，享乐就是文化，消费就是文化。文化与消费在当今已划成了等号。一切个人生理或心理的冲动及其满足都可以堂而皇之曰"文化"，贴上文化的标签。[2] 偏重物质，势必影响着人们的审美思维乃至知识体系和秩序的建立，"我们观看事物的方式，受知识与信仰的影响"。[3]

马克思在《政治经济学批判大纲》（1857—1858）中写道："在人类作为社会团体存在时，生产和财富的基础……成为智慧，成为对自然的统治"，以至"普遍的社会知识成为直接的生产力。"知识成了第一生产力，也成了社会发展的直接和重要的动力。既然作为知识，在流通过程中即使用与交换（传播）自然存在着价值和商品的形式。"知识的供应者和使用者与知识的这种关系，越来越具有商品的生产者和消费者与商品的关系所具有的形式，即价值形式。不论现在还是将来，知识为了出

---

① 河清：《现代与后现代》，中国美术学院出版社1994年版，第310页。
② 同上书，第318页。
③ ［英］约翰·伯格：《观看之道》，广西师范大学出版社2005年版，第2页。

售而被生产，为了在新的生产中增殖而被消费：它在这两种情形中都是为了交换。它不再以自身为目的，它失去了自己的'使用价值'。"它本身并不具有价值的可比性，而是投入到与货币相同的流通网络中，"而是像货币一样成为'用于支付的知识'和'用于投资的知识'，即一方面是为了维持日常生活（劳动力的恢复，'幸存'）而用于交换的知识，另一方面是为了优化程序性能而用于信贷的知识"。①

知识必须投入到商品流通中，转化为物方可具有文化的价值，按照西美尔的说法这叫做"思想的物化"。②

二 后现代文化与人的审美取向

1973 年，是一个被历史学家认定象征性的标志，"它标志了西方从现代主义时代向后现代主义时代的转折"。③ 我们知道，后现代一词随着 1979 年利奥塔尔《后现代状况》的发布，其意义不再停留在单纯的哲学范畴意义上，而是取得了一种普遍意义，宽泛的进入日常生活中。时空的转换和文化的更迭，迫使"无论哪个阶级的人们，若要在现代社会中生存下去，他们的性格就必须要接受这个社会的可变和开放的形式。"④ 当然这种对生活和景物的观看，尤其是对视觉艺术的理解，也不再是传统意义上的审美取向以及判断，在此就好像如同马克思所说的"一切坚固的东西都烟消云散了"。

后现代文化源于美国，现今已弥漫在整个世界，目前在美国仍居主导地位，而且"它也是第一种真正的全球化和完全受市场控制的文化形式。"

① ［法］让－弗朗索瓦·利奥塔尔：《后现代状态》，三联书店 1997 年版，第 3—5 页。

② ［德］西美尔：《货币哲学》，华夏出版社 2002 年版，第 366 页。

③ 河清：《现代与后现代》，中国美术学院出版社 1994 年版，第 85 页。

④ ［美］马歇尔·伯曼：《一切坚固的东西都烟消云散了》，商务印书馆 2003 年版，第 23 页。

它强调的是图像的功能和传播。我们知道后现代主义中最突出的特点就是从视觉出发，而且这还是一种"图像与图画不仅相互交缠、而且可以互换的视觉文化"。① 这日益的商品化加上新技术的广泛传播（这里主要是指视频技术）加剧了日常生活的审美化和图像的转向。"对图画转向的幻想，以及由图像整体支配文化的幻想，在整个世界范围内，已经变成了一种真实的技术上可能性。"② 对火爆绚丽的色彩和庸俗题材的追求以及金钱的崇拜已经牢牢吸引住全世界消费者眼球，完全迷惑住了世人的视线。艺术的通俗化，可以说是后现代主义的一大特征。20世纪的音乐更是大众广场的音乐，如摇滚、"第三潮流"和"新世纪"广场，其性质具有了所谓的巴赫金"大众狂欢与多元对话"色彩。雅与俗、台上和台下、传统与现代、艺术与生活、政治与文化、科学与宗教等等的界线，在这里都不同程度地消解了。而这种消解也正是后现代主义的特色。

这些图像与影视一般不需要人们怎样去深奥地理解，也不需要什么观点与视角，仅是供片刻的娱乐消遣之用。"他们不需要一种探索的、启蒙的、沉思的文化；他们不对作品作非功利的高雅的审美反应，因为他们主要指望靠通俗文化养精蓄锐、娱乐消遣。"③ 可以看出通俗文化所带来的唯一而且是最终目的就是给人以娱乐，即时性、娱乐性和商业性是通俗文化的特性，他们并不打算花大量时间观察和研究一些学术性的问题，快餐式的文化艺术只要快速易懂能不费精力和时间就是好，不管它的品位和质量如何，纯正的趣味已经不再是衡量和判断身份的标志。"强调纯正的趣味的时代一旦消失，不仅更多的东西可以吸引更多的人了，而且趣味的标准也激增了……标示旧的审美趣味的词：美、和谐和有序

---

① ［斯洛文尼亚］阿莱斯·艾尔雅维茨：《图像时代》，吉林人民出版社2003年版，第35页。

② 同上。

③ ［澳］西蒙·杜林：《高雅文化对低俗文化：从文化研究的视角进行讨论》，《文艺研究》2005年第10期。

已经失去了意义。"① 可以看出，至今的日常生活和艺术创作货币充当了发展根基点和动力，而且更渐成社会的主流趋势，题材则反映在浅层次上、技术含量不高，而且充斥着庸俗的快餐文化。调侃、嬉皮、玩世不恭、庸俗，甚至有点下流、色情都可能出现，视觉造型自然偏向庸俗的丑学，传统的审美判断已经失去了往日的光环。

而他们的艺术也不外乎是采用模仿混成（pastiche）、引用语（quotation），以及折中主义（eclecticism）等技巧，这些手法的大量使用，有的甚至是完全借用了现成物，降低艺术的技巧，消解艺术的高雅，还试图抹杀了艺术与生活的界限，而这种的做法的后果遭到了哈贝马斯的强烈批判："所有那些把艺术与生活、幻想与实践、表象与真实夷平为一个层面的企图，所有那些抹杀艺术品与日常生活用品、有意识的举动与本能的激狂之间的区别，声明任何东西都是艺术，任何人都是艺术家，取消所有的标准，并将美学判断与主观体验的表现相提并论——所有那些做法，都已被证明是一种胡闹的实验。"②

三　通俗艺术与高雅艺术的冲突

由于金钱的关系，商业社会的文化和艺术出现了严重分歧，构成了高雅和通俗文化的对峙格局。这种现状的形成可以说是完全由这个商业社会所决定的，而且根据经济学中的格雷欣法则，高雅文化还面临着被通俗文化排挤和侵占的危险。我们知道商业和艺术之间存在着一种经济关系，不论是高雅文化还是通俗文化都需要经济和商业社会的资助和关怀。在一个由商业创造财富的金钱经济中，高雅文化和通俗文化都依赖

---

① ［澳］西蒙·杜林：《高雅文化对低俗文化：从文化研究的视角进行讨论》，《文艺研究》2005 年第 10 期。

② 河清：《现代与后现代》，中国美术学院出版社 1994 年版，第 338—339 页。

商业社会为其提供基本资助。商业是美的艺术的赞助人，也是通俗与高雅冲突的始作俑者。商业活动是我们社会财富的根基，它既可以为高雅文化事业提供经费的同时，也可以为通俗文化的流行铺平了道路，培育了更多的潜在消费群。"通俗文化显然与商业社会中压倒一切的价值和共同趣味密切相关，它之所以是通俗流行的，正因为它是令人轻松愉快的，通俗文化的书籍、电影和戏剧利用了商业社会，而商业社会又通过自己的影响和价值体系支持了通俗文化的这些产物。"① 为了能达到商业推销目的和流行效果，它对消费者的要求也仅限于最低程度，只以一种通常喜欢与不喜欢的表面肤浅反应为满足值，在价值观方面不做任何要求。比如最近北京大学哲学系教授何怀宏先生曾对当今中国电影目前状况的考察不无忧虑地说道："我担心今天中国的电影过于绚丽、过于追求感官的愉悦。高昂成本的大片有可能还是小器，绚烂之极的作品也可能仍是烂片，深刻反映真实国情民瘼和人生处境的题材却缺位了。"②

广告可以说是通俗文化中最重要的载体，它的传播媒体又全依赖于商业支持。"短、平、快"是通俗文化的特征，所以不可能让欣赏者在短时间内去消化深邃的内涵。只是能更快的吸引人们视线和提高消费的愿望和购买力，这样又反过来要求创作者以极可能的通俗手法，甚至是题材选择上也尽量的庸俗化，也就是说市场的本身机制就已经注定了大众媒体趋向于媚俗和表面化。其实这样做法的背后又未必全是商业行为的迫使，其创作者的经济收入也是不可忽视的因素。在当今我们可以清楚地意识到高雅文化艺术的创造在商业市场上的空间越来越狭小，甚至在某些地区都有点无立锥之地。如果没有更多的消费对象，自然就构成不了使用价值和交换价值的商业链条。

---

① 〔美〕罗伯特·N.威尔逊：《商业社会中的雅俗文化》，《激进的美学锋芒》，中国人民大学出版社 2003 年版，第 309 页。

② 何怀宏：《中国电影是否已过于绚烂》，《新京报》2006 年 3 月 5 日。

商业经济对高雅文化和通俗文化两者都具有一定的决定性影响，首先是商业对艺术内容的影响，其次是商业氛围对有关人士、职业、审美感受力以及欣赏者反应能力的影响。

在商业社会对艺术欣赏者的影响方面。目前大约有以下这两种意见。一部分人认为，富裕而又充满交流活力的开放性商业体制，设置并捐助了一系列的资金和奖项，以及发展通道，为高雅艺术和通俗艺术的发展均提供了各式各样而且是相等的机会。而另外一些人则不同意这种观点，认为商业价值所构成的社会环境反而削弱了人们的真正审美感受力和敏锐的反应。其实从总体角度来看，这两种观点其实还是围绕着这样一个问题："坏的"文化是否排斥"好的"文化？通俗文化产品的泛滥是否钝化了消费者的感受力并骗取了文化消费的时间？美国著名艺术批评家格林伯格相信，工业体制的本性就在于消费者不得不在紧张的工作之外轻松一下，他们无法养精蓄锐地对美的艺术之要求做出反应。他认为，商业社会不仅提供了通俗文化的食粮，而且养成并强化了其社会成员背弃欣赏高雅文化产品所要求的某种敏锐性的习惯。当然也有些人则不同意他的观点，具有高等教育文化水平的人，很可能会因为高雅文化那少有的愉悦而否认通俗文化的吸引力。[①]

面对通俗文化的侵袭和咄咄逼人的势头，当然其中还有一部分人甚至是白领阶层却反而更加倾向于高雅艺术，传统艺术的细致入微的韵致和情趣深深地吸引着他们。"他们学会欣赏高雅文化，了解它的来龙去脉。他们学习那些制约它、使它正统化的规则与观点。特别是，他们获得了把审美领域当作审美领域而不是愚蠢地当作娱乐或者技术成就来认识的能力。他们学会用非功利的、保持距离的态度对待艺术；把它自身

---

① ［美］罗伯特·N. 威尔逊：《商业社会中的雅俗文化》，《激进的美学锋芒》，中国人民大学出版社 2003 年版，第 317 页。

当作一种目的来欣赏。"①

四 总结

后现代主义,消费文化,乃至精英文化和通俗文化的冲突,看似毫无关联的几项事物,其实这一切的发生均与货币有着直接的根本联系。货币的诞生可以说是社会关系中的一个重要的决定性因素,它改变了人们对价值的看法。在现代社会,货币已经从"绝对的手段"的角色向"绝对目的"的角色转换,从而导致了人们的心理认识和心理依附也随之发生了重心偏移,货币很快替代了其他的价值而迅速上升为人们生活追求的最终目标,并引起现代社会全面的方式与目的、技术与价值、物质与精神、外在与内在的倒置。而这种倒置的结果所引发的文化转型又对现代人的精神领域进行了扰乱。最终人类心灵的最深处也被货币这种"绝对目的"导致的物化和客观化占领了。所以,在社会世俗化日益浓郁的趋势下,现代精神中的神性——形而上的品质逐渐消退,以货币为象征的工商主义精神取而代之,它的精神结构因子正是物化、理性化和世俗化的品性。从金钱的角度来看,世俗化在现代社会中的含义就在于,金钱不仅成为物质——经济世界的流通物和统辖者,它还成为精神世界的流通物,占据了精神世界的地盘。这一过程加深了现代社会世俗化的精神景观。② 在这社会世俗化进程中也不可避免地导致了图像转变,或者说图像的转变只不过是货币转变的外在形式而已。

(载《艺术探索》2006 年 8 月第 20 卷第 3 期〔总第 76 期〕)

① ［澳］西蒙·杜林:《高雅文化对低俗文化:从文化研究的视角进行讨论》,《文艺研究》2005 年第 10 期。
② 陈戎女:《西美尔〈货币哲学〉译者导言》,［德］西美尔《货币哲学》,华夏出版社 2002 年版,第 9 页。

囚禁与解放：视觉文化中的身体叙事

梅琼林*

一　身体转向

进入文明时代以来，身心二元性亦即身体与理念、身体与灵魂、身体与精神之间的张力，一直是西方哲人所坚持关注的基本立场。漫长的主体性哲学推崇理性、灵魂、精神，而身体及其所表现的感性则总被视为价值的对立面而备受压抑。

柏拉图哲学在西方思想中的奠基地位毋庸置疑，正是他为西方自我认识的以灵魂为主导的身心二元性倾向铸造了最根本的基座。从柏拉图费尽心思地论证灵魂的不朽以及身体的暂时性和局限性开始，漫长的主体哲学将人或者看成智慧的存在（柏拉图），或者看成信仰的存在（基督教），或者看成理性的存在（启蒙哲学）。在这背后存在着一个共同的人的定义：人是理性的动物。这是形而上学对人的定义，"这个定义支撑着全部的西方历史，它的起源迄今尚未被理解。"① 在这个定义中，思想和理性是价值设定的基础和标准。黑格尔的精神现象学标志着意识哲学的巅峰。在那里，人被抽象为意识和精神，人的历史被抽象为意识和精

---

* 梅琼林，男，湖北人，武汉大学新闻与传播学院教授。

① ［德］海德格尔：《海德格尔选集》下卷，上海三联书店 1996 年版，第 217 页。

神的历史。"知性是一切势力中最惊人和最伟大的，或者甚至可以说是绝对的势力"①。

实际上，除去文艺复兴对身体有一个短暂的赞美，直到19世纪，身体一直处于被灵魂和意识所宰制的卑贱地位，不是被压制就是被遗忘。在希腊哲人眼中，身体及其需求、欲望、冲动、激情，首先在真理的方向上受到了严厉的谴责——它被认为妨碍真理和知识的出场并经常导向谬误。而正因为导向谬误，它也在伦理的方向上受到谴责。在中世纪，基督教神学坚信，只有使身体陷入沉寂状态，上帝的神谕和拯救才能纷至沓来；身体，尤其是性，是人为了接近上帝而必须克制的放肆本能。在某种意义上，对身体的压制，也是对身体的固定形式和意义进行反复的再生产，从而让身体醒目地出场，尽管是以一种丑陋和不洁的方式出场。但是，意识战胜身体的方式从笛卡尔那里发生了变化：笛卡尔同样将意识和身体分离开来，但从他开始，身体不是被刻意地压制，而是逐渐在一种巨大的漠视中销声匿迹了。从17世纪开始，知识的讨论——如何获得知识、知识的限度何在、知识和自然的关系——慢慢地占据了哲学的兴趣中心。而一直到梅洛－庞蒂为止，这种讨论总是和身体无关，身体因被认为与知识之间横亘着无法沟通的鸿沟而遭到遗忘。

这一切，到了19世纪后期尼采那里，才受到了刻薄的嘲笑。尼采扭断了身体和意识对立的哲学叙事线索，摧毁了意识的宰制地位而将身体凸显出来。他说："我们处在意识该收敛自己的时刻。"他最早明确提出了对"灵魂假设"的拒绝，在《查拉斯图拉如是说》中借智者的话说："我完完全全是身体，此外无有，灵魂不过是身体上的某物的称呼。"他的口号是一切从身体出发，"以身体为准绳"："一切有机生命发展的最遥远和最切近的过去靠了它又恢复了生机，变得有血有肉。一条没有边

---

① ［德］黑格尔：《精神现象学》上卷，贺麟、王玖兴译，商务印书馆，第21页。

际、悄无声息的水流，似乎流经它、越过它、奔突而去。因为，身体乃是比陈旧的'灵魂'更令人惊异的思想。"① 尼采开辟了哲学的新方向，开始将身体作为哲学的中心：既是哲学领域中的研究中心，也是真理领域中对世界作出估价的解释学中心。这是身体本体论：世界从身体的角度获得它的各种解释性意义。

在尼采的身体一元论和决定论中，"动物性是身体化的，也就是说，它是充溢着压倒性的冲动的身体，身体这个词指的是在所有冲动、驱力和激情中的宰制结构中的显著整体，这些冲动、驱力和激情都具有生命意志，因为动物性的生存仅仅是身体化的，它就是权力意志。"② 身体回归到动物性方面，它们都和权力意志等同。在尼采这里，由于权力意志构成了一切存在者的基本属性，作为权力意志的动物性当然就是人的存在的根本规定性。这样，在人的定义中，身体和动物性取代了形而上学中理性的位置。人首先是一个身体和动物性存在，理性只是这个身体上的附着物，一个小小"语词"。这样，身体再也不是意识支配下的被动器具了，身体跳出了意识长期以来对它的压制和漠视，跳出了那个漫长的二元叙事传统，成为主动的而且是唯一的解释性力量：身体完全可以自我做主了，它——而不是意识——根据它自身的力量可以从各个角度对世界作出解释、估价和透视。身体主宰着道德领域、知识领域和审美领域。身体是积极的生产性的，具有一种强大的生产力，它生产了社会现实，生产了历史。作为权力意志的身体是爆炸性的，它可以撕开一切封闭的伦理体制和真理体制。因此，尼采呼唤用身体的力量驱走沉思迷信，驱走意识的推论，并且通过它来搅乱哲学长久以来的深度意志。

尼采的身体发现获得了大批信徒，逐渐开辟了一个新时代——主体

① ［德］尼采：《权力意志》，张念东、凌素心译，中央编译出版社 2000 年版，第 22 页。

② ［德］尼采：《苏鲁支语录》，徐梵澄译，商务印书馆 1997 年版，第 218 页。

（意识）哲学在20世纪50年代之后成为结构主义和后结构主义不倦的摧毁对象；与之相反，身体这股活跃的升腾的积极性的生产力量开始高歌猛进。总之，身体逐渐摆脱了被灵魂和意识宰制的卑贱地位，摆脱了在历史中缺席的尴尬处境。身体在哲学中的合法化引发了世俗景观中一浪高过一浪的身体浪潮。人们看待和谈论身体时不再怀有罪恶感，压抑已久的身体的一切冲动、驱力和激情都爆发出来并受到鼓励和激赏。

二　视觉文化的降生

身体的狂欢也促成了一种新的文化形态，这便是视觉文化。海德格尔在20世纪30年代就曾指出：我们正在进入一个"世界图像时代"，"世界被把握为图像了"①。而大约从20世纪中期开始，人类文化呈现方式的变迁更加明显，曾经占据主导地位若干世纪的语言—文字文化滑向边缘，代之而起的是蓬勃发展的视觉文化：一切提供可视信息的媒介，如电视、电影、广告、摄影、绘画、时装、形象设计、网络视听甚至X光、虚拟影像等等，都在构筑着视觉文化符号传播系统。视觉文化是一种身体文化：它以视觉为基础，而任何一种知觉，任何一种以知觉为前提的行为，都是对身体的运用。为什么视觉文化是身体解放时代的产物？经历了漫长的主体（意识）哲学的岁月之后，身体一旦被合法化，其最具震撼力的便是动物性能量的释放，或曰感性能量的释放。这必然导致文化脱离传统的以语言为中心的理性主义形态，而向一种感性主义形态转变。

视觉文化传播已经成为当代最重要的传播方式。它力图将一切现存的传统文化语言代码和印刷媒介重新熔炼整合，从而实现人类文化全面

---

① ［德］海德格尔：《海德格尔选集》（下），上海三联书店1996年版，第899页。

视觉化的宏观目标。有人惊呼："不读小说！"因为在丰富多彩的图像面前，语言文字黯然失色甚至显得面目可憎。在影视的巨大诱惑力面前，文字面临着空前的边缘化：小说家期待影视导演青睐自己的作品，借影像的力量来为文字壮胆；"图配文"的流行也表明，文字正尴尬地沦为图像的脚注。正如英国文艺美学家伊格尔顿所说，文化符号趋于图像霸权已是不争的事实。

面对这样一种文化转向，我们不禁感到疑惑：为什么形象崇拜和形象狂欢会成为20世纪以来的囚禁与解放：视觉文化中的身体叙事一种生活方式？进一步来说，视觉文化为什么会超越了其他感性文化形式而成为当代占主导地位的文化形态？这是因为在身体的整个感官系统中，视觉居于主导和基础地位。黑格尔从认知活动的角度曾指出，视觉和听觉是人类最重要的两种"认识性的感官"。实际上，从认知活动的角度看，视觉有许多超越听觉的优越性。"我们对世界的把握在相当程度上依赖于视觉。"① 当代德国哲学家威尔什对视觉与听觉的一系列差异的论述，使我们可以对这一问题获得更加全面的认识。威尔什认为，首先，视觉是持续的，以及所见之物是现存的；相反，听觉是消失的，听觉符号随着声音的消失而失去。其次，视觉是原距性的感官，可在一定距离之外把握对象；听觉要适应距离，所以，视觉是间离的感官，而听觉是融合的感官。视觉可以反复审视和质询对象，听觉则无法做到这一点。在此，视觉是个体性的感官，而听觉则是社会性的感官；看是一种个体性的行为，而听总是把听者与言者联系在一起。② 这就使视觉经验较易从对象物中分离出来而成为独立的认知成果，而听觉经验则因过多地与对象物联系在一起而较难成为独立的认知成果。总之，视觉与听觉以及其他感

---

① 周宪：《读图、身体、意识形态》，载《文化研究》2002年第3辑，天津社会科学院出版社2002年版，第68页。

② 周宪：《视觉文化与消费社会》，载《福建论坛》2001年第2期。

官相比具有显著的优越性，这就使视觉体验成为所有感性形式中最突出、最丰富的体验，使人们对视觉的需求成为所有感性需求中最迫切、最旺盛的需求。所以在感性经验被肯定、被鼓励和被赞美的当代，视觉文化自然成为身体解放背景下最醒目的风景。

当然，视觉文化成为我们时代的文化主因是一个复杂的过程，是多种因素诸如消费主义的利益驱动、传播科技发展提供的可能性等等共同作用的结果。但前文的分析表明，我们不可否认洋溢着动物精神的身体的合法化是视觉文化形成和发展的重要诱因和关键所在。换句话说，身体转向的哲学和时代背景是孕育视觉文化的母胎。那么，这个婴儿诞生以后如何回报他的母亲呢？探讨视觉文化对身体的态度可以有很多角度，本文将从视觉文化传播系统对身体形象的规范这一最直接的角度来探讨这一问题。

三　背叛身体

（一）确立标准的形象

迈克·费瑟斯通在《消费文化中的身体》中指出："电影业自消费文化诞生之时就已是形象的制造者和承办者。"电视、电影、时尚杂志等大众视觉媒介确立了一整套身体美学标准，它体现为当代强制性的身体美的视觉标准：美女千篇一律地拥有白皙的肌肤、丰满的胸部、平滑的小腹、圆而翘的臀、修长的双腿；棱角分明、肌肉发达、体格强壮的男性身体已经有些过时，取而代之的是拥有俊秀的脸、细长的身材、中性装扮的具有阴柔气质的"花样美男"。

大众视觉媒介主要通过三种机制来确立身体美学标准：

首先，是身体偶像的制造。通过选择模特、演艺明星、体育明星、主持人、青春偶像并使他们的形象频频曝光来确立或形成普遍规范。这些真实的个人被视觉媒介塑造为一种"标准的形象"而成为人们的身体偶像，为人们提供关于身体的种种"样板"，而对身体的生产和传播正是依照这样的标准去复制。这使当代身体形象的生产和传播带有明显的标准化性质。例如，好莱坞电影的无孔不入使全世界的女人们都梦想有和梅格·瑞安一样的下巴，和凯丽·米洛一样的翘臀；而英国的一项调查表明，大多数英国男人希望自己的长相能够和英国足球明星贝克汉姆一样。从好莱坞英俊小生汤姆·克鲁斯到凭借电视剧《流星花园》在亚洲大红大紫的 F4 组合刮起了花样美男的旋风；在中国内地，在备受欢迎的电视剧《永不瞑目》中崭露头角的陆毅也开启了一个男色时代。他们使人们意识到：原来男人也可以很美丽。

其次，广告、演艺节目、时尚栏目等媒介方式也在塑造着身体美学规范。一批身体美学化的关键词被生产出来，例如适用于女性的美白、骨感、凹凸有致等；另外一些用于男性身体美学的关键词也频繁出笼。以女性的美白为例，无论电视广告还是时尚杂志中的广告，总有相当数量是宣传美白化妆品的。这些广告除了借助身体偶像精心修饰过后并经影像技术处理看起来白皙剔透、无可挑剔的漂亮脸蛋来现"身"说法之外，还辅以其他各种相关的美丽形象。充斥视觉空间的各种表现"美白"的图像，使美白战胜了更为自然的红润、古铜色而成为一种肤色标准。大众视觉媒介的霸权地位实际上在暗中强制性地推出关于身体的规范，形成公众认可的标准。

第三，视觉媒介意识形态也在更隐蔽地建立身体标准。它暗示躯体越是接近青春、健康、苗条与美丽的理想躯体意象，它的交换价值就越高；而那些臃肿的、松垮的、变形的身体则被认为是"有问题的"。这更使人们对所谓美的身体趋之若鹜，以致我们的时代成为一个狂热迷恋上述身体之美的时代。当今世界，人类放弃了初民时代对女性"巨腹豪乳"的崇拜与追求，放弃了更健康、更符合人性的"以胖为美"的审美标准，而建立了日益趋瘦的女体美标准，对苗条身材的追求到了病态的程度。何以如此？电视广告、电影、电视剧等都在宣扬这样一种意识形态：瘦削苗条的女性身体能带给人们特别是男性世界"纯洁的愉悦"、"刺激性的快感"或"淫秽"、赤裸裸的"性诱惑"。媒介意识形态的涵化使女性对苗条骨感的身材趋之若鹜，进而转向对"苗条"的极端追逐。

大众视觉媒介确立的身体标准引发了人们种种身体的焦虑。在一个越加民主化的社会中，在一个表面上看个人有充分的选择自由的社会中，人们却透过媒介的眼光不断地审视自己的身体，以便使其达到或接近媒介的标准。由此，因自己的身体和完美标准的距离而产生的关于身体的焦虑，就成为一种普遍现象。这种关于身体的焦虑促使当代人施行种种"身体的技术"，以此来维护或完善自己的身体形象。

所谓身体的技术，包含三个最基本的层面：一是修饰身体的技术，包括化妆技巧、形象设计等，这是最简单也最普遍的身体技术。二是塑造身体的技术，例如节食、健身，甚至使用药剂与各种其他方法来保持外表的美丽和生命的强度等。三是改变身体的技术，如整形美容手术等医学手段。随着科技的日新月异，身体技术也不断更新换代、花样迭出。但是，身体的技术实质上是人们对自己身体施行的暴政，蛮横地推行单一标准而使我们身体形态的无限多样性被扼杀。

前文提到的当代女性对于苗条的追逐使"苗条的焦虑"和"苗条的暴政"一起登场，瘦身之风风靡全球。一对对超重男女以顽强的意志力成功瘦身的故事显身于传媒，暗示不管理自己的身体、让臃肿的身体放任自流是缺乏责任感和意志力的表现。在种种苗条的暴政中，节食是最普通的技术，它常常导致施行者患上厌食症和饮食紊乱症。节食并非当代人的发明，富于贵族精神的希腊文化曾对进食制定过科学规范，以期借此达到自制与适度；在中世纪，为了获得灵魂的净化并控制情欲，斋戒是所有基督教常规中最重要的一种。显然，这些"节食"的形式都是指向精神和灵魂层面的。而当代节食的目的已变成了追求苗条的体型，成了一项身体工程。身体从心灵那里解脱出来，却被套上了另一副枷锁而仍然没有获得激情澎湃的自我解放。大众视觉媒介的形象传播使身体形象被大规模标准化"生产",从而对现实的身体产生巨大压迫。在这里,视觉文化显露出了它"野蛮"的一面,最终反过来成为控制我们自己身体的外部力量。

(二) 权力的眼光

福柯注意到,人的认知是依据一系列复杂的机制来进行的,其中最重要的就是一系列的二元对立范畴:真/伪,善/恶,理性/疯狂,正常/反常,科学的/反科学的,等等。这种区分实际上是一种认可与排斥的对立,真的、善的、理性的、正常的、科学的是被认可的,对立的范畴则是被排斥的。值得注意的是,这种区分往往是以"知识"和"真理"的名义展开的。就是说,在认知活动中存在着一种对真理或知识的意志,福柯称之为"求真意志"和"求知意志"。而在现代社会中,权力机制正是通过人们的"求真意志"和"求知意志"隐秘地运作的:权力以知识、真理的形式建构人们的认知,通过个体自身的自我约束和控制来产生效果。因此,知识和真理成为了权力的代名词,它们源于权力,又反过来加强了权力。

研究表明,思维过程中所具有的种种心理过程在视觉中同样存在,因此有"视觉思维"的概念。阿恩海姆写道:"知觉活动在感觉水平上,也能取得理性思维领域中称为'理解'的东西。任何一个人的眼力,都能以一种朴素的方式展示出艺术家所具有的那种令人羡慕的能力,这就是那种通过组织的方式创造出能够有效地揭示经验的图式能力。因此,眼力也就是悟解能力。"[1] 这说明,视觉活动中也存在着"求真意志"和"求知意志"。而人们对自己身体的监视其实正是一种"权力的眼光"在作祟。文化工业特别是视觉文化工业确立了身体的标准,广告、时尚杂

---

[1] [美] 阿恩海姆:《艺术与视知觉》,中国社会科学出版社 1984 年版,第 56 页。

志、电视电影、网络视听等使时尚的身体形象广为流传，其中各类身体偶像形象的展示更为人们提供了关于身体的典范，亦即关于身体的"认知型"，诸如什么样的身体是健康的、完美的、富有魅力的。在这里，"求真意志"和"求知意志"表现为对权威所确立的身体标准深信不疑并趋之若鹜，进而透过权力的眼光不断地监视自己的身体，在自己身体与这种标准存在距离的情况下，身体的焦虑便产生了，于是开始规训自己的身体，实施种种身体的技术，以便使自己的身体达到或接近身体"认知型"所要求的标准。所以，是权力的眼光在不断地塑造着"规训的身体"，而不是个体自身的眼光在自主地塑造自己的身体。而普遍存在的关于身体的焦虑和种种身体的技术，又不断强化了权力的眼光。在成为新的权力机制的目标时，肉体也被呈现给新的知识形式。这是一种操练的肉体……一种被权威操纵的肉体，而不是洋溢着动物精神的肉体。①

（三）把身体纳入消费主义体系

上个世纪 70 年代以来备受关注的消费社会理论，突出了社会形态从以生产为中心的模式，向以消费为中心的模式的转变，这一转变表现为欲望的文化、享乐主义的意识形态和都市的生活方式。也就是说，消费主义以激发新的需求和欲望的享乐主义的生活格调为核心。费瑟斯通指出，"消费文化的内在逻辑取决于培养永不满足的对形象消费的需求"，而刺激、培养这种需求的最佳方式莫过于铺天盖地的视觉形象了。

视觉文化符号传播系统也把身体纳入了消费主义的轨道。它们主宰了消费文化中人们对身体的理解，将"看起来漂亮"的重要性传递给人群并使它在人群中生根发芽。电视、电影这两个占主导地位的可视媒介反复地暗示形象与其交换价值是成正比的：柔软优雅的身体、美丽动人的脸上带酒窝的笑，是通向幸福的钥匙，或许甚至是幸福的本质。广告

---

① ［法］福柯：《规训与惩罚》，三联书店 1999 年版，第 175 页。

通过重新评估使用价值将所谓的"漂浮的能指"效应发挥得淋漓尽致，任何特定的品质和意义都能附加到任意一种产品之上。由此，广告向人们提供一种日常生活的诗学体系，传播享乐主义的意识形态。对于我们的身体来说，林林总总的广告赋予其的意义是：完美的身体是快乐和表现自我的载体。欢乐、愉悦、魅力总是与姣好的容颜、性感的身材相联结。在此基础上，广告传播进行自我身体保养的观念——这一观念鼓励个人采用工具性的策略，使用各种化妆品、药物、美容整形术等等身体的技术以对抗身体机能退化和衰老的发生，永葆青春、健康和迷人的外表。

在这个注意力经济大行其道的年代，那些以俊男靓女的身体作封面、印刷精美的时尚类杂志总是夺人眼目的。而翻开任何一本这样的时尚杂志，映入眼帘的是更多的被精心包装的模特、演艺明星等，他们迷人的脸蛋、无可挑剔的身材和时尚的装扮令你艳羡不已并自惭形秽，这样你就很容易接受他们的谆谆告诫：

"轻松擦去斑点"（淡斑面膜）；

"调出完美肤色"（修颜隔离霜）；

"每一天、每一刻，实现肌肤的美白梦想"（美白系列）；

"身窈窕，心飞扬"（纤姿美体乳）；

进而你就会为了获得和他们一样的完美形象而渴望拥有他们代言的那些商品。正如杰姆逊所说的，广告正是把那些最深层的欲望通过形象引入到消费之中去。在消费社会里，可视广告越来越具有了这样一种功能：消费者在广告中，就像在神奇的魔镜中一样，时刻能看到自己，看到自己的身体、自己的需要、自己的魅力、自己的缺陷——它们是什么，它们在哪里，如何改变或完善它们。他被那铺天盖地的广告形象所规划、所启发、所引导，也许过去他一直不明白自己究竟想要什么，现在恍然大悟了，并且立即去实现它。于是，"在美国，每分钟就有1484管唇膏、2055瓶护肤品在各个商场里售出。"① 为了享受高强度的快感与满足感，人们甚至使用广告中宣传的药剂与各种其他方法，来保持外表的美丽和生命的强度。由此，各种形象通过把人性欲望和幻想结合的方式，诱惑人的身体在不知不觉中被物的体系所包围而纳入到了消费主义的轨道。消费文化促使各种视觉媒介毫无羞耻感地表现身体，视觉媒介成为身体的舞台，却又反过来强化了身体作为商品的形式。

总之，身体的解放促成了视觉文化的形成和发展，但视觉文化尤其是大众视觉媒介却桎梏了身体的解放，从而背叛了身体。它们确立了身体的标准形象，这一标准使人们对自己的身体产生焦虑，进而施行各种身体的技术以使之符合或接近标准。这一过程的实质是，我们的身体在主动地接受资本权力的规训，主动地成为消费社会的一大动力；人类身体形态的无限多样性被扼杀，身体被外部力量所操控，体验与被赋予了肉体活力的生命力相和谐的动人美感的身体观念已完全淹没在身体产业之中。身体已不复是尼采所赞赏的洋溢着动物精神的身体，不复是积极的生产性的作为权力意志的能够冲决一切的身体。

当年宣告"上帝死了！"的尼采，如今或许会沮丧地宣告："身体死了！"

（载《哲学研究》2006年第3期）

---

① 金元浦：《消费美丽：我们时代的一个文化征候》，文化研究网2005年4月。

图像符号的意识形态操控

段　钢[*]

一　图像符号的社会意识形态功能

社会意识形态亦称意识形态或观念形态，包括上层建筑的社会意识的各种形式，它是人类社会发展到一定阶段的产物，反过来又影响一定社会人的行为方式和价值取向。图像本身具有一定的意识形态作用。英国学者费瑟斯通认为，图像具有三大意识形态作用：一是对文化具有削平作用；二是具有特别的民主功能；三是具有特定的经济功能。

对于意识形态在图像中的作用，苏珊·桑塔格进行了探讨。她分析了一张越战时拍摄的照片与一张朝鲜战争时拍摄的照片给人带来的不同感受，进而指出，意识形态在图像的背后是对人们价值观选择的支配，是统治阶级的意识形态的强制功能在起作用。具体而言，比起越战进行的种族灭绝来说，如果人们看到战争给朝鲜带来的痛苦，就绝不会对朝鲜战争持一种默许的态度。而事实恰恰是，在当时的社会背景和意识形态控制下，公众是不可能看到这种照片的。而人们所接触到的平民受难的越战照片，有许多是出于不同的目的甚至来自于军队。摄影者们在拍摄时明显感受到人们的支持，因而这场战争被包括美国人民在内的大多

＊　段钢，男，贵州贵阳人，上海社会科学院《社会科学报》副总编。

数国家人民认定为野蛮的殖民地战争，而朝鲜战争则被认为是抗击敌人的正义战争。由此可以看出，意识形态上的分歧可以产生不同的图像价值取向①，从而对公众产生不同的教化作用。

在现代社会，包括身体图像在内的一切图像都已成为一种文化的意识形态。身体的美观问题不只是一个外部形态的改造问题，它还包含着一定社会的阶级、集团或政党的复杂的意识形态问题，这种合法化提供的是标准的、理想的和规范的身体范式，经过一个"自然化"和"普遍化"过程，超越了局部的、地方的和个别的象征意义，转而成为社会公众的普遍的合法的美学标准。身体图像的意识形态意义在于，它是维持某种社会状况的需要，也是一种归宿的需要，特别是某种阶层的需要。在大众媒介的配合下，对个体起着一种肯定性和合法性的功能。它不仅仅是美学的，还是特定群体的生活方式和价值观的展现。在这里，身体的意识形态表现在一系列的行为准则中：一定社会的身体美学追求有一个共同的标准，在这基础上又要展示不同的个性；在图像中，身体不断得到解放，然而精神却逐渐平面化和庸俗化；身体在不断获得自由的同时，却受到对身体的美学规范带来的合法化的压制和暴力，因为这种美学规范已经渗入到每个人的意识观念中，特别是对时尚追求的个体中。所以说，图像所展现的身体美学成为控制人们消费的观念和取向，这种符号的消费性证明了身体图像的符号意义和意识形态特性。

图像成为产业，形成一定的经济规模，更能明显体现意识形态的功能。在现代社会，图像的社会意识形态功能主要表现在以下四个方面：

首先，在认知上，"眼见未必为实"是图像认识的一大特征，更多的是对社会意识形态的反映。在虚拟现实和电脑模拟的时代，图像的生产更多是精心组合、设计和编排的产物，这种经过选择的产品不具有普遍性，也没有代表性，因此，在真实与虚拟的界限模糊情况下，大众的

---

① ［美］苏珊·桑塔格：《论摄影》，湖南美术出版社1999年版，第29页。

认知是可以受到社会意识形态的控制和引导安排的。由于工作和生活节奏加快，人们已没有大量时间亲身参与各种社会活动，对图像的依靠是获取信息的主要渠道之一，因而常常会把图像的内容当成真实的情形，人们根据各种图像文化所提供的信息建构关于这个世界的图像，人们对世界的观察与经验也往往是以图像来进行直观的具象化。因此，在某种意义上可以说，各种图像塑造了现代人对世界的态度与看法。然而，制作什么样的图像必然是受一定的社会意识形态价值观指导的，意识形态对图像的影响是潜移默化的。比如，美国新闻媒体对伊拉克战争的图片报道就是有严格限制的，哪些可以报道和不能报道都是有严格规定的，而虐囚事件则是被其他媒体曝光后才成为重大新闻事件的。

其次，个体的人与一定社会意识形态的关系处于一种动态的过程中。图像式的文化消费是以直观的图像思维为特征的。负面的结果可能是联想、思辨能力的下降，也可能导致读写能力的下降和独立思考的能力丧失、个性化创作能力的退化以及同质化带来个性风格的缺乏等。但是，在对民众的灌输和教化上，图像的意识形态功能不仅没有减弱，反而一直在增强。意识形态需要的是适合自身体系的接受对象，在公众领域人们的面貌和形象都需要按照意识形态的要求去体现，而不是在意是否剥夺了个人的独立性和思考能力。但是，人对自身的主体性追求是不会放弃的，这样，人格主体的塑造和外在的意识形态的灌输必然形成一种张力，形成一种互动的状态。一方面，个体受着图像意识形态的制约，从出生就受着意识形态的教化，在个人行为规范中必然打上极深的意识形态烙印；另一方面，社会图像的意识形态也是不断发展和与时俱进的，统治阶级也是随着社会的进步不断修正自身的意识形态，建构符合社会发展的社会图像意识形态，不断加进许多新的元素，以符合大众的需要。比如，许多主旋律影片加进了许多适合观众接受的新元素，从而得到观众的欢迎。所以，在一个图像产品里，人们不能仅仅看到它的商业性以及文化性，还要看到其背后隐藏的意识形态性，分析这种意识形态与人的关系如何，这样才能更好地把握有关图像的经济哲学价值。

再者，图像的社会动员作用和对社会公共意识的影响。图像文化所具备的无可比拟的优势，常常会成为一些政治家运作的工具。社会政治需要解决一定的问题时，图像总是成为最有效的社会动员工具。除了如前面所说图像具有的商业化、逃避、发泄等功能和价值外，图像的社会意识形态功能主要职责就是把代表统治阶级意志的主导价值观灌输给大众，得到大众的接受和认同，而忽视其他更加涉及自身权利的要求。比如，为了强化社会的主流意识形态，在美国一些大幅的征兵广告中，类似"你的国家需要你"的图像设计，以无可置疑的个人对国家的责任为由，给人一种视觉上的压迫，在社会动员上起到了很好的激励作用。同时，图像的盛行反映了当时的社会意识形态状况。比如，20 世纪二三十年代，美国经济尽管处于大萧条时期，好莱坞的歌舞片却受到大众的欢迎，在这些歌舞片里，展示的是一种合作的力量，宣扬的是集体主义精神，对所谓"世俗化的新教伦理"进行了一种批评，这体现了当时社会所需要的一种意识形态价值观，即号召大众团结一致共渡经济难关的决心。而到了 20 世纪末，好莱坞盛行拍摄的影片内容诸如《侏罗纪公园》、《黑客帝国》等等，反映出对科技进步与未知事物的向往和恐惧，这些认识都与当下欧美社会意识形态的状况相合拍。可见，意识形态内容渗透在每一个时期的不同图像中，在画面的背后，总是隐藏着很深的内涵。

最后，图像具有较强的社会批判意识。批判性是马克思主义哲学中的一种深刻的反思模式，对图像的哲学追问不可脱离对图像的社会批判意识的关注。除了图像的灌输和教化功能外，图像在体现人的反省和批判功能方面也具有明显的作用。图像消费需要造就一批具有社会批判意识的公民，在促进图像消费的同时增进对社会的认识，从而培养起强烈的社会责任感等。在历史上，许多具有社会批判意识的观念都是最先通过图像的形式表现出来的。比如，国外许多政治波普（pop）绘画（以漫画为主），以布什等政治人物为题材，对伊拉克战争等政治、军事事件进行不断的反省和批判，取得了较好的社会效应。作为一种社会意识批判工具，图像在对人的警醒方面的作用是巨大的，图像传达的社会意识可以被更广泛的人群所接受。其中，电视在这方面的作用非常重要，如果电视上过多引导人们享受安逸，不思进取的画面，就会对受众产生极大的消极作用。相反，如果电视节目中过多的是对社会的批判，不能客观看待面临的问题，那么，就会在受众中产生极大的负面作用，或许社会就会产生不安和骚动。问题的关键在于，如何正确把握图像的社会批判功能，既能促进社会的良性发展，又能防止过度批判带来的负面作用，良好的社会批判意识实质上是社会进步的动力。

图像及图像经济的发展对意识形态起着贯彻和执行的作用，也起着宣传和发扬的功能，发展图像经济是对意识形态目的极好的体现渠道。讨论图像的经济和哲学意义，离不开对图像意识形态的观察，它既是图像的物质关系的观念表现，也直接构建着人的思想关系和精神生活本身，其功能包括控制、操纵、整合、合法性、教化、辩护、批判以及培育等。在霍克海默和阿多诺那里，这些功能体现在现代的"文化工业"里，他们在技术和经济上详细地分析了文化作为人的精神力量的对立面，如何成为统摄日常生活、私人空间和个体灵魂的总体性的意识形态。同理，图像经济成为现代工业的一种，在视觉空间里扮演着意识形态的潜意识的执行者，进而影响人的大脑和理性选择。

二　图像的操纵

图像的虚假性是现代社会的一大景观，而且人们也逐渐习惯了其中的虚假性，并甘心被这种虚假性所诱导。图像的虚假景观在现代社会形成一道技术的风景线，在虚假的背后，是现代社会新的观念的支撑。这种虚假的存在主要是为了某种利益的获取，不仅仅是经济的，还有其他诸如社会的和心理的利益。比如，人们有时候也需要某种虚假的东西来安慰脆弱的内心，图像的虚假性正好满足心理的虚幻性。由于图像的虚假性是可以人为制造的，故而就表现出极大的可操纵性。当这种对图像的虚假性操纵表现在社会控制上，就成为一种巨大的操纵力量，这种操纵同时也起到了巨大的社会控制效果。比如，某国总统的演讲可以通过电视被传送到人们极其私密的卧室，这种技术进步创造了一种新型的社会控制。人们无法拒绝对政治的关注，受着被操纵的图像的操纵，被动地进行投票。英国学者汤林森认为："凡是没有进入电视的真实世界、凡是没有成为电视所指涉的认同原则、凡是没有经由电视处理的现象与人事，在当代文化的主流趋势里都成了边缘，电视是'绝对卓越'的权力关系的科技器物。在后现代的文化里，电视并不是社会的反映，恰恰相反，社会是电视的反映。"① 电视画面的制作，是被制作人牢牢地控制的，它所要表达的意念要用什么样的图像来展示，具有一定的内在规定性。在这些图像符号的能指和所指之间，操纵者有着集体意识和集体经验的表达意识。基于此，英国学者 D. 麦·斯图亚特·霍尔认为，大众需要一种对抗性的解读，防止所谓的真实成为某种专制的权威。他把电视的接受看做是编码与解码的过程，由此把观众的接受分为主导—霸权的地位、协调的符码和对抗的符码三种立场或符码。他不认为电视观众是完全被动的接受者，观众并不是原封不动地接受图像产品中带有的意识形态，还时常会扮演有意识的解读者的角色。因此，这类对抗操纵的结果也是社会进步的动力。当然，是否进行有意识的对抗性解读，这也是与观众根据自身个体经验进行解读的不经意过程的本质区别。

　　媒介是图像展示权力的有力武器，这可以表现在与政治的合作上，也可以表现在与商业的合作上。一方面，图像被国家机器作为主要的宣传工具，成为政府部门的舆论媒介，尽管图像具有较大的娱乐性，但是，其必须把维护现有体制作为第一要务，反映当前的经济、社会、政治、

---

　　① ［英］汤林森：《文化帝国主义》，上海人民出版社 1999 年版，第 116 页。

宗教和文化的意识形态要求，它体现的是对国家权力的尊崇和实施；另一方面，它必须在商业上成为可被操纵的图像产业，创造巨额的利润，这些图像符号已成为一种商品，为经济增长提供巨大的动力。尽管人们可以自由地在市场上选择消费，但是在图像背后许多隐形的意识形态的操纵却是无法避免的。许多图像产品经过包装和运作，把意识形态融入市场的机制中，并在市场和政治上都取得了极大成功。

以图像中的身体意识操纵为例，在图像中，身体的观赏和审美价值一直是消费文化的重点，在身体的图像表现中，一种理想的身体意象被刻画出来，特别是女性的身体外形，成为充斥各个图像媒介的身体意象。以身体为核心的视觉图像工业越来越兴盛，大众传媒也对此推波助澜，以各种标准的身体图像诱使人们为此消费，身体的外形、身体的审美价值与消费价值成为人们关注的中心。电影、电视、形形色色的广告图像等为许多青年男女生产和供应标准的身体图像。为了按照这种标准来塑造自己的身体，以便拥有完全符合标准的形体，各种各样的化妆技术、整容技术以及假发等就成为社会中流行的塑造身体的方法。首先，身体是图像消费的主题。身体影像是一个极富感召力的符号。特别对热衷于女性的身体图像制作的大众媒体来说兴趣无比强烈，在它们那里，到处充斥着各种各样的身体符号意象。按照明星的身体标准，许多报刊杂志占用大幅版面介绍化妆、减肥、健身、整容等内容，并教给人们使身体变得更加年轻、美丽和性感的所谓妙诀。很明显，身体图像引导着一种审美的和消费的价值。其次，身体图像体现着一种审美操控。在消费主义的语境下，人们通过对自己的身体感觉来确立自我意识和自我身份，这是现代人自我认同的核心，以往自然的身体已经变成社会的身体，对身体的观念变化就是：身体是可塑的，可以改造的，它是与其他外在的社会价值相关的。所以，在消费主义经济的引导下，以身体图像为核心的视觉图像产业的兴起，时刻为我们提供一种消费文化所需要的观赏价值和审美价值。身体的形体美观要求就是强调身体符合当前社会的时尚标准。这种审美标准必须是人们的物质生活水平提高后，在精神上的一种追求，是视觉上的一种审美。图像表现的价值不只是其使用价值，更多在于其美学价值。身体审美发展到现代已经成为极其重要的文化符号，人的身体已经从自然走向社会，特别是在消费社会里，社会的身体成为各种文化力量争夺的战场，社会的身体就是对自然身体的一种再塑造，也是身体的再生产，是一种"愉快的暴力"。

三　图像符号的批判功能

图像产品不能仅仅是对人的视觉或精神的满足，还要起到一种批判的功能。图像符号的批判功能在于图像能够及时以个体方式观照社会，观照自身，它总是不断地对社会或者自身不完美和存在缺陷的地方进行批判，不断提出更好的建设性构想，从而能够积极地推动社会的发展。这种批判功能体现在对大众的图像文化的批判，以及对现代图像工业的批判上。

（一）"否定"与"保守"：从马尔库塞到贝尔

20世纪二三十年代，马尔库塞系统总结了美和艺术的核心思想，强调它有着对现实的否定性的功能。马尔库塞认为，艺术帮助人们释放了被现代社会所压抑的人的心理潜能和欲望，这种释放的潜能和欲望构成了对现实的批判。马尔库塞对艺术的认识，特别是对于审美及美学的认知，可以使我们懂得，作为艺术的一种，图像可以秉持一种对社会现实批判的态度。

马尔库塞还认为，真正的艺术，不仅具有美的形式，而且必须与社会既定规范和秩序保持一定的距离，其批判性渗透于其整个存在属性之中。我们看到，许多现代派的绘画作品就秉承了这种功能，这种图像与日常语言和规范的意识形态体系，具有异质性和疏离性，亦即表达了一个时代图像的象征意义。真正的图像成为艺术，必须具有一种未被统治意识形态和庸常的生活所染指的特质，它是与人内心最质朴、最原始的情感、最代表个体本真存在状态的感触、形象、意绪相对应的。通过艺术及图像，让人看到自己的存在困境，并将自己内心被压抑的东西呼唤出来。马尔库塞认为，这种艺术也许会导致一种"美的感伤"，但排除人的非理性意绪，是一种"人的解放"。对于艺术的革命性，马尔库塞寄予极大的希望，艺术"不能改变世界，但它能用于改变大众的意识，而他们能够改变世界"①。这表明，马尔库塞已经意识到，审美解放必须同社会的革命力量有机结合起来，纯粹的思想是不能实现什么的，而且也无法打破旧的世界秩序。他还认为，艺术的形式本身就是对现实的一种否定。通过审美活动，艺术对现实的批判形式粉碎了现存社会社会关系中物化了的客观性，造就了具有反抗精神的主体性的再生。实际上，对现实的批判不仅是美和艺术的本质，也是美和艺术的革命性，这种本质永远不能取消，如果取消也就不存在美和艺术。在这个意义上，图像的批判功能是我们往往所忽略的。因此，加强图像的批判功能，是图像彰显其文化生命力的重要途径。

在后工业化社会，图像与商业社会的紧密结合，使得作为艺术的图像逐渐丧失了传统的认识标准。图像走向大众，技术使得图像时时包围我们的生活，视觉文化无处不在。然而，文化的根本内涵何在，这是贝尔最为关心的。贝尔在分析资本主义的文化矛盾时，揭示了企业家和艺术家的冲突，特别是在消费为中心的社会形态背景下，艺术逐渐趋向于反理性和反智主义，大众的审美需求更接近于感性和人性。一个明显的例子就是，以图像艺术为代表的大众艺术成为波普艺术，在这种历史条件下，贝尔强调一种"视觉文化"的来临。他相信，"当代文化正在变

---

① ［美］马尔库塞：《审美之维——马尔库塞美学论著集》，三联书店1989年版，第1页。

成一种视觉文化，而不是一种印刷文化，这是千真万确的事实。"① 贝尔把这一原因归结为两个方面："其一，现代世界是一个一个城市世界。大城市生活和限定刺激与社交能力的方式，为人们看见和想看见（不是读到和听到）事物提供了大量优越的机会。其二，就是当代倾向的性质，它渴望行动（与观照相反）、追求新奇、贪图轰动。而最能满足这些迫切欲望的莫过于艺术中的视觉成分了。"② 也就是说，城市文化环境为人们"看"提供了极多的机会，也为人们"看之欲望"的扩张创造了条件。"追求新奇，贪图轰动"这种倾向是消费社会对主体的要求，因为视觉的东西比话语的（语言的）表达更直观和更有效，视觉化成为主流文化形态成为必然。主体对视觉的迷恋和欲望必然产生新的感性生活方式。贝尔认为，"地理和社会流动及其相应而出现的新美学观是现代西方视觉文化转变的根源：乡村和住宅的封闭空间被旅游取代，被铁路产生的速度刺激着，被散步场所、海滨与广场的快乐，以及在雷诺阿、马奈、修拉和其他印象主义和后印象主义画家作品中所描绘的日常生活经验强烈地改变着。"③ 视觉是如此重要，以至于可以说在当今电子媒介时代，必然是视觉符号取代语言符号并成为占统治地位文化符号的时代。"印刷文化不仅强调认识性和象征性的东西，而且更重要的是概念思维的必要方式，而视觉文化则由于强调形象，而不强调词语，引起的不是概念化，而是戏剧化。"④ 无处不在的图像冲击易使人们迷失自我，也在不经意中悄悄改变了以往的文化样式和价值观。这里，文化传统受到了消解和嘲笑。

贝尔指出，作为代表资本主义社会文化的现代主义，崇尚新奇，追

---

① ［美］丹尼尔·贝尔：《资本主义文化矛盾》，三联书店 1989 年版，第 156 页。

② 同上书，第 154 页。

③ 同上书，第 156 页。

④ 同上书，第 175 页。

求夸张和强烈的色彩、奇特的造型，为的是制造一种"震惊"效果。但是，如果现代社会冲击人们视觉的各种图像过于泛滥，那些使人震惊的效果就会让人们逐渐觉得习以为常，而图像代表的文化价值创造力就会变得贫乏，其中的根本原因就是没有对图像发展采取如同在经济和社会领域一样的限制措施。于此，他认为，有必要对以创新为标志和口号的现代主义艺术也施加一定的限制。显然，在这里，贝尔所关心的是文化与传统的承接关系。由于图像在现代社会过于夸张和追求新奇的倾向使得贝尔对文化发展的导向忧心忡忡，他担心的是对文化与工业的融合所产生的资本主义世俗力量对传统文化整合力量的侵蚀和破坏。他主张崇敬传统，尊重权威，遵循基本的道德传统，相信对艺术作品的优劣可以有一种合理的评价和鉴定标准，在判断文化艺术的价值方面可以依赖一定的权威，主张文化的传承具有一定的延续性和稳定性。特别是对一些所谓的后现代主义绘画，贝尔十分反感。贝尔不仅清醒地认识到现代艺术的误区，其实也指出了图像在现代社会的误导，他呼唤的是一种保守主义的文化价值观，并且批评了在现代主义和后现代主义名义下视觉文化的泛滥。这种见解，对我们建构一种健康的图像和视觉的世界不无意义。

（二）"景象"与"仿像"：从德波到波德里亚

20世纪60年代，法国哲学家居伊·德波曾把社会理解为一种景象。他指出，生活中任何面向都由表征的景象取代，影像拜物化，整个世界图像就是一种景象。在德波看来，"在那些现代生产条件无所不在的社会中，生活的一切均呈现为景象（spectacles）的无穷积累。一切有生命的事物都转向一种表征（repre-sentation）。"① 与马克思以商品的概念来剖析资本主义社会不同，德波对当今社会的关照采用了景象这个概念，在

---

① Guy Debord, *Society of the Spectacle*, New York：Zone, 1994, p. 1.

他看来，"景象不是形象的聚合，而是人们的社会关系，以及经由形象所中介的社会关系"①。当代社会的商品生产、流通和消费，乃至在这种生产关系中形成的人与人的关系在实际生活中呈现为景象的无穷积累，各种景象成为主体。所以，分析景象就可以考察形象、商品和景象来构成的媒介社会与消费社会，进而进一步探求形成当今社会景象的当代资本主义体制和技术的深层原因。

在景象社会中，形象成为商品物化的最高形式。但由于景象是抽象的，它的内在运作机制是金钱和资本主义的生产过程。因此，在"晚期资本主义"中，资本的支配权是间接的，它的传递是经由更普遍化的等价物的形象生产。而在现代社会里，广告和商业化的媒体文化的泛滥使得服务业与娱乐业成为景观社会的主体。景象渗透到人类日常生活的所有地方，如公交车被巨大鲜艳的图画包裹而变成流动的广告，大都市的夜晚灯火辉煌的各种霓虹促销广告，光纤和卫星电视的传播被人们轻易接受；网站提供各类景象，诱使消费者去消费；现代技术已将选举变为图像和媒体景象的战争，如此等等。对观看的主体而言，他们必须在这种以屈从和适应为导向的生活体制下生活，最终迷失了自身。此外，在景象社会中，名人特别是影视明星、体育英雄、传奇富人等还不断制造着虚幻的视觉世界，他们的生活方式、偶发事件以及奇闻逸事等，成为效仿对象和视觉幻想，观众的个性被消解，生活中只剩下对外在图像的崇拜和向往。景象社会的弊端在于将景象世界理想化并本质化，将思想从行动中分离出来，直接经验化为景观、图像和符号组成的视觉世界。景象世界的浅薄直接导致了人的创造力和想象力的浅薄。故此，德波提出，要开展富于创造性和想象力的积极行动，个人应在行动中创造适合自己的"环境"，凸显自身的积极性，在日常生活中表现出自己的个性，并最终超越这一浅薄的景观社会。

---

① Guy Debord, *Society of the Spectacle*, New York: Zone, 1994, p. 4.

深受其影响的法国思想家波德里亚把德波的理论更加深入地推进了一步，他提出了仿像文化理论。在波德里亚看来，整个当代社会是一个由模型、符码和控制论所支配的信息与符号时代。在由符号构成的社会图像里，人们的思想以及选择都被图像支配着。日常生活现实也被各种生活于其中的现实符号以及符号对符号的模仿所替代。可以说，当代生活就是一个不断消费符号的过程，而视觉符号不仅构成了消费者的主体地位，而且也构造了消费社会的现实。社会现实生活如此深刻地被媒介尤其是视觉媒介所控制，日常生活形式已经发生显著的变化，人们已经无力和无法拒绝符号对当代生活的有效支配①。波德里亚认为，由于符号的存在，人们的审美化是一个虚构化的过程，如果把符号理解为一种图像，我们所在的世界已经是一个类像与仿真的世界，这是后工业或者后现代的特征，加上类像与仿真不断的复制、繁衍，各种符号影像构成了一个"超现实"的世界。在后现代，"符号"、"类像"、"仿真"等图像主导着人们的社会经验，成为人们社会行为的主要支配因素。传统哲学所说的客体决定人们的经验和意识的判断已经失效，符号及图像不仅改变了人与现实世界的关系，而且已经从根本上改变了现实世界本身，从而再造了人与世界的关系。波德里亚认为，符号与现实的关系经过了四个不同的历史阶段，即：符号是现实的反映；符号掩盖和偏离了现实；符号掩盖了现实的缺失；以及符号与任何现实无关。在最后的意义上，图像文化成为一种自足的符号文化。

在这样的社会背景下，我们对社会的理解就必须基于对仿像的接受和理解。一种超现实的图像在社会行动中被逐渐建构起来，并形成一定的价值取向。仿像（即模拟）与过去的表征是有区别的，波德里亚这样认为，"所以，模拟是和表征对立的。表征始于符号与现实物对应的原则

---

① ［美］道格拉斯·凯尔纳等：《后现代理论——批判性的质疑》，中央编译出版社 2001 年版，第 32 页。

（即使这一原则是乌托邦，它也是基本公理）。相反，模拟则始于这一对应原则的乌托邦，始于符号即价值的激进否定，始于符号乃是任何指涉的颠倒和死亡宣判。表征力图通过把模拟解释成虚假表征来吞噬模拟，而模拟则是把表征作为一个仿像来统摄表征的整个体系"①，在消费社会，仿像文化实际上已经主宰了我们的生存价值和意识形态。比如，波德里亚把迪斯尼乐园看作一种"超现实"的仿像文化，在我们的意识深处已经不能区分它的真实和拟像之间的界限，当真实被模仿到极度"真实"的时候，它就是一种超现实的。在这种商品的资本主义生产和消费的现代性历史背景下，一种关于消费的意识形态图像在真实的表象和拟真的仿像之间也是彼此难分，但这种美学意识以及图像的意义随着消费文化意识的蔓延直接影响着人们的主体情感。也就是说，大众在面对消费商品时，往往是在接受了商品的图像或者在认同了和商品发生关系后的意义，以及明确了商品对主体形象的价值后，才完成对商品的消费过程。因此，传统主客体的人与物的关系已经变得模糊不清。比如，人们会在生活中常常反省，是电影在模仿生活还是生活在模仿电影？生活的需求和消费的意识形态的发展不断处在相互的交织中。可以看到，当代社会已进入了由符号控制的历史阶段，意味着所谓的"仿像"（simulacra）是与任何真实没有联系的，它并不是对现实的模仿，而是一种反应。波德里亚认为，它是采取了一种比现实更真实的形式，即"超真实"，而现实本身是什么则被忽略了。

对于客观现实来说，首先，仿像与其是有距离的，媒介表达的现实只是一种真实感，不是真实自身。其次，这种仿像依靠现代技术，把机械的技术表达转化为更富有人情味的审美传播方式，使人更易接受。最后，仿像泛滥，直接导致内容的低俗，而对形式精致的追求，又加大了

---

① Mark Poster, Jean Baudrillard, *Selected Writings*, Stanford：Stanford University Press，1988，p. 170.

视觉的感性需求，乃至彻底抛弃了传统艺术的反省和超越功能，从而使人的精神和肉体逐渐分离。

（载《河北学刊》2007 年 11 月第 27 卷第 6 期）